Julien Green:

Leviathan

Roman

Deutsch von Eva Rechel-Mertens

Deutscher
Taschenbuch
Verlag

dtv

Von Julien Green
sind im Deutschen Taschenbuch Verlag erschienen:
Junge Jahre (10940)
Paris (10997)
Jugend (11068)
Von fernen Ländern (11198)
Meine Städte (11209)
Der andere Schlaf (11217)
Mont-Cinère (11234)
Moira (11404)
Träume und Schwindelgefühle (11563)

Ungekürzte Ausgabe
Oktober 1989
4. Auflage Mai 1992
Deutscher Taschenbuch Verlag GmbH & Co. KG,
München

Titel der französischen Originalausgabe: ›Léviathan‹

ISBN 3-446-14639-3
Umschlaggestaltung: Celestino Piatti unter Verwendung
des Gemäldes ›Junge Waise auf dem Friedhof‹ von
Eugène Delacroix
Satz: Utesch Satztechnik GmbH, Hamburg
Druck und Bindung: C. H. Beck'sche Buchdruckerei,
Nördlingen
Printed in Germany · ISBN 3-423-11131-3

Das Buch

»Als er über die Eisenbahnbrücke schritt, vermochte er einen Seufzer nicht zu unterdrücken. Erst vor vier Wochen hatte er sich in dieser Gegend niedergelassen, und schon war alles, was er sah, ihm zuviel. In dieser neuen Landschaft, in der er geglaubt hatte, den Ekel, der ihn quälte, mindestens eine Zeitlang vergessen zu können, hatte er nur wenige Tage gebraucht, um sich wieder genauso zu fühlen wie zuvor.« Guéret, Hauslehrer in einem verschlafenen französischen Provinznest, ist früh gealtert und vom Leben enttäuscht. Kraft zu einem Ausbruch hat er nicht. Von Anfang an scheint ihm auch die Leidenschaft, die ihn zu der hübschen Angèle hinzieht, aussichtslos. Als er begreift, daß die »Liebe« des Mädchens durchaus zu erlangen ist und daß zahlreiche Männer von dieser Möglichkeit auch Gebrauch machen, gerät er außer sich ... »Provinznester sind meistens langweilig. Wer jedoch Geduld hat – wie der französische Romancier Julien Green –, entdeckt bald, daß sich hinter der Langeweile ein höllisches Gefängnis verbirgt. Winzigkeiten kündigen dort grausame Veränderungen an. Banale Gespräche brechen wie eine Springflut herein. Kleine Gesten geraten monströs. Sie sind die Vorboten von mörderischen Katastrophen. Unauffällige Kleinbürger verwandeln sich in reißende Tiere.« (Radio Bremen)

Der Autor

Julien Green, französischer Schriftsteller amerikanischer Herkunft, wurde am 6. September 1900 in Paris geboren, er wuchs zweisprachig auf und wurde protestantisch erzogen. 1916 konvertierte er zum Katholizismus, 1919–22 studierte er in Charlottesville/Virginia Philologie. Seit 1922 wieder in Paris. Bereits mit seinem dritten Roman, ›Leviathan‹ (1929), erlangte er Weltruhm. 1940–45 Emigrant in Amerika. 1971 Mitglied der Académie française.

Erster Teil

I

Als er an der schmalen Eisenbahnüberführung angekommen war, blieb er stehen und dachte nach. ›Weshalb mich beeilen?‹ fragte er sich. ›Ich komme immer noch früh genug. Es ist sicher erst halb sechs. Wenn schon. Ich gehe ins Café und warte eine halbe Stunde. Und dann?‹

Diese letzten Worte sprach er ganz laut vor sich hin und schüttelte dann verneinend den Kopf, als sei die Antwort auf die Frage, die er sich stellte, nicht eben eine, auf die man sehr begierig ist. Einen Augenblick lang stand er mit gekrümmtem Rücken und einer Hand auf dem Eisengeländer unbeweglich da, dann stieg er ohne Eile die Stufen hinauf und lehnte sich an die Brüstung. Von der Stelle aus, wo er sich befand, sah er den Bahnhof, einen unauffälligen kleinen Ziegelbau, in einer Entfernung von dreihundert Metern vor sich liegen und dahinter eine lange Platanenallee, die vom Bahnhof ausgehend in die Stadt hineinführte. Hier und da ragte das Schieferdach einer bürgerlichen Villa aus den Tiefen eines mit Rasenflächen und dichten Bosketts ausgestatteten Gartens hervor. Zwei endlose Reihen von Lindenbäumen reckten sich rechts und links neben dem Schienenstrang in die Höhe, als wollten sie ihn bewachen.

Er ließ seine Blicke über die verschiedenen Punkte dieser Landschaft schweifen und zog dann die Uhr, die er lange mit der gespannten Miene eines Mannes betrachtete, der die eine Sache tut, während er an die andere denkt. Er war noch jung, hatte aber etwas Welkes und Verbittertes an sich, wie man es öfter bei Menschen findet, deren erste Lebensjahre von Sorgen aufgezehrt worden sind. Sein Gesicht war füllig, aber farblos, und das Fleisch so schlaff, daß man schon für später Hängebacken voraussah und die tiefen Runzeln erriet, die gegen die vierziger Jahre hin um den Mund etwas wie ein lautloses Lächeln einzeichnen würden. Seine hellgrauen Augen hefteten sich fest auf das, was sie betrachteten. Die große fleischige Nase, die dicken Lippen deuteten auf einen Menschen von wenig Willenskraft hin, der aber auf sein Behagen und seine Gewohnheiten größten Wert legt und eine gewisse Entschlossenheit aufzubringen vermag, wenn es sie zu verteidigen gilt. Er war sorgfältig rasiert, sehr korrekt in Dunkelgrau gekleidet, trug eine schwarze Krawatte und, einer naiven Laune folgend, in der oberen Rocktasche ein violettes Seidentüchelchen, das zur Hälfte hervorsah.

Ein paar Minuten stand er so regungslos da, als wolle er die tiefe Stille ringsum nicht durchbrechen. Der kurze Herbstnachmittag neigte sich seinem Ende zu, und der Himmel fing an, sich rosig zu färben.

Schließlich richtete er sich auf, schlug mit der Miene eines Menschen, der eine Überlegung zu Ende geführt hat, auf die Eisenbrüstung, setzte sich wieder in Bewegung und stieg die Treppe hinab, die auf der anderen Seite des Schienenstranges auf die Landstraße führte. Groß und von kräftiger Statur, sah er aus, als schäme er sich seiner hohen Gestalt und seiner Kraft, denn er hielt den Kopf geneigt und ging ein wenig gebückt. In ständiger Bewegung rieb er die Hände aneinander und verfiel in einen genau abgezirkelten, eiligen Schritt, wie er zuweilen dem Ablauf eines völlig absorbierenden Gedankenganges entspricht, ganz als ob etwas von dem, was die Seele beherrscht, sich auf den Körper übertrüge und dessen Rhythmus bestimmte. Auf diese Weise gelangte er bis vor das Gittertor einer großen, von mächtigen Bäumen eingefaßten Besitzung. Eine ovale Rasenfläche breitete sich weithin zwischen gewundenen Alleen zu Füßen eines Schlößchens aus, das im Geschmack der Jahrhundertwende erbaut war. Springbrunnen, Muschelgrotten, Blumenbeete in Wappenform vollendeten den Eindruck von großem Reichtum im Dienste großer Prätentionen. Ein kleines, am Tor befestigtes Emailschild trug in schräggestellten Lettern die beiden Worte: *Mon Idée*.

Diese Behausung, wie auch immer sie war, fesselte einen Augenblick die Aufmerksamkeit des Mannes und entlockte ihm einen Seufzer. Nur zögernd trennte er sich von ihr, kehrte wieder um und ging erneut auf die Überführung zu. Noch einmal blickte er auf die Uhr, und nachdem er vorhin nicht gewußt hatte, wie er seine Zeit hinbringen solle, begann er nun, von plötzlicher Furcht vor Verspätung erfaßt, zu laufen.

Nacheinander gingen die Lampen an, als er die Hauptstraße der Stadt erreichte. Er schnaufte etwas, weil er gelaufen war, und trug trotz des ziemlich kühlen Windes seinen Hut in der Hand. Auf der Höhe der Kirche angekommen, bog er rechter Hand in eine kleine Straße ein und trat in ein Café, das einen gelben Lichtschein auf die Pflastersteine des Fahrdamms warf. Er ließ seinen Blick über die Wände des Gastraums gleiten und stellte mit Befriedigung fest, daß er allein war; nicht einmal der Kellner war da. Ohne eine Sekunde zu zögern, setzte er sich an einen Tisch, der halb vor einem der Fenster stand; sein Eintreten hatte sich so lautlos vollzogen, daß niemand ihn bemerkte; er mußte mit dem Finger auf die weiße Marmorplatte pochen, damit jemand erschien und sich um ihn kümmerte.

Nun saß er vor einem schwarzen Kaffee, dessen Geruch und Geschmack sich neben vielen anderen kleinen Dingen mit dem tristen, banalen Abenteuer vermischten, das er jetzt Woche für Woche verfolgte, und er näherte sein Gesicht der Fensterscheibe in einer Angst, die durch Gewohnheit noch nicht abgeschwächt war. Er sah zwei Läden, die auf der anderen Straßenseite dem Café gegenüberlagen. Der eine schien für ihn von mäßigem Interesse, er warf nur einen flüchtigen Blick darauf: es war eine Bäckerei, deren Schaufenster einzig von zwei langen Vierpfundbroten eingenommen wurde, die, an eine Messingstange gelehnt, etwa noch eintreffenden Kunden in die Augen fallen mußten, aber es sah nicht aus, als ob noch jemand erwartet würde, denn die Gaslampe, die von der Decke herunterhing, spendete nur einen schwachen, bläulichen Schein. Der andere Laden, der hellgrün angestrichen war, ergoß durch das Dunkel ein hartes, kräftiges Licht, das von der Straße Besitz zu ergreifen schien. Eine in großen Lettern die Eingangstür überziehende Schrift belehrte die Vorüberkommenden, daß Ernst Brods Witwe, Wäscherin [Koch- und Feinwäsche], Inhaberin dieses Unternehmens war; und tatsächlich boten in der Auslage fünf oder sechs frischgestärkte Herrenhemden den Blicken ihre spiegelnden Oberflächen dar. Ein dichter Vorhang, der über eine Stange lief, umgab die Auslage mit seinen weißen Falten und verbarg auf diese Weise das Ladeninnere, aber ein fortgesetztes Gemurmel verriet, welcher lebhafte Verkehr an dieser Stätte herrschte. Von Zeit zu Zeit erschien plötzlich ein Kopf oberhalb des Vorhangs, und jemand warf einen raschen Blick auf die Straße. Dann fuhr der Mann zusammen, als habe ihn jemand gerufen. Einmal ging die Tür der Wäscherei unerwartet auf, er hörte eine scharfe Stimme, die schreiend etwas äußerte, dann ein Lachen, das darauf antwortete. Dieses so jäh seine Ohren treffende Geräusch erschreckte ihn; eine plötzliche Hitze trieb ihm das Blut in die Wangen, und er preßte seine Stirn mit einer solchen Gier, das Innere des Ladens zu sehen, an die Fensterscheibe, daß alles vor seinen Augen verschwamm. Er sah nur ein Bettuch, dessen Weiß ihm grell erschien, über einer Schnur, dann einen vom Ellbogen bis zum Handgelenk nackten Frauenarm, der die Tür beinahe sofort wieder schloß.

Er gab es auf, den Laden im Auge zu behalten, und senkte den Kopf. Alle Spannung in seinem Gesicht machte jetzt einer tiefen Bitterkeit Platz, durch die er älter wirkte. Mit einem Seufzer der Müdigkeit klopfte er auf den Tisch, legte ein paar Münzen neben das halbleere Glas und stand auf. Die schwarze Wanduhr schlug sechs. In diesem Augenblick tauchte der Kellner auf, ein blutarmer junger Mann mit unstetem Blick. Er schaute auf die Uhr und lächelte verständnisvoll beim Anblick des Kunden, der im Café hin und her wanderte.

»Es wird nicht mehr sehr lange dauern«, sagte er und ließ die Geldstücke in seine Tasche gleiten. »Nach sechs Uhr, sechs Uhr zehn, sind die Mädels nicht mehr zu halten.« Der Mann drehte sich um und lehnte sich an einen Tisch.

»Meinen Sie?« sagte er.

Und mit etwas heiserer, gezwungener Stimme setzte er hinzu:

»Sie kennen sie vielleicht?«

»Ein bißchen«, antwortete der Bursche lächelnd und zuckte die Achseln. »Man merkt, daß der Herr noch nicht lange hier in der Gegend ist.«

»Warum meinen Sie das?« fragte der Fremde mit mißgelaunter Miene.

»Weil wir hier glauben, daß noch die beste von denen da nicht der Mühe wert wäre, sie ins Wasser zu schmeißen.«

Er lachte etwas hinterhältig, hielt aber inne, als er merkte, wie wenig Erfolg er mit seinen Späßen hatte, und fuhr in ernsthaftem, vertraulichen Ton, während er mit einem Lappen den Tisch abwischte, fort:

»Schade, daß der Herr es so eilig hat. Ich hätte ihm einiges erzählen können.«

Der Mann zwang sich mit sichtlicher Mühe, etwas näher zu kommen.

»Nun und? Was hätten Sie mir gesagt?«

Der Bursche ließ sich halb auf dem Tischrand nieder.

»Wenn Sie sich für die Ältere interessieren«, erklärte er mit forcierter Munterkeit, »die Dunkle, die die Wäsche austrägt, dann rate ich Ihnen, auf der Hut zu sein. So durchtrieben und diebisch wie die ist kaum eine.«

Bei diesen Worten warf er einen halben Blick durchs Fenster und bot dabei seinem Gesprächspartner sein langes, tückisches, von Neugier gezeichnetes Profil dar.

»Und die andern?« stieß der Mann ungeduldig hervor.

»Die andern? Da ist nur noch eine, außer der Inhaberin und der Kleinen, die die Wäsche austragen hilft. Sie meinen doch nicht etwa die Kleine?« fragte er, hörbar glucksend.

»Die Kleine? Wer spricht von der Kleinen? Weiß denn ich, wie viele da drinnen sind?«

Der Ton, in dem diese Worte vorgebracht wurden, überraschte den Burschen offenbar, denn er machte große Augen und brauchte einen Augenblick, bis er antwortete.

»Wenn es die andere ist«, fuhr er endlich fort, »das ist Angèle. Ihre Mutter ist voriges Jahr gestorben.«

Hier wurde er durch eine Bewegung des Mannes unterbrochen, der in diesem Augenblick jemanden aus der Wäscherei heraustreten sah.

2

Wieder war er auf der Landstraße, die zu der kleinen Eisenbahnbrücke führte. Der Mond war noch nicht aufgegangen, es herrschte tiefe Dunkelheit, aber sein Blick unterschied dennoch den blassen Fleck, den die weiße Bluse des jungen Mädchens in der Finsternis bildete. Er beeilte sich und war ihr bald so nahe, daß er ihre nackten Arme und den bloßen Hals erkannte. Sie merkte es und blieb stehen. Er tat das gleiche.

»Sie gehen zu schnell«, sagte sie ärgerlich. »Wenn jemand hier auf der Straße vorüberkäme, wüßten morgen alle, daß Sie mir nachgestiegen sind. Sie müssen mir ein bißchen Vorsprung lassen.«

Einen Augenblick lang stand sie unbeweglich da. Offenbar erwartete sie eine Antwort, aber er bewahrte Schweigen, schwankend zwischen dem Verlangen, auf sie zuzulaufen, und der Furcht, er könnte ihr mißfallen. Er hörte dann, wie sie ihren Weg fortsetzte, und folgte ihr nicht gleich, so daß der Abstand zwischen ihnen sich von Sekunde zu Sekunde vergrößerte.

Dieser Gehorsamsbeweis fiel ihm schwer. Er sagte sich, er werde bis dreißig zählen, bevor er sich wieder in Bewegung setze, dann aber nahm das Geräusch ihrer Schritte mit einemmal so schnell ab, daß er sich in jäher Unruhe fragte, ob sie nicht am Ende weglaufen oder sich verstecken würde, um ihn zum besten zu halten. Dennoch rührte er sich nicht und verspürte plötzlich in der Bitterkeit dieser Minute das sonderbare Vergnügen, das man manchmal darin findet, einer Regung zu widerstehen.

Es kam ihm eine merkwürdige Idee. Wer hinderte ihn, wieder hinauf in die Stadt zu gehen, nach Hause zurückzukehren? In einer Anwandlung, wie sie Melancholiker kennen, sah er sich das genaue Gegenteil von dem tun, was er wollte, indem er dieser jungen Person, deren Schritte sich in der Stille verloren, den Rücken zuwendete. Er stellte sich vor, wie er in sein Zimmer, aus dem Traurigkeit und Sehnsucht ihn heute früh schon vertrieben hatten, zurückkehren würde. Im Ablauf dieser Bilder lag etwas so Zwingendes, daß er ganz verwirrt wurde. Konnte er wirklich auf dieses Abenteuer verzichten, wenn er wollte? Doch weshalb kam ihm diese absurde Idee? Mußte er ausgerechnet in diesem Moment sich solche Fragen vorlegen, wo dieses Mädchen sich vielleicht wunderte, daß sie ihn nicht kommen hörte? Ihm war, als sei einen kurzen Augenblick lang alle Vernunft von ihm gewichen und kehre nun plötzlich zu ihm zurück. Er fing zu laufen an, während die Furcht, zu lange gewartet zu haben, niemanden mehr auf der Landstraße zu finden, ihm das Herz zusammenschnürte.

Das Geräusch seiner Schritte auf dem Boden hallte in seinem Kopf wider wie ein Schlag gegen seine Schläfen. Er rannte schneller und holte das Mädchen nach ein paar Sekunden ein. Sie schien unzufrieden.

»Es würde Ihnen recht geschehen, wenn ich Sie stehenließe«, meinte sie. »Ich hatte Ihnen gesagt, an der Überführung.«

Sein Gesicht war dem ihren ganz nahe, er atmete schwer. Sein gieriger Blick unterschied im Dunkel ihre weißen Wangen und ihre Augen. Er lachte erleichtert auf.

»Ich habe geglaubt, Sie wären davongelaufen«, erklärte er mit stockender Stimme. »Deshalb bin ich gerannt.«

Sie zuckte die Achseln.

»Liegt Ihnen denn so viel an der Verabredung?«

»Wissen Sie das denn nicht?« antwortete er und griff nach ihren Fingern. »Glauben Sie mir denn nie?«

Mit einer jähen Bewegung befreite sie ihre Hand und ging ein paar Schritte weiter.

»Hier können wir nicht bleiben«, sagte sie. »Ich habe Ihnen doch gesagt, daß es gefährlich ist.«

Er ging sofort hinter ihr her; beide schwiegen.

Als sie die Überführung vor sich sahen, nahm er wiederum ihre Hand und sagte zu ihr:

»Was muß ich tun, um Ihnen zu gefallen, damit Sie nett zu mir sind?«

In etwas besänftigtem Ton antwortete sie:

»Ich weiß nicht, das müssen Sie selbst herausbekommen.«

Der Mann verhielt sich schweigend, drückte aber plötzlich ihr Handgelenk kräftiger.

»Sagen Sie mir, weshalb Sie Angst haben, daß man Sie hier auf der Landstraße sieht.«

»Mein Gott, ich möchte nicht, daß jemand etwas von meinen Verabredungen weiß«, sagte sie, ohne sich zu besinnen.

»Von den Verabredungen mit mir?« fragte er in aufsteigender Wut.

»Ja, mit Ihnen.«

»Mit andern macht es ja nichts, nicht wahr? Mit mir aber schämen Sie sich offenbar.«

Das junge Mädchen sah mit einem Blick voller Staunen und Zorn zu ihm auf. Sie waren jetzt bei einer Laterne angekommen und machten plötzlich halt, als hielte der große Lichtfleck sie auf.

»Mit andern?« fragte sie. »Was wollen Sie damit sagen?«

Der Blick, den sie ihm zuwarf, brachte ihn aus der Fassung; er wurde rot.

»Ich will damit sagen, es soll wohl keiner wissen, daß Sie sich mit mir treffen.«

»Weshalb?«

»Darauf brauche ich Ihnen keine Antwort zu geben. Das müssen Sie besser wissen als ich.«

»Weiß ich etwa, was in Ihrem Kopf vorgeht? Sagen Sie mir, weshalb Sie mir alle diese Fragen stellen, oder ich gehe augenblicklich. Ich bin nicht gekommen, um mich mit Ihnen zu streiten.«

Unglücklich über seine Ungeschicklichkeit, bat er sie seufzend: »Gehen Sie nicht. Es war unrecht von mir.«

»Wahrscheinlich«, gab sie verächtlich zurück. »Wenn Sie mich hierherkommen lassen, um mir eine Szene zu machen, garantiere ich Ihnen, daß Sie mich nicht ein zweites Mal dazu bringen.«

Er senkte den Kopf. Sanftmütig lenkte er ein:

»Wenn Sie nicht wollen, daß man uns sieht, dürfen wir hier nicht stehenbleiben. Gehen wir über die Brücke!«

»Und wohin gehen wir dann?« fragte sie, ohne einen Schritt zu tun.

Der Mann blickte sie schweigend an, bevor er eine Antwort gab, und versuchte zu erraten, wie sie seine Worte wohl aufnehmen werde; ein schüchternes Lächeln zeichnete sich auf seinen Lippen ab.

»Ich wollte Ihnen vorschlagen, daß Sie mit mir zu Abend essen«, sagte er.

Sie lachte.

»Mit Ihnen zu Abend essen? Und wo?«

Er zeigte irgendwo auf die Landschaft jenseits der Eisenbahnlinie.

»In Lorges.«

»Nie im Leben. Das ist zu weit.«

»Wir könnten mit der Bahn hinfahren. Der Zug geht in fünf Minuten.«

Doch sie schüttelte den Kopf.

»Ich kann Ihnen nur sagen, daß ich nicht mit Ihnen zu Abend essen möchte.«

»Warum nicht?«

»Das ist meine Sache.«

»Haben Sie es eilig, in die Stadt zu kommen? Gehen Sie heute abend aus?«

»Ich werde Ihnen keine Antwort geben«, erklärte sie mißmutig. »Eben noch wollten Sie doch mit mir reden. Sagen Sie, was Sie zu sagen haben, und lassen Sie mich dann gehen.«

»Ich kann hier nicht mit Ihnen reden, hier unter diesem Licht. Wir wollen auf die andere Seite der Überführung gehen, ja?« bettelte er.

Sie ließ sich von ihm bei der Hand nehmen, nicht ohne durch einen Seufzer anzudeuten, daß dies eine Gunst sei, die er sich hoch anrechnen müsse. Keiner von ihnen sprach ein Wort bis zu dem Augenblick, wo sie sich jenseits der Brücke befanden.

»Sie haben doch wohl wenigstens keine Angst vor mir?« fragte er in künstlich jovialem Ton.

»Nein. Sie stellen aber komische Fragen!«

»Aber wenn Sie keine Angst haben, so bedeutet das noch nicht, daß Sie gern mit mir zusammen sind, wie?«

In einem halbwegs lichten Moment war er sich klar darüber, daß er so daherredete, weil er nicht wußte, was er sagen sollte, daß er sich aber durch so törichte Worte bei dem jungen Mädchen um jedes Ansehen brachte. Weshalb versetzte er sie in die Lage, ihm möglicherweise zu sagen: ›Nein, ich bin nicht gern mit Ihnen zusammen‹? Schleunigst fuhr er fort:

»Darauf kommt es auch gar nicht an. Was ich möchte, ist, daß Sie zufrieden, daß Sie glücklich sind, verstehen Sie?«

Sie antwortete nicht.

»Da, sehen Sie mal«, sagte er, während er in seiner Westentasche nach etwas suchte, »ich habe Ihnen ein Geschenk mitgebracht. Ich wollte es Ihnen erst später geben, aber da Sie es so eilig haben . . . Es ist ein Ring. Schauen Sie.«

»Ein Ring?« wiederholte sie neugierig. »Oh, ist der aber hübsch.«

Sie wollte ihn nehmen, doch er kam dieser Bewegung zuvor. Er hielt das Schmuckstück zwischen Daumen und Zeigefinger. Es war ein silberner Ring mit einem winzigen Saphir.

»Erlauben Sie mir wenigstens, daß ich ihn Ihnen überstreife«, sagte er.

Sie verzog ungeduldig das Gesicht.

»Wie Sie wollen.«

Er trat näher an sie heran und ergriff ihre Hand, zitterte aber so stark, daß es ihm nicht gelang, ihr den Ring über den Finger zu schieben.

›Ich sollte sie beim Arm nehmen und sie an mich drücken‹, sagte er sich, erschreckt über sein linkisches Benehmen. ›Jetzt würde sie mich vielleicht lassen, später will sie sicher nicht mehr.‹

In jäher Verzweiflung stieß er hervor:

»Nehmen Sie den Ring und streifen Sie ihn sich selber über.«

Überrascht durch seinen Ton, schaute sie zu ihm auf. Zweifellos verspürte sie Mitleid, als sie den Ausdruck des Jammers in seinem Gesicht gewahrte, das jetzt nicht einmal mehr von Begierde glühte, sondern nichts weiter als trostlose Müdigkeit verriet.

»Sie sind komisch«, sagte sie, während sie sich den Ring an den kleinen Finger streifte. »Man könnte denken, es langweilt Sie, mit mir zusammenzusein.«

Entmutigt zuckte er die Achseln.

»Ich sehe schon, Sie werden mich niemals lieben«, brachte er endlich hervor.

Sie antwortete nicht, und er wußte ihr Dank für dieses Schweigen, das sicher grausam war, aber doch weniger herzzerreißend als ihre Worte. Beide überschritten erneut die Überführung und gelangten zum Eingang der Stadt, ohne ein weiteres Wort gewechselt zu haben. Dennoch lächelte sie ihm, schon im Fortgehen, zu. »Bis morgen«, sagte sie.

Eine heftige Wallung, in der sich Freude und Traurigkeit mischten, hinderte ihn daran, ihr zu danken, aber er folgte ihr mit den Blicken, bis sie verschwunden war.

3

Etwa sechshundert Meter von da entfernt und in ebendem Augenblick, in dem diese Unterhaltung stattfand, stellte Madame Georges Londe vor ihrem Spiegel Betrachtungen an, bis es für sie Zeit sein würde, sich in den Speiseraum zu begeben. Es war dies eine Art Zeremonie, bei der es nie ohne gewisse Vorbereitungen abging, denn Madame Londe war nicht mehr jung, bewahrte sich aber die Koketterie ihrer fünfundzwanzig Jahre und hätte sich niemals bereit gefunden, vor ihren Kunden zu erscheinen, bevor sie ihrer verfallenden Schönheit die Tröstungen von Puder und Rouge hatte zuteil werden lassen.

Sie saß in einem kleinen, zwischen zwei Türen ausgesparten Raum, der offenbar zugleich als Anrichte und als Ankleidezimmer diente. Jedenfalls stand darin ein an die Wand geschobener Abstelltisch aus hellem Holz, und unter der Gaslampe, die von der Decke herunterhing, ein kräftig rosa lackierter Toilettentisch. Letzteres Möbelstück war mit einem ovalen Spiegel geschmückt, der seit drei oder vier Minuten ein unbewegliches Gesicht mit aufmerksam blickenden Augen reflektierte.

Was für Gedanken bewegte diese Frau in ihrem Inneren? Sie schien weder glücklich noch unglücklich zu sein. Etwas nach vorn gebeugt, mit locker auf den Oberschenkeln ruhenden Händen, saß sie in der Haltung jemandes da, der einem Schauspiel folgt. Ihr gespannter Blick glitt von der niedrigen, von dunklen Löckchen umrahmten Stirn zu dem herrischen Mund, dessen Winkel etwas nach unten gezogen waren (ein sorgsam einstudiertes Lächeln korrigierte diesen Fehler in der Öffentlichkeit). Dann, nachdem sie das Gesicht rundum in Augenschein genommen hatte, konzentrierten ihre Blicke sich auf die Augen selbst, so daß man hätte meinen können, sie wollten deren schwarze Iris durchbohren, auf die das Licht zwei gelbe Punkte setzte, soviel fast boshafte Beharrlichkeit drückte sich bei dieser prüfenden Betrachtung in ihnen aus.

Von Zeit zu Zeit zuckten ihre schweren, vom langen Aufbleiben bräunlich verfärbten Lider, die immer wieder den gleichen finsteren, mißbilligenden Blick enthüllten.

Sie war ganz in schwarzen Taft gekleidet, ihre Brust in eine feste Taille eingepreßt, die den Hals bis zum Kinn umschloß, aber unter kleinen Spitzenvolants die runden, fülligen Handgelenke frei ließ. Ein Amethyst an der rechten Hand, eine Brosche auf der Brust verrieten ein gewisses Bemühen um Eleganz, aber der Stoff des Kleides wies nach dem Gürtel zu vier oder fünf häßliche Flickstellen auf, die von schwierigen Zeiten und einer schlecht verhüllten finanziellen Misere zeugten. Der rosa Ton des Toilettentischs kontrastierte stark mit dem ärmlichen, tristen Eindruck dieser abgetragenen Kleidung und dem harten Gesicht; mitten in einem düsteren Bild schuf er eine heitere Note, die wie zum Spott, oder um die Grellheit der Farben und die grausame Energie der Zeichnung noch stärker zu betonen, hineingesetzt schien.

Die Uhr schlug und riß Madame Londe aus ihren Betrachtungen. Sie richtete sich auf und wartete mit dem Aufstehen noch so lange, bis die sieben Schläge in der Stille des kleinen Raumes verklungen waren. Dann erhellte ihre Züge ein Lächeln, das ihren Augen mit einem Male Leben verlieh. Es schien, als ob von dieser Frau eine Verzauberung wiche, als erwache sie aus einem magischen Schlaf und begänne wieder zu leben. Mit einer raschen Bewegung glättete sie ihren Haarknoten, und nachdem sie einen letzten Blick in den Spiegel geworfen hatte, schritt sie auf die Tür des Speiseraums zu.

Doch sie betrat ihn erst, nachdem sie sich hinter einem Wandschirm, der nahe beim Eingang stand, herabgebeugt und ihre Augen dicht an eine Stelle herangebracht hatte, an der der rote Plüsch dieses Möbels etwas zerrissen war. Auf diese Weise konnte sie sehen, wer im Restaurant war, so wie der Regisseur des Theaters durch ein Loch im Vorhang feststellt, was für ein Publikum in den Parkettreihen sitzt. In den Hüften eingeknickt, mit leicht angebeugten Knien verhielt sie sich unbeweglich wie ein Tier, das zum Sprung ansetzt.

Manchmal wendete sie seufzend den Kopf zur Seite und betraute, nicht zufrieden mit dem, was das linke Auge wahrgenommen hatte, nunmehr das rechte mit einer zusätzlichen Erkundung, indem sie es hinter die Rißstelle brachte, deren Öffnung sie mit dem Finger noch etwas erweiterte.

Endlich verließ sie ihren Posten und betrat den Speiseraum. Drei Schritte trennten sie von einem auf einer Estrade stehenden Pult, hinter dem sie Abend für Abend ihren Platz einnahm. Von diesem Hochsitz aus überblickte sie einen langen, schmalen Raum, in dem je sechs kleine Tische an den Längswänden standen. Inmitten des auf diese Weise gebildeten Ganges befand sich ein ziemlich großer ovaler Tisch, an dem ein gutes Dutzend Gäste Platz finden konnte; wenn Madame Londes Blick über das große Arrangement von Grünpflanzen hinwegglitt, das auf dieser Table d'hôte üppig wucherte, konnte sie durch die Glastür mit dem in umgekehrter Richtung laufenden Namenszug auf die Straße sehen. Sie faltete die Hände auf der Marmorplatte ihres Comptoirs. Im Augenblick war der Raum noch leer, doch es war auch eben erst sieben Uhr, und Madame Londe hatte sich nur schon eingefunden, um ihrer Kundschaft gewissermaßen ein Beispiel von Pünktlichkeit zu geben. Sie wußte freilich auch, daß ein Viertel nach sieben das Fleisch weniger saftig und das Gemüse etwas übergar sein würde. Auf einer Papptafel an der Wand waren die Stunden der Mahlzeiten aufgezeichnet, aber das hinderte die Gäste nicht, verspätet zu erscheinen. Sie stieß einen tiefen Seufzer der Ungeduld aus.

»Weshalb kommen sie nicht?« murmelte sie mit der müden Stimme eines Theaterbesuchers, der vor dem immer noch gesenkten Vorhang sitzt und sich unmutig fragt: ›Weshalb fangen sie denn nicht an?‹ Dabei wußte sie ganz genau, daß allabendlich sich die gleiche Szene abspielte. Jeden Abend um sieben Uhr und einige Minuten war sie auf ihrem Beobachtungsposten hinter dem Wandschirm anzutreffen, einer abergläubischen Gewohnheit zufolge, die sie eines Abends angenommen hatte, als zwei Gäste ohne ihr Wissen erschienen waren, bevor sie selber noch ihren Einzug gehalten hatte. Dann mußte sie eine Viertelstunde, eine gute Viertelstunde sogar, vor Ungeduld sich verzehrend auf der Estrade sitzen, während ihre müßigen Hände das Blumensträußchen auf dem Pult wohl zwanzigmal hin und her schoben und das dicke schwarze Buch in einer immer planloseren Bewegung öffneten und schlossen. Sie konnte nun einmal nicht warten. Niemals hatte sie verstanden, sich in Geduld zu fassen. Weshalb aber änderte sie nicht einfach die Stunde der beiden Mahlzeiten, da doch niemand ohne eine Viertelstunde Verspätung erschien?

Vielleicht beantwortete sie in ihrem Innern eine Frage dieser Art, als sie ihr Buch geräuschvoll auf der Marmorplatte zuschlug. War es nötig, einem schon unerträglich langen Tag noch fünfzehn Minuten hinzuzusetzen? Nein. Sie hatte gesagt, um zwölf und um sieben Uhr würde das Restaurant geöffnet sein, und um zwölf und um sieben Uhr saß sie an ihrem Pult.

Schließlich beugte sie sich, am Ende ihrer Geduld angelangt, seitwärts zu dem Raum hinüber, in dem sie ihre Toilette beendet hatte, und rief: »Grégoire!« Eine ferne Stimme antwortete: »Jawohl!« und man hörte, wie eine Tür aufging.

»Lassen Sie die Suppe heraufbringen!« befahl Madame Londe, ohne abzuwarten, daß die gerufene Person das Gastzimmer betrat.

Die Suppe heraufbringen zu lassen, war das äußerste Mittel, zu dem sie griff, wenn sie allmählich halb verzweifelt war. Sie war der Meinung, daß sie dadurch ›die Gäste herbeizog‹, wie sie es nannte. Denn sie hatte schon oft bemerkt, daß Herr Goncelin, der Getreidehändler, der seine Mahlzeiten bei ihr einzunehmen pflegte und im allgemeinen der erste war, der jeweils im Speisesaal erschien, gerade hereinkam, wenn der Kellner die Suppe brachte. Sie zitterte jedoch, daß eines Tages der Zauber unwirksam bleiben, ihr Getreidehändler sich wie die anderen verspäten und sie den Glauben verlieren könnte. Sie griff daher auch nur auf diese Methode zurück, wenn ihre Geduld nahezu erschöpft war.

Sie legte das Gesicht in die Hände, stützte sich mit den Ellbogen auf das Pult und lauschte in dieser Haltung auf das Geräusch der Schritte, deren Kommen und Gehen aus den Tiefen der Küche zu ihr drang. Man hätte meinen können, sie bringe dem Himmel die Kränkung dieser letzten, grausamsten Minute des Wartens als Opfer dar. Es war zwecklos, den Kellner zur Eile anzutreiben; der Mann hatte selbst nichts anderes im Sinn, als recht schnell fertig zu sein, um so früh wie möglich in die Stadt zu kommen. Anderseits würde Herr Goncelin pünktlich sein oder nicht, ohne daß Madame Londes Wille das geringste dazu vermochte. Es blieb ihr gar nichts anderes übrig, als den Dingen ihren Lauf zu lassen.

Plötzlich ließ sie die Hände sinken und richtete den Blick geradeaus. Soeben war die Tür aufgegangen und jemand eingetreten. Es war nicht der Getreidehändler, vielmehr ein Mann, den sie noch nie im Leben gesehen, der aber bereits den Hut abgenommen und sich hingesetzt hatte. Sie traute ihren Augen kaum, so sicher war sie gewesen, Herr Goncelin werde als erster die Schwelle des Restaurants überschreiten, und aufgeregt vor Staunen musterte sie den Unbekannten derart eindringlich, daß auch er aufschaute und einen Blick auf Madame Londe warf, als erwarte er, daß sie das Wort an ihn richten werde; dann aber, da diese Frau schwieg und sogar plötzlich errötete, senkte er den Kopf und faltete seine Serviette auseinander.

Angesichts seiner erstaunten Miene sagte sich Madame Londe einigermaßen verlegen, daß dieser Herr sie sicher recht albern finden müsse, aber so groß war ihre Verwirrung auch wieder nicht, daß sie nicht mindestens zwanzig Einzelheiten an Kleidung und Physiognomie des Fremden festgestellt und ihr geübter Provinzlerinnenblick nicht genug gesehen hätte, um Stoff für alle möglichen Überlegungen daraus zu ziehen. Um ihr ungeschicktes Benehmen von vorhin wiedergutzumachen, heuchelte sie Gleichgültigkeit und tauschte abermals die Blumenvase und das schwarze Buch miteinander aus. Der Mann war gut gekleidet; woher kam er wohl? Ein Geschäftsreisender war es nicht, Leute dieses Schlages kannte sie zu gut, um sich in diesem Punkt zu täuschen. Außerdem hatte er weder einen Überzieher noch einen Koffer bei sich. Aber es war auch niemand aus der Gegend, es sei denn – und bei diesem Gedanken schlug ihr das Herz höher –, es handle sich um einen neu in Lorges oder Chanteilles Zugezogenen. So hatten sich vor vier Jahren zwei Herren aus Orléans in Chanteilles niedergelassen, und sie erinnerte sich noch, daß sie bei deren erstem Auftauchen im Restaurant das gleiche Gefühl der Aufregung verspürt hatte wie am heutigen Abend, denn durch einen merkwürdigen Zufall hatte sie von ihrer Ankunft zuvor keinen Wind bekommen, während sie doch gewöhnlich vor allen anderen über jede Begebenheit auf dem laufenden war. Für Frauen wie Madame Londe, bei denen die Neugier vorherrscht, ist es ebenso demütigend, sich durch die Ereignisse überraschen zu lassen, wie für einen Leuchtturmwärter die Tatsache, daß ein vorüberziehendes Schiff seiner Aufmerksamkeit entgangen ist.

Endlich jedoch, nach ein paar Minuten eines Mißmuts, der sich in nochmaligem Umstellen der kleinen Blumenvase äußerte, erholte sie sich allmählich wieder von der gewissen Entrüstung, die sie gegen sich selbst empfand, und während sie von neuem die Hände auf der Marmorplatte faltete, hob sie den Kopf und ließ ihren Blick lange auf dem Fremden ruhen. Er trug einen grauen Anzug; ein lila Taschentuch hing ihm aus der oberen Rocktasche heraus. Von Zeit zu Zeit senkte er den Blick und schob zerstreut ein paar Brotkrümel in den Mund. In der Vorstellung von Madame Londe aber war dieser Mann nicht ein alltäglicher Reisender, der sich für eine halbe Stunde an einen Gasthaustisch setzte; es war jemand, von dem sie gar nichts wußte und der infolgedessen für sie der Gegenstand ganz außergewöhnlichen Interesses war. Sie war nicht weit davon entfernt, ihn als Feind zu betrachten, einzig deshalb, weil er tausend Dinge wußte, die sie nicht einmal ahnte. Sein Name, sein Beruf, sein Leben – das alles waren für sie ebenso viele Geheimnisse, die sie ihm gern entrissen hätte.

Waren die mürrische Miene, die sie bei ihm feststellte, und sein verächtliches Schweigen nicht eine an ihre Neugierde gerichtete Herausforderung? Sie hatte bestimmt schon viele Kunden an diesem Tisch Platz nehmen sehen, alle aber, jawohl, fast alle hatten sie beim Eintreten mit einem Lächeln oder einem liebenswürdigen Wort begrüßt, selbst die, die sie gar nicht kannten. Daraus ergab sich dann, daß sie im Laufe einer Unterhaltung, wie sie sich möglicherweise zwischen ihr und dem Gast ergab, wenn letzterer an die Kasse kam und seine Rechnung bezahlte, um so unbefangener ein paar Fragen an ihn richten konnte.

Denn so war es Brauch im Restaurant Londe. Der Kellner teilte zwar nach Schluß der Mahlzeit die Rechnungen aus, wie es allgemein üblich ist, aber nur an die Wirtin persönlich entrichtete der Gast seinen Obolus. Aus diesem Usus ergaben sich viele Vorteile. Von der Höhe ihres Thrones herab fühlte Madame Londe sich besser in der Verfassung, zu lächeln, Fragen zu stellen und, soweit möglich, sogar verführerisch zu wirken. Sie nahm ein zugleich heuchlerisches und edles Gebaren an, ließ belanglose Worte fallen wie eine Königin und gab das Wechselgeld mit einer Miene der Freigebigkeit heraus – Allüren falscher Großzügigkeit, die fast immer verfingen, da diese Frau, die sich in dem Verlangen verzehrte, zu gefallen, um alles genau in Erfahrung zu bringen, von einem unfehlbaren Instinkt geleitet wurde.

Ohne über das Maß an List zu verfügen, das ihrem Geschlecht im allgemeinen zugeschrieben wird, wußte sie doch sehr gut, was man sagen oder tun mußte, um sich das Wohlwollen eines Gastes zu sichern und ihm das Versprechen zu entlocken, er werde wiederkommen. Nach dieser Richtung ging ihr ganzes Bemühen, sobald im Lokal irgendein Neuer erschien. Sie verließ sich dabei auf die mäßigen Preise und gewisse trügerische Zahlungserleichterungen, um die letzten Hindernisse zu beseitigen. Es bestand nämlich noch ein weiterer Unterschied zwischen diesem Hause und den entsprechenden in Paris zum Beispiel; man konnte hier anschreiben lassen, wie man es sonst nur beim Krämer oder Apotheker tut. Madame Londe aber wußte aus zwölfjähriger Erfahrung, daß ein Mann, der ihr zehn, fünf oder auch nur drei Mahlzeiten schuldete, von da an verloren, das heißt endgültig als Kunde ihres Unternehmens gewonnen war.

Wie aber soll man jemanden an sich fesseln, der einen nicht einmal anschaut und für den man überhaupt nicht zu existieren scheint? Was hatte dieser Mensch denn schon sein Brot aufzuessen, bevor noch die Suppe kam? Woran mochte er denken? Sah er sie denn nicht? Oder tat er nur so, als sähe er sie nicht? Spürte er denn nicht auf seiner Stirn, auf seinen Schultern den harten Blick, der nicht mehr von ihm wich? Jetzt hatte sie ihre Geistesgegenwart wiedererlangt und trachtete danach, in ihre Miene, in ihre Augen das ganze Maß an Autorität zu legen, dessen sie fähig war; doch wozu? Es war klar, daß dieser Mann in Gedanken ganz woanders war als im Restaurant Londe, daß er an etwas vollkommen anderes dachte. Auf ihrem Buche ballte sie die Faust. Würde er endlich reden? Würde er, wenn er sein Brot aufgegessen hätte, neues haben wollen?

Der Fremde indessen schien nichts von der Ungeduld zu erraten, von der das Herz der Wirtin schwoll. In der Bitterkeit ihrer Niederlage hätte Madame Londe beinahe das Eintreten des Getreidehändlers übersehen, der sie mit jenem weit ausladenden, in zwei Abschnitten erfolgenden Schwenken seines Hutes begrüßte, wie es nur noch in der Provinz üblich ist. Sie neigte den Kopf und sagte mit einer Stimme, die vor Gekränktheit noch etwas zitterte:

»Guten Abend, Herr Goncelin.«

Den Kellner aber, der gerade die Suppe brachte, wies sie nur kurz an:

»Bedienen Sie den Herrn da hinten!«

Was hätte sie nicht darum gegeben, seinen Namen zu wissen, um sagen zu können:

›Bringen Sie Herrn Soundso seine Suppe! Er muß dann und dann mit dem Zuge fort.‹

Statt dessen setzte sie wütend, außer sich über ihre eigene Unwissenheit und die erstaunte Miene des jungen Burschen, hinzu:

»Los doch, schnell! Sie sehen doch, er hat schon sein ganzes Brot aufgegessen!«

Jetzt strömten die Gäste fast ununterbrochen herein, die Tür ging nur zu, um sich gleich wieder aufzutun. Alle grüßten die Wirtin mit einer durch Respekt gedämpften Herzlichkeit, und sie selber teilte nach links und rechts kleine Verneigungen aus, wie eine Königin, die in ihrer Kalesche durch die Straßen fährt, geschmeichelt durch die Aufmerksamkeiten, die ihr dargebracht wurden, und nachgerade sogar ein wenig beschwichtigt und getröstet.

Unter geräuschvollem Stühlerücken setzten sich die zehn oder zwölf Personen, die gekommen waren, zu Tisch. Alle waren, wie man aus der Sicherheit erriet, mit der sie ihre Plätze einnahmen, Stammgäste des Restaurants, und schon erfüllten ihre Gespräche den Raum mit dem tiefen, beharrlichen Summton eines Bienenstocks. Zwei Kellner in weißer Schürze umkreisten die Table d'hôte und servierten die Suppe.

In diesem Lärm von Stimmen und Geschirr weitete sich Madame Londes Herz. Für diese Minute lebte sie, für den Anblick dieser gerundeten Rücken und gebeugten Köpfe dort vor ihr, gleichsam zu ihren Füßen. Man hätte meinen können, daß sie in dieser Haltung jedes einzelnen ein Zeichen der Unterwerfung erblickte. Mit halblauter Stimme zählte sie die Gäste: zehn an der Table d'hôte und ein weiterer an dem kleinen Tisch gleich neben der Tür. Oh! Wie unwichtig war jetzt dieser weitere! Eben erst hatte er sie geärgert, weil seine Anwesenheit in dem leeren Saal etwas Provozierendes hatte, nun aber, da die Table d'hôte voll besetzt war, verschwand er nahezu in seiner Ecke.

Sie machte die Augen halb zu, wie um das zu ihr aufsteigende Summen desto mehr zu genießen. In dem heiteren Stimmengewirr der Abendmahlzeit unterschied sie deutlich den schwerzüngigen Tonfall des Herrn Goncelin, der sich eines guten Geschäftsabschlusses rühmte, die gellende Stimme des kleinen Pariset, der seine politischen Meinungen vortrug, und das Stottern, mit dem Monsieur Léon ihm antwortete. Herr Morestel stritt sich mit Blondeau junior, und Trept, der so gewandt reden konnte, erzählte eine lange Geschichte, in der von Mademoiselle Clarafond, seiner Hauswirtin, die Rede war. Nachsichtig schüttelte sie den Kopf: Sie kannte alle diese Leute, ihre Beschäftigungen, ihre kleinen Abenteuer, ihre Sorgen, ihre Schulden und ihren Vermögensstand. Kein Augenblick ihres Lebens schien ihr zu entgehen, denn sie verstand sich darauf, ihnen die richtigen Fragen zu stellen, wenn sie sich an die Kasse begaben, und die einen trugen ihr Nachrichten über die anderen zu. Ihr Ansehen hing tatsächlich großenteils davon ab, wie weit sie unterrichtet war. Niemand erinnerte sich an mehr Skandale, an mehr Unglücksfälle als sie. Ihr Gedächtnis ließ nichts unvermerkt; von den hundert kleinen Einzelheiten, die sie tagtäglich von allen Seiten zusammentrug, schien ihr alles wertvoll, alles konnte ihr nützen.

Gleich darauf saß sie wieder mit weit offenen Augen und in gestraffter Haltung da. Ein Gedanke war ihr gekommen. Sie erinnerte sich, daß man ihr am Morgen etwas über eine Fahrt eines ihrer Gäste in einen Nachbarort gesagt hatte, und um zu zeigen, daß sie über alles auf dem laufenden war, daß sie über alles *Bescheid wußte*, schleuderte sie plötzlich mit machtvoller Stimme in des Gemurmel am Tisch die Bemerkung hinein:

»Ich wette, Monsieur Trept ist gestern morgen nach Champricourt gefahren, um sich dort einen neuen Hut zu kaufen.«

Kurzes Schweigen trat ein, alle Köpfe wendeten sich ihr zu, dann aber, nachdem sich sein erstes Staunen gelegt hatte, erklärte der dicke Monsieur Trept:

»Das stimmt tatsächlich, Madame Londe. Ihnen entgeht aber auch wirklich so leicht nichts.«

Die Herren brachen in Gelächter aus und richteten ihre Blicke auf den Kleiderständer, an dem zwischen abgetragenen und verfärbten ›Melonen‹ eine dunklere hing, die sich ihrer Schwestern zu schämen schien. Für eine Minute fühlte sich Madame Londe fast so glücklich, wie sie es noch nie gewesen war, und blühte im Lärm dieser schmeichelhaften Heiterkeitskundgebungen auf wie eine Pflanze im Licht. Sie öffnete ihr schwarzes Buch einen Spaltbreit und tat, als lese sie mit gleichgültiger Miene darin, aber in der Brust schwoll ihr das Herz vor Freude. Er hatte sie gesehen, gehört, dieser Poseur da im Hintergrund! Sie hatte sehr wohl seinen Aufschluß heischenden Blick bemerkt. Er wußte jetzt, was er von der Wirtin zu halten hatte, daß sie eine imposante Frau war, die mit den Männern zu reden verstand und zudem Augen im Kopf hatte! Befriedigt schob sie die Blumenvase etwas weiter nach rechts mit der triumphierenden Geste eines Schachspielers, der mit einem Zug, den er tut, den Sieg seines Gegners gefährdet.

Natürlich durfte sie sich noch nicht schmeicheln, die Partie gewonnen zu haben, aber ganz offensichtlich hatte ihre Bemerkung ›gesessen‹. Der Mann, der auf einmal zu sich zu kommen schien, warf auf Madame Londe den aufgestörten und beunruhigten Blick eines Schläfers, der allzu brüsk seinem Schlummer entrissen worden ist. Sie jauchzte innerlich über dieses Staunen, das ihr für ihre eigene kleinlaute Verfassung von kurz zuvor eine Art Revanche gab. Jetzt war der Augenblick für einen Angriff da. Man durfte dem Feinde keine Zeit lassen, seine Kräfte zu sammeln. Als einer der Kellner an ihr vorüberging, beugte sie sich rasch ein wenig zur Seite und sagte schnell zu ihm:

»Stellen Sie die Terrine ab und fragen Sie den Herrn da hinten, ob Sie ihm seinen Platz reservieren und seine Serviette aufbewahren sollen. Aber liebenswürdig, he?«

Kaum jedoch hatte der Kellner den Rücken gewendet, als sie auch schon das Gefühl beschlich, einen Fehler gemacht zu haben; sie war nahe daran, ihn zurückzurufen. Wie würde dieser Tolpatsch Grégoire sich bei der Sache benehmen? Vielleicht hätte sie lieber warten sollen, bis der Unbekannte kam und bezahlte. Sie war ja seiner im Grunde noch so wenig gewiß! Dennoch hinderte etwas sie daran, jetzt noch einzugreifen: sie wollte sehen, was geschehen würde, diese Minute noch wollte sie es wissen. Eine wachsende, wütende Neugier zog sie zu diesem Mann hin, sie sah im Augenblick nur ihn, wie er da abseits saß, als wolle er von den übrigen Gästen abgesondert ihre Aufmerksamkeit auf sich ziehen. Warum hatte er sich so weit weg von den anderen hingesetzt, wenn nicht, um sie zu ärgern?

Es kam ihr vor, als bewege der Kellner sich eigens im Schneckentempo um den großen Tisch herum. Sie streckte den Kopf vor, um diesen endlosen Weg zu verfolgen, und richtete sich ein wenig auf, außerstande, ihrer Ungeduld Herr zu werden. Als Grégoire bei dem Tisch an der Tür angekommen war, spitzte sie die Ohren, um zu verstehen, was er sagte, doch umsonst; immerhin schien der etwas verdutzte Ausdruck, den das Gesicht des Unbekannten annahm, nichts Gutes zu bedeuten, so daß sie mehrmals wütend vor sich hinmurmelte: »Dieser Idiot! Dieser Idiot!« ohne daß dabei ganz deutlich wurde, auf welchen der beiden Männer dieser Ausdruck sich bezog. Sie stellte soviel fest, daß der Fremde sich die Frage wiederholen ließ und gleich darauf die Achseln zuckte, als wisse er noch nicht.

Sie schloß vor Scham die Augen und öffnete sie erst wieder, als Grégoire vor ihr stand.

»Nun, was hat er gesagt?«

»Er will erst das Ende der Mahlzeit abwarten, bis er darauf Antwort gibt.«

»Aber natürlich, mein Guter«, rief Madame Londe so laut, daß jeder es hören konnte. »Der Herr hat sehr recht, daß er sich über das Essen hier erst eine Meinung bilden will, nachdem er es gekostet hat. Habe ich Sie etwa geheißen, ihm jetzt schon solche Fragen zu stellen?«

Und leise, in drohend gedämpftem Ton setzte sie hinzu:

»Kein Wort! Hinaus jetzt in die Küche, Sie Dummkopf, Sie!«

Einzig das Ende dieser kleinen Szene war von den Speisenden beobachtet worden, die daraufhin mit Reden innehielten und in stummem Staunen zu der Chefin hinübersahen. Sie schleuderte ihnen vernichtende Blicke zu.

»Wünschen die Herren etwas?« fragte sie. »Fehlt Wasser? Oder Brot?«

Und indem sie einen von ihnen herausgriff, um ihre Wut an ihm auszulassen, so wie eine Lehrerin auf einen schlechten Schüler einhackt, brach sie auf einmal los:

»Herr Pinsot, ist bei Ihnen etwas nicht recht? Ist die Suppe nicht gut? Kennen Sie Restaurants, in denen es eine bessere gibt?«

Sie faltete die Hände und wollte Ruhe mimen, aber sie hatte den Kopf verloren, und ihre Stimme bebte.

»Oder Restaurants«, fuhr sie fort, »in denen die Preise niedriger sind als hier und das Zahlen noch mehr erleichtert wird, Sie verstehen mich? Sie schulden mir jetzt sechs Mahlzeiten, Monsieur Pinsot. Habe ich Sie ein einziges Mal gemahnt, Ihre Rechnung zu begleichen?«

Monsieur Pinsot, ein blutarmer, ärmlich gekleideter junger Mann, strich mit dem Finger über seine Kneifergläser, die vom Dampf der Suppe beschlagen waren; dann machte er Miene aufzustehen, besann sich jedoch und blieb sitzen.

»Nein!« hauchte er.

»Nein!« wiederholte Madame Londe. »Sie haben recht, Monsieur Pinsot, ich habe nie in meinem Leben einen Gast gemahnt.«

Diese Worte versanken in einem Abgrund ehrfurchtsvollen Schweigens; kein Murren erhob sich an der Table d'hôte, über die der gebieterische Blick der Chefin glitt. Durch welches Kunststück gelang es ihr, die elf Speisenden, die jetzt fast wie ertappte Schulbuben vor ihr die Blicke senkten, derart in Zucht zu halten? Was für ein Soll-und-Haben-Spiel trieb sie mit ihnen, daß sie nicht einmal aufzumucken wagten? Viele Zahlungsaufschübe waren offenbar der Preis, um den sie diese Unterwürfigkeit erreicht hatte.

Einen Augenblick lang genoß sie die Bestürzung, die sie hervorgerufen hatte; ihre Nasenflügel blähten sich. Sie stellte fest, daß der Unbekannte zu ihr herübersah, und war sich klar darüber, daß er über die Worte nachsann, die er vernommen hatte. Sie schloß die Lider, als wolle sie das Schauspiel ihres Triumphes in ihr Inneres verlegen und sich dort seiner Betrachtung hingeben.

Nach einigen Sekunden des Zögerns sahen die Tischgäste einander verstohlen an und beugten dann mit einer Miene gemeinsamen Schuldbewußtseins die Köpfe. Eine Weile lang war nichts zu hören als das Geklapper, das sie beim Verzehren der letzten Löffel Suppe machten.

Das Abendessen endete in trübseliger Stimmung. Ein Gefühl von Beunruhigung hinderte die Herren daran, ihre Unterhaltung im gleichen Ton wiederaufzunehmen; die Bemerkungen, die sie halblaut austauschten, hatten jetzt etwas Scheues und Gezwungenes. Der Abend war ihnen verdorben. Es war klar, daß sie sich in stummem Einvernehmen bemühten, eine Mahlzeit abzukürzen, die ihnen kein Vergnügen mehr machte.

Von ihrer Estrade herab ließ Madame Londe ihre Blicke über die enttäuschten Gesichter schweifen, und nur beiläufig nahm sie von den Schüsseln Notiz, die schweigend aufgetragen wurden. Mit ihrer verschlossenen Miene glich sie einem Tyrannen, der über seinem Zerstörungswerk brütet. Dennoch blickte sie immer düsterer drein. Kein Zweifel, sie würde die Partie gewinnen, ihr Instinkt hatte sie nicht getäuscht; in dem Unbekannten, der im Hintergrund des Saales zu Abend aß, hatte sie ganz richtig ein schwaches, unglückliches Wesen erkannt, das vor irgend jemand oder irgend etwas floh, und durch die bloße Macht ihrer Autorität würde sie diesen Menschen zu sich zwingen. Er selber wußte es vielleicht noch nicht, sie aber war dessen gewiß. Sie war sicher, und dennoch ließ es sie im Augenblick kalt. Das aber gerade zeigte ihr ihren Sieg an, denn einer merkwürdigen Laune ihrer Natur zufolge schien ihr jeweils eine Beute, die ihr bereits sicher war, während einer gewissen Zeit nicht mehr erstrebenswert. Damit ihre Lust daran von neuem erwachte, mußte sie aus ihrer Ruhe aufgescheucht werden und im Kampf die Wonnen des Triumphes spüren; die Beute mußte, mit einem Wort, widerstreben und sich zu befreien trachten. Von daher stammte Madame Londes Verachtung ihren Kunden gegenüber. Ihre Unterwürfigkeit sagte ihr nichts, sie schätzte Gehorsam nur in dem Maße, wie sie darum kämpfen mußte, ihn sich zu verschaffen und zu erhalten.

Seit Jahren kamen diese Leute nun her, um bei ihr zu speisen. Sie hielt sie wie Kinder, die sie unaufhörlich maßregelte, aber obwohl sie nicht darauf verzichten konnte, sie in diesem Zustand seelischer Sklaverei zu wissen, tat sich doch für ihre unbefriedigte Seele im Schoß ihres Sieges schon das Nichts wieder auf. Denn sie besaß etwas, was bei triebhaften Menschen die Stelle der Intelligenz einnimmt: ein untrügliches Gespür für Menschen und Dinge, das ihr Glück an der Wurzel vergiftete, ohne ihr die Kraft zum Verzicht darauf zu geben, so daß sie Anfällen von Schwermut unterlag, in denen sich ihr Leben langsam verzehrte.

War dieser Unbekannte, der sich jetzt viel Zeit ließ, um eine Frucht zu schälen, überhaupt die Mühe wert, die sie aufwendete, um ihn gefügig zu machen? War dies denn ihr Leben: die Männer, die zu ihr kamen, zu belauern und daran zu hindern, anderswohin zu gehen? Eine Stimme in ihrem Innern, die sie gern zum Schweigen gebracht hätte, antwortete ihr: ›Ja, darin besteht dein Dasein: Männern zu befehlen, die zu schwach sind, um Widerstand zu leisten, und hart mit ihnen umzugehen wie ein Anführer mit seinen Soldaten. Der Tod, die Zufälle des Daseins werden dir von Zeit zu Zeit einen oder zwei von ihnen rauben, bis endlich der Tod dich selber holt. Dann wird dein Restaurant geschlossen, dein Hab und Gut in alle Winde verstreut, man wird noch eine Weile von Madame Londe reden, bei der man so billig aß, schließlich aber wird die Erinnerung an dich im Bewußtsein der Leute erlöschen, und du hättest ebensogut gar nicht zu leben brauchen.‹

Ihre Brust hob und senkte sich. Weshalb war sie plötzlich so traurig gestimmt? War sie nicht in der ganzen Gegend geachtet, geehrt und sogar so etwas wie eine Macht? Was wollte sie noch mehr? Durch die Abendgäste wurde sie ihren Betrachtungen entrissen. Einer nach dem anderen erhob sich und trat an das Comptoir, entweder um seine Mahlzeit zu bezahlen oder um Aufschub zu erbitten. Das brachte sie wieder zur Besinnung, ihre Züge verhärteten sich, ihr Beruf nahm völlig von ihr Besitz. Monsieur Goncelin zahlte noch immer nicht? Er legte es also darauf an, Schulden anzuhäufen? Durch ein leichtes Stirnrunzeln deutete sie an, wie ernst diese Situation in ihren Augen war; sie nahm sich einen Augenblick Zeit, um Monsieur Goncelins Schuld in ihrem Buch zu vermerken. Auch Monsieur Blondeau zahlte nicht? Gut, Monsieur Blondeau, aber geben Sie acht! Auch sein Name wurde notiert. Dann kam Monsieur Léon und zahlte bar. Ein Lächeln für Monsieur Léon. Auch Monsieur Gorche? Da sieh einer an! Vier Essen ohne Wein, nicht wahr? (Ohne Wein wegen einer notorischen physischen Schwäche, die Monsieur Gorche zu schaffen machte, Madame Londe wußte Bescheid.) Ein Lächeln für Monsieur Gorche.

»Monsieur?« Dies war der Neue. Er hielt ihr seine Rechnung hin. Mit einer kaum merklichen Handbewegung griff sie nach dem Zettel und schüttelte, ohne aufzublicken, den Kopf.

»Hat der Kellner Ihnen Bescheid gesagt?« fragte sie leise.

»Ja, ich möchte zahlen, Madame.«

»Da Sie ja doch wiederkommen, hebe ich Ihre Rechnung auf.«

»Aber ich weiß noch nicht, ob ich wiederkomme.«

Diese Worte drangen wie ein Messer in Madame Londes Herz. Sie hob die Augen und betrachtete den Gast, außerstande, auch nur ein Wort vorzubringen. Hatte sie sich doch getäuscht? Sollte ihr dieser Mann trotz allem entkommen? Er sah so schüchtern aus, und eben noch hatte sie sich seiner so sicher geglaubt! All das war bestimmt nur der Fehler dieses Dummkopfs Grégoire, der zweifellos nicht liebenswürdig genug gewesen war. Sie selber hätte dem Herrn (kraft seines Widerstandes wurde er wieder zu einem Herrn) die Gepflogenheiten des Hauses erklären sollen. Aus Scham, vor den Augen ihrer gesamten Kundschaft eine Ablehnung einstecken zu müssen, bekam Madame Londe einen roten Kopf. Hätte er wenigstens noch einen Handkoffer bei sich gehabt, lieber Gott, dann hätte jedermann begriffen, daß er ein Reisender war, der sich nur ganz kurz in Lorges aufhielt; so aber war klar, daß er irgendwo in der Nähe wohnte, denn er trug nicht einmal einen Überzieher.

Die Frau litt schwer unter ihrer verletzten Eitelkeit. Eine Sekunde lang dachte sie daran, ihrem Unmut freien Lauf zu lassen, als plötzlich eine Eingebung ihr neuen Mut verlieh. Langsam ließ sie ihre Augen über die Stammgäste hingleiten, die Zeugen dieser Szene waren, und durch die Feigheit, die sie aus ihren Mienen las, in ihrem Entschluß bestärkt, ergriff sie die Rechnung, die der Unbekannte ihr übergeben hatte, und zerriß sie kreuz und quer. Mit lauter, ungebrochener Stimme erklärte sie sodann:

»Hier herrscht die Regel, daß ein Kunde seine erste Mahlzeit nicht bezahlt.«

Noch einmal sah sie ihre alten Gäste an, um sie vor etwaigem Widerspruch zu warnen. Nicht einer rührte sich; dabei waren alle sicher, ihre erste Mahlzeit bei Madame Londe bezahlt zu haben, aber Verblüffung und ein natürliches Grauen davor, dieser Frau zu mißfallen, verschloß ihnen den Mund.

In einer instinktiven Bewegung rückten sie näher aneinander und scharten sich eng um den Unbekannten, der noch immer nichts sagte. Auf ihn konzentrierte Madame Londe nunmehr ihre ganze Aufmerksamkeit.

»Ich nehme an«, fuhr sie in gefestigtem Tonfall fort, »Monsieur wird mir nicht das Vergnügen verwehren, ihm diese erste Mahlzeit zum Geschenk zu machen.«

Das Staunen des Fremden und die stillschweigende Zustimmung, die sie auf dem Grunde seiner Augen zu erkennen meinte, nutzend, beherrschte sie ihre Erregung (was sollte sie machen, wenn er trotz allem ihr Angebot ablehnte?), schlug mit einer raschen Bewegung ihr Buch auf und legte es ihm, mit dem Finger oben auf ein noch unbeschriebenes Blatt deutend, vor. Auf diese Weise würde sie ihn nicht nach seinem Namen fragen und damit vor allen anderen eine Unwissenheit zugeben müssen, unter der sie schon genug litt. »Wenn der Herr sich hier bitte eintragen möchte«, sagte sie und konnte in ihrer Stimme ein leichtes Beben nicht unterdrücken.

Ihre Kehle war trocken. Er hatte den Bleistift ergriffen. Weshalb schrieb er nicht? Sollte er ihr angesichts der gesamten Kundschaft des Restaurants einen Affront bereiten? Sie hatte nachgerade genug von diesem Mann, der ihr derart Trotz zu bieten wagte. Wenn er sich nicht eintrug, würde sie ihm eine Ohrfeige geben.

Nach einem Moment des Zögerns erklärte er:

»Es ist, weil ich noch nicht weiß, wann ich wiederkommen kann.«

Er hob die Augen zu ihr empor und schien die Lösung dieser Schwierigkeit in denen der Wirtin lesen zu wollen. Ein paar Sekunden lang schauten sie einander schweigend an. Der Mann hatte ein von Trauer und Müdigkeit erschöpftes Gesicht. Was wollten diese Leute ringsum von ihm, was wollte diese Frau, die sich an seinem Anblick förmlich zu weiden schien? Er hatte den Eindruck, als Angeklagter, von zahlreichen Zeugen beschuldigt, vor einem Richterstuhl zu stehen.

»Es genügt mir zu wissen, daß der Herr irgendwann einmal wiederkommt«, stieß Madame Londe gepreßt hervor.

Vielleicht schüchterte der Ton ihn ein, in dem sie diese Worte vorbrachte, jedenfalls senkte er die Stirn und schrieb. Sofort drehte die Chefin das Buch um und warf einen begierigen Blick auf den Namenszug:

»Auf bald, Monsieur Guéret«, sagte sie mit einer huldvollen Kopfbewegung.

Auf einmal war die alte Kraft und Unverfrorenheit wieder

da. Mit strenger Stimme – sowohl aus dem Vergnügen heraus, ihre Leute scharf anzufassen, wie auch, um ihrem neuen Kunden eine Vorstellung von ihrer Macht zu geben – herrschte sie die Herumstehenden an:

»Los, los, meine Herren, keine Zeit vertrödeln! In fünf Minuten muß der Saal leer sein. Ich möchte hier nicht unnötig lange bleiben. Der Nächste bitte.«

Sie setzte sich behäbig auf ihrem Taburett zurecht und schob mit Siegergeste die kleine Zinnvase nach links. Die Partie war gewonnen.

4

Als Guéret die Tür der Gaststätte hinter sich schloß, kam ihm ein Gedanke, ein vertrauter Gedanke, der ihn in Augenblikken großer Verwirrung schon seit Jahren befiel: ›Das ist Schicksal, mein Schicksal.‹ Diese Feststellung aber beruhigte ihn, so wie jedes schwache Wesen sich beruhigt fühlt, sobald sein Geschick in die Hände einer höheren Macht gelegt ist, selbst wenn es dadurch leiden, ja sogar sein Leben verlieren sollte. Von nun an brauchte er für seine Person nichts mehr zu entscheiden; die Ereignisse, gute oder schlimme, nahmen ganz von selbst ihren Lauf. Da diese Frau darauf bestand, er müsse wieder zu ihr kommen, würde er es eben tun; er sah ein Zeichen darin, das Zeichen eines geheimnisvollen Willens, der über sein Dasein gebot.

Noch am Morgen, als er in der Tasche den für Angèle bestimmten Ring fest umschlossen hielt, hatte ihn ganz plötzlich törichte Freude erfaßt. Wenn es ihm schließlich doch gelänge? Bis dahin hatte er nicht geglaubt, daß es möglich wäre; tatsächlich konnte er jedesmal, wenn er etwas allzu lebhaft wünschte, gewiß sein, es nicht zu bekommen. Das Leben hatte ihm diese Lehre erteilt, aber einen kurzen Moment lang hatte er nun doch, ohne allen Grund, an den Erfolg geglaubt und sich gesagt: ›Selbst wenn sie mich nicht liebt, wird sie begreifen, daß ich zu sehr leide.‹ Und die langen Stunden der Angst waren ihm wie nichts mehr vorgekommen neben diesem Augenblick, in dem sich das Glück ihm zu nahen schien.

An diese Illusion seiner frühen Morgenstunde erinnerte er sich jetzt, da die Nacht gekommen und er ganz allein und mutlos war; er schüttelte den Kopf. Am Ende eines Tages wie des heutigen hatte er das Gefühl, daß innerhalb weniger Stunden ein Zeitraum von Jahren abgelaufen und er selber plötzlich alt geworden war. Dann stiegen jähe Tränen in seinen Augen auf, er dachte an seine Jugend, die die Zeit ihm stahl. Alle niederen Abenteuer, die er bis dahin gehabt hatte, nahmen in seinen Augen den gleichen Aspekt monotoner Traurigkeit an. In einer Regung, die in seiner Natur begründet war, sah er sich wieder, wie er vordem, zehn oder zwölf Jahre früher, gewesen war, mit einem Herzen voller Wünsche und über sich selbst erhoben durch die Verheißungen einer Welt, die sich ihm von Mal zu Mal enthüllte. Was aber war denn diese Welt, die er in einem wunderbaren Traumbild zu sehen geglaubt hatte? Was war schon dran an diesem berauschenden Jungsein? In den Erinnerungen, die ihn jetzt befielen, fand er nur noch die Bitterkeit der ersten Mißgeschicke, das Elend einer kargen Wirklichkeit, das Grauen vor Worten und Gesten, vor stumm gegebenem und entgegengenommenem Geld; dann die Ehe, die Wunden, die sie ihm schlug, und der Groll, der sich daraus ergab, die Geduld, die man aufbringen mußte, um Tag für Tag mit einem Wesen zusammenzuleben, dessen man seit Jahren müde war, die schrittweise sich vollziehende Vergiftung seines ganzen Daseins.

Er blieb stehen und lehnte sich an eine Hauswand. Da die Vergangenheit ihm so handfeste Garantien für späteres Mißgeschick bot – was konnte er von der Zukunft da noch Gutes erhoffen? Weshalb sich sagen, in einem Jahr, in zwei Jahren könne er vielleicht glücklich sein? War es nicht ebenso töricht wie einst, als er erwartete, ein großmütiges Geschick werde ihm Freude in Fülle zumessen? Und würde er nicht in zehn, in fünfzehn Jahren, alt und enttäuscht, genau wie heute seine Ahnungslosigkeit von ehedem beklagen?

In der einsamen Straße mit den erloschenen Fenstern wehte, wie eine menschliche Stimme traurig raunend, der Wind; gelegentlich hielt er auf einmal inne wie jemand, der nicht mehr weiß, wo er in seiner Erzählung stehengeblieben ist. Es konnte nicht später als neun Uhr sein, aber in solchen kleinen entlegenen Städten wie Lorges muß sich die Nacht nicht jene Profanierung gefallen lassen, die ihr in den Hauptstädten mit ihren grell aufgeblendeten Lichtern zugemutet wird, und so gelangte Guéret im Dunkeln auf die Landstraße zurück, die nach Chanteilles führte.

Als er über die Eisenbahnbrücke schritt, vermochte er einen Seufzer nicht zu unterdrücken. Erst vor vier Wochen hatte er sich in dieser Gegend niedergelassen, und schon war alles, was er sah, ihm zuviel. In dieser neuen Landschaft, in der er geglaubt hatte, den Ekel, der ihn quälte, mindestens eine Zeitlang vergessen zu können, hatte er nur wenige Tage gebraucht, um sich wieder genauso zu fühlen wie zuvor. Er legte die Hand auf das Geländer an einer Stelle, an der er die Hand Angèles hatte ruhen sehen. Wegen eines Wesens zu leiden, das er eines Tages vergessen würde, wie er so viele andere vergessen hatte, und dieses Wesen wieder zu verlassen, um seine Begierden anderswohin zu tragen, immer die gleichen Begierden – was für ein abstoßendes Geschick! Er versuchte, sich ihr Gesicht genau ins Gedächtnis zu rufen; gerade an diesem Abend hatte er es mit brennender Neugier betrachtet, wie um durch die Kühnheit des Blicks die Schüchternheit seiner Hände und seines Mundes zu kompensieren; dennoch gelang es ihm nicht, sie richtig vor sich zu sehen; sogar wenn er die Augen schloß, entglitten ihm ihre Züge, und wenn nicht die Züge, so doch jedenfalls etwas, das von ihnen ausging, gerade das Element, das bewirkt, daß man jemanden auf den ersten Blick erkennt. Denn bei näherer Überlegung erinnerte er sich der Umrißlinie ihrer Nase, ihrer

Lippen und sogar des Ausdrucks in ihren Augen, aber das Leben mangelte dem Bildnis, das er aus dem Gedächtnis zeichnete, und das Gesicht entschwebte ihm, obwohl es dicht bei ihm war, so wie einem ein Name auf der Zunge liegen kann, ohne daß es einem gelingt, ihn auszusprechen.

›Ich kenne sie also so wenig‹, gestand er sich ein. ›Wie ist es dann möglich, daß ich sie derart liebe?‹ Wenn er sie morgen wiedersähe, würde er Mühe haben, sie im ersten Augenblick zu erkennen, und ganz allmählich erst würde sie für ihn wieder ihr gewohntes Aussehen annehmen; aber gerade dieses launenhafte Spiel der Erinnerung, daß ein Gesicht abwechselnd auftauchte und wieder verschwand, war seinem Herzen so vertraut, daß er daran die Stärke seines Verlangens ermaß.

In seiner Straße angekommen, hob er den Kopf; er runzelte die Brauen, als er in seinem Zimmer Licht sah. Er hatte gehofft, sofort ins Bett gehen zu können. Statt dessen würde eine Frau, die er nicht liebte, ihm verdrießliche Fragen stellen, auf die sie ein Anrecht zu haben glaubte, weil sie seine Frau war. Einen Augenblick dachte er daran, noch draußen zu bleiben, im Freien spazierenzugehen, bis dieses Licht, das ihn wie ein Auge zu belauern schien, erlöschen würde, doch sein Bedürfnis, zu schlafen und seinen Kummer zu vergessen, brachte ihn von diesem Gedanken schnell wieder ab. Er ging ins Haus und stieg die Treppe hinauf.

Sie war dabei, aufzuräumen und die Stühle an die Wand zu schieben, als er ins Zimmer trat. Sie war eine große Frau, noch jung, aber eher häßlich, obwohl die Kraft und Gesundheit, die sie zu besitzen schien, angenehm wirken mochten. Sie sah aus wie eine Bäuerin, die in der Stadt gelernt hat, Haube, Schultertuch und Samtrock zu verschmähen, die sich wie eine Dame kleiden will, aber ihre Vorliebe für Schwarz nicht abzulegen vermag. Ihr Hut, den sie noch nicht abgesetzt hatte, warf einen Schatten auf ihr Gesicht. Die kräftigen Formen ihrer Brust wurden durch den glänzenden Stoff ihrer Bluse noch betont; ein Wollrock spannte sich eng um die Oberschenkel und wurde erst über den Knien etwas weiter.

»Da bist du ja«, sagte sie und wendete sich nach ihm um.

Er stülpte seinen Hut auf einen Wandhaken und setzte sich an den runden Tisch, der mitten im Zimmer stand.

»Allerdings«, sagte er, ohne sie anzusehen. Er entfaltete eine Zeitung, die gerade in Reichweite lag, aber seine Augen irrten von einer Notiz zur anderen und blieben an keiner der Meldungen ›Kurz vor Redaktionsschluß‹ hängen. Wie sehr lastete diese Minute auf ihm, wie haßte er sie! Irgend etwas zwang ihn, die Bewegungen seiner Frau zu beobachten, und wider seinen Willen versuchte er zu erraten, was sie wohl sagen würde. Er sah, wie sie mit der Hand auf der Stuhllehne einen Augenblick zögerte, sicher im Begriff, eine Frage zu stellen. Endlich nahm sie ihren Hut vom Kopf.

»Du fragst mich gar nicht, was ich gemacht habe, wo ich gewesen bin«, sagte sie, indem sie ihm gegenüber Platz nahm.

Er tat, als habe sie ihn in seiner Zeitungslektüre gestört.

»Nun, und wo bist du gewesen?« fragte er.

»Interessiert es dich nicht, daß ich im Geschäft war?«

»Hast du dein Geld bekommen?« fragte er.

Sie nickte. Ihre groben, gleichsam zusammengedrückten Züge verliehen ihr etwas leicht Törichtes, was durch die Traurigkeit, die über ihr Antlitz gebreitet war, nicht ausgeglichen wurde. Er untersagte sich nicht, dieses Gesicht im Geiste mit dem von Angèle zu vergleichen, und fragte sich, welche Macht, welche Konvention ihn daran hinderte, plötzlich aufzustehen und dieser Frau die Wahrheit zu sagen, ihr zu erklären, daß er, während er mit ihr sprach, ausschließlich an eine andere dachte, daß sein Herz und sein Geist sich von ihr abwendeten, vor ihr zu fliehen suchten.

»Es war ja auch Zeit«, sagte er mechanisch.

Sie nickte wieder und fragte:

»Und du?«

Ihre blauen Augen ruhten mit einer Beharrlichkeit auf ihm, die ihm peinlich war; es kam ihm vor, als sei das ein Mittel, ihn zu einer Antwort zu zwingen. Früher hatte er diese Augen geliebt, ihre zarte Farbe bewundert, ihre längliche Form und jene eigentümliche Heiterkeit, die fortwährend in ihnen aufleuchtete; jetzt aber erschien ihm dieser junggebliebene Blick in einem gealterten Gesicht wie Hohn. ›Was Gutes an ihr ist‹, dachte er, ›betont um so mehr das Schlechte.‹

Laut antwortete er:

»Ich? Ich habe wie gewöhnlich mein Honorar bekommen.«

»Und wann verlangst du Aufbesserung?«

»Aufbesserung?« wiederholte er und ließ die Zeitung endgültig sinken. »Du kannst aber auch von nichts anderem reden. Meinst du denn, man verlangt nach drei Wochen schon eine Aufbesserung?«

»Es sind jetzt mehr als drei Wochen, Paul. Wir sind im August schon gekommen.«

Er zuckte die Achseln.

»Du redest wie ein Kind. Vor April oder Mai bitte ich nicht darum.«

»Wir kommen bestimmt diesen Winter nicht durch«, gab sie ihm in aller Ruhe zu bedenken. »Hast du an die Umzugskosten gedacht?«

Er sah ihr ins Gesicht und fragte:

»Worauf willst du hinaus, Marie? Ist es meine Schuld, wenn wir nicht reicher sind? Vielleicht findest du, ich arbeite nicht genug?«

»Ich finde, daß du genug arbeitest, daß aber diese Leute, die doch reich sind, dich nicht nach Gebühr bezahlen.«

»Verstehst du denn nicht, was ich dir sage? Ich erkläre dir doch gerade, daß man nach ein paar Wochen noch keine Aufbesserung verlangen kann. Eine Aufbesserung ist kein Geschenk. Wenigstens ein halbes Jahr muß man damit warten.«

»Du hättest gleich zu Anfang mehr verlangen sollen.«

»Nehmen wir also an, ich habe einen Fehler gemacht. Bist du nun zufrieden? Auf alle Fälle ist es zu spät, jetzt mehr zu verlangen. Zu spät oder noch zu früh.«

»Wie du meinst.«

Sie nahm ihren Hut, stand auf und verließ das Zimmer. Ein

paar Minuten vergingen. Er segnete diesen Moment des Alleinseins, der ihm erlaubte, zu seinen Träumereien zurückzufinden und sich hundert unmögliche Dinge auszudenken, ein anderes Leben, alles Glück, das ihm versagt geblieben war. Er war Angèle gegenüber nicht energisch genug gewesen, er hätte ihr sofort Geld anbieten sollen, anstatt sich die Sache zu Herzen zu nehmen und es dahin zu bringen, daß er nicht einmal mit ihr zu reden, sie zu berühren wagte. Sie hätte vielleicht abgelehnt, aber dann hätte er gewußt, woran er mit ihr war. Die Ungewißheit, in der er sich jetzt befand, brachte ihn zur Verzweiflung. Was gab es Lächerlicheres, als wie ein Verliebter einem Mädel den Hof zu machen, das vielleicht nur auf sein Geld aus war? Vielleicht? Sogar sicher. Er war plötzlich ganz gewiß, daß sie Geld genommen hätte. Welches arme Mädchen tut das nicht? Das erklärte, weshalb sie eingewilligt hatte, ihn auf der Landstraße zu treffen, aber ihm sonst nichts erlaubte. Sie wartete darauf, daß er ihr Geld anbot, sie kaufte. Und er hatte ihr einen Ring geschenkt, einen lächerlichen Kleinmädchenring, den er seiner Frau entwendet hatte. Ein besseres Geschenk hatte er nicht gefunden. Er hatte zartfühlende Bedenken gehabt, närrisch, wie er war, während er einfach seine Brieftasche ziehen und ein paar Scheine hätte abzählen sollen. Sie aber hatte ohne große Begeisterung den Ring genommen und ihn selbst – wahrscheinlich aus Verachtung – gleich stehenlassen. Sie hatte recht daran getan.

»Ich will nicht, daß du dich damit quälst«, erklärte Marie, als sie wieder ins Zimmer trat. »Wir werden uns schon irgendwie durchschlagen, und wenn wir pumpen müßten!«

Beim Ton dieser Stimme wendete er sich jäh um und warf einen finsteren Blick auf seine Frau. Die Einfalt dieses Wesens überraschte ihn. Seit Jahren lebte sie nun neben ihm, ohne eine Ahnung von seinen Gedanken zu haben. Sie sah nichts, sie legte sich nichts zurecht; niemand hatte ihr etwas gesagt. Sie nähte von früh bis spät, und einmal in der Woche fuhr sie nach Paris, wo ihr das Geschäft ihre Arbeit bezahlte. Das war ihr ganzer Lebensinhalt, er wußte es nur zu gut. In der ruhigen Seele dieser Frau störte nie eine Sehnsucht, eine innere Unruhe die Zufriedenheit der arbeitsamen Stunden. Von Zeit zu Zeit freilich zerbrach sie sich den Kopf darüber, wie gewisse Geldfragen sich regeln lassen würden, aber ihre natürliche Gelassenheit gewann bald wieder die Oberhand. Sie verdankte ihr Glück der Armut, in der sie aufgewachsen war, aber es war ein eintöniges, schwungloses Glück, dessen Anblick ihren Mann reizte, weil er erriet, daß ihm bloße Leichtgläubigkeit zugrundelag. Manchmal hatte er das Gefühl, selbst die Bitterkeit einer eifersüchtigen Frau würde ihm lieber sein als die ewige Sanftmut, mit der Marie ihm entgegentrat; er haßte dann ihre demütige Art, sich seine Grobheit gefallen zu lassen, ihre Fügsamkeit, ihre Güte, die er noch in ihren Bewegungen zu erkennen glaubte.

»Ich quäle mich nicht«, erklärte er, sichtlich ermüdet. »Du bildest dir alles mögliche ein. Hast du die Läden zugemacht?«

Einen Augenblick sah sie ihn mit auf den Tisch gestützten Händen an, als bemühe sie sich zu erraten, was er ihr nicht sagen wollte. Er hielt diesem Blick nur schwer stand.

»Laß mich doch«, fuhr er mit einer Geste der Erschöpfung fort. »Ich habe heute viel gearbeitet und möchte jetzt ausruhen können. Frag mich nicht. Geh, mach die Läden zu.«

Wortlos richtete sie sich auf und ging zum Fenster, das sie weit öffnete. Der Sternenhimmel zeigte sich plötzlich mit einer Deutlichkeit, als dringe er in das Zimmer ein und erfülle es mit seinem Glitzern und seiner Finsternis. Trotz seiner Traurigkeit wendete der Mann den Kopf und sah hinaus. Mit einem Male ging etwas in ihm vor, wovon das Herz ihm höher schlug; in einer dunklen Regung schwang er sich zu dieser schweigenden Unendlichkeit empor, die ihn zu rufen schien. Welcher Friede, nach dem Lärm menschlicher Reden, in den Tiefen dieses schwarzen Firmaments!

›Oh, glücklich sein!‹ dachte er, als habe er bis dahin niemals die Kraft dieser Worte verspürt.

Nacheinander schlossen sich die Läden, das Zimmer war zu.

5

Diesen üppig ausgestatteten Raum mit den Plüschvorhängen und den dicken Teppichen meinte er schon seit seiner Kindheit zu kennen, denn gewisse Stunden der Langeweile kommen einem wie ein ganzes Leben vor, und eben hier befiel ihn solche Langeweile auf das grausamste. Manchmal, wenn es unerträglich wurde, schweifte sein Blick von dem Lesebuch ab und irrte an den Wänden entlang, die ganz mit Bildern bedeckt waren. Er sah sie sorgfältig prüfend an, nahm Notiz von allen Einzelheiten, die er schon auswendig kannte, in denen er aber immer wieder etwas Neues zu entdecken versuchte. Die Stimme des Kindes drang nur verworren und fern wie in einem Traum zu ihm; Schläfrigkeit befiel langsam seine Augen, die sich schlossen, und seinen Kopf, der ihm auf die Brust sank; dann schreckte er plötzlich auf aus Furcht, sein Schüler könne rufen: ›Aber er schläft ja! Monsieur Guéret schläft!‹ Wenn je so etwas vorkäme, würde Madame Grosgeorge, die immer in der Nähe war, die ihn bestimmt überwachte, mit ihrem gewohnten Ungestüm in das Zimmer treten und ihn aus dem Hause jagen.

Es goß an diesem Vormittag in Strömen, Windstöße rissen im Garten der Villa Grosgeorge mit einer geradezu wütenden Lust die Blätter von den Bäumen, rüttelten an den Büschen, mähten die Blumen hin, diese etwas gewöhnlichen Begonien, die an den Ecken der Rasenflächen das Monogramm der Besitzer nachbildeten. Wasserrinnsale durchzogen den Sand. Über dieser Verwüstung reckten die Linden ohnmächtig die Arme zum Himmel. Heimlich warf er einen Blick durchs Fenster. Das Ungestüm der Natur stand in schreiendem Gegensatz zu all der Mittelmäßigkeit und Schwerfälligkeit in diesem Raum, in den er eingeschlossen war! Eine dünne Glasscheibe nur trennte ihn von der frischen, lebendigen Luft, dem Tosen des Windes in den Bäumen; eine Scheibe genügte schon, damit er sich als Gefangener fühlte. Was aber würde er schon mit seiner plötzlich wiedergeschenkten Freiheit tun? Die Antwort auf diese Frage blieb nicht lange aus; er würde in die Färbergasse laufen, wo Angèle jetzt arbeitete. Natürlich. Und was würde er dann unternehmen, um sie zu sehen, zu sprechen? Er dachte einen Augenblick nach, aber es fiel ihm nichts ein. Von dem Café aus, das der Wäscherei gegenüberlag und in das er sich öfter setzte, konnte er das junge Mädchen unmöglich sehen, außer in dem Augenblick, in dem sie das Haus verließ; gerade in diesem Moment aber war er so unzurechnungsfähig, verlor er derart den Kopf aus Angst, Angèle nicht zu erblicken, daß er sie im Kreise ihrer Gefährtinnen nicht erkannte. Er bemerkte dann nur undeutlich drei junge Gestalten, drei Mädchen, die lachend an dem Café vorübergingen, und in weniger als zwei Sekunden schon war dieses Schauspiel zu Ende. Welch eine grausame Regie herrschte in dieser Welt! Sicherlich gab es auf Erden grünende Wiesen, Wälder, in denen man sich verstecken und verlieren konnte, junge schöne Frauen, die ihn vielleicht geliebt hätten, aber eine gehässige Notwendigkeit isolierte die Menschen, schloß die Türen zu, machte sich einen Spaß daraus, Leute in eine bestimmte Straße zu treiben, während sie in der Nachbarstraße vielleicht ihr Glück gefunden hätten, ließ die einen um Jahre zu früh, die anderen zu spät das Licht der Welt erblicken. Der Gedanke, daß das Glück, sein Glück, irgendwo auf der Welt zu finden war und er nur nicht wußte, wo, raubte ihm völlig die Fassung. Wenn er hinter den Mädchen her war, so verfolgte er im Grunde dieses Ziel. Er war wie ein Narr mit verbundenen Augen, dem man wie beim Blindekuhspiel in die Ohren schrie: ›Hier! Dort! Weiter hinten!‹ Er aber drehte sich im Kreise, lief nach links, nach rechts, lächerlich und erschöpft, von Tag zu Tag ein älterer und tiefer enttäuschter Mann. Andere hatten hundert nette Abenteuer, die sich ganz von allein einstellten, so schien es wenigstens, einfach, weil sie sie nicht suchten. Vielleicht würde dieses Kind, das seine Seite aus dem Geschichtsbuch herunterleierte, eines Tages auch zu diesen gehören. Auf alle Fälle war es reich.

Bei diesem Gedanken erfaßte ihn plötzlicher Haß. Er beugte sich über den blonden Kopf, bis er den Duft des Kinderkörpers und des kurzgeschorenen Haares spürte. Ein unsinniges Verlangen überfiel ihn, den Kleinen zu ohrfeigen, um dann sein Staunen und Entsetzen zu genießen. Das Kind war reich und er arm, und weil er arm war, mußte er sich diese stockende Stimme anhören und jedesmal in aller Sanftmut auf Fehler aufmerksam machen, anstatt zu Angèle zu laufen, ihr Geld zu geben und die Leidenschaft zu befriedigen, die ihm das Herz versengte. Welcher blind waltende Gott hatte das Gold auf die eine Seite gehäuft und die Begierden auf die andere? War das Ganze ein Spiel, ein schlechter Scherz?

Während er diesen Betrachtungen nachhing, öffnete sich plötzlich die Tür, und Madame Grosgeorge trat ein. Mit raschem, lautlosem Schritt kam sie an den Tisch, an dem der Junge arbeitete. Das völlig unbewegte Gesicht dieser Frau gestattete nicht, ihr Alter zu erraten; einerseits hatte sie keine Runzeln, anderseits wunderte man sich darüber, daß man keine an ihr sah. Sicher lag dies an der außergewöhnlichen Härte ihres Blicks; die schwarzen, mißtrauischen Augen von fast metallischem Glanz waren die einer alten Frau, aber die Nase war schmal und gerade, der Mund zierlich geformt und hübsch, obwohl die Lippen zu schmal waren, die Backenknochen hoch, und die fest über die zarten Züge gespannte, sehr weiße Haut wies einen samtigen Schimmer auf, der sogar das geübte Auge einer Feindin hätte täuschen können. Es war nicht schwer, bei Madame Grosgeorge eine Kraft des Widerstands zu erraten, die sich nicht nur in ihren Worten und Bewegungen, sondern auch in ihrer Haltung ausdrückte, ja sogar in der Art, wie sie gewissermaßen widerwillig atmete; man hätte meinen können, sie nähme ihrer Lunge übel, daß diese etwas von ihr verlangte. Sie war groß und schlank, aber kräftig gebaut und mit einer gelblichen Spitzenbluse und einem dunklen Tuchrock bekleidet. Ihr schwarzes Haar fing an den Schläfen zu ergrauen an, und sie machte sich nicht die Mühe, es zu färben, doch war sie äußerst sorgfältig frisiert.

»Die Stunde ist noch nicht ganz zu Ende, Monsieur Guéret«, sagte sie mit ihrer etwas rauhen Stimme. »Benutzen Sie die verbleibende Zeit, um mir einen Eindruck von der Art und Weise zu verschaffen, wie Sie mit meinem Sohn zu arbeiten pflegen. Natürlich müssen Sie beide ganz so tun, als wäre ich nicht da.«

Sie setzte sich in einen steifen Holzsessel im Hintergrund des Salons und nahm die Haltung einer Wartenden an. Sie hatte die Füße übereinandergeschlagen und die Hände auf der einen Armlehne gefaltet. Das Kind warf einen ängstlichen Blick auf den Lehrer; dieser schaute seinen Schüler und Madame Grosgeorge an und setzte sich dann wieder hin.

»Was soll ich tun?« flüsterte der Bub. Er kannte seine Mutter gut genug, um zu wissen, daß dieser Besuch nichts Gutes verhieß.

»Nun, mein Junge«, sagte Guéret mit einer Stimme, in die er Autorität und Sanftmut zugleich hineinzulegen versuchte, »lies diese Seite aus dem Geschichtsbuch zu Ende.«

»Es sind nur noch drei Zeilen, Monsieur.«

»Lies zu Ende, habe ich gesagt.«

Der Junge beugte sich so dicht über das Buch, als wolle er daran lecken, und las einen Satz so stotternd vor, daß keine Silbe zu verstehen war.

»Jetzt machst du das Buch zu«, befahl Guéret, nachdem diese Prüfung beendet war. »Sage mir, was du von deiner Lektüre behalten hast.«

»... Lektüre behalten hast«, wiederholte das Kind.

Der Junge war blond und schmächtig und hatte ein blasses Gesicht, das die Angst vor einer Ohrfeige noch bleicher erscheinen ließ; zahllose Sommersprossen zogen sich über seine winzige Nase hin. Einen Augenblick lang saß er mit offenem Munde da; seine Verlegenheit teilte sich dem Lehrer mit, so daß dieser errötete und in den zugleich geduldigen und gereizten Ton verfiel, den Kinder so sehr fürchten.

»Ich frage dich, was du von dem Gelesenen behalten hast, was dir Eindruck gemacht hat, was du ...«

Schweigen. Guéret blickte heimlich zu Madame Grosgeorge hinüber, aber sie schien wie zu Stein erstarrt. Die Unbeweglichkeit dieser Frau kam ihm schlimmer vor als etwaiger Zorn, und langsam begannen ihm Schweißtropfen von der Stirn zu rinnen.

»Sage mir, mein Junge«, fing er erneut mit einer unnatürlichen Stimme an, deren Ton ihm selber verhaßt war, »wovon in dieser Erzählung die Rede ist.«

»Wovon? Von dem König.«

»Gut! Sehr gut! Von welchem König? Ludwig XI.? Ludwig XII.?«

»Von Ludwig XI.«

Ohne den Blick von Guéret zu wenden, streckte er einen Arm unter den Tisch, um sich an der Wade zu kratzen.

»Aber das geht ja sehr gut! Und ... was hat man mit ihm gemacht?« fragte der Lehrer etwas unbesonnenerweise.

»Man hat ihn in einen Käfig gesperrt.«

Eine Sekunde lang war Guéret so verblüfft, daß er nichts sagen konnte. Zweifellos hatte er seine Frage nicht geschickt gestellt, aber weshalb genügte das bloße Erscheinen von Madame Grosgeorge, damit alles schiefging? Seit Beginn dieser Szene hatte sie nicht die geringste Bewegung gemacht; sie hörte in einer Art von höflich gebändigter Angriffslust zu und wartete ab, wie es weiterginge.

»Überlege doch, was du da sagst«, bemerkte Guéret mit einer Heftigkeit, die durch Furcht bewirkt war. »Du weißt genau, daß Ludwig XI. nicht in einen Käfig gesperrt worden ist. Vielmehr hat er ... fahre fort. Ludwig XI. seinerseits hat ...«

»Ich weiß es nicht«, rief der Junge völlig fassungslos.

Er fing zu schluchzen an und sah sich über die Stuhllehne hinweg nach seiner Mutter um. Madame Grosgeorge fuhr auf. Guéret deutete mit einer unbestimmten Geste in Richtung des Kindes, dann stand er auf. Wie um das Maß der Verwirrung vollzumachen, schlug die Wanduhr elf.

»André«, sagte Madame Grosgeorge, »ich mache dich darauf aufmerksam, daß du für dies Geschrei eine Ohrfeige verdienst. Ich rate dir, auf der Stelle damit Schluß zu machen, oder du wirst sehen, ob ich lange fackele.«

Der Junge preßte die Fäuste vor den Mund, um Schreie zu ersticken, die er nicht mehr zurückzuhalten vermochte, und sandte seinem Lehrer einen hilfeflehenden Blick zu, aber Guéret blieb stumm, da er nicht wußte, was er vorbringen sollte, um den peinlichen Eindruck dieser Szene zu mildern. Er stand mit dem Rücken zum Fenster und hielt seit ein paar Sekunden die Hand flach auf die Brust gelegt wie ein Mann, der sich rechtfertigen will, dann aber kam ihm plötzlich das Lächerliche dieser Geste zum Bewußtsein, und errötend ließ er die Hand wieder sinken.

»Es tut mir wirklich sehr leid, Madame«, stammelte er.

»Monsieur Guéret«, sagte Madame Grosgeorge, wobei es schien, als habe sie seine Worte gar nicht gehört, »ich habe vor, meinen Sohn im nächsten Jahr ins Internat zu schicken. Glauben Sie, daß er die Aufnahmeprüfung für die Sexta bestehen wird? Denken Sie einmal darüber nach. Sagen Sie jetzt nicht mir zuliebe einfach ja. Nehmen Sie sich Zeit.«

In ihrer Stimme lag etwas eigentümlich Sanftes, unter dem man die Drohung spürte, und Guéret mußte sogar die Ohren spitzen, um die Worte zu verstehen, denn Madame Grosgeorges Lippen bewegten sich kaum, während sie sie aussprach. Es war unmöglich, etwas aus ihren Zügen zu ersehen, denn diese schienen außerstande, eine menschliche Regung auszudrücken; dennoch ruhten ihre Augen auf Menschen und Dingen mit einer Kraft und Intensität, die ihnen eine Art leidenschaftlicher Glut verliehen. Sie schaute den Hauslehrer an, ohne einen Blick von seinem Gesicht zu wenden, das von Verwirrung und Scham gerötet war; es sah beinahe so aus, als suche sie zu erraten, auf welche verworrene Weise sich die Antwort auf ihre Frage in dem Hirn dieses gedemütigten Menschen formte, hinter dieser Stirn, auf der sie Schweißtropfen perlen sah. Einen Augenblick lang kostete sie das Vergnügen an diesem Schauspiel aus, wobei ihr der Atem die

Nasenflügel blähte wie einem brünstigen Tier; dann richtete sie sich etwas auf und rieb sich lautlos die Hände.

»Madame«, sagte daraufhin Guéret, der in dieser Geste ein Zeichen der Ungeduld zu sehen glaubte, »ich bin der Meinung, daß Ihr Sohn, wenn er sich noch ein paar Monate lang etwas anstrengt, sich sehr wohl für die Sextaprüfung melden kann.«

»Wir sind ganz der gleichen Meinung, Monsieur Guéret«, antwortete sie, während sie den Kopf mit einem Anflug von Koketterie leicht zu ihm umwendete. »Sie meinen offenbar, daß vier bis fünf Monate konzentrierter Arbeit...«

»Gewiß, Madame, vier bis fünf Monate, gerade das meinte ich.«

»Vier bis fünf Monate konzentrierter Arbeit«, fuhr sie im höflichen Tonfall einer Dame von Welt in ihrer Rede fort, »unter der Leitung eines erfahrenen, fleißigen Lehrers... Sind wir immer noch der gleichen Meinung, Monsieur Guéret?«

»Aber gewiß, Madame.«

»Eines Lehrers, der sich für seinen Schüler interessiert, der es versteht, ihm wirklich klarzumachen, was er lernen soll... Sie denken auch weiterhin genauso wie ich?«

»Aber sicherlich, Madame.«

»Eines Lehrers also, der seinen Schüler nicht aus der Fassung bringt, indem er ihm absurde Fragen stellt, sondern der sich zu Hause sorgfältig auf die Stunde vorbereitet, die er am folgenden Tage zu geben gedenkt, kurz und gut, Monsieur Guéret, eines gewissenhaften Mannes, wie ich es nennen würde, der seine Pflichten kennt und sie erfüllt. Haben Sie mir dazu noch irgend etwas zu sagen?«

Er schüttelte den Kopf. Selbst wenn er etwas hätte sagen wollen, würde seine Verwirrung ihn daran gehindert haben.

»Gut«, sagte sie. »Machen Sie sich darauf gefaßt, daß ich häufig kommen werde, Monsieur Guéret. André!«

Das Kind sah sich nach seiner Mutter um.

»Komm her, wenn ich dich rufe«, sagte Madame Grosgeorge mit unveränderter Stimme. »Wirst du niemals lernen, daß du sofort zu gehorchen hast?«

André überwand sich mit Mühe, rutschte von seinem Stuhl und begab sich in die Ecke des Salons, in der seine Mutter ihn unbeweglich wie eine Statue erwartete. Er war klein und trug einen dunkelblauen Sweater, der seine schmale Brust und seine schlaffen Arme eng umspannte. Seine nackten Beine sahen aus einer viel zu großen Kammgarnhose hervor. Beim Gehen schlurfte er mit den Füßen über den Boden hin, als ließe er es sich angelegen sein, die rot und violett gemusterte Wolle des Teppichs abzukehren.

»Wie oft habe ich dir schon gesagt, daß du die Füße beim Gehen heben sollst?« fragte Madame Grosgeorge, als er vor ihr stand. »Komm näher heran.«

Sie hatte jetzt beide Hände auf die Lehnen des geschnitzten Sessels gelegt und sah das Kind an, das ihrem Blick auszuweichen versuchte und sich auf die Lippen biß.

»Bevor ich dich bestrafe«, sagte sie ganz sanft, »hast du ein Anrecht darauf, daß ich dir erkläre, weshalb ich gezwungen bin, es zu tun. Zunächst einmal hast du die Seite aus dem Geschichtsbuch sehr schlecht vorgelesen. Du sprichst die Wörter nicht deutlich aus. Ferner versuchst du nicht zu verstehen und zu behalten, was du liest. Die Folge ist, daß du hinterher ebenso unwissend bist wie zuvor und somit die Zeit und das Geld deines Vaters vergeudest. Außerdem willst du die Angewohnheit nicht ablegen, beim Gehen mit den Füßen über den Teppich zu schlurfen. Weine nicht, das hat keinen Zweck. Heb den Kopf und sieh mich an.«

Bei diesen Worten preßte sie die Zähne etwas aufeinander und heftete ihre Augen fest auf die ihres Sohnes. Dann hob sie mit dicht an den Körper gepreßtem Ellbogen den rechten Unterarm und schleuderte ihn so weit nach hinten, wie es ging. In dieser Stellung verharrte sie eine Sekunde, ohne daß sich ein Muskel ihres Körpers bewegte; plötzlich aber, nachdem sie sich unmerklich nach rechts gewendet hatte, als wolle sie eine Art Anlauf nehmen, schlug sie den Jungen mit der

Kraft und Fühllosigkeit einer Maschine ins Gesicht. Er erbebte, keuchte vor Schrecken und begann zu schreien. Indessen ließ seine Mutter keinen Blick von ihm; sie schien sein Schreien nicht zu hören, sondern betrachtete jetzt aufmerksam die Wange, auf der der rosige Abdruck ihrer Hand allmählich wieder verblaßte. Etwas ganz Eigenartiges hatte sich in den schwarzen Augen dieser Frau mit einem Male gezeigt, ein Ausdruck von Gier und Lust, der ihr altes, aber hübsches Gesicht verklärte und ihr eine Art zweiter Jugend bescherte. In diesem Augenblick war sie derart in den Anblick dessen versunken, was sie vor sich sah, daß nichts mehr für sie existierte außer dieser Spur, die ihre Finger hinterlassen hatten. Hätte jemand ihr von hinten zugerufen: ›Es brennt!‹, so würde sie wahrscheinlich nicht einmal den Kopf gewendet haben.

Guéret verfolgte diese Szene mit solchem Grauen, daß er außerstande war, eine Bewegung zu machen. Er hatte Lust, das Kind in die Arme zu nehmen, aber der bloße Gedanke an ein so verwegenes Vorhaben erschien ihm ungeheuerlich. Madame Grosgeorge strömte eine solche Kraft und soviel Willen aus, das Laster gab ihr in diesem Augenblick ein so machtvolles Übergewicht, daß Guéret ebensowenig in der Lage war, ihr offen entgegenzutreten, wie er gewagt haben würde, einem Raubtier seine Beute zu entreißen. So blieb er stumm und ließ, ohne es zu wollen, seine Augen auf dem Jungen ruhen, der den Kopf senkte und mit unsicherem Schritt vor dem furchtbaren Blick zurückwich, den ihm seine Mutter nachsandte.

Ein paar Sekunden vergingen in einem Schweigen, das einzig von dem Schluchzen des Kleinen unterbrochen wurde; dann plötzlich, als erhielte sie nach der Lösung eines Zauberbannes ihre Freiheit zurück, zuckte Madame Grosgeorge zusammen und blickte den Lehrer an.

»Nun«, meinte sie in sprödem Ton, »es ist elf Uhr durch, Monsieur Guéret, ich wüßte nicht, was Sie hier noch zurückhält.«

Bei diesen Worten erhob sie sich und schritt zur Tür. Er stand noch immer an der gleichen Stelle, und als sie an ihm vorbeiging, nahm er die feine Linie ihres klaren, graziösen Profils wahr; ihre Wange war von einer inneren Erregung belebt, die sonst nirgends sichtbar wurde; hinter dem Ohr, etwas unterhalb einer grauen Haarsträhne, drang eines der Fischbeinstäbchen, die den Kragen versteiften, leicht in das weiße Nackenfleisch ein und erzeugte darin ein Grübchen. Er hatte plötzlich eine verworrene Empfindung, in der sich Bewunderung mit Abscheu mischte. Nachdem er sein Buch und seine Papiere an sich genommen hatte, folgte er Madame Grosgeorge in das Vorzimmer.

Als er sich gleich darauf im Garten befand, wurde er sich bewußt, daß er in der Aufregung vergessen hatte, ihr Adieu zu sagen.

6

Sein niederes Zimmer mit dem schmalen Fenster, Madame Londes Restaurant, das öde kleine Café, die Villa der Grosgeorges, das waren die vier Kardinalpunkte seines neuen Lebens. Dazu kamen noch die Gassen und Fahrbahnen, die Straßen, auf denen er ängstlich jener Frau nachging, die nächtlichen Chausseen, auf denen er mit ihr sprach, sie beschwor. Sie gaben ihm die Möglichkeit, sich von der einen Ecke seines Gefängnisses zur anderen zu bewegen.

Es gab auch noch die beiden Flüsse, die in gemeinsamer Umarmung die beiden Nachbarstädtchen Lorges und Chanteilles umschlangen. Sie trugen Namen, wie zuweilen das Genie des Volksmundes sie zu finden weiß. Der eine zog sich träge zwischen schilfigen Ufern hin und verweilte unter den alten Wällen von Lorges; man mußte die Wasser der Sommeillante schon aufmerksam betrachten, um die Strömung zu bemerken. Der andere Fluß, der mehr von der Höhe her kam, trieb seine fröhlich quirlende Flut durch Chanteilles hindurch; er hieß die Preste, und nach ihr war auch ein etwa fünf oder sechs Meter höher gelegener kurzer Boulevard benannt. Sonntags war in Chanteilles ein Spaziergang über den Boulevard de la Preste die Hauptbeschäftigung am Nachmittag, und es mußte schon sehr schlechtes Wetter sein, damit die Einwohner darauf verzichteten. Selbst Leute aus Lorges mischten sich zuweilen unter die Gruppen, die in ruhigem Unterhaltungstempo dahinwandelten, und neigten sich eifersüchtig, aber Gleichgültigkeit heuchelnd, über die steinerne Brüstung. Unter der Woche jedoch war dieser Teil der Stadt nur sehr wenig besucht, da sich dann das gesamte Leben von Chanteilles rund um den Marktplatz herum abspielte. Wenn daher an einem schönen Oktobernachmittag der Wind nicht allzu stark wehte, saß es sich angenehm unter den Linden der Promenade, wo man träumen und dem immer gleichmäßig heftigen Brausen des Flusses lauschen konnte, der es so eilig hatte anzukommen, um gleich wieder zu entfliehen.

An diesem Tage ließ Guéret sich auf einer Bank nicht weit von der Brüstung nieder. Eine leichte Brise strich murmelnd durch die Zweige über seinem Kopf, und auf den Händen spürte er die schwache Liebkosung der schon herbstlichen Sonne. Im fahlen Himmel stießen Vögel Schreie aus, die wie ein Abschiedsgruß klangen. Die Luft war klar, man konnte mühelos in die Ferne blicken und entdeckte jenseits der am anderen Ufer gelegenen Häuser eine Straße, die sich zwischen schwarzen Feldern und kahlen Baumgärten dahinzog, und dahinter die grauen und blauen Dächer von Lorges, die sich in einer durch die Gäßchen gebotenen Ordnung um den halbverfallenen Turm von Sankt Judas Thaddäus gruppierten. Die Sommeillante sah man nicht, sie verbarg sich hinter den Wällen, aber eine Reihe von Weidenbäumen deutete die träge Linie ihres Laufes an. Noch weiter entfernt hinter anderen Feldern und langgestreckten feuchten Wiesen lagen niedere Hügel, von der Sonne noch eben am Gipfel gestreift, lächelnd und weiß wie Klippen im Licht.

Ein paar Minuten lang betrachtete er diese glückliche, ruhevolle Landschaft, die so wenig zu der Traurigkeit und Unruhe paßte, die ihm das Herz zerrissen. Er wurde schon zu alt, um seinen Kummer durch falsche Hoffnungen zu beschwichtigen, er fühlte sich zu müde dazu. Nach Jahren und Jahren der Abenteuer, der Enttäuschungen, des Überdrusses tritt ein Augenblick ein, in dem die Seele nicht mehr mag und sich weigert, dem Körper zu gehorchen, ihm in seine Schmach zu folgen. Gewiß hatte dieses Mädchen ihm geschrieben, sich mit ihm an dieser Stelle verabredet, aber gekommen war er nur aus Feigheit, aus Schlaffheit und um sich nachträgliche Reue über eine versäumte Gelegenheit zu ersparen; er wußte ja, daß sie nichts von ihm wissen wollte, und verachtete sich selbst, daß er jetzt doch auf der Bank saß, die sie ihm genannt hatte. Dennoch wäre er außerstande gewesen, jetzt wieder fortzugehen; auch dessen war er sich bewußt.

Noch einmal entfaltete er das Briefchen, das er in der Höhlung seiner Hand verbarg, und las es erneut:

»Haben Sie denn keine Lust mehr, mich wiederzusehen? Was habe ich Ihnen getan? Morgen, wenn ich die Wäsche in die Villa Grosgeorge zurückbringe, werde ich einen Umweg über den Boulevard machen. Warten Sie um zwei Uhr auf mich bei der ersten Bank. Angèle.«

Wie unverschämt war im Grunde diese Art, Befehle zu erteilen! ›Warten Sie auf mich ...‹ Tatsächlich aber wartete er. Er führte das Briefchen an den Mund und benetzte es mit den Lippen. ›Wenigstens‹, nahm er sich wütend vor, ›halte ich sie diesmal an den Armen fest.‹ An ihren runden, festen Armen, diesen allzu weißen Armen, die ihm erlaubten, die ihn zwangen, sich ihren ganzen Leib auszumalen! Eine Hitzewelle stieg ihm ins Gesicht, und wie von Schwindel erfaßt, schloß er die Augen. Das Rauschen des Wassers vermischte sich mit dem Brausen in seinem Kopf. ›Immer‹, schien der Fluß zu murmeln, ›immer dasselbe, das ganze Leben, das ganze Leben, das ganze Leben hindurch!‹

Seit drei Tagen, seit dem Abend, an dem er sie auf der

Landstraße gesprochen hatte, war er ihr nicht begegnet. Wie hatte er das fertiggebracht? Er wußte es selber nicht. Weiß man denn, wie die Zeit vergeht, wenn man so sehr leidet?

Eine Viertelstunde später erschien sie, am Arm einen großen Korb, den sie ohne jede Anstrengung trug. Schönheit hat von Natur etwas Triumphierendes. Sie ist gemessen und königlich in jeder ihrer Gesten; naht sie, kommt etwas im Herzen der Menschen zum Schweigen. Als er die Frau auf sich zukommen sah, fand er die Worte nicht mehr, die er ihr sagen wollte. Dieses vollkommene Antlitz, dieser Körper, der sich so edel einherbewegte, löschten die Welt rings um sie aus. Er betrachtete sie mit leidenschaftlicher Gier. Sie trug eine weiße Bluse, die Hals und Arme frei ließ. Eine weiße Schürze bedeckte ihren Rock. Das wunderbare Spiel der Falten und des Schattens prägte dem Stoff die Linien ihres Körpers, ihrer Glieder auf. Plötzlich drang Guéret die Freude mit größerem Aufruhr und Toben ins Herz, als der Fluß sie aufwendete, um dem Meere entgegenzustürzen. Er vergaß alles, Leiden und Groll, er sah sie gleichsam zum erstenmal, weiß, von Licht umflossen; er erbebte bei dem Gedanken, daß er um ein Haar nicht gekommen wäre.

Sie lächelte.

»Stehen Sie doch nicht so reglos da«, sagte sie, als sie zu ihm trat. »Die Leute müssen ja auf uns aufmerksam werden. Gehen wir lieber unten an den Quai.«

Zusammen schritten sie auf die schmale Steintreppe zu, die zur Preste hinunterführte. Als sie am Flußufer angekommen waren, sah sie sich nach allen Seiten um, um sicherzugehen, daß sie hier allein waren. Er blickte sie schweigend an.

»Wie komisch Sie sind!« stieß sie mit einem Auflachen hervor, das sie rasch unterdrückte. »Ich hatte geglaubt, es mache Ihnen Vergnügen, mich wiederzusehen.«

Das Rauschen des Wassers übertönte fast diese nur halblaut gesprochenen Worte.

»Haben Sie mir denn nichts zu sagen?« fragte sie ihn mit erhobener Stimme.

Jünger und frischer, als er gewagt hatte, sie sich in seinen unreinen Einsamkeitsphantasien vorzustellen, stand sie jetzt vor ihm. Ein- oder zweimal strich sie sich über die Stirn, auf die der Wind immer wieder eine Strähne ihres braunen Haars fallen ließ. Er hatte Lust zu lachen und sie bei der Hand zu nehmen, aber seine mißtrauische Natur war stärker und überwand diese Regung. Erinnerte er sich denn nicht der Gleichgültigkeit, der Grausamkeit dieses Mädchens? Vielleicht war sie nur gekommen, um sich über seine düstere Miene und seine verliebten Reden zu amüsieren.

»Warum sind Sie gekommen?«

Ohne Antwort zu geben, betrachtete sie einen Augenblick dieses von Argwohn und Hintergedanken verhärtete Antlitz. Ein Lichtstrahl zwang Guéret, den Kopf zu senken, aber sein Blick wich nicht von dem Mädchen. Sie war bestürzt über die Verwandlung seiner Züge und über die Bitterkeit, die sie darin entdeckte.

»Was für eine Frage!« sagte sie schließlich in vorwurfsvollem Ton. »Soll ich lieber gehen?«

Er war nahe daran zu sagen: ›Ja.‹ Die Nutzlosigkeit dieser Begegnung war ihm auf einmal klargeworden, die Nutzlosigkeit seines ganzen Lebens, und die Verzweiflung, die sich seiner bemächtigte, preßte ihm einen Seufzer ab. Er hob ein wenig die Arme und ließ sie wieder schlaff herunterfallen.

»Gleich, wenn ich Sie verlassen habe, werde ich sehr unglücklich sein«, sagte er. »Und doch, wonach sehne ich mich dann zurück? Nach nichts, da Sie mir ja nichts geben.«

»Einmal haben Sie gesagt, es genüge Ihnen schon, wenn Sie mich nur sehen«, antwortete sie in naiver Eitelkeit.

Er wendete den Kopf.

»Offenbar bin ich anspruchsvoller geworden«, meinte er, ohne sie anzusehen.

Kaum hatte er diese Worte gesagt, als sie ihm auch schon albern und unklug erschienen. Er fürchtete, sie könne verstanden haben; doch sie ergriff seine Hand und sagte mit etwas künstlicher guter Laune zu ihm:

»Sie sind aber unvernünftig, hören Sie mal!«

Die nahe Berührung war ihm peinlich, beinahe unangenehm. Daß dieses Mädchen ihm so die Hand gab, war etwas anderes, Einfacheres, als er es sich vorgestellt hatte. Zudem hatte dieser Körper nicht soviel Wärme in sich, wie er erwartete, was ihn zugleich enttäuschte und entzückte. Er dachte, dies sei sicher das Äußerste, was er jemals erlangen würde.

»Sie täten besser daran, mir nicht die Hand zu geben«, stieß er unwillkürlich mit heiserer Stimme hervor, »wenn es doch nichts zu bedeuten hat.«

»Wie?« rief sie laut und ließ seine Hand wieder los. »Da bin ich so nett und verabrede mich mit Ihnen, und nun sprechen Sie so mit mir!«

Er wurde plötzlich von sinnlosem Zorn erfaßt.

»Verabreden!« wiederholte er. »Das nennen Sie eine Verabredung, eine Viertelstunde Unterhaltung auf einer Landstraße oder hier am Fluß. Und die anderen, was verabreden die denn mit Ihnen? Begnügen die sich etwa auch damit?«

Ihr Gesicht wurde fahl.

»Die anderen?« brachte sie flüsternd hervor. »Wer ist das: die anderen?«

Er verstand ihre Worte nicht, aber er sah, wie sich ihre Lippen bewegten. Aus Scham, daß er diese Frau beleidigt hatte, errötete er und versuchte sich eine selbstsichere Haltung zu geben, indem er die Hände in die Taschen steckte. Er fühlte sich so häßlich in dem Licht, das ihm grell ins Gesicht schien, daß er am liebsten davongelaufen, die steinerne Treppe wieder hinaufgestiegen wäre. Dennoch hielt ihn etwas zurück.

»Die anderen ...«, stammelte er, ohne recht zu wissen, was er sagte, »die ..., die reicher sind als ich.«

In seiner Tasche zerknüllten seine Finger eine Banknote, die er vorhin eingesteckt hatte unter dem Zwang der fixen Idee, es sei besser, Angèle Geld anzubieten, statt sie durch Betteln zu ermüden. Jetzt drängte ihn etwas zu dieser Geste, nicht die Absicht, sich die Gefügigkeit dieser jungen Person zu erkaufen, sondern ein schnödes Verlangen, ein Wesen zu beleidigen, dessen Gunst er wohl nie erringen konnte. Wie zum Hohn kam sie ihm noch schöner vor, wie sie da am Ufer des Flusses stand, dessen mächtiges Rauschen die Stille durchschnitt. Haßerfüllt betrachtete er dieses Antlitz, dessen Züge er sich vergeblich einzuprägen suchte. Selbst der Widerschein der Schönheit in der Erinnerung floh ihn, verweigerte sich ihm.

Sie sprach, bevor er noch die Hand aus der Tasche ziehen konnte.

»Da Sie so von mir denken«, warf sie ihm mit zornblitzenden Augen zu, »kann ich nur weggehen.«

»Wohin gehen Sie?« fragte er mit einer Bewegung zu ihr hin.

Sie gab keine Antwort, schob ihren Korb wieder fest auf den Arm, wendete Guéret den Rücken und entfernte sich. Er tat nichts, um sie zurückzuhalten; er sah, wie sie unterhalb des Boulevards am Quai entlang bis zu einer Treppe ging, die nach etwa zweihundert Metern auf eine Brücke führte. Es schien ihm, daß bei jedem Schritt, der die Entfernung zwischen ihnen vergrößerte, sein Herz etwas leichter wurde. Ruhe, beinahe Freude kehrte wieder in ihn ein. Er setzte sich auf eine Stufe der Treppe, die er mit ihr zusammen hinuntergegangen war.

»Es ist besser so«, sagte er laut vor sich hin.

Bei diesen Worten griff er sich mit beiden Händen an die Brust, als wolle er seine Weste, sein Hemd abreißen. Eine furchtbare Unruhe nahm erneut von ihm Besitz. Er kannte das Nahen des Schmerzes, wie ein Seemann den Sturm errät, wenn er sich noch in den Tiefen des Himmels verbirgt. Der jähe Druck, unter dem er sich krümmte, die Unmöglichkeit, frei zu atmen – er wußte nur zu gut, was diese Vorzeichen bedeuteten. Wie hatte er eine Sekunde lang glauben können, er werde von seinen Leiden frei, frei von sich selber werden? Plötzlich stand er auf und lief zu der Stelle hin, an der er gestanden hatte, als Angèle ihn verließ. Sein Blick glitt an der

Uferböschung entlang bis zu der Brücke. Angèle war nicht mehr da, sie hatte Zeit gehabt, die Preste zu überqueren und zu verschwinden, während er, auf den Treppenstufen hokkend, sich freute, daß er sie nicht mehr sah. War er denn von Sinnen? Was nützte es ihm jetzt, sich an die Brust zu schlagen und dieser Frau hinterher zu rennen, indem er stöhnend ihren Namen stammelte! Vielleicht gab es keinen einzigen Menschen auf der Welt, der unter solchen Umständen so wirr und unvernünftig gehandelt hätte. Zu den Mißlichkeiten des Alters fügte er das lächerliche Gebaren der Jugend hinzu. Mit dem Verstand eines Kindes und einem Gesicht voll Falten wollte er ein Mädchen in der vollen Frische ihrer Schönheit erobern. Und trotz der Tränen, die ihm vor Wut und vor Traurigkeit über die Wangen liefen, mußte er über die Sinnlosigkeit dieses Abenteuers lachen.

7

»Krank. Ja. Zum Kuckuck, mein Lieber, Sie werden doch nicht behaupten wollen, daß Ihnen das etwa leid tut. Bitte, mir gegenüber keine Höflichkeiten. Ich weiß, wie krittelig meine Frau ist, wie schwer man mit ihr auskommt. Sicher hassen Sie es, wenn sie dem Unterricht beiwohnt. Immer etwas bösartig, wie? Aber machen Sie nicht so ein Gesicht. Stellen Sie sich etwa vor, ich würde ihr von unserem Gespräch berichten?«

Guéret lächelte krampfhaft. Das joviale Gehabe dieses dikken Mannes machte ihn eher befangen, doch immerhin: wie angenehm zu wissen, daß die Mutter des kleinen André an diesem Tag der Unterrichtsstunde nicht beiwohnen würde. Er stand mit seinem Buch in der Hand vor Monsieur Grosgeorge, der jetzt seinerseits auf dem steiflehnigen Sessel Platz genommen hatte. Der Besitzer der Villa *Mon Idée* trug seine sechzig Jahre mit der behäbigen Gutmütigkeit, die mit dem

Alter kommt, sofern die Gesundheit sich dem nicht allzusehr widersetzt. Das weiße Haar bedeckte den Kopf noch über Ohren und Nacken, ließ aber den oberen Teil der rosigen, noch kaum von Runzeln durchzogenen Stirn und den ganzen Schädel frei. Die Züge waren plump, der Mund dick und breit, die Kinnbacken kräftig entwickelt. Eine fleischige, leicht gekrümmte Nase gab dem Profil etwas Eigenwilliges, Ungebärdiges, das zu dem munteren Blick der dunklen Augen im Gegensatz stand. Er trug einen Anzug aus grauem Wollstoff, wie die Jäger ihn tragen, aber eine getupfte Krawatte, die einer gepflegteren Aufmachung würdig gewesen wäre, setzte unter sein Doppelkinn einen breiten schwarzen Strich, wie um eine Grenze zu markieren.

»Setzen Sie sich doch«, sagte er. »Sie haben doch noch einen Augenblick Zeit, zum Kuckuck noch mal! André beklagt sich bestimmt nicht, wenn er fünf Minuten länger Pause hat.«

André, der am Tisch saß, wendete dem Vater das Gesicht eines etwas duckmäuserischen Kindes zu und lächelte ihn an, bedeckte aber dabei seinen Mund mit der Hand. Nach einem Verschwörerblick in Richtung des Lehrers glitt er von seinem Stuhl und ging ans Fenster, um hinauszuschauen. Alles an diesem schwächlichen kleinen Geschöpf verriet den Sohn bereits bejahrter Eltern: die schmächtigen Schultern, die kraftlosen Handgelenke, die erwachsenenhafte Ruhe und das Bemühen, keinen Lärm zu machen.

Monsieur Grosgeorge wies mit einer Kinnbewegung auf den Jungen hin und bemerkte mit gedämpfter Stimme:

»Armer kleiner Kerl! Was er brauchte, wäre frische Luft und tüchtiges Körpertraining, aber seine Mutter will davon nichts wissen. Oh! Überhaupt seine Mutter! ... Kommen Sie, setzen Sie sich, mein Lieber.«

Guéret legte sein Buch aus der Hand und ließ sich auf einem Stuhl nieder, so daß er Monsieur Grosgeorge gegenübersaß.

»Sie halten mich vielleicht für neugierig«, fuhr dieser mit zur Seite geneigtem Kopf fort, »aber wie lange sind Sie nun schon hier? Ich habe gehört, Sie hätten in Paris gelebt, bevor Sie nach Chantcilles gekommen sind. Lieber Gott, was für eine Idee, Paris zu verlassen, um in die Provinz zu gehen. Waren finanzielle Schwierigkeiten der Anlaß?«

Er stellte seine Fragen mit der ruhigen Sicherheit des reichen Mannes, dem sein Geld das Recht gibt, den Armen einem Verhör zu unterziehen.

»Finanzielle Schwierigkeiten, ja, Monsieur.«

»Und Sie wollen sich nun hier in der Gegend eine bescheidene Position als Hauslehrer schaffen. Warum schließlich auch nicht? Sagen Sie, sind Sie verheiratet?«

»Verheiratet, jawohl, Monsieur.«

»Und Ihre Frau arbeitet mit, stelle ich mir vor. Sehr gut, sehr ehrenwert. Was für eine Arbeit macht sie denn?«

»Sie näht für ein Pariser Wäschegeschäft. Sie erledigt ihre Aufträge hier und fährt einmal wöchentlich zur Ablieferung nach Paris.«

»Und Sie begleiten sie?«

»Ich, Monsieur? Nein, nie.«

»Offenbar sind Sie nicht eifersüchtig, lieber Guéret. Oh! Seien Sie mir nicht böse. Ich habe das nur zum Spaß gesagt. Weiß ich etwa selber nicht, was eine Ehe bedeutet?«

Lautloses Lachen schüttelte ihn. Er wartete einen Augenblick, als wolle er dem Hauslehrer Gelegenheit zu einer Bemerkung geben; dann aber, als er feststellte, daß dieser nichts zu sagen hatte, fuhr er mit seiner lispelnden, übertrieben eiligen Stimme fort:

»Gut, sehr schön. Sagen Sie mal, Sie langweilen sich doch hier bestimmt, wo Sie in Paris gelebt haben?«

»Ja, manchmal langweile ich mich schon«, antwortete Guéret nach einem leichten Zögern.

Monsieur Grosgeorge streckte die Beine aus und schlug sie dann übereinander.

»Es fehlt Ihnen sicher etwas?«

»Mir, Monsieur? Aber... nein..., ich könnte nicht sagen...«

»Zum Kuckuck, mein Lieber«, stieß der alte Mann zwischen den Zähnen hervor, »wenn ich in Ihren Jahren wäre...«

Er scharrte mit den Füßen und heftete seinen Blick fest in Guérets Augen, die den seinen auszuweichen suchten. Ein paar Sekunden vergingen in einem Schweigen, das der Hauslehrer nicht zu brechen wagte.

»Lieber Gott, ja«, bemerkte endlich Monsieur Grosgeorge, als schließe er soeben eine kleine Betrachtung ab. »Nicht, daß ich Ihnen Ratschläge erteilen möchte, aber man denkt sich so allerlei, wenn man hört, daß Sie es hier langweilig finden. Ich meinerseits habe, Gott sei Dank, meine jungen Jahre gründlich wahrgenommen. Ich kann nur versichern, daß ich mich in Ihrem Alter nicht gelangweilt habe. Aber lassen wir das.«

Er stand auf und begab sich in den Hintergrund des Raums.

»Kommen Sie bitte einmal hierher. Was halten Sie von diesem kleinen Bild?«

Als Guéret neben ihm stand, faßte er ihn beim Arm.

»Stellen Sie sich dorthin, ein bißchen mehr auf die Seite. Und nun Ihre wahre Meinung gefälligst, ja? Ich will Ihnen noch sagen, daß ich vorige Woche in Paris dafür siebenhundert Francs bezahlt habe. Es ist nur eine kleine Sache..., heute morgen bekam ich es hergeschickt.«

»Siebenhundert Francs!«

»Lassen Sie sich durch diese Ziffer nur nicht imponieren, mein Lieber. Sagen Sie einfach, wie Sie das Bildchen finden. Was es gekostet hat, tut ja im Grunde nichts zur Sache. Schöne Dinge lassen sich nicht mit Geld aufwiegen. Und dann, müssen Sie bedenken, ist es eben ein Chacornac!...«

Um ein Tischchen herum, das unter einer reichen Spitzendecke verschwand, saßen drei in scharlachrote Seide gekleidete Prälaten; sie beendeten offenbar ein üppiges Mahl, dessen Reste in goldenen Schüsseln lagen. Eine Flasche Champagner stand zum Kühlen in einem silbernen Eimer auf dem roten Teppich, während einer der Herren, der Fetteste der Bande, seinen kristallenen Kelch erhob, wobei er sich seinen Konfratres zuwendete. Der eine von ihnen setzte gerade zur Antwort auf die Ansprache an, die der andere an ihn richtete, denn er lächelte dem Ausbringer des Toastes zu und goß sich selber zu trinken ein. Diese Geste kam dem dritten Geistlichen offenbar unbedacht vor; da er vielleicht bei seinem Nachbarn eine gewisse Zerstreutheit vermutete, schien er ihm mit erschreckter Miene durch Antippen zu bedeuten, er solle aufpassen, daß sein Glas nicht überlaufe. Ein letztes Detail endlich, das den Eindruck der Behaglichkeit und der Kostbarkeit des Dekors gleichsam abrundete: eine weiße Katze, die zu Füßen der Prälaten graziös mit einer Austernschale spielte. Dies war der auf dem Bilde, das Monsieur Grosgeorge den Hauslehrer bewundern ließ, dargestellte Vorgang. Guéret runzelte einen Augenblick lang die Brauen und ließ seine Blicke von oben bis unten über das Kunstwerk gleiten.

»Sehr hübsch«, sagte er dann.

»Hübsch!« wiederholte Grosgeorge mit einem Anflug von Ungeduld. »Mehr haben Sie nicht zu sagen? Hören Sie mal, mein Lieber, Sie müssen die Sache ein bißchen als Künstler betrachten. Diese warmen, lebendigen und dabei so harmonischen Farben, das alles sagt Ihnen nichts? Das Purpurrot der Soutanen, das so schön zu dem Weiß des Tischtuches paßt, dieses Weiß, das seinerseits förmlich nach dem tiefen Rot des Teppichs schreit – ist das nicht ein Gedicht? Und die Katze, dieses entzückende Geschöpfchen, das da unten am Rande hingesetzt ist wie eine Signatur? Und dann, zum Kuckuck, sehen Sie sich doch einmal im einzelnen diese Spitze an. Man meint, man könne sie mit Händen greifen. Sehen Sie hier, und hier ...«

Sein kurzer, spitzer Finger wies liebevoll auf die Rosetten hin, die der Künstler mit gewissenhaftester Treue wiedergegeben hatte. Guéret beugte sich mit plötzlich erwachtem Interesse vor. War es möglich, daß es auf der Welt Menschen gab, denen es Vergnügen machte, Spitzendecken und trinkfreudige Kardinäle darzustellen, während das alles für ihn kaum existierte? Das heftige Verlangen, das ihm keine Ruhe ließ, mußte seiner Meinung nach die ganze Welt beherrschen und Tag und Nacht alle Menschen quälen. Alles, was sich nicht auf Angèle bezog, setzte ihn in Erstaunen. Er hätte sich eher eine ganze Stadt vorstellen können, die in diese Frau verliebt war, als drei Personen, die an ihrem Schicksal keinerlei Anteil nahmen. Während er diesen Gedanken nachhing, entging ihm, daß Monsieur Grosgeorge ihn seit Sekunden schon mit zusammengekniffenen Lidern und feuchten Lippen betrachtete.

»Mein Lieber«, sagte der Alte mit sanfter Stimme, unter deren Klang der Hauslehrer gleichwohl zusammenfuhr, »Sie werden mir doch nicht sagen wollen, daß Sie nicht in diesem Augenblick eine ganz bestimmte Idee im Kopf haben. Sie sind ein Melancholiker, das sieht man doch ...«

Er legte ihm die Hand auf den Arm.

»Sie denken ebensowenig an meinen Chacornac, wie Chacornac an Sie denkt. Aber haben Sie keine Angst, ich bin Ihnen deshalb nicht böse. Als Sie mir da eben sagten, Sie langweilten sich in Chanteilles, habe auch ich meine ganz privaten kleinen Betrachtungen angestellt. ›Lieber Himmel‹, sagte ich mir, ›wenn man sich in seinem Alter langweilt, so kann es nur wegen einer einzigen Sache sein ...‹ «

Der Ton, in dem er diese Bemerkung machte, ließ Guéret keinen Zweifel über den Sinn, den er dahinter zu vermuten hatte.

»... wegen einer einzigen Sache«, fuhr der Alte mit allem Nachdruck fort. »Ja, ja, mein Lieber, regen Sie sich nicht auf. Das ganze Leben besteht nun einmal aus nichts anderem. Alle Welt wird unaufhörlich davon heimgesucht.«

Seine Stimme vibrierte jetzt von theatralischem Pathos.

»Folgen Sie der Natur, mein Lieber, der guten, Erfüllung heischenden Natur. Meinen Sie, ich kenne Sie nicht nachgerade schon ganz gut? Mein Lieber, ich will Ihnen etwas sagen, was Sie vielleicht schockieren wird, aber das hilft dann eben nichts, es ist zu Ihrem Besten. Also neulich ging ich in der Bahnhofsgegend spazieren und sah da eine schwarzgekleidete, ziemlich große Frau . . . nun, ich brauche sie Ihnen nicht zu beschreiben: die Person, die bei mir war, sagte mir, es sei Ihre Frau. Also, mein Lieber, Bester, hören Sie mir gut zu. Ich bin zweiundsechzig Jahre alt und habe einige Lebenserfahrung. Ich sage Ihnen offen ins Gesicht: Sie haben nicht die Frau, die Sie brauchen!«

»Monsieur!« rief Guéret einigermaßen bestürzt.

»Stopp!« fiel Grosgeorge ihm gebieterisch ins Wort. »Lassen Sie mich ausreden. Wenn ich sage, sie ist nicht die Frau, die Sie brauchen, so meine ich damit nur, daß sie nicht die Frau ist, die Ihnen die Natur bestimmt hat. Zweifellos ist Madame Guéret gut, arbeitsam und bemüht, Ihnen zu gefallen. Das sieht man doch gleich, lieber Gott! Aber ist das alles, was Sie von ihr wollen? Wenn Sie nach einem Tag voll Arbeit und Verdruß am Abend nach Hause kommen – finden Sie Madame Guéret dann schön, wirkt sie verführerisch auf Sie? Mein Lieber, das ist sehr wichtig. Denken Sie daran, wie die Jahre vergehen. Bereiten Sie sich nicht ein Alter, in dem die Reue über all das Sie plagt, was Sie sich haben entgehen lassen.«

»Aber, Monsieur«, brachte Guéret mit Mühe hervor, »weshalb reden Sie so zu mir?«

»Weshalb? Fragen Sie mich, weshalb es mir auf die Nerven geht, wenn ich mitansehen muß, wie Sie sich Ihre Jugend verderben, mein Lieber! Daß Sie todunglücklich sind, sieht doch jedes Kind. Und Sie glauben gewiß, daß ich Sie nicht verstehe, weil ich zu alt dazu bin? Mein Lieber, soll ich Ihnen etwas sagen? Sie haben meine Frau gesehen. Stellen Sie sich vor, sie sei zwanzig Jahre jünger, ihr Gesicht noch feiner gezeichnet, noch hübscher . . . Nach vier Wochen schon war sie mir grauenhaft. Und dabei war sie schön, aber so ist es nun mal, was wollen Sie, die Natur hatte sie mir nicht bestimmt, und ich begriff es zu spät. Oh! Glauben Sie mir, ich habe mich in der Folge schadlos gehalten und bedaure es nicht, das garantiere ich Ihnen, aber zum Teufel, man muß eben ehrlich gegen sich selber sein und wissen, wie man zu dem Seinen kommt; mit einem Wort, alles kommt darauf an, daß man sich selber kennt. Na, habe ich nicht recht? Sagen Sie mir, ob ich den Finger nicht auf die Wunde gelegt habe; zum Kuckuck, mein Lieber, so antworten Sie mir doch, Sie sitzen da ...«

»Also, ja«, hauchte Guéret mit gesenktem Kopf. »Sie irren sich nicht, Monsieur.«

Er verspürte zugleich Erleichterung und Wut, wagte aber nicht, den Blick zu Monsieur Grosgeorge zu erheben. Der Alte ließ ein paar Sekunden verstreichen, dann fing er erneut mit noch lebhafterer Stimme an, in der die Freude des Triumphes bebte: »Sie armer, unglücklicher Mensch! Ich ahnte es schon lange. Als ich Sie das erstemal sah, habe ich mir gesagt: ›Das ist ein Bursche, der aus irgendeinem Grund die Flügel hängen läßt.‹ Sie kamen mir vor wie jemand, der um Hilfe ruft, nur daß Sie gerade nicht riefen. Sie verstehen doch? Mein Lieber, mein Lieber!«

In jäher Beschwingtheit hob er die Hände gen Himmel. Das Vergnügen, dem anderen ein Geheimnis, ein Geständnis entrissen zu haben, überwältigte ihn einen Augenblick; er fand nicht gleich die Worte, die er suchte, um seine Gedanken auszudrücken.

»Das Leben liegt vor Ihnen«, sagte er gedämpft, als teile er Guéret ein Geheimnis mit. »Ach! Wenn ich noch in Ihrem Alter wäre! Lieber Himmel, sagen Sie mir doch nicht, es gäbe in der ganzen Stadt Chanteilles keine Frau, die Sie interessiert. Sie bilden sich am Ende ein, in der Provinz könne man nichts erleben.«

Mit vergnügt zusammengekniffenen Augen sah er dem Hauslehrer ins Gesicht.

»Wenn ich nur an mich selber denke, mein Lieber, mich, der ich zu Ihnen spreche. Meinen Sie etwa, weil ich alt sei, empfände ich nichts mehr? Daß ich nicht lache! Ausgerechnet hier, in der Villa *Mon Idée*, fast unter den Augen meiner Frau, hat es angefangen. Die junge Person, von der ich rede, ist eine Achtzehnjährige. Achtzehn Jahre! Und ein Teint, und Haare, sage ich Ihnen ...! Ein liebes Mädel obendrein. Natürlich bekommt sie dann und wann ein bißchen was in die Hand gedrückt, das vereinfacht die Beziehungen, aber wir sagten ja eben schon, das Schöne läßt sich nicht mit Geld aufwiegen, nicht wahr. Ich sehe sie zwei-, dreimal in der Woche, seit mehr als einem Monat schon... Sie dürfen nicht etwa glauben, es handle sich um eine Dirne, mein Lieber. Durchaus nicht. Ich mache ihr Geschenke, wie man eben einer Person seine Teilnahme bezeugt, die in nicht sehr guten Verhältnissen lebt, und sie ist mir dankbar dafür. Ich führe sie manchmal zum Essen aus; alles, was sie von mir verlangt, ist Verschwiegenheit. Oh! Über dieses Kapitel...«

»Aber Verschwiegenheit...«

»Ja, natürlich, mein Lieber. Was machen Sie denn für ein Gesicht! Fühlen Sie sich nicht wohl?«

»Doch.«

»Also hören Sie nur mal, was für ein Briefchen sie mir heute morgen geschickt hat.«

Er hatte aus seiner Tasche ein Blatt hervorgeholt, das er sorgfältig auseinanderfaltete und so nahe vor das Gesicht hielt, als wolle er es an die Lippen drücken.

»›Falls es Ihnen Vergnügen macht, mich morgen abend zu sehen‹«, fing er an, dann unterbrach er sich, um erklärend zu bemerken: »Morgen, das ist heute..., ›um halb zehn... um halb zehn bei dem...‹ Na, ich kann es doch nicht recht lesen ohne Brille.«

Er legte das Blatt auf den Tisch und durchsuchte seine Rocktaschen. Guéret betrachtete einen Augenblick das alte, von Lust gerötete Gesicht. Es kam ihm vor, als ob seine Sinne einer nach dem andern schwänden. Seit ein paar Sekunden brauste es ihm in den Ohren, so daß er nicht alles verstanden hatte, was Monsieur Grosgeorge sagte. Er hatte nur den Anfang des Briefes in sich aufgenommen, doch diese wenigen Worte hatten ihn verstört, und ein geheimnisvolles Echo wiederholte sie nun unermüdlich in den Tiefen seines Hirns. ›Wenn es Ihnen Vergnügen macht, mich morgen abend um halb zehn Uhr zu treffen...‹ Plötzlich hatte er den Eindruck, der Raum habe sich verdunkelt, wie wenn eine Wolke an der Sonne vorbeizieht. Monsieur Grosgeorge fand seine Brille immer noch nicht. Vor Ungeduld zog er die Mundwinkel ein, seine Genießerlippen wurden ganz schmal und feucht. Das war alles, was Guéret in dem Dunkel, das ihn umgab, noch wahrzunehmen vermochte: diesen Mund, der sich abwechselnd zusammenzog und wieder aufschwoll, ungeduldig und grausam, von einem Hunger gequält, den das Leben niemals stillen würde. Jäh fielen seine Augen auf den Brief. Und mit einem Schlag sah er wieder klar: in den hastig und ungeschickt mit Bleistift hingekritzelten Zeilen erkannte er deutlich die Schrift von Angèle.

8

Wie gewöhnlich saß sie nahe am Fenster und warf von Zeit zu Zeit einen Blick auf den kleinen dreieckigen Platz, über den der Wind dahinfegte. Ihr Haus war das letzte der Stadt. Hinter der Baumreihe fiel der schüttere Rasen zur Sommeillante ab. Das war das Bild, das sie täglich vor sich sah. Das Kopfsteinpflaster der Fahrbahn, die zwölf Linden, die so gepflanzt waren, daß sie einen Winkel bildeten, dann das fast reglose Wasser des Flusses, und endlich das tiefe Schweigen des Nachmittags – alles trug dazu bei, dieser Landschaft den etwas träumerischen, nachdenklichen Charakter der Stätten zu geben, an denen nie ein Wanderer verweilt. Die Natur hat dort etwas Undefinierbares; die Bäume sind nicht wie andere Bäume, der Himmel scheint hinter seinen Wolken etwas zurückzuhalten, dessen Geheimnis sich den Steinen der Häuser, dem Wasser des Flusses mitteilt und ihnen das Aussehen düsterer Mitwisserschaft verleiht.

»Um diese Zeit kommen wenig Spaziergänger vorbei«, sagte ein kleines Mädchen, das zu Füßen von Madame Londe auf einem niederen Schemel saß, den sie nahe ans Fenster gerückt hatte. Die Kleine mochte zwölf Jahre alt sein und trug eine schwarze Alpakaschürze; sie drückte die eigensinnige Stirn ans Fenster und schob mit ihrer schmutzigen kleinen Hand den Tüllvorhang beiseite, der vom langen Hängen und vom Staub gelb geworden war. Die Chefin ließ ihren Blick auf dem aufmerksamen Profil, dem spöttischen Blick dieses Schulkindes ruhen, dem nichts da draußen entging.

»Die Spaziergänger . . .«, wiederholte sie langsam, »macht es dir Spaß, die Spaziergänger anzuschauen, Kleine?«

»Ja, das macht mir Spaß«, sagte das Kind, ohne den Kopf zu heben.

»Es macht dir wohl Spaß, immer wieder neue zu sehen«, meinte Madame Londe.

»Es macht mir auch Spaß, die wiederzuerkennen, die ich schon öfter gesehen habe.«

»Du Schlaukopf! Du hast immer eine Antwort bereit«, sagte Madame Londe.

Sie seufzte, blickte selbst aus dem Fenster, als wolle sie sich versichern, daß die Bäume noch am gleichen Platze ständen, und nahm aus ihrem Schoß einen alten Strumpf auf, in den sie ihre Hand steckte.

»Ein Loch«, stellte sie halblaut fest. »Weshalb zum Teufel nutze ich meine Strümpfe so schnell ab, wo ich mich doch so wenig bewege?«

Mit einer Nadel und mit einem violetten Stopfei bewaffnet, machte sie sich daran, das soeben entdeckte Loch zu stopfen. Lange Minuten verflossen in absoluter Stille. Das kleine Mädchen blickte bald nach dieser, bald nach jener Seite, ganz seiner Beobachterrolle hingegeben; die kurzen, steifgeflochtenen Zöpfe baumelten dabei hin und her, als zöge eine unsichtbare Hand daran, um den Kopf nach links oder rechts zu drehen. Über ihre Arbeit gebeugt, gab Madame Londe sich völlig ihren Überlegungen hin; man erriet, daß sie sich in diese immer tiefer versenkte, obwohl die Betätigung ihrer Finger nicht darunter litt und sie mit stets gleich geduldiger und regelmäßiger Bewegung die Nadel hin- und herschob.

Es war ein langes, niedriges Zimmer, in dem diese Szene sich abspielte. In der einen Ecke, zwischen einer gelbgestrichenen Tür und einem riesigen Nußbaumschrank, stand ein breites Mahagonibett. An den Wänden zeigte eine verblaßte Tapete da, wo sie nicht durch Feuchtigkeit verschmutzt war, große Flächen mit bräunlichen Streifen auf einem unbestimmten Grundton zwischen Rot und Violett. Kleine runde oder rechteckige Teppiche bedeckten zum Teil den Fliesenboden, von dem eisige Kälte aufstieg. Ein schwächliches Kohlenfeuer milderte nur gerade in der nächsten Nähe des Kamins die Zimmertemperatur; daher hatte Madame Londe beide Füße auf einen Fußwärmer gestellt und schwarze Halbhandschuhe über die Hände gestreift. Mehrere kretonnebezogene Kissen, mit denen der Lehnsessel ausgestopft war, umfingen ihren Oberkörper und stützten ihn zugleich, so daß sie sehr aufrecht dasaß. Sie trug jetzt ein Kleid aus schwarzem Serge – das taftene hob sie sich für die Stunde des Abendessens auf – und hatte über ihre fröstelnden Schultern eine kurze Pelerine aus grauer Wolle gelegt.

»Frierst du denn nicht?« fragte sie, aus ihrer Träumerei plötzlich auftauchend, und warf einen prüfenden Blick auf die nackten Beine des kleinen Mädchens.

»Nein, Madame Londe«, antwortete das Kind mit fröhlicher, lebhafter Stimme.

»Du sollst mich nicht Madame Londe nennen, Kleine. Ich habe es dir schon einmal gesagt. Ist inzwischen jemand vorbeigekommen?«

»Niemand. Sehen Sie denn nicht selber auch aus dem Fenster?«

»Ich war einen Augenblick mit meinen Gedanken woanders«, murmelte die Chefin. »Kaum bin ich mal drei Sekunden zerstreut, so kommt auch schon jemand über den Platz, ohne daß ich ihn sehe.«

»Wie soll ich Sie denn nennen, bitte schön?«

»Aber . . ., das habe ich dir doch schon gesagt: ›Tante‹, zum Beispiel.«

»Warum sagen Sie ›zum Beispiel‹?«

Einen Augenblick herrschte Schweigen. Madame Londe schien nicht gehört zu haben. Dann befahl sie in entschiedenem Ton:

»Tante. Und damit Schluß.«

Die Kleine faltete die Hände über dem linken Knie und begann, sich mit unzufriedener Miene von vorn nach hinten zu wiegen. Sie war hübsch trotz einer ungewöhnlichen Blässe, die den Glanz ihrer schwarzen Augen um so stärker hervorhob. Daß Madame Londe so barsch mit ihr redete, hatte sie etwas gekränkt, aber ihre üble Laune verlor sich schnell. Als sie sah, daß ein kleines Wollknäuel unter den Lehnstuhl gerollt war, hob sie es auf und reichte es der Chefin, als wolle sie die kleine Verstimmung durch einen Akt der Freundlichkeit beenden.

»Oh, danke«, sagte Madame Londe mit glücklicher Stimme. »Du bist ein gutes kleines Ding«, setzte sie hinzu, während sie ihre Fingerspitzen schmeichelnd über die Wange des Kindes gleiten ließ. »Sag mal, was antwortest du deiner Mutter, wenn sie dich fragt, was du hier bei mir machst?«

»Im allgemeinen fragt sie mich nicht.«

»Im allgemeinen? Manchmal hat sie dich also doch gefragt? Was hast du ihr dann gesagt?«

»Ich habe ihr gesagt, daß ich für Sie Besorgungen mache...«

»Das stimmt ja auch. Erst vorgestern hast du für mich Kaffee gekauft.«

»Und daß ich Ihnen beim Wäscheausbessern helfe.«

»Gut. Deine Mutter, Kleine, ist eine tüchtige Frau. Sage ihr nur, daß ich acht auf dich gebe und vorhabe, dich im Restaurant zu verwenden, sobald du größer bist. Ist sie zufrieden mit dem, was ich dir dafür gebe?«

»Einmal hat sie gesagt, ich würde anderswo sicher mehr verdienen.«

»Wobei sie vergißt, daß du anderswo auch schwerer arbeiten müßtest. Bist du auch sicher, Kleine, daß du nicht frierst?

Ich möchte nicht, daß du dir hier etwas holst. Wenn ich mir vorstelle, ich würde wie du mit nackten Beinen herumlaufen ... Nun, du bist ja noch jung und munter. Bist du wenigstens warm genug angezogen? Hast du irgend etwas Molliges auf der Brust?«

»Mein Trikot.«

»Dein Trikot. Aber es gibt Trikot und Trikot, Kleine. Komm, zeig einmal her.«

Dabei beugte sie sich vor und ließ zwei Finger hinter die schwarze Ärmelschürze gleiten. Das Mädchen stieß einen leisen Schrei aus, der eher wie ein Lachen klang, und machte Miene, zurückzuweichen, doch Madame Londe blickte so ernst, daß sie lieber stillhielt. Die Stirn der Chefin war auf einmal gerötet. Sie preßte die Lippen zusammen.

»Das habe ich mir gedacht«, stellte sie nach kurzer Untersuchung fest. »Ein kleines baumwollenes Leibchen, dünn wie Papier, sozusagen gar nichts. Weshalb zappelst du denn so?«

»Weil Sie mich kitzeln«, sagte das Mädchen und prustete vor Lachen.

Madame Londe zog rasch die Hand zurück und lehnte sich weit nach hinten; das Blut stieg ihr in die Wangen.

»Ich und dich kitzeln!« wiederholte sie empört. »Du unverschämtes Ding! Willst du etwa noch herumerzählen, daß ich dich kitzele?«

»Nein!«

»Dein Glück! Weißt du, weshalb ich mit der Hand unter deine Schürze gefahren bin? Um zu sehen, ob du nicht irgendein recht warmes Kleidungsstück brauchst, etwas Wollenes, das ich dir geschenkt haben würde, mein Kind. Aber wenn du mit deiner Arbeit hier bei mir nicht zufrieden bist, kannst du ja gehen, weißt du das? Kleine Mädchen wie dich kann ich scharenweise finden, sogar hier in Lorges. Jetzt nützt kein Weinen, mein Fräulein!«

»Ich habe nicht gesagt, daß ich mit der Arbeit bei Ihnen nicht zufrieden bin«, erklärte das Kind unter Tränen.

»Du sahst aber aus, als dächtest du das. Außerdem verbiete

ich dir, mir zu widersprechen. Los jetzt, geh! Ich habe für heute genug von dir!«

Sie sprach diese letzten Worte sehr schroff, aber mit gezwungener und etwas bebender Stimme.

»Worauf wartest du?« fragte sie, als das Mädchen sie verzweifelt ansah und sich nicht von der Stelle rührte. »Ich habe gesagt, du sollst gehen.«

»Was habe ich Ihnen denn getan, Tante?« fragte das Kind.

»Du eigensinniger Balg, du«, schrie Madame Londe mit furchterregendem Blick. »Wirst du mir wohl gehorchen?«

Sie wurde plötzlich von heftigem Zorn erfaßt. Die Blamage, daß sie sich von einem Kind hatte Angst einjagen lassen, trieb ihr die Schamröte in die Wangen, als ob man sie geohrfeigt hätte; sie erhob sich halb aus ihrem Sessel und stieß mit dem Fuß den Fußwärmer beiseite, so daß er mit scharfem Klirren über die Fliesen glitt. In ihrem feuerroten Gesicht funkelten die schwarzen Augen unter den dichten Brauen. Schon setzte sie die Sohle ihres einen Pantoffels auf den Boden, als das kleine Mädchen voller Entsetzen aus dem Zimmer stob. Im Bewußtsein ihres Sieges nahm Madame Londe wieder Platz.

»So etwas!« murmelte sie, noch ganz aufgeregt. »So ein Otterngezücht! Für zwei Groschen brächte die mich um.«

Mit ausgestrecktem Fuß angelte sie sich den Fußwärmer heran, schob ihn an den gewohnten Platz und griff wieder zu ihrem Strumpf; ihre Finger fanden die Nadel in der Wolle nicht gleich; endlich, nachdem sie ein- oder zweimal tief geatmet hatte, fühlte sie, wie sie ruhiger wurde. Sie warf einen Blick draußen auf den Platz und nahm ihre Tätigkeit wieder auf.

Da klopfte es an der Tür.

»Bist du es schon wieder, Fernande?« fragte Madame Londe.

»Nein, es ist nicht Fernande«, sagte Angèle und trat ein.

Sie setzte ihren Korb auf den Tisch und redete gleich drauflos:

»Zu dieser Stunde hast du mich gewiß nicht erwartet, Tante?«

»Du bist mir immer willkommen, Kind«, sagte die Chefin und legte den Strumpf aus der Hand. »Hast du es dir überlegt mit Monsieur Blondeau?«

»Ich werde dir morgen Antwort geben«, sagte Angèle und schob die Haarsträhnen zurück, die ihr in die Stirn gefallen waren.

»Morgen! Dabei setzt er mir jetzt schon drei ganze Tage lang zu, mein Mädel. Heute haben wir Donnerstag. Du kannst sicher sein, noch heute abend fragt er mich wieder, ob du dich entschieden hast, und wie stehe ich dann da? Überleg dir mal, wie lange er jetzt schon wartet. Heute sollte der letzte Termin sein.«

»Ich weiß.«

Sie setzte sich Madame Londe gegenüber und senkte den dunklen Kopf. Ihre gesenkten Wimpern warfen auf die vom Wind und zweifellos auch von schlecht beherrschter innerer Erregung rosig angehauchten Wangen lange, schwarze Bögen, die dem jungen Gesicht den Zauber schwermütigen Nachdenkens gaben. Niemals hatte sie schöner ausgesehen als in dem gedämpften Licht dieses Herbstnachmittags. Der Halsansatz hatte noch die Zerbrechlichkeit des kindlichen Alters; ihren Bewegungen haftete etwas noch Ungeschicktes an, das den eigentümlichen Eindruck erweckte, als habe man hier ein vom Leben zu rasch gereiftes Wesen vor sich, das in seinem Innern noch die nebelhafte Ungewißheit der frühen Jahre barg wie einen geheimen Schatz, von dem es selber nichts weiß. Aber der Mund war ernst und bestimmt, und die Augen, wenn die Lider sich hoben, zeigten einen wissenden Blick, der nicht zauderte, sondern geschwind begriff. Jetzt schlang sie die Hände auf den Knien ineinander.

»Du weißt!« rief Madame Londe aus. »Wissen ist nicht genug, man muß Antwort geben. Ich verstehe nicht, weshalb du soviel Schwierigkeiten machst. Monsieur Blondeau ist ein guter Kunde. Das letzte Mal, als er mit dir ausging, war er sehr nett, hast du mir gesagt. Ach, ich muß übrigens auch noch von meinem neuen Tischgast mit dir reden.«

»Deinem neuen Tischgast?«

»Ja. Was hast du denn?«

»Aber gar nichts, Tante.«

»Gut. Also dieser Herr ist letzten Donnerstag gekommen, wie du weißt, und heute abend wird er wiederkommen. Ich habe natürlich an dich gedacht.«

»An mich?«

»Ja, natürlich an dich. Ich muß schon sagen, ich scheine heute lauter ungewöhnliche Dinge zu reden. Was ist denn mit dir los?«

»Aber nichts, gar nichts, glaub mir doch.«

»Er ist ein sehr netter Herr, sehr korrekt, ein bißchen zu reserviert vielleicht. Ich habe mir gedacht, ich könnte vielleicht heute abend schon etwas für Sonntag in acht Tagen ausmachen. Du kommst herein und richtest mir etwas aus, nur damit er dich gleich zu Anfang des Essens schon einmal sieht. Wenn du mit ihm ausgehst, mußt du ihn zum Reden bringen. Es ist da mehreres, was ich gern wissen möchte. Zunächst, weshalb er hergekommen ist. Ich kann ihm noch so viele Fangfragen stellen, dieser Teufelskerl vertraut sich niemandem an. Nur mit Mühe und Not habe ich herausgebracht, daß er verheiratet ist.«

Sie sah nicht, daß das junge Mädchen erbleichte, und fuhr mit Schwatzen fort, als berausche sie sich an ihren eigenen Worten.

»Du wirst zugeben, daß es seltsam ist, wenn einer sich in Chanteilles niederläßt, der in Paris gelebt hat. Aber um auf Monsieur Blondeau zurückzukommen: Ich muß dich noch etwas fragen. Was ist das für eine alte Kusine, die er im Departement Lot-et-Garonne haben will? Ist daran etwas Wahres?«

»Ich weiß darüber nicht mehr als du. Ja, er hat einmal etwas von dieser Mademoiselle Bourgeron gesagt.«

»Bourgeron«, bestätigte Madame Londe, als habe sie diesen

Namen zu gleicher Zeit aussprechen wollen wie das junge Mädchen. »Den Namen kannte ich doch. Ob sie Geld hat?«

»Ich kann dir nur sagen, ich weiß es nicht.«

»Du mußt es herausbekommen, Angèle. Ich komme darauf, weil Monsieur Blondeau sich gerade einen neuen Überzieher geleistet hat. Du hast ihn noch nicht gesehen. Eine abscheuliche Farbe, aber der Stoff ist gut. Von seinem Gehalt kann er sich ein solches Stück bestimmt nicht kaufen. Du kannst dir denken, daß er mit dem, was die Agentur Walther ihm gibt, nur eben genug zum Leben hat. Anderseits aber hat er dir im September zehn Francs geschenkt. Woher hat er das Geld? Ich habe an diese Verwandte im Lot-et-Garonne gedacht, aber die Frage ist: Weshalb schickt sie es ihm? Ist es ein Darlehen oder ein Geschenk? Wie dem auch sein mag, du kannst dir denken, daß ich Monsieur Blondeau nicht versprochen hätte, du würdest nächsten Sonntag mit ihm ausgehen, wenn nicht dieser Überzieher eine sichere Garantie für uns bedeutete.«

»Du hast es versprochen, ohne mich zu fragen?«

»Lieber Gott, ja! Wie käme ich zurecht, wenn ich dich fragen wollte, sooft sich eine Gelegenheit bietet. Ich sage dir doch, ich bin sicher, daß er Geld bekommen hat.«

»Das ist mir ganz gleich. Ich gehe am Sonntag nicht mit ihm aus.«

»Wieso? Gehst du mit einem anderen aus?«

»Nein, mit niemandem.«

»Mit niemandem? Sag mal, bist du verrückt?«

»Nein, ich bin nicht verrückt. Ich sage, ich habe keine Lust, am Sonntag auszugehen.«

»Was hast du gegen Monsieur Blondeau? Er ist nett.«

»Und wenn er zehnmal nett ist, ich mag ihn nicht.«

»So etwas! Na gut, wenn du Blondeau nicht magst, dann nimm Monsieur Guéret.«

»Monsieur Guéret . . . Nein. Ob Blondeau oder ein anderer, ich wiederhole dir, ich gehe mit niemandem aus.«

Bei den letzten Worten war sie aufgestanden und schritt mit

so entschlossener Miene durch den Raum, daß die Chefin nicht gleich eine Antwort fand.

»Das ist ja wirklich das Neueste«, erklärte schließlich Madame Londe. »Was ist denn in dich gefahren? Bist du hergekommen, um mir das zu sagen?«

»Zum Teil deswegen«, sagte Angèle und wandte sich zu ihr um.

»Da gratuliere ich dir«, fuhr Madame Londe mühsam beherrscht fort. »Wenn das übrige von der gleichen Art ist, haben wir Grund zum Feiern. Ich möchte nicht neugierig sein, aber würdest du mir vielleicht sagen, von was für Geld du leben willst? Wird etwa die Witwe Brod dir deine Miete bezahlen?«

»Meine Miete«, wiederholte Angèle und stützte sich auf den Tisch. »Ich habe doch das Zimmer ...«

Sie hielt inne und sah Madame Londe an.

»Nur weiter, Kleine«, sagte diese, »fahre nur fort. Das Zimmer, das Madame Londe mir ... mir – nun was? – mir zur Verfügung stellt. Und wenn mir Madame Londe noch heute abend sagt, ich möchte gefälligst verschwinden ...«

»Tante, du hast doch nicht vor ...«

»So, was weißt denn du davon?«

»Du wirst mich doch nicht vor die Tür setzen, weil ich Sonntag nicht ausgehen mag?«

»Und was würde mich hindern? Hast du einmal darüber nachgedacht, was du mir damit antust, wenn du dich weigerst, mit meinen Kunden auszugehen?«

»Tante, ich muß dir etwas sagen. Vielleicht hätte ich dir meine Pläne schon früher anvertrauen sollen. Ja, ich suche eine andere Beschäftigung. Wie soll ich es dir erklären ... Die jetzige strengt mich sehr an und bringt mir fast nichts ein. In der Wäscherei kann man kaum atmen, und dann immer dieses schwere Bügeleisen ... Kurz und gut, ich suche etwas anderes.«

»Etwas anderes? Und was?«

»Eine weniger harte Arbeit, die noch dazu mehr einbringt.

Weißt du, ich hatte daran gedacht, als Zimmermädchen zu gehen.«

»Zimmermädchen bei den Grosgeorges zum Beispiel.«

»Weshalb machst du dich über mich lustig, Tante?« sagte das junge Mädchen, das jetzt dem Weinen nahe war. »Ich spreche ganz im Ernst. Du weißt genau, daß es bei Monsieur Grosgeorge unmöglich wäre.«

»Das erklärt aber nicht, weshalb du am Sonntag nicht ausgehen magst.«

»Ich möchte eben gerade eine Stellung finden, bei der ich auf diese Leute nicht mehr angewiesen bin, auf Monsieur Grosgeorge so wenig wie auf diesen Dummkopf Blondeau ...«

»Du ..., was hast du vor?« rief Madame Londe, die sich plötzlich erhob. »Ja, bist du eigentlich verrückt? Mit meiner ganzen Kundschaft hier willst du mich sitzenlassen ...«

Sie war ganz blaß geworden und trat auf Angèle zu, die unbeweglich stehenblieb.

»Du vergißt«, sagte sie, »daß ich es war, die dich erzogen hat.«

»Erzogen wie die kleine Fernande«, antwortete Angèle mit etwas größerer Festigkeit in der Stimme.

»Wie? Jetzt erziehe ich Fernande?«

»Jawohl, du bringst ihr bei, zu dir ›Tante‹ zu sagen, wie du es mich geheißen hast, als ich so alt war wie sie.«

»Und was beweist das?«

»Das beweist, daß sie so enden wird wie ich, daß du sie eines Tages deinen Kunden anbieten wirst.«

»Ich biete dich meinen Kunden an? Ich? Du bist wohl von Sinnen, daß du so mit mir sprichst? Ich verstehe kein Wort mehr, Mädchen, von dem, was du mir da erzählst.«

»So! Und wenn ich abends nach Hause komme und du in mein Zimmer kommst, um mich zu fragen, wieviel Monsieur Blondeau mir gegeben hat, wieviel ich von Monsieur Goncelin bekommen habe, dann hast du wohl keine Ahnung, wofür sie mich bezahlen?«

»Es ist nicht meine Sache, auf dich aufzupassen. Mit dem,

was sich zwischen dir und diesen Herren abspielt, habe ich nichts zu tun.«

»Wirklich! Du interessierst dich einzig dafür, mir Auskünfte über sie zu entlocken, damit du dich unten im Restaurant damit aufspielen kannst ...«

»Hat man so etwas schon gehört ... Wenn ich dir manchmal ein paar Fragen stelle, so tue ich es nur, um zu wissen, wer hier bei mir aus- und eingeht, verstehst du? Ich nehme nicht jeden bei mir auf! Ich muß mich erkundigen ...«

»Und was mich das kostet, das ist dir egal, nicht wahr? Du weißt wohl nicht, was sie mit mir machen, wie? Wohin sie mit mir gehen? Wohin sie mit mir gehen?«

Madame Londe erblaßte.

»Ich habe dir schon einmal gesagt, daß ich nicht dazu verpflichtet bin, auf dich achtzugeben. Du bist selber groß genug ... Diese Dinge gehen mich nichts an.«

»Gut, auf alle Fälle möchte ich lieber gehen«, sagte das Mädchen. »Ich bleibe nicht länger in diesem schmutzigen Haus.«

»Schweig! Halt den Mund! Verstehst du mich?«

»Komm mir nicht zu nahe, oder ich schreie! Ja, heute abend noch packe ich meinen Koffer. Oh, du kannst mir keine Angst mehr machen, weißt du das? Du wirst schon sehen, wie weit du kommst, wenn du niemanden mehr hast, der deine Gäste ausspioniert, alte Vettel du!«

Sie machte eine Bewegung zur Tür hin, doch Madame Londe pflanzte sich, die Hände auf die Hüften gestützt, vor ihr auf und maß sie von oben bis unten mit den Augen.

»Mach dir keine Illusionen, mein Kind«, sagte sie mit harter, sicherer Stimme. »Ich habe eine an der Hand, die dich ausgezeichnet ersetzen wird und die schon jetzt sehr gefragt ist.«

»Und wer ist das?« fragte Angèle unwillkürlich.

Madame Londe antwortete nicht gleich; ihre Augen ruhten weiter starr in denen des jungen Mädchens.

»Fernande«, sagte sie endlich.

»Fernande! Du wagst es, diesen Männern ein Kind von dreizehn Jahren anzubieten?«

»Was das für Ausdrücke sind! Anzubieten! Die Herren sind so nett, Fernande manchmal mitzunehmen, wenn sie spazierengehen. Ich vertraue sie ihnen an, das ist alles. Die Eltern wissen Bescheid. Ich habe nichts zu verbergen, und der Kleinen ist es sehr recht.«

»Und wieviel bekommst du dafür, he? Wieviel bringt Fernande dir ein?«

»Wieviel sie mir einbringt? Ja, für was hältst du mich denn, du unverschämte Göre? Laß dir gesagt sein, daß Fernandes Mutter mehr als glücklich über alles ist, was ich für ihre Kleine tue. Wenn sie hier wäre, hätte sie dir längst eine Ohrfeige verpaßt, um dich Respekt vor mir zu lehren.«

Das junge Mädchen errötete so plötzlich, als hätte sie tatsächlich den Schlag ins Gesicht bekommen, von dem Madame Londe sprach, und einen Augenblick war sie geneigt, ihr eine entsprechende Antwort zu geben; dann aber hielt sie sich zurück und sagte nur:

»Ich gehe jetzt, laß mich vorbei.«

»Nein, das tue ich nicht«, rief Madame Londe mit aller Entschlossenheit, deren sie fähig war. Während sie das sagte, umklammerte sie Angèles Handgelenk. »Ich lasse dich nicht in dein Verderben rennen! Überhaupt, wo willst du denn hin?«

Angèle suchte sich freizumachen.

»Laß mich. Ich will fort.«

»Und wohin willst du gehen? So, siehst du, ich lasse dich los. Du willst deinen Koffer packen? Dein Koffer gehört aber mir! Meinst du, man wird dich mit deinen Lumpen in einem Hotel aufnehmen? Denn ich verbiete dir, den Koffer anzurühren! Kind, du verbirgst mir etwas. Sag gar nicht erst nein.«

»Das ist nicht wahr.«

»Du verbirgst mir etwas. Ich hätte es längst ahnen müssen. Schon als ich sah, wie du hier mit unruhigen Blicken und diesem nervösen Lachen hereinkamst, bin ich mißtrauisch geworden. Irgend etwas ist los mit dir. Was ist es nur?«

Aus Verzweiflung, aus Müdigkeit war das junge Mädchen schon auf dem Punkte, nachzugeben und Rede und Antwort zu stehen, als sie plötzlich das undeutliche Gefühl hatte, es drohe ihr eine Gefahr; sie griff nach ihrem Korb und wich zur Tür zurück. Das plötzliche Grauen gab ihr ihre Energie wieder zurück.

»Laß mich in Ruhe«, stieß sie schnell hervor. »Wenn du dich in Dinge einmischst, die dich nichts angehen, verschwinde ich auf der Stelle. Du kannst sagen, was du willst: An dem Tag, an dem ich gehe, siehst du keinen deiner Gäste mehr.«

»Was sagst du da?« rief Madame Londe, auf sie zutretend, aus. »Du wagst mir auch noch zu drohen, du miserabler Fratz?«

Aber schon hatte Angèle die Tür geöffnet und sich nach draußen verzogen.

Madame Londes erste Regung war, Angèle nachzulaufen und sie zu schlagen, aber abgesehen davon, daß ihre langsamen Beine ihr eine solche Verfolgung die Treppe hinunter und dann auf der Straße nicht gestatteten, überlegte sie sich auch, daß es besser sein würde, diesen kleinen Familienzwist nicht in die Öffentlichkeit zu tragen. Sie begnügte sich also damit, das Fenster aufzumachen und mit wuterfülltem Blick dem Mädchen nachzusehen, das den Platz in größter Eile überquerte.

›So ein Luder‹, dachte sie, als sie das Fenster wieder schloß. ›So ein Luder!‹

Heftig stieß sie den Sessel und den Hocker zurück, die ihr im Wege standen, und tat ein paar Schritte auf ihr Bett zu. Das Mädchen hatte natürlich recht; jetzt, nachdem die Tischgäste an der zusätzlichen Leistung, die Madame Londe ihnen bot, Geschmack gefunden hatten, würden sie niemals wieder darauf verzichten wollen. Und es stimmte nicht, daß sich jemand bei ihr nach Fernande erkundigt hatte. Angèle wollten sie, Angèle mit dem hübschen Gesicht, mit der Unschuldsmiene. So ein Luder. Seit drei Monaten hatten die Männer ihr mit ihren Komplimenten den Kopf verdreht.

Die Chefin setzte sich auf den Bettrand und dachte seufzend an die gar nicht weit zurückliegende Zeit, in der das junge Mädchen so gehorsam, so gefügig gewesen war. Am Sonntagabend und manchmal auch während der Woche kam sie und berichtete ihr, was sie von den einen oder anderen erfahren hatte, mit einer naiven Genauigkeit, die nicht immer zwischen Beiläufigem und Wesentlichem zu unterscheiden wußte. Auf diese Weise löschte Madame Londe den erbarmungslosen Durst der Neugier, der sie unaufhörlich quälte. Unter Unbekannten zu leben, kam ihr ganz unmöglich vor. Jeder Neue erschien ihr zunächst wie ein Feind, den man umzingeln und erobern mußte, und das bereitete ihr gleichzeitig verzehrende und köstliche Empfindungen, die einzig mit Liebesungeduld zu vergleichen waren. Sie beherrschte ihre Kundenschar durch die ins einzelne gehende Kenntnis, die sie von deren Alltagsleben besaß. Ihre Leidenschaft vergrößerte alles noch. Wo eine minder starke Neugier als die ihre nur dürftige Nahrung gefunden hätte, schwelgte sie in einem fürstlichen Mahl. In ihren Augen gab es nichts Unwichtiges. Versessen darauf, Bescheid zu wissen, weidete sie sich einfach an allem, und die Herkunft einer Krawatte interessierte sie fast in dem gleichen Maße wie der Ursprung eines Vermögens, denn Gier kennt keine Wahl.

Aber wie in einer Art grausamem Spiel hatte die Natur dieser Frau eigentliches Ahnungsvermögen, das sie ihr gewissermaßen schuldete, versagt und sie nur einem der gebieterischsten Instinkte der Welt ausgeliefert, ohne ihr zugleich die Mittel an die Hand zu geben, ihn auch vollauf zu befriedigen. Die einzige Gabe, die Madame Londe zuteil geworden war, bestand darin, daß sie nicht ein Geheimnis, sondern lediglich das Vorhandensein eines Geheimnisses erriet. Sie ahnte ständig mysteriöse Zusammenhänge, die sie von sich aus niemals zu durchdringen vermochte. Es war wie ein Hohn des Geschicks, denn in völligem Dunkel tappend, hätte sie, wenn nicht gerade das Glück, so doch wenigstens die Ruhe des Nichtwissens genossen. Ihre Leidenschaft jedoch ruhte nie. Unaufhörlich raunte eine Stimme dieser Unglücklichen zu: ›Da, da gibt es etwas. Was mag es sein? Warum ist dieser reiche Mann traurig? Warum trägt der andere immer nur Anzüge von einer bestimmten Farbe? Herr Soundso kommt jedesmal drei Minuten später als alle anderen zu Tisch. Warum nur? Warum?‹

Diese Fragen tauchten jeden Augenblick in ihr auf und setzten ihr qualvoll zu. Das ging so weit, daß sie glaubte, die Leute versteckten sich vor ihr; dann bemächtigte sich ihrer Seele ein allgemeiner Menschenhaß, und wenn sie einen Moment wieder Ruhe finden wollte, mußte ihr Angèle die Antwort auf zahllose im Laufe eines einzigen Tages an ihrem Wege aufgekeimte Rätsel bringen. Diese Antworten enttäuschten sie immer, zweifellos weil niemals ein angemessenes Verhältnis zwischen der Glut, mit der sie sie kennenzulernen wünschte, und dem Vergnügen an dieser Kenntnis bestand. ›War es nur das?‹ dachte sie dann. Und im geheimen war sie böse auf Angèle, weil diese ihr nicht die prächtige Ausbeute an Geheimnissen geliefert hatte, auf die sie immer von neuem hoffte. Im Alter von mehr als fünfzig Jahren und mit langer Erfahrung, was das Wesen der Neugier betraf, hatte sie noch nicht begriffen, daß das Ziel ihrer Leidenschaft nicht darin bestand, Unbekanntes in Bekanntes zu verwandeln, sondern das Unbekannte um seiner selbst willen zu suchen und in seiner Nähe zu leben. Das wollte die Natur ihr vielleicht dadurch zu verstehen geben, daß sie ihr die gemeinhin den Frauen verliehene Intuition vorenthielt.

Indessen wollte dieses blinde Maulwurfswesen klar sehen, und Angèle war ihr dabei die unerläßlich notwendige Mittlerin, denn dieses junge Ding, weniger tiefgründig zwar als die, die es ›Tante‹ nannte, besaß alle Eigenschaften, die man braucht, um Männer zum Reden zu bringen. Madame Londe hatte sie erzogen, wie sie es jetzt mit der kleinen Fernande machte, aber Angèle hatte unrecht, wenn sie ihr dabei Gewinnsucht unterstellte, denn habgierig war die Chefin nicht. Eine Leidenschaft pro Person genügt. Sicher kam es vor, daß sie von Angèle einen Teil ihrer Einkünfte verlangte, aber nur selten und eigentlich nur dann, wenn der Monat sich besonders schwierig anließ. Dafür hatte die junge Person bei ihr ein wenn auch ziemlich ärmliches Zimmer und fast alle Mahlzeiten frei; das gab Madame Londe ein gewisses Übergewicht, sobald Angèle davon sprach, daß sie anderswohin gehen wolle. Wo würde sie umsonst zu essen finden? Wo ein Bett, das sie nichts kostete?

Mehrmals schon war es zwischen Madame Londe und Angèle zu Szenen gekommen, denn das Mädchen war mit der Zeit immer reizbarer geworden; doch noch nie hatte sie gewagt, mit ihrer Chefin so offen und so schroff zu reden und ihr ihre absurde Neugier vorzuwerfen. Im übrigen hatte sie Madame Londe dadurch, daß sie deren Schwäche beim Namen nannte, nicht nur empört, sondern sogar überrascht. ›Neugierig‹, dachte die Chefin bei sich mit einem aus Staunen und Entrüstung gemischten Gefühl. ›Neugierig wagt mich dieses kleine Miststück zu nennen! Ich muß mich ja schließlich über die Leute informieren, die ich an meinem Tisch essen lasse.‹ Und mit jener Kunst der Spitzfindigkeit, die noch die simpelsten Geschöpfe besitzen, sobald es darum geht, sich selber zu belügen, setzte sie innerlich hinzu: ›Wenn ich wirklich neugierig wäre, würde ich herauszubekommen versuchen, was sie mit meinen Kunden macht.‹

»Aber das geht mich nichts an«, sagte sie mit einem Nachdruck, als wenn sie vor Gericht eine Erklärung abgäbe, ganz laut vor sich hin.

Da sie in ihrer Jugend entsprechende Stätten selbst besucht hatte, wußte sie ganz genau, wohin ihre Kunden Angèle mitzunehmen pflegten; nach dieser Richtung hin war ihrer Phantasie Ruhe gegönnt, und instinktiv erfaßte sie, daß es klüger sei, hinsichtlich dieser Beziehungen, deren Natur ihr bekannt war, auf Einzelheiten nicht einzugehen. Solange sie angeblich von nichts wußte, konnte sie ihrer Meinung nach nicht zur Verantwortung gezogen werden. Am Sonntag jedoch, dem jeweiligen Tag, an dem das stattfand, was sie unschuldsvoll als Angèles Ausgänge bezeichnete, war sie nervös und aufgeregt, bis das Mädchen wieder zu Hause war. Mit einem Unbehagen, das sie sich nicht recht erklären konnte, dachte sie an die Vertraulichkeiten, denen ihre Nichte zweifellos ausgesetzt war. Vergebens sagte sie sich immer wieder: ›Was geht mich das alles im Grunde an?‹ Sie war erst wieder beruhigt, wenn sie Angèle in ihr Zimmer hinaufgehen hörte.

Und nun hatte Angèle ihrerseits etwas vor ihr zu verbergen; die einzige Person, die sie gut zu kennen meinte, entzog sich ihr wie alle anderen. Das kam ihr derart ungerecht vor, daß sie zunächst versucht war, nicht daran zu glauben.

›Sie tut es, um mich zu reizen‹, sagte sie sich. ›Ausgerechnet mich möchte sie gern ärgern! Was habe ich ihr denn getan? Ich habe sie erzogen. Vier volle Jahre lang hat sie mein Brot gegessen und unter meinem Dach geschlafen.‹

Sekundenlang wurde sie von lautlosem Lachen geschüttelt, und sie nahm sich vor, Angèle ein paar saftige Ohrfeigen zu verabfolgen, aber als sie an den Blick und den Tonfall des Mädchens zurückdachte, wurde sie erneut von Verzweiflung gepackt.

»Weshalb habe ich nicht besser auf sie aufgepaßt?« jammerte sie ganz laut. »Sicher ist irgend etwas in ihr Leben getreten. Sie gleitet mir jetzt aus den Fingern, und es ist meine Schuld, meine eigene Schuld.«

Die Heftigkeit ihres Kummers verzerrte ihre Züge und zwang sie, aufzustehen und durch das Zimmer zu gehen, als wisse sie nicht mehr, was sie mit ihrem Körper anfangen solle. Tränen zitterten in ihren schwarzen Augen, so daß sie glänzten wie Email. Plötzlich hatte sie die fürchterliche Vision eines einsamen Lebens und langer, von Unruhe gequälter Abende. Wie nur hatte sie so leichtfertig von Angèles Aufbruch sprechen können? Sie war sich nicht darüber klar gewesen, was sie damit sagte. Sterben war das kleinere Übel, ja, lieber ganz verschwinden als mitansehen müssen, wie die Gäste sich einer nach dem anderen aus ihrer Nähe verziehen und die Geheimnisse mit sich nehmen würden, deren Zeichen sie auf ihren Gesichtern, in ihren Bewegungen und sogar noch, so schien es ihr, aus der Art ihrer Kleidung erriet. Wer würde sie künftig bei ihr festhalten? Sie dachte an Fernande. Aber nicht doch! Sie würden sich immer nur einer erwachsenen Person anvertrauen, und auch sonst war Fernande noch zu jung. Das war also das Ende des Restaurants. Sie würde die Enttäuschung und dann die allgemeine Unzufriedenheit ihres Kundenstamms miterleben müssen. Ein seltsames Verlangen, ihrer Demütigung noch die Krone aufzusetzen, sich selber im innersten Herzen zu treffen, zwang sie, sich Monsieur Blondeaus und Monsieur Goncelins Gesicht und die Mienen der Herren Pariset und Trept vorzustellen, wenn sie ihnen ankündigte, Fräulein Angèle käme nicht mehr. Und ihre Stimmen – auch die hörte sie: wehleidig klagend, wütend oder beschwörend. Ihr drehte sich alles im Kopf. Sie sah sich an ihrem Pult stehen, bleich, die Finger um die kleine Zinnvase gekrampft, Erklärungen stammelnd.

Ihre Hände klebten an ihrem von Scham und Aufregung erhitzten Gesicht förmlich fest. Um keinen Preis durfte es dahin kommen, daß Angèle sie verließ! Wenn sie nur herausbekäme, weshalb sie fortgehen wollte!

»Sie wird auf jeden Fall bleiben«, sagte sie mit lauter Stimme und gebieterischer Geste. »Aber was verbirgt sie vor mir?«

Sie setzte sich und stand gleich wieder auf.

»Ich muß es herausbekommen«, stöhnte sie und nahm ihren unermüdlichen Gang durch das Zimmer wieder auf. »Es ist nicht recht, daß sie mir nichts sagt. Was ist es nur? Was ist los?«

Über ihrem Bett breitete ein Christus aus Messing seine Arme auf einem Kreuz aus, das mit Plüsch bezogen war. Jäh blieb sie vor ihm stehen und betrachtete ihn mit dem abwesenden Blick eines Menschen, dessen Gedanken ganz anderswo sind. Plötzlich aber sah sie ihn. Mit dem zur Seite geneigten Haupt und den geschlossenen Augen wirkte er, als sei er dieser Frau und des Schauspiels ihrer Aufregung müde.

»Was ist los?« wiederholte sie, als richte sie ihre Worte an die Gottheit selbst. »Was verbirgt die Kleine vor mir?« Ein paar Minuten vergingen, ohne daß sie eine Bewegung machte. Sie versank in eine leidenschaftliche Meditation, deren Gegenstand ihr Unglück war und die ihr mindestens nach außen hin ihre Ruhe zurückgab. Aus den tiefen Falten, die sich in ihr Antlitz gruben, konnte man erraten, daß ihre Gedanken sie in einen Abgrund von Trauer rissen, in dem sie sich verlor. Hinter ihr verblaßte der Himmel mit einem rosafarbenen Streifen über den Dächern, der einen schönen Tag verhieß. Schon ergossen die Strahlen der untergehenden Sonne, durch das Fensterkreuz gebrochen, ihr Licht auf dem Fliesenboden und glitten langsam über die Wände hin. Dieser Lichtschein weckte Madame Londe aus ihrer Versunkenheit. Sie seufzte und faltete schweren Herzens die Hände. Tränen, die sie nicht mehr zurückhalten konnte, liefen zu beiden Seiten ihrer majestätischen, großen Nase herab.

»Wenn sie geht ...«, murmelte sie.

Aber ihre Stimme brach, so daß sie ihren Satz nicht beenden konnte. Sie senkte den Kopf und machte mit der Miene eines Wanderers, der sich im Walde verirrt hat, ein paar Schritte von ihrem Bett zum Lehnstuhl und vom Lehnstuhl bis in die Mitte des Zimmers.

»Mein Gott, es ist schon spät!« rief sie gleich darauf aus, als sie hörte, wie der Kellner die Treppe zur Küche hinunterging. »In einer dreiviertel Stunde wird bereits aufgetragen.«

Sie hakte hinten den Rock auf, der über ihre kräftig gewölbten Hüften zu Boden glitt. Sie mußte jetzt wirklich an die Abendtoilette denken und ihr für die Abendmahlzeiten vorgesehenes Taftkleid anziehen. Aber ihr Herz floß über von Bitterkeit, und schließlich stand sie, heiße Tränen vergießend, im Glanz des sinkenden Abends da, nur mit dem Korsett aus verblichenem Serge und dem Unterrock aus grauem Flanell bekleidet, unter dem ihre monströs verdickten Altweiberfesseln zum Vorschein kamen.

9

Als Angèle den Platz überquert hatte, schlug sie einen Weg ein, der außen um Lorges herum dem Lauf des Flusses folgte und dann nach Chanteilles zu führte. Gewöhnlich nutzte sie die gelegentlichen Minuten der Muße gegen Abend, um einen kurzen Gang durch die Stadt zu machen und dem einen oder anderen guten Abend zu sagen, denn sie war nicht gern allein, und die banalen freundlichen Redensarten, die sie mit ihren Nachbarn austauschte, taten ihr wohl. Dieses Bedürfnis, sich von Menschen umgeben zu fühlen, bei ihrem Kommen Gesichter lächeln, Hände sich ausstrecken zu sehen, verspürte sie schon immer, wie alle Wesen, die dank ihrem hübschen Gesicht an Wohlwollen und freundliche Bemerkungen von seiten ihrer Umwelt gewöhnt sind. Sie wußte natürlich, daß streng über sie geurteilt wurde und daß manche, die liebenswürdig mit ihr redeten, wenn sie ihnen begegnete, in ihren Gesprächen untereinander kräftig über sie herzogen, aber das machte ihr nichts aus. Ein äußerlicher Schein der Herzlichkeit war ihr durchaus genug. Ihre innere Ruhe hing von der offensichtlichen guten Stimmung derjenigen ab, die sie täglich sah. Ein Wort der Ungeduld, eine zugeknöpfte Miene taten ihr weh und stürzten sie in abgrundtiefe Traurigkeit. Vielleicht erklärte sich dadurch, daß sie den Männern, die ihr seit ihrem sechzehnten Lebensjahr nachgelaufen waren und sie hofierten, so leichthin nachgegeben hatte. Der stillschweigenden Billigung Madame Londes gewiß und anderseits von einem Verlangen getrieben, liebenswürdig und ein ›nettes Mädel‹ zu sein, war sie unbeschwert von einer Hand in die andere gegangen, glücklich über die Zuvorkommenheit und die Schmeicheleien, mit denen man sie traktierte. Der Ruf, den sie sich erworben hatte, war ihr nicht weiter peinlich, weil sie wie alle willenlosen Naturen sich nicht vorstellen konnte, daß es auch anders hätte sein können. Das Leben erschien ihr auf eine unbestimmte Weise wie ein unabwendbar verhängtes *Los*, das gut oder schlecht war, je nachdem, ob man Glück hatte oder nicht, auf alle Fälle aber unabänderlich über einem waltete. Die Idee, daß sie sich falsch entschieden haben könnte, lag ihr vollkommen fern.

An diesem Abend war ihre erste Regung gewesen, von Lorges fortzugehen und damit der Gesellschaft ihrer Tante zu entrinnen; dennoch vermochte sie, als sie an Sankt Judas Thaddäus vorbeikam, der Versuchung nicht zu widerstehen, sondern trat in die Kirche ein, die, halb gotisch, halb romanisch und im siebzehnten Jahrhundert renoviert, eine von denen war, die immer trauriger Vergessenheit anheimgegeben bleiben, beinahe immer leer sind, in denen aber Generationen von Gläubigen gleichsam eine Erinnerung an ihre fromme Inbrunst zurückgelassen haben. Als das junge Mädchen in dem Kirchenschiff stand, hatte sich Dunkel bereits über den Chor gebreitet, so daß man kaum noch die mit Spitzbogen abwechselnden korinthischen Säulen zu erkennen vermochte. Sie setzte sich nicht weit vom Portal entfernt nieder und verschnaufte ein wenig, während sie um sich blickte.

Sie war nicht fromm, ruhte sich aber gern in Sankt Judas Thaddäus aus. Ihr Glaube beschränkte sich darauf, daß sie von Zeit zu Zeit – in dem unklaren Gefühl, daß es zu weiter nichts verpflichte und anderseits nichts schaden könne – ein kurzes Gebet hersagte. Sie hatte auch nicht gern, wenn die Kunden ihrer Tante sich über den Pfarrer lustig machten. Das war aber auch alles; der kirchliche Gottesdienst langweilte sie.

Nach der Szene von vorhin hatte sie das Bedürfnis, stillzusitzen und über alles nachzudenken, was sie gesagt hatte und was ihr gesagt worden war. In ihrem Kopf dröhnte noch immer Madame Londes wütende Stimme. Noch nie hatte jemand in ihrem einförmigen Leben so zu ihr gesprochen wie ihre Tante, und nie hatte sie in den Augen eines menschlichen Wesens so viel Zorn lodern sehen. Dieser Anblick hatte sie im Innersten bewegt. Es war, als ob eine starke, machtvolle Hand sie plötzlich schüttelte, um sie aus langem Schlaf zu wecken. Jahrelang hatte sie an die schmeichelhaften Äußerungen der Männer und die süßen Reden Madame Londes geglaubt, niemals hatte sie sich erlaubt, daran zu zweifeln, daß die freundlichen Worte und das Lächeln all dieser Leute aufrichtig seien, und nun mit einem Male hatte sie die Wahrheit zu Gesicht bekommen in Gestalt dieser Frau, die vor Angst den Kopf verlor, sich keuchend aufrichtete, mit den Armen herumfuchtelte und ihre, Angèles, Hände ergriff, um sie am Fortgehen zu hindern. Ihr war das alles so grauenhaft, daß eine Viertelstunde nach dieser Szene das Herz ihr noch immer angstvoll klopfte, ohne den gewohnten Rhythmus wiederfinden zu können.

In dem Bemühen um Fassung sprach sie ein Ave Maria, aber die in ihr auftauchenden Gedanken besaßen mehr Kraft als die Worte des Gebetes, und ihre Lippen bewegten sich, ohne daß ihr Geist dadurch zur Ruhe kam. Zum ersten Male hatte sie Guéret gegen Abend auf einer Straße in Chanteilles getroffen. Er war ihr eine Weile nachgegangen und redete sie dann so unvermittelt an, daß sie ihn zuerst für zornig gehalten hatte. Sie meinte, er wolle ihr nur schnell etwas sagen und dann weitergehen. Er hatte nichts von Geld erwähnt, sondern sie nur gefragt, wo er sie wiedersehen könnte, und sie hatte sich mit ihm verabredet, nur ungern freilich, weil er so eine sonderbare Art hatte, die Wörter auszusprechen, als drücke ihm jemand die Kehle zusammen, und weil er die Augen wegwendete, sobald sie ihn ansah. Dennoch zog ein Gefühl von Neugier sie zu ihm hin. Gewiß war sie enttäuscht gewesen, daß er ihr kein Angebot machte, enttäuscht, vor allem aber auch erstaunt, und dieses Staunen war schließlich größer gewesen als die Enttäuschung. War sie zum Rendezvous gekommen, weil sein Verhalten sie beschäftigte? Mit seinem ruhelosen Gesicht, seinen erschöpften, schlaffen Zügen fand sie ihn nicht schön, und seine breiten, aber gebeugten Schultern flößten ihr Furcht ein, ohne daß sie wußte, weshalb; er sah aus, als trage er eine Last oder wolle sich wie ein Verbrecher verbergen. Er hatte die Hände nicht ein einziges Mal aus den Taschen des grauen Überziehers genommen, der ihm bis halb auf die Beine reichte, und dabei kam es Angèle so vor, als habe er während ihres Gespräches die ganze Zeit ihre Arme, ihre Handgelenke festgehalten, vielleicht, weil auf ihnen sein Blick so unentwegt ruhte, denn er hatte überhaupt nicht aufgesehen.

Auf alle Fälle war sie zu der Verabredung erschienen. Aber weshalb hatte sie ihm, wenn sie schon Angst vor ihm hatte, einen entlegenen Ort und die Zeit gegen Abend vorgeschlagen? Wer wagte sich schon gern nach Sonnenuntergang in die Nähe der Eisenbahnüberführung? Sie erinnerte sich, daß er diesen Treffpunkt gewählt und daß sie ja gesagt hatte, ohne zu überlegen, sicherlich nur, um ihn loszuwerden. Er war schon da, als sie kam, und fing sofort zu reden an, sie aber schlug verängstigt einen schnelleren Schritt an und sagte ihm, dies sei nicht die verabredete Stelle und überhaupt wolle sie nicht mit einem Mann gesehen werden. Sie sagte das, um Zeit zu gewinnen, obwohl sie sich mit jedem Schritt, den sie tat, weiter von der Stadt und den bewohnten Häusern entfernte. Sie kam auf den Gedanken, davonzulaufen, sich ins Dickicht zu schlagen. Aber wenn er sie dort wiederfand? Sie hatte schon oft Geschichten von in Wäldern ermordeten Frauen gelesen! Jetzt lief er hinter ihr her. Mit pochendem Herzen blieb sie stehen und redete mit fester Stimme auf ihn ein, wie man mit einem wütenden Tier spricht, das man einschüchtern will.

Kurz vor der Eisenbahnbrücke hatte er sie eingeholt und zornige Bemerkungen gemacht, wie sie erwartete, sie aber hatte sich ihm gewachsen gezeigt, indem sie gleichfalls Zorn heuchelte, um ihre Angst zu verbergen, und zu ihrer großen Verwunderung hatte er sich entschuldigt. Darauf waren sie beide über die Brücke gegangen, und auf der Landstraße jenseits der Eisenbahnlinie hatte er ihr einen Ring geschenkt; in diesem Augenblick aber war es ihr plötzlich unsinnig vorgekommen, daß sie vor einem so schüchternen Menschen Angst gehabt hatte, und während sie diesen Mann, der nie die Augen hob, zugleich aus tiefstem Herzen verachtete, hatte sie das Geschenk angenommen, eben jenen Ring, den er ihr an den Finger zu stecken versuchte. Denn jetzt hielt er sie wirklich am Arm, es war diesmal keine Illusion; sie sah auf ihrem schönen, vollen und so weißen Arm eine riesige, knochige Hand, die ganz offensichtlich bebte; aber so mächtig und häßlich diese Hand auch war, fürchtete sie sie nicht mehr, sondern empfand nur Mitleid mit den ungeschickten Bewegungen dieses Mannes, und aus Ungeduld hatte sie schließlich den Ring genommen, einen ganz wertlosen Gegenstand, wie man auf den ersten Blick sah, und ihn sich selbst an den Finger gesteckt.

›Was für ein Unterschied‹, dachte sie, ›wenn man ihn mit den Kunden meiner Tante vergleicht.‹ Die nämlich verloren keine Zeit mit lächerlichen Hemmungen, und das Geld, für das sie von Angèle ein gewisses Entgegenkommen erwarteten, ließ niemals auf sich warten. Heute freilich hatte sie mit einem Fremden zu tun, aber gab es denn wirklich etwas so Einfältiges, so Törichtes wie den? Die Schüchternheit dieses Menschen griff auf sie selber über und wurde ihr unangenehm; sie war nicht an soviel Schweigen, eine solche Haltung der Rücksichtnahme und Unterwürfigkeit gewöhnt. Sicher machte sie sich keine Illusionen darüber, was er von ihr wollte, aber infolge einer absurden Laune der Natur war sie entschlossen, gerade diesem Mann, weil er sie nicht verachtete, alles zu verweigern.

Einmal noch hatte sie ihn wiedergesehen. Aus eigenem Antrieb hatte sie ihm geschrieben, denn es schien ihr, als zögere er absichtlich, sie um ein weiteres Rendezvous zu bitten, und versuche vielleicht, sie zu vergessen, jeden Gedanken an sie wieder loszuwerden. Jetzt, da er sie nicht mehr erschreckte, wollte sie mit ihm spielen, verlangte sie danach, zu hören, was Männer wie er zu einer Frau sagen mochten, zu sehen, was für ein Gesicht er machte. Seine Ungeduld, sein Kummer, sein Zorn hatten für sie etwas Anziehendes. Es war wundervoll, in Gegenwart eines so von Grund auf beunruhigten Wesens selbst die Ruhe zu bewahren; denn daß dieser Mann litt, daran konnte sie unmöglich zweifeln, und dieses Leiden ließ sie nicht gleichgültig, es bewegte sie sogar sehr; manchmal, in einer jähen Mitleidswallung, fühlte sie sich geradezu versucht, seine Hände zu ergreifen oder ihm über die Stirn zu streicheln, nur um mitanzusehen, wie seine Wunde heilte und Freude in seinen Augen aufleuchtete. Aber das Merkwürdige dabei war, daß sie stets diese Regung gleich wieder unterdrückte; vielleicht fürchtete sie, daß sich allerlei Ärgerliches aus einer solchen Regung von Großmut ergeben könnte; ein Zugeständnis wie dieses führte am Ende zu einem weiteren, und in der Folge würde sie sich dann doch Guérets Wünschen fügen; das aber gerade wollte sie nicht. Schließlich riskierte sie auch noch, gesehen zu werden. An dem Tage zum Beispiel, an dem sie ihn das drittemal traf, unten am Boulevard de la Preste, hätte nur jemand in dem Augenblick vorbeigehen müssen, in dem sie ihm die Hände hinstreckte, damit eine Stunde später die ganze Stadt Bescheid gewußt hätte; sie aber fürchtete, daß ihre kleine Liebelei entdeckt werden könnte, weil sie sich dieses Mannes schämte.

Sie schämte sich seiner, und deswegen verabredete sie sich mit ihm erst nach Sonnenuntergang oder, wie das letztemal, an einer einsamen Stelle, unten am Fluß. Er sah so groß aus und so unvorteilhaft in seinem zu weiten Paletot, mit seinem langen, traurigen Gesicht, über das zum Spott geneigte Leute sicherlich lachen würden. Gewiß, man hätte sich vielleicht wundern können, daß ein Mädchen wie Angèle sich als so wählerisch erwies; man hätte nur an einem Abend, an dem die Gäste vollzählig versammelt waren, einen Blick ins Restaurant Londe zu werfen brauchen, um festzustellen, daß die Herren, denen sie ihre Gunst gewährte, weder angenehmere Gesichter hatten noch im ganzen besser aussahen als dieser

Mann, den sie so streng behandelte. Aber diese unerfreulichen Gestalten und diese Gesichter, denen die Dummheit ihren Stempel aufdrückte, waren ihr gleichgültig. Die Kunden ihrer Tante, so schien ihr, waren schon immer so gewesen, und es war nahezu unvorstellbar, daß sie anders sein könnten; sie gehörten einfach zu ihrem Dasein, wie etwa die Steine der Häuser, die sie täglich sah, die Uferböschungen der Sommeillante und die niederen Platanen der Promenade. Nicht so jedoch Guéret: Er verkörperte in ihren Augen, soweit sie überhaupt darüber nachdachte, das Element des Zufälligen. Insgeheim war sie ihm denn auch böse, weil er nicht schön war; sie fühlte sich dadurch gedemütigt, daß er nicht jünger, nicht reicher war, daß er grobe Hände und etwas angeschmutzte Manschetten hatte und immer diese verängstigte Miene zeigte. Verdiente sie wirklich nichts Besseres? Wie froh und freudig hätte sie sich in ein romantisches Abenteuer mit einem Burschen ihres Alters, einem jungen Mann mit flotten Manieren und einem hübschen Gesicht gestürzt! Statt dessen jedoch . . . Das Schicksal machte sich wahrhaftig lustig über sie.

Trotz allem fühlte sie sich verpflichtet, diesen Mann wiederzusehen, wie wenig befriedigend die Sache auch war, so wie ein Spieler es ablehnt, eine begonnene Partie aufzugeben, sie vielmehr fortsetzt, auch wenn sie langweilig ist, weil er doch sehen möchte, wie sie ausgeht. Hatte sie sich nicht schon zu weit vorgewagt, um jetzt noch zurückzuweichen? Sie konnte diesem Mann nicht sagen, sie wolle nicht mehr mit ihm sprechen, nachdem sie ihm aus freien Stücken ein Rendezvous vorgeschlagen hatte.

In einer Mischung aus falscher Logik und Launenhaftigkeit erfand sie sich also Gründe, weshalb sie ihn wiedersehen müsse. Guéret war in einem Moment aufgetaucht, in dem viele der sie umgebenden Dinge sie nur dazu aufzufordern schienen, sich von ihnen zu entfernen, denn trotz der langen Gewohnheit fand sie sich nicht gutwillig mit der Ordnung der Dinge ab, die ihr Dasein bestimmte: der Arbeit in der Wäscherei, den Ausgängen mit den Tischgästen ihrer Tante, den heimlichen Besuchen bei den Herren in der Stadt. In gewissen einsamen Stunden, des Nachts, wenn es zu warm zum Schlafen, oder am Tag, wenn sie zu müde war, um spazierenzugehen, sah sie ihre Zukunft wie eine lange Folge von Wochen vor sich, die alle in ganz gleicher Weise verliefen oder einzig durch Krankheit und Mißgeschicke unterschieden waren. Und bei ihrer Neigung, alles von der düstersten Seite anzusehen, legte sie sich hundert Fragen vor, die alle ohne Antwort blieben. Wohin wollte sie gehen, falls ihre Tante stürbe, wenn die Kundschaft des Restaurants, dieser höchst fragwürdige Quell ihres Wohlstandes, sich anderswohin verlor? Was würde sie tun, wenn – wie es Madame Pellatane, der Metzgersfrau, ergangen war – ein Übel wie die Gesichtsrose sie entstellte? Für die Metzgersfrau hatte das nur bedingte Bedeutung, aber für sie, großer Gott! Ihr Broterwerb würde dadurch ernstlich gefährdet sein.

Nun aber kam ein Mann, ein Unbekannter, auf sie zu. Nicht ein Mann wie die anderen, wie die plumpen Stammgäste des Restaurants Londe, die sie begehrten, sie bezahlten und nicht mehr an sie dachten, sondern ein Verliebter, ja, ein Mann, der sie achtete, dieser Dummkopf, sie wie eine Verlobte mit einem kleinen Ring beschenkte und von Geld nicht redete. Beim Nachdenken über diese Dinge schlich sich ein sonderbares Gefühl in ihr Herz. Sie liebte ihn nicht, den armen Guéret, da er weder schön, noch jung, noch reich war. Dennoch wollte sie ihn sehen. Hier zum Beispiel, jetzt in der Kirche, fehlte er ihr geradezu. Sie wäre gern mit ihm zusammen auf einer Landstraße gewesen, um ihn mit seiner leisen, etwas dumpfen Stimme reden zu hören, in der oft etwas Wildes aufklang. In seiner Gegenwart fühlte sie sich schön, machtvoll und glücklich, sie, die doch so klein war im Vergleich zu diesem großen, starken Menschen, der dennoch den Kopf senkte unter ihrem Blick.

Da er sie so behandelte, wußte er offenbar über ihre wahre Situation nicht Bescheid und hielt sie für weniger leicht zugänglich, als sie in Wirklichkeit war. Das kam daher, daß sie nicht wie diese Weibsstücke mit den allzu gelben Haaren auftrat, die man zwischen elf Uhr und Mitternacht über den Boulevard de la Preste promenieren sah; sie schminkte sich nicht und lief nicht hinter den Männern her. Was für eine Beziehung bestand überhaupt zwischen ihr und diesen abscheulichen Kreaturen? Die ärgsten Schandmäuler von Chanteilles hätten sich gehütet, sie mit diesen Unglücklichen in einem Atem zu nennen. Sie wirkte zurückhaltend, schüchtern. Das hatte Guéret zweifellos getäuscht. Wenn er aber eines Tages erfuhr, daß sie sich bezahlen ließ wie diese Dämchen aus Chanteilles – was würde er dann sagen? Bestimmt würde er sich ihr gegenüber daraufhin anders betragen. Macht man etwa langes Federlesen bei einem Mädchen, das der erste beste für sein Geld haben kann?

Sie stieß einen Seufzer aus und preßte die Hände zusammen. Sie war kein Mädchen, das der erste beste für sein Geld haben konnte! Zum Beispiel hatte sie sich ja geweigert, mit Herrn Blondeau auszugehen! Nur war sie sehr oft schwach gewesen, sie hatte häufig nicht nein gesagt, weil sie von ihrer Tante gedrängt worden und weil einzig um diesen Preis einmal jemand nett zu ihr war. Aber welches Vergnügen hatte sie selber je von dieser traurigen Bereitschaft gehabt? Keines. Die Ausgänge mit den Herren des Restaurants waren der Gipfel der Langeweile und des Unbehagens für sie, denn die Tischgäste von Madame Londe waren weder schön noch jung. Dabei mußte es doch überall auf der Welt schöne junge Männer geben, nur schien durch eine Art von Schicksalsfügung bei ihrer Tante sich alles zusammenzufinden, was arm und häßlich war. Eines Tages, es war noch kein Jahr her, hatte sie ein Infanterieregiment nach einem Manöver in die Garnison zurückkehren sehen. Hunderte von jungen Soldaten waren auf diese Weise an ihr vorbeidefiliert. Sie hatte an einer Straßenecke gestanden, etwas erschreckt, sie so nahe vor sich zu haben, verlegen über das, was viele zu ihr sagten, aber ohne den Mut und den Willen, einfach davonzulaufen. Was für sonderbare Minuten hatte sie da durchlebt! Mit ihren roten, schief aufgesetzten Käppis und ihren bestaubten Mänteln kamen sie daher, einige davon so heiter und so schön, daß noch in der Erinnerung daran ihr die Wangen glühten. Diese Szene aber schien ihr ein zusammenfassendes Bild ihres Lebens zu sein: sie selbst, wie sie unbeweglich am Straßenrande stand, während diese Wesen voller Kraft und Freudigkeit an ihr vorüberzogen, und diese geheimnisvolle Ordnung der Dinge, der zufolge sie keine Bewegung machen konnte, um sie zurückzuhalten. Sie mußte mitansehen, wie die ganze Schar von jungen Leuten wieder entschwand, von denen einer sie vielleicht für ihr ganzes Leben hätte glücklich machen können. Es war, als ob jemand zu ihr sagte: ›Sieh ihnen nach. Die Landstraße führt sie in andere Städte, wo sie von ihren Frauen, die sie lieben, erwartet werden, denn daß sie nicht auf Liebe verzichten und daß man ihnen nur schwer widersteht, ist klar, aber schau nur, sie gehen fort, und keiner davon gehört dir.‹

Seit jener Zeit kehrte jedesmal, wenn einer der Kunden des Restaurants sich erbot, mit ihr auszugehen, die Erinnerung an diese grausamen Augenblicke wie ein Hohn auf ihre wahren Wünsche in ihr Bewußtsein zurück. Auch in Chanteilles gab es zwar junge Leute, denen das Mädchen begierig nachsah, wenn sie über die Straße gingen. Aber offenbar fehlte es ihr an Keckheit, denn ihr Instinkt veranlaßte sie, sich eher zu verstecken, wenn sie zu ihr hinübersahen; dadurch erweckte sie bei ihnen den Eindruck, stolz zu sein und nicht mit ihnen reden zu wollen. Allzu große Aufmerksamkeit schienen sie ihr auch nicht zu schenken, denn sie liefen ihr niemals nach. So nahm sie schließlich an, sie sei eben doch nicht so schön, wie sie immer glaubte, oder Schönheit reiche jedenfalls nicht aus, sofern nicht eine gewisse Selbstsicherheit und Anmaßung im Blick und im Gang deren Reiz vervollständigte. Freilich trat sie einem Monsieur Blondeau, der manchmal bei der Zeche knauserte, oder auch Monsieur Grosgeorge, wenn er, weil er reich war, sich erlaubte, mit ihr wie mit einer Dienstmagd zu reden, eher hochmütig entgegen, aber stellten diese beiden – der eine ein Schwächling und der andere ein Sechzigjähriger – nicht das Jammervollste und Traurigste vor, das man sich denken konnte? Männer von diesem Schlage aber machten ihr über ihr Gesicht und ihre Gestalt Komplimente. Lieber Gott! Ein häßliches Mädchen würde bei gleichem Entgegenkommen sicherlich dieselben Lobsprüche geerntet haben. Welchen Glauben aber sollte man dann den Schmeicheleien dieser Jammergestalten schenken? An dem Tag, an dem einer ihres Alters, ein gesunder, schöner Mann mit ihr spräche, sie anflehte, würde sie vielleicht ernstlich glauben, sie sei hübsch. Bis dahin aber fühlte sie sich häßlich und kümmerlich unter dem Blick derjenigen, die sie hätte lieben mögen. Sie erinnerte sich eines Sommernachmittags, eines schrecklichen Nachmittags, den sie an ihrem Zimmerfenster hinter den Fensterläden verbracht hatte, weil auf dem kleinen dreieckigen Platz vor dem Hause Straßenarbeiter den Fahrweg ausbesserten; der eine von ihnen, mit bloßem Hals und nackten Armen, hatte ihr Entzücken und ihre Bewunderung erregt, sie fand ihn einfach fabelhaft. Man hatte auch fast den Eindruck, daß seine Gefährten seine Überlegenheit anerkannten; die gewissermaßen nobelste Tätigkeit war ihm vorbehalten, denn er kniete an der Straße und reihte die Pflastersteine, die man ihm reichte, nebeneinander auf; von Zeit zu Zeit schob er sich mit einer leichten Bewegung der Beine weiter fort, blieb aber dabei mit aufrechtem Oberkörper auf den Fersen sitzen: er sah aus wie ein Fürst, dem seine Vasallen Geschenke darbringen.

Die Jahre gingen dahin, ohne sie von diesen Erinnerungen zu heilen oder die offene Wunde zu schließen, die sie bei ihr hinterlassen hatten. Sie war und blieb ein Wesen, das keiner wollte; ihre hübschen hellen Augen, ihre vollen Wangen dienten nur als Lockmittel für traurige Greise oder verbrauchte, ängstliche Männer, die es anderswo nicht zu versuchen wagten. Sie war die Ausschweifung der Schwachen, die Schlechtigkeit der Schüchternen. Oh! Welche Klagen hätte sie an den Himmel gerichtet, wäre sie gläubig gewesen! Konnte sie etwa heikel tun? Heute kam ein Mann zu ihr, der weniger abscheulich als die anderen war, weil er sie liebte und zu ihr mit jener ängstlichen Zuvorkommenheit sprach, wie sie selber in ihrem Herzen sie allen denen gegenüber hegte, die sie vom Straßenrand her oder durch die Blenden der Fensterläden ansah. Wie gut verstand sie jetzt, daß ein Zittern die Hand dieses Mannes befiel, sobald er ihren Arm berührte. Konnte sie ein Wesen von sich weisen, mit dem sie sich durch ein gemeinsames Leiden vielfältig verbunden fühlte?

Noch von solchen Gedanken verwirrt, stand sie schließlich auf. War nicht Liebe auf alle Fälle ein Glück, woher auch immer sie kam? Und hätte sie, selbst wenn diese Liebe nicht die von ihr erträumte war, deshalb in ihrer ratlosen Einsamkeit die geheimnisvolle Gabe verschmähen sollen, die ihr dargeboten wurde? Würde es ihr, die einzig an Liebe dachte, nicht Unglück bringen, wenn sie die Liebe von sich wies? Sie stützte die Hand auf den Betstuhl und blickte um sich, von plötzlichem Schrecken erfaßt bei dem Gedanken, was das Leben ihr vielleicht noch vorbehielt. Gab es denn kein Mittel, die Trauer der Zukunft zu bannen? Diente nicht alles Gebet diesem einzigen Zweck? Ohne tiefere Überzeugung machte sie das Kreuzzeichen über ihrer Brust. Sie glaubte plötzlich zu verstehen, daß das Leben nicht zweimal großmütig ist, daß sie begierig nach dem wenigen greifen müsse, was geboten wurde. Ihre verdüsterte Einbildungskraft stellte ihr eben dieses Leben als ein launenhaftes, furchterregendes Wesen vor Augen, als Tyrannen, mit dem man sich besser auf keine Diskussion einließ. Es dunkelte jetzt mit Macht. In dieser alten Kirche, die sich mit tiefen Schatten füllte, bekam das Geräusch eines Stuhls, den man rückte, der Schritt eines Spaziergängers auf der Straße, hatten die allereinfachsten Töne etwas Abnormes. Die Stille nahm zu und bemächtigte sich der hohen Wölbung, des Chors, der Seitenkapellen, in denen so viele unglückliche Frauen ein Weilchen gesessen hatten, um ein wenig zu Atem zu kommen und mit ihren Leiden fertig zu werden, indem sie diese dem Himmel erzählten.

Mit dem Rücken zum Altar hin machte sie ein paar Schritte durch das Kirchenschiff. In der Luft schwebte noch ein Rest von Weihrauch, dessen Duft sie ein- oder zweimal mit schwermütigem Behagen einatmete; dieser mit so vielen Kindheitserinnerungen beladene Geruch ließ plötzlich Sehnsucht nach Dingen in ihr entstehen, die ihr niemals zu eigen gewesen waren. Früher, als sie noch klein war, stellte sie sich das Paradies wie eine endlose Wiese unter einem Frühlingshimmel vor; Gruppen von blühenden Bäumen unterbrachen die Einförmigkeit dieser unermeßlichen, leicht hügeligen Weite; hier und dort tanzten singende Kinder im Kreise. So stellte sie sich das ewige Glück der mit Gott vereinten Seele vor, und noch jetzt kam ihr oft die Erinnerung an diese naive Auffassung, aber sie dachte nicht einmal daran, sie zu belächeln, obwohl es ein weiter Weg war von den Wünschen, die das kleine Mädchen bewegten, bis zu dem Verlangen, das jetzt ihre Jugend quälte. Unbewußt fragte sie sich, ob das Glück nicht in diesen Illusionen der ersten Jahre zu Hause sei, in denen die Seele sich tatenlos der Süße ihrer Träumereien überläßt und die noch unentwickelte Vernunft an den köstlichen Pfaden, auf denen die Phantasie sich ergeht, keine Korrektur vorzunehmen vermag.

Als sie am anderen Ende der Kirche angekommen war, mußte sie plötzlich an Guéret denken, an seine bald rauhe, bald demütig werbende Stimme. Wenn er jemals herausbekäme, daß sie sich an andere verkauft hatte, an viele andere sogar? In was für einem Ton würde er dann wohl mit ihr reden? Konnte man annehmen, daß in Chanteilles, wo die Leute so geschwätzig waren, ihn noch niemand über sie aufgeklärt hatte? Und wenn er sie angewidert verließe, es sogar ablehnte, sie noch einmal zu sehen? Sie errötete bei dem Gedanken an eine solche Demütigung und öffnete die Tür. Lohnte es sich wirklich, eine Viertelstunde in einer Kirche zu verbringen, wenn man so wieder herauskam, mit einem Herzen, das von Zorn und Verzweiflung überfloß?

Diesmal hatte er keine Wahl, was seinen Platz anging: Als er seinen Hut an den Haken hängte, kam ein Kellner und sagte ihm, es sei für ihn an der Table d'hôte gedeckt, und dort nahm er denn auch, eine angeregte, wenn auch nur halblaut geführte Unterhaltung über Politik unterbrechend, zwischen Monsieur Morestel und Blondeau junior Platz. Der Tisch war vollständig besetzt. Aus Schüchternheit kehrte er eine gewisse Schroffheit heraus und hustete ein- oder zweimal, während er seine Serviette entfaltete. Wenn diese Herren ihn freilich fünf Minuten zuvor hätten sehen können, wie er unschlüssig, ängstlich, einem Übeltäter gleich im Dunkel des kleinen Platzes stand und es sich zwanzigmal überlegte, bis er endlich eintrat, hätten sie dann nicht über sein sicheres Auftreten und den herausfordernden Blick, den er seinen Nachbarn zusandte, lächeln müssen? ›Gewiß‹, so schien er zu sagen, ›ich komme etwas zu spät. Paßt Ihnen das etwa nicht? Tut mir leid.‹ Er ahnte nicht, wie sehr er gerade durch diese zwei Minuten Verspätung an Ansehen gewann. Ihm gebührte der gefährliche Ruhm, Madame Londe getrotzt zu haben, die, was Pünktlichkeit anbetraf, nicht mit sich handeln ließ. Aber Madame Londe schien nicht ärgerlich zu sein, sie lächelte vielmehr und neigte mit einer Miene königlicher Herablassung in seine Richtung den Kopf.

»Alle Wetter«, rief Blondeau halblaut, »Monsieur scheint bei der Chefin sehr in Gunst zu stehen.«

»Ich wollte gerade dasselbe sagen«, fiel Morestel voller Bewunderung ein, »das ist noch nie dagewesen, daß einer zu spät kam, ohne daß sie es moniert.«

»Eigentlich ist es ja auch nicht erstaunlich«, bemerkte ein Stammgast, den Guéret nicht sehen konnte, da er durch eine große Blattpflanze verdeckt wurde, »daß Monsieur, der offenbar nicht von hier ist, unsere Gepflogenheiten nicht so genau kennt.«

»Mittagessen um zwölf, Abendessen um sieben«, erklärte Morestel, indem er sich zu Guéret hinüberbeugte, als wolle er ihm etwas ganz im Vertrauen erzählen.

»Danke, Monsieur.«

»Bitte, gern geschehen.«

Während der nun folgenden kurzen Pause verschwand unter beachtlichem Geräusch, was an Suppe noch in den Tellern geblieben war; dann tauschten die Tischgäste wieder halblaut ihre Meinungen aus, in jenem besonderen Ton, der im Restaurant Londe üblich war.

»Wie ich sehe«, sagte Morestel, während er sich die Lippen wischte, mit einem Blick auf Guéret, »essen Sie nicht alle Tage hier.«

»Nein, wissen Sie«, gab Guéret zurück, »ich kann tatsächlich nur einmal in der Woche kommen.«

Er mußte sich Gewalt antun, um mit diesem Mann zu reden, dessen Aussehen ihm mißfiel; anderseits war es notwendig, daß er gewisse Dinge erfuhr, und die Gelegenheit war gerade günstig dafür. Mit einem zaghaften Seitenblick schaute er sich seinen Nachbarn nochmals prüfend an. Es war ein schmalschultriger junger Mensch in einem blauen Anzug, der vom langen Tragen glänzend geworden war. In das blutlose Gesicht, ganz das eines unterernährten Blonden, in sein armseliges Fleisch hatten sich offenbar geradezu mit Lust verfrühte Runzeln kreuz und quer eingezeichnet. Der viel zu kleine und mit Büscheln gelblicher Haare gezierte Mund hatte fast keine Lippen, was, wenn er ihn zum Reden öffnete, jeweils eine Reihe abscheulicher Grimassen zur Folge hatte. Dicke Kneifergläser entzogen den zugleich anmaßenden und schüchternen Blick der blauen Augen der Aufmerksamkeit, aber die ganze moralische Häßlichkeit dieses Individuums schien sich in der Nase konzentriert zu haben, die, von Natur zugespitzt wie ein Vogelschnabel, merkwürdig haltlos wirkte, ganz bereit, unter der Wirkung von Schlägen alsbald nachzugeben; sie war der einzige Teil des Gesichts, der etwas durchblutet schien.

»Darf ich Sie meinerseits fragen«, fuhr Guéret fort, »ob Sie hier regelmäßig essen?«

»Jeden Tag, seit zweieinhalb Jahren schon. Damit bin ich, wie ich sagen darf, einer von Madame Londes besten und ältesten Kunden.«

»Einer der ältesten?« fiel ihm ein anderer Gast ins Wort, der bis dahin, so schien es, gar nicht zugehört hatte. »Es gibt hier zwei, die Ihnen um sechs oder acht Monate voraus sind, Monsieur Morestel.«

»Was die Anciennität betrifft«, erhob darauf der Nachbar zur Rechten von Blondeau junior die Stimme, »brauche ich niemanden zu fürchten. Fragen Sie Madame Londe, ob sie mir nicht mit eigener Hand meine erste Mahlzeit aufgetragen hat. Und wenn ich sage, Madame Londe hat mich persönlich bedient, so spreche ich damit von einer Zeit, die drei Jahre oder noch weiter zurückliegt.«

Diese Worte wurden mit einer tonlosen, langsamen Stimme und stark provinziellem Akzent von einem Mann vorgebracht, dessen massiver Brustkasten und mächtige Schultern fast ganz hinter der Serviette verschwanden, die er sich um den Hals geknotet hatte. Schwarzes gelocktes Haar fiel ihm tief in die Stirn und bildete zwei Koteletten, die zu beiden Seiten die aderndurchzogenen Wangen begleiteten. Während er sprach, ließ er einen feindseligen Blick über die ihm gegenübersitzenden Tischgäste schweifen.

»Einverstanden, Monsieur Borges«, pflichtete, wenn auch etwas säuerlich, der Herr hinter der Blattpflanze ihm bei. »Gerade an Sie nämlich dachte ich, als ich Monsieur Morestel erklärte, daß er im Grunde nicht zu Madame Londes ältesten Kunden gehört. Immerhin, um genau zu sein, müssen wir von den drei Jahren, von denen Sie sprechen, vier Monate abstreichen, in denen Sie abwesend waren.«

Mit einer Rednergeste hob er dabei die Hände, während er selbstsicher um sich blickte, als wolle er seine Nachbarn ermutigen, seine Behauptung zu bestätigen.

Guéret nahm dabei flüchtig ein langes, böses Profil wahr,

dem die Freude des Triumphes einen Anflug von Intelligenz verlieh.

»Vier Monate?« wiederholte Monsieur Trept, ein dicker, blasser junger Mann, der den Platz oben an der Tafel einnahm.

Er hatte eine schrille Stimme, und alle wendeten sich ihm, da er viel zu laut gesprochen hatte, in einer Regung von Neugier und Empörung zu. Dennoch trug seine Frage, die förmlich erwartet worden war, zur allgemeinen Erleichterung bei; Monsieur Borges' Nachbarn hätten nicht gewagt, einen so aufbrausenden Mann wie den Geflügelhändler zu verstimmen, doch dieser Grünschnabel war ein Neuling; was aber Monsieur Palisson anlangte, denjenigen, der hinter seiner Blattpflanze hervor Monsieur Borges plötzlich angesprochen hatte, so galt er offiziell als jemand, der kein Blatt vor den Mund nahm, weshalb ihm allgemein, sogar von Monsieur Borges, das Recht der freien Meinungsäußerung zugestanden wurde. Es hieß, er habe einmal in einer Gesellschaft Komödie gespielt. Er stellte das extremistische Element in diesem Parlament von Schwachköpfen dar.

»Ich sage vier Monate, Monsieur Morestel«, wiederholte er. »Aber Sie sind alle erst später dazugekommene Gäste von Madame Londe und können nicht wissen, wofern man es Ihnen nicht gesagt hat, daß Monsieur Borges letztes Jahr unserer Runde volle vier Monate ferngeblieben ist, was die Monate, in denen er hier war, auf zweiunddreißig reduziert, das sind zwei Jahre und acht Monate.«

»Sie öden mich an mit Ihrer Rechnerei«, rief Monsieur Borges, vor Ärger die Stimme erhebend, aus. »Kann ich denn dafür, wenn ich einen Anfall von Lungenentzündung hatte, der mich sechs Wochen lang ans Bett gefesselt hat, wozu noch sechs Wochen Rekonvaleszenz kamen, sehr zum Schaden meines Geschäftes, Herr Neunmalklug?«

»Ein Anfall von Lungenentzündung? Sie könnten auch sagen, ein Anfall schlechthin, ein Schlaganfall«, warf Palisson in eisigem Tone ein. »Das käme der Wahrheit näher.«

»Ein Schlaganfall?« wiederholte dröhnend Monsieur Borges, indem er sich mit scharlachrotem Gesicht halb von seinem Stuhl erhob. »Ich hatte nie einen Schlaganfall, Monsieur, und wer das behauptet, der lügt.«

Da aber ertönte die ferne Stimme Madame Londes vom anderen Ende des Raums:

»Etwas weniger Lärm, bitte, meine Herren! Sie vergessen wohl, wo Sie sind.«

Alle Blicke wendeten sich der Chefin zu. Das Pult war so hoch, daß man nur ihren unbeweglichen Kopf und die mächtigen Schultern sah, aber dank einer unsichtbaren Bewegung ihrer Hände rückte das Blumensträußchen rasch von rechts nach links.

»Es ist immer ein schlechtes Zeichen, wenn sie sich mit den Blumen zu schaffen macht«, flüsterte Monsieur Morestel seinem Nachbarn Guéret ins Ohr.

Ein paar Sekunden lang herrschte Schweigen. Der Kellner schlich auf leisen Sohlen rings um den Tisch und servierte das Fleisch. Monsieur Borges hatte sich wieder gesetzt. Schweißtropfen rannen langsam seine Stirnfalten entlang und trafen sich auf seiner kleinen, kurzen Nase, die schon ganz feucht und glänzend war. Die mühsam beherrschte Wut ließ seine Augen schwärzer erscheinen und gab ihnen einen wild verzweifelten Ausdruck, der empfindsameren Herzen als denen seiner Nachbarn Mitleid eingeflößt hätte. Als ihm die Fleischplatte hingehalten wurde, stach er mit seiner Gabel derartig wütend in ein Entrecôte, daß alles die Gelegenheit zu einem Lächeln benutzte, durch das die Beunruhigung, die Madame Londes Worte hervorgerufen hatten, sich wieder verflüchtigte.

»Ich war dabei, als er diesen berühmten Anfall hatte«, flüsterte Morestel. »Sonderbar. Er behauptet immer, er habe es auf der Brust gehabt, weil er sich im Durchzug eine Lungenentzündung geholt habe, aber Monsieur Palisson ist Apotheker, und da können Sie sich denken, daß man dem nichts vormachen kann. Von Zeit zu Zeit spricht er Monsieur Borges auf diese Attacke an, aus Rache, weil die Medikamente nicht bei ihm gekauft worden sind. Es könnte schon passieren, daß er noch einen zweiten Schlaganfall davon bekommt, so dick wie er ist.«

»Der Arme«, sagte Guéret, der soviel Bosheit nicht länger ertragen zu können meinte.

Morestels Augen weiteten sich vor Staunen.

»Finden Sie? Na, Sie kennen den alten Borges eben nicht. Wäre nicht die Angst vor der Polizei, hätte er Monsieur Palisson längst den Hals umgedreht.«

Monsieur Blondeau hatte diese letzten Worte gehört, obwohl sie nur halblaut gesprochen waren, und verzog den Mund sofort nach Guérets Seite hin, so daß Monsieur Borges, sein Nachbar zur Rechten, ihn nicht hören konnte:

»Wenn Sie ihn zur Weißglut bringen wollen, fragen Sie ihn doch, wieviel Geflügel er letztes Jahr auf dem Großmarkt von Pont-Emiliard hat verkaufen können. Sie haben keine Ahnung, was das für eine Gaudi gibt.«

Nach diesen Worten hob er das Glas an den Mund, um dem Mißtrauen zu begegnen, das bei Monsieur Borges jäh zu erwachen schien, und goß mit unschuldsvoller Miene vier oder fünf Schluck Wasser in sich hinein.

»Beeilen Sie sich doch!« rief plötzlich Madame Londe dem Kellner zu. »Sie sehen doch, alles wartet schon auf den Salat. Stellen Sie Ihre Schnitzel hin und holen Sie den Salat. Etwas schneller gefälligst, mein Lieber!«

»Au!« machte Morestel. »Ich habe ja gleich gesagt, heute geht es nicht gut.«

Was die Chefin reizte, war das Gefühl, völlig abseits zu stehen. Sie erriet, daß an der Table d'hôte sich ein Drama abspielte, doch gelang es ihr nicht, ein Wort davon zu erhaschen. Am liebsten hätte sie sich in den Abgrund von Haß, über den sie von der Höhe ihrer Estrade aus gebot, kopfüber hineingestürzt, um ihn bis in alle Winkel zu erforschen, um zu wissen, oh! zu wissen! ›Was sie nur reden mögen‹, dachte sie bei sich. ›Weshalb sieht Monsieur Borges so verstört aus? Und was hat Monsieur Guéret wohl zu seinen Nachbarn gesagt?‹ Sie faltete die Hände und schloß die Augen, als täten sie ihr weh. ›Angèle wird am Sonntag alles herausbekommen‹, sagte sie sich zum Trost. ›Ja, aber wird sie es auch erzählen?‹ Sie fing von neuem zu leiden an.

»Wenn Sie mich fragen«, fuhr Morestel, während er sein Fleisch zerschnitt, fort, »so hat sie sich mit der Kleinen gehakt.«

Guéret vernahm zwar diesen Satz, zögerte aber einen Augenblick, die Frage zu stellen, an die er seit Beginn des Abendessens dachte. Die Kehle war ihm wie zugeschnürt. Eben, als er um Sankt Judas Thaddäus herum spazierengegangen war, hatte er Angèle gesehen; sie ging schnell, und er war ihr gefolgt, bis sie mit einem Male in das Restaurant hineingegangen war. Er hatte noch beobachtet, daß sie den Gastraum durchmaß und hinter dem Wandschirm im Hintergrund verschwand. Warum hatte sie ihm nicht gesagt, daß sie Madame Londe kannte?

»Wer ist das, die Kleine?« fragte er gleich darauf doch.

»Angèle natürlich«, erklärte Morestel mit vollem Mund.

Nach dieser Antwort trat erneutes Schweigen ein.

»Essen Sie Ihr Schnitzel nicht auf?« fragte Morestel.

Guéret verneinte.

»Überlassen Sie es mir dann vielleicht? Danke, danke sehr. Im übrigen«, setzte er freundlicher hinzu, als verdiene die abgetretene Fleischportion eine Gegenleistung, »wäre es ja gar nicht erstaunlich, wenn Sie die Kleine nicht kennten. Wir meinen damit die Nichte von Madame Londe.«

»Aha.«

»Sagen Sie, es kommt mir doch komisch vor, daß Sie das alles nicht wissen. Wir hier kennen das Mädel ja schon lange. Sie und ich, wir sagen oft genug du zueinander.«

»Sie haben da einen Nachbarn, der Sie offenbar zum besten hält«, mischte Blondeau sich ein. »Wenn man ihn reden hört, könnte man meinen, man hätte es mit einem . . . Verführer zu tun.«

»Einem Don Juan«, warf Monsieur Palisson ein.

Morestel senkte die Stirn. Blondeau lächelte. Borges, der von der Unterhaltung nichts mitbekommen hatte, aber sah, daß Morestel offenbar etwas geduckt worden war, erstickte ein Lachen hinter seiner Serviette.

»Wahr an der Sache ist nur«, erklärte Blondeau mit einer Bewegung, als ob er zwischen Daumen und Zeigefinger eine Blume hielte, »daß Angèle in der Tat nicht gerade spröde ist.«

Er hatte ein rundes, vergnügtes Gesicht, dessen Haut von dem Fett, das darunter lag, glänzte. Sein Mund, den er niemals ganz schloß, war klein und fleischig, und an der Art, wie er die Augen rollte, erkannte man, daß er sich auf ihre große dunkle Iris und die dichten Wimpern etwas einbildete. Die Pomade, die er in sein Haar strich, verbreitete einen Geruch nach Veilchen und Schweiß, der einem den Atem benahm. Seine kleine feiste Gestalt sprengte mit ihren Rundungen beinahe seine Kleidungsstücke aus schwarzem Köperstoff.

»Man muß«, fuhr er mit selbstgefälliger Miene fort, »nur mit ihr zu reden verstehen.«

»Ach, seien Sie doch still«, warf Monsieur Palisson in verächtlichem Tone ein. »Mit so einer redet man immer richtig, wenn man ihr zehn Francs hinhält.«

»Außer an den Tagen, an denen sie von Apothekern nichts wissen will«, antwortete Blondeau, der über diese Zurechtweisung wütend war.

»Wenn Sie damit auf mich anspielen wollen«, entgegnete Palisson, »so habe ich die Ehre, zu bemerken, daß Sie etwas Unwahres behaupten, mein kleiner Blondeau. Sie selbst hatte mir letzten Sonntag vorgeschlagen, ich solle mit ihr spazierengehen, und ich, hören Sie bitte gut zu, ich meinerseits habe abgelehnt.«

In diesem Augenblick erhob Borges seine Stimme.

»Das ist nicht wahr«, erklärte er in einer Art von derbem Freudenrausch, »sie hat abgelehnt, sie, und weiß Gott, sie hat recht daran getan; man braucht Sie ja nur anzusehen, um es begreiflich zu finden.«

Ein Gemurmel erhob sich rings um den Tisch. Eine Flut von Galle färbte das Antlitz Palissons gelb, als er sich halb von seinem Platz erhob und den Finger hoch über die Blattpflanze streckte.

»Und zwar habe ich abgelehnt«, fuhr er in seiner Rede fort, »weil ich auf Frauen, die Sie angerührt haben, keine Lust mehr habe, Monsieur Borges! Keine Lust mehr! Und wenn ich Ihnen einen Rat geben darf, einen Rat, der Sie nichts kostet, Monsieur Borges, so nehmen Sie sich bei den Frauen in acht. Mit einem Teint wie dem Ihren und mit Ihrem Hals ...«

»Meine Herren, ich kann nicht gestatten, daß Sie hier so laut reden«, rief Madame Londe, nachdem sie vergeblich die Ohren gespitzt hatte, um etwas zu verstehen.

Sie war außer sich, weil sie durchaus nicht begriff, um was es sich bei diesem Streit handelte, und einen Augenblick schon nahe daran war, zu fragen, was der Tumult bedeuten solle, dessen letzte Brandungswellen sie eben noch erreichten. Ihre Stimme brachte das Gemurmel zum Schweigen; einzig Palisson, der nicht einmal den Kopf wendete, sondern mit dem Finger auf Borges wies und in seiner Rede fortfuhr, war nicht zu bändigen.

»Mit einem Hals, Monsieur Borges, wie dem Ihren, hätte ich Angst.«

Dann setzte er sich wieder. Betroffenes Schweigen bildete den Kommentar dieser Worte, als habe plötzlich der Tod sich am Tische niedergelassen. Borges' Unterkiefer fiel herab, und ohne eine Silbe hervorbringen zu können, blickte er um sich, als suche er in den Augen seiner Nachbarn etwas, was ihn zu beruhigen vermöchte; aber sie wandten sich ab und schienen durch das Schauspiel seiner Hilflosigkeit peinlich berührt zu sein.

»Endlich!« ließ Madame Londe sich mit der Miene einer Person vernehmen, die ihren Sieg mühevoll errungen hat.

Sie hätte einen Finger ihrer Hand hergegeben, um zu wissen, was Palisson gesagt hatte, überwand jedoch in trauriger

Resignation den jähen Drang, ihre Gäste zu befragen, und ließ ihre schlechte Laune an dem Kellner aus:

»Schnell das Kompott, mein Lieber! Seit ein paar Tagen schon bummeln Sie. Nehmen Sie sich in acht! Sie wissen, ich mag das nicht!«

Ein paar Sekunden lang hielt das Schweigen noch an, man hörte nur noch das Geräusch der Messer, die die Schnitzel bearbeiteten und ihnen die letzten eßbaren Stückchen abrangen, dann tat einer der Speisenden einen Seufzer, und sein Nachbar wagte daraufhin eine Bemerkung, die alsbald aufgegriffen wurde; die Unterhaltung kam wieder in Gang.

»Auf alle Fälle kann sie sich rühmen, hier an der Table d'hôte alle gegeneinander aufgebracht zu haben; ich spreche von dieser jungen Person«, raunte Morestel Guéret zu. »Die Frauen sind ja ein perfides Pack.«

Er litt noch immer unter der Rüge, die er vorhin hatte einstecken müssen, und suchte sich mit Gemeinplätzen zu trösten, doch Guéret ging nicht gleich auf seine Bemerkung ein. Er hatte, als wollte er dadurch der heftigen Erregung Herr werden, die Hände gefaltet; sie zitterten. Endlich brachte er wieder etwas über die Lippen. Zu Morestel vorgebeugt, fragte er, ohne ihn anzusehen:

»Sagen Sie, hat sie denn schon mit allen hier etwas gehabt?«

»Mit allen hier? Aber das versteht sich«, murmelte Morestel. »Von Palisson an, den sie nicht mehr mag, bis zu Blondeau, mit dem sie am Sonntag ausgehen soll. Aber sprechen wir nicht zu laut davon. Wenn Sie die hier auf das Thema bringen, wer die ältesten Rechte hat, reißen sie sich gegenseitig die Augen aus dem Kopf. Madame Londe sieht heute abend sowieso schon ungnädig genug aus.«

»Und was muß man tun, um mit ihr auszugehen, wie Sie es nennen, Monsieur Morestel?«

»Ganz einfach. Sie wenden sich an Madame Londe und bitten sie, Ihren Namen für den oder jenen Sonntag auf die Liste zu setzen. Natürlich müssen Sie eine Anzahlung machen, aber es reut Sie bestimmt hernach nicht. Auf den ersten

Blick wird sie Ihnen vielleicht etwas zu jung vorkommen. Sie hat so etwas an sich, was einen täuschen könnte, aber sie ist gewitzter als manches Mädel aus Chanteilles. Ein engelhafter Blick, Sie wissen schon, und dabei ... Es sieht fast so aus, als hörten Sie nicht gern, was ich Ihnen da sage? Dabei möchte ich Ihnen doch nur gefällig sein.«

»Danke, Monsieur Morestel. Sie sagten, sie geht mit Monsieur Blondeau aus. Wer ist Monsieur Blondeau?«

»Nicht so laut. Ihr Nachbar zur Rechten.«

»Und wenn ich nun nicht abwarten möchte, bis Monsieur Blondeau an der Reihe war? Kann Madame Londe wohl auch das arrangieren?«

»Ja, das weiß ich nicht. Das ist bisher noch nie vorgekommen. Fragen Sie die Chefin doch selbst. Und lassen Sie mich los. Sie tun mir ja weh.«

»Verzeihen Sie, Monsieur Morestel, ich weiß nicht, wo ich mit meinen Gedanken war. Wollen Sie mein Kompott? Ich gebe es Ihnen gern. Und hier, helfen Sie mir doch auch meinen Wein austrinken, Sie haben ja keinen mehr. Ich bin heute abend nämlich nicht recht bei Appetit, aber ich trinke gern noch mit Ihnen ein Gläschen auf Ihr Wohl, Monsieur Morestel!«

11

Warten. Damit würde er sich eben abfinden müssen trotz der flackernden Ungeduld, die er in sich verspürte. Seit Wochen kannte sein Geist keine Ruhe mehr, hielt er nicht mehr inne auf den ausweglosen Pfaden, auf die sein Verlangen ihn führte, verließ er sie nicht mehr. Ein beständiger Hunger verzehrte ihn, und obwohl er unter ihm litt, widerte ihn doch alles an, was nicht dieser Hunger war. Was bedeutete das Leben, welches Gewicht hatten seine kleinen Sorgen neben der furchtbaren Wirklichkeit dieser Qual?

Er hatte sich nicht hingelegt, um zu schlafen, aber da es nun einmal Nacht war, tat er sicher besser daran, ihre Stille und Kühle zu nutzen. Wenigstens konnte er sich seiner Pein überlassen, denn er hatte das Bedürfnis, in seiner Wunde zu bohren, sie zu vergrößern, mit seinen Nägeln Gift in sie einzuätzen, da er ja doch nicht genesen konnte von ihr. Wozu Ablenkung suchen von einem Übel, das Körper und Seele beherrscht? Es ist weniger hart, sich nicht zu widersetzen, die Verwüstung, so groß sie ist, über sich ergehen zu lassen.

Seit mehr als einer Stunde lag er nun schon mit brennenden Lidern da und mit einem Kopf, der so schwer und so müde war, daß er sich mehrmals dicht am Einschlafen wähnte, aber irgendwo auf dem Grunde seines Gehirns wachte ein Gedanke wie eine Flamme, die kein Hauch auszulöschen vermag. In der Dunkelheit unterschied er vor sich eine weite weiße Fläche, die leicht zu schwanken schien: die Wand, und dann einen schwarzen Fleck: die Tür. Eines Tages würde er die Schwelle dieser Tür überschreiten und nicht wieder in dieses Zimmer zurückkehren, in dem er soviel gelitten hatte. Würde er dann tot oder lebendig sein? Und wenn er lebendig wäre, wohin würde er wohl gehen? Konnte ihm Besseres oder Schlimmeres geschehen, als was er bisher erlebt hatte? War es nicht schrecklich, ganz auf die Kenntnis der Gegenwart beschränkt zu sein, nicht wissen zu können, ob die Zukunft die Qualen verschärfen oder verringern würde? Welch seltsamer Sparsamkeitssinn der Zeit, daß sie uns unsere Leiden stunden- und tageweise zuteilt, uns immer nur ein wenig auf einmal gibt, um uns nur nicht zu schnell zu töten.

Seine Decken waren ihm viel zu heiß, obwohl er die kalte Luft auf seinem Gesicht und an den Schultern verspürte. Er stand auf und suchte auf dem runden Tisch in der Mitte des Zimmers nach der Wasserkaraffe, die seine Frau dort allabendlich stehenließ, aber seine ungeduldigen Hände fanden sie nicht gleich, und er mußte die Läden ein wenig öffnen, damit er sie sah. Draußen war es schön; in dem harten, kalten Licht, das durch die Ritzen der Läden drang, bekam der

Raum etwas ganz Ungewohntes. Man hätte meinen können, die drei Stühle rings um den Tisch, die Anrichte, der Fußboden, alles sei in einen unbeschreiblich tiefen Schlaf versenkt, so reglos war die Nacht. Es war die Stunde, in der die großen Schmerzen in ihrem Ansturm erlahmen, die Sorge einschläft, der Kranke in eine Art von köstlicher Bewußtlosigkeit fällt und neue Leidenskraft sammelt. Die Luft barg keinen Laut. In den beiden Dörfern Lorges und Chanteilles gab es vielleicht keine Seele, die nicht jetzt eine Minute des Friedens erlebte, während er selber mit fiebrigfeuchtem Leib am Fenster stand wie ein Verurteilter, dem die Ruhe versagt ist. Er stellte sich die Hunderte von Schläfern vor, in ihr Lager verknäuelte Greise, Männer, die wie Ermordete dalagen, die Arme fest am Körper ausgestreckt, und junge Mädchen mit üppigem weißen Fleisch, die lustvoll atmeten – eine ganze Welt, die leblos dem Tage entgegentrieb.

Und er sah auch sie: mit zurückgeworfenem Kopf, etwas schräg über ihr Bett ausgestreckt, die Brust dem Verbrechen oder der Liebe darbietend, mit flügelgleich ausgebreiteten Armen, die unter der schwarzen Flut ihres schweren Haars verschwanden. Sie schlief wie eine Tote. Das Blut hatte seinen Lauf in den Adern verlangsamt und färbte ihre Wangen nicht mehr. Wenn jemand sie eines Nachts umbrächte, würde man sie sicher so finden, aber sie würde nackt sein, und ihre Arme und ihr Hals würden bis zum Boden herabhängen; wenn einer sie würgte, bis alle Luft aus ihren Lungen entwiche, würde sie dieses bleiche Antlitz zeigen, diesen halbgeöffneten Mund, der nicht mehr zu schreien vermöchte.

Wie sehr verabscheute er sie! Vorgestern noch, als er an ihre Hände, an ihre kindlichen Ohren gedacht hatte, war er von plötzlicher Zärtlichkeit überwältigt worden; diesen Erinnerungen, die ihn in seiner Einsamkeit aufsuchten, haftete etwas Freundliches, etwas Tröstliches an; es war, als wenn sie selbst ganz leise zu ihm sagte: ›Leide doch nicht allzusehr!‹ Jetzt aber, da alles offenbar war, da er wußte, daß sie allen schon gehört und sich einzig ihm versagt hatte, kam es ihm vor, als reiche sein Herz nicht aus, um all den Abscheu zu fassen, mit dem diese Frau ihn erfüllte. Er haßte sie um so mehr, als er sich auf eine Weise zu ihr hingezogen fühlte, die sich nie ändern würde. Man gibt seine ganze Freiheit auf, wenn man sich in ein Wesen verliebt; die Begierde kann aufhören, die Leidenschaft gänzlich erlöschen, aber auf dem Grunde des Herzens bleibt etwas Untilgbares zurück, etwas, das man geben, aber nicht zurücknehmen kann. Der Liebende hat seine Seele verkauft, und vergebens versucht der Haß, der Liebe ihren Platz abzuringen; bis zum Tode gehört man denen, die man geliebt hat. Er begriff das wohl. Sein Instinkt gemahnte ihn daran, wie sonderbar sich Angèle in zehn, in zwanzig Jahren für ihn ausnehmen, daß er sich aber auch dann in Abhängigkeit von ihr, in der Sklaverei des Erinnerns befinden würde. Bis zum Ende seines Lebens würde er mit dem Geist, dem Herzen, vielleicht sogar durch die Sinne einer Frau anheimgegeben sein, in deren Augen er sich lächerlich gemacht hatte, die sicher ihn und seine Achtungsbezeugungen innerlich verlachte.

Jetzt, da diese Auflehnung gegen die Liebe sich in ihm vollzog, wurde sein Verlangen nur noch stärker. Zuweilen trugen ihn Regungen der Wut ganz plötzlich zum Bewußtsein dessen empor, was er um ihretwillen litt, und das Bedürfnis zu triumphieren, seinerseits weh zu tun, zersprengte ihm fast das Herz. Wie gut wäre rohe Gewalt! Welche Lust, die zu Boden zu zwingen, die ihn so tief gedemütigt hatte! Er meinte neue Kraft in seinen Armen, ja bis in die Finger hinein zu spüren; wie zwei von eigenem Leben beseelte Wesen schlossen, öffneten, verkrampften seine Hände sich voll Lust und Ungeduld, endlich handeln zu können.

Weil er so sehr an sie dachte, vollzog sich etwas Seltsames in ihm. Während ganzer Stunden vergaß er ihr Gesicht. Gewiß erinnerte er sich an die Form ihrer Nase, ihre schimmernden, wie eine Frucht gespaltenen Lippen, aber es gelang ihm nicht, sich dieses Gesicht wie ein wirklich lebendiges Antlitz vorzustellen, ein Antlitz, das er wiedererkennen würde; plötzlich erschien sie dann vor seinen Augen mit einer Deutlichkeit, die ihn aufs tiefste ergriff; sie war da mit ihrem Haar, das ihr die Stirn umschmeichelte, mit dem geheimnisvollen Ausdruck der schwarzen Augen, aus denen er gleichzeitig eine Herausforderung und eine Bitte herauszulesen meinte. Sie seufzte und bewegte den Kopf. Jede Bewegung schien sie mit neuer wunderbarer Anmut zu bereichern, als ob ihre Schönheit, um ihre eigene Vollendung bemüht, von einem Augenblick zum anderen zunähme, bis er ganz berauscht davon war. Er schloß dann die Lider, um das süße, erschreckende Bild noch besser in sich festzuhalten; es blieb noch einen Augenblick lang mit einem harten, hinterhältigen Ausdruck vor seinem inneren Auge stehen, dann aber verlosch es mit einemmal. Er sah sie nicht mehr, wie sehr er auch immer wieder ihren Namen flüsterte und sich mit beiden Händen an den Kopf griff, um das Wahnbild von neuem erstehen zu lassen; es war aus, sie war nicht mehr da.

In seiner Angst ging er mehrmals um den Tisch herum und ließ sich schließlich auf die Knie fallen. Vielleicht, wenn sie ihn so sähe, würde sie Mitleid haben. Warum mußte er so lange leiden? Wurde er etwa besser dadurch? Besser! Alles in ihm war nur Heftigkeit und blinde Gier. Unter der Last seiner Traurigkeit sank er auf den Dielenboden und lag nun der Länge nach ausgestreckt zwischen Bett und Tisch. Warum starb er nicht? Wieviel Kummer war vonnöten, um einen Menschen zu töten, um ihm das Herz zu brechen? Ein paar Stunden vorher hatte er mit Madame Londe gesprochen, wie man ihm geraten hatte. Sie hatte die beiden Fünf-Francs-Stücke entgegengenommen, die er ihr anbot, und dann versprochen, sie werde die Sache mit Angèle ›arrangieren‹. Da hatte ihn Freude erfaßt, eine häßliche Freude, die ihn von einer Straße zur anderen bis an das Ufer des Flusses trieb, und dort, er erinnerte sich daran, hatte er sich in seinem Wahn auf die Böschung geworfen, das Gesicht ins Gras gepreßt und seinem eigenen keuchenden Atem in der Stille der Nacht gelauscht.

Er war dort eine halbe Stunde, vielleicht sogar länger geblieben. Wie aber hatte seine Freude sich dann in Verzweiflung gewandelt? Trauriger und bedrückter noch als zuvor kehrte er nach Hause zurück. Wieso war sein Schicksal mit einem Male mit demjenigen einer Frau verknüpft, die er auf der Straße getroffen hatte? Welche tollen Gesetze regierten das Dasein der Menschen? Wenn er diese Frau verabscheute, weshalb ging er ihr dann nicht einfach aus dem Wege? Und wenn allein Begierde ihn an sie fesselte, warum freute er sich dann nicht über die Leichtigkeit, mit der das Leben die Dinge ›arrangierte‹?

Er stand auf und trank ein Glas Wasser. Die Tür zum Schlafzimmer seiner Frau war offen. Ein Stuhl, der dagegen gestellt war, verhinderte, daß sie zuschlug, und ließ dauernd einen leichten Luftzug hindurch, dessen Gegenwart man verspürte wie das Vorüberstreifen einer unsichtbaren Person. Jäh erfaßte ihn Neugier. Er ging bis an die Tür und betrachtete seine schlafende Frau. Müdigkeit hatte die arme Kreatur vollkommen überwältigt und ihren Körper in absolute Ruhe versenkt; auf der Seite liegend, den einen Arm unter den Körper geschoben, während der andere aus dem Bett heraushing, sah sie aus wie ein Mensch, der in einen tiefen Abgrund gefallen ist. Das Licht beleuchtete das Gesicht, aus dem die Jugend geschwunden war, nur schwach. Auf dieser Stirn, diesen erschlafften Wangen hatte das Alter sich für immer eingenistet; Falten hatten sich fixiert und unterstrichen noch, was an diesen Zügen unvollkommen war, die Bitterkeit der Mundwinkel, die Müdigkeit der Augenlider. Er betrachtete sie und dachte dabei: ›Niemals habe ich sie geliebt‹, und als ob sie diesen harten, ungerechten Blick auf sich lasten fühlte, machte sie im Schlaf die Andeutung einer Handbewegung und atmete tief und schwer.

Er rührte sich nicht. Ein sonderbares Vergnügen hielt ihn an dieser Stelle fest, das Vergnügen, diese Frau anzuschauen und die von Jahr zu Jahr größer gewordene Entfernung zu ermessen, die ihn von ihr trennte. Nichts an ihr gefiel ihm, weder ihr Gesicht noch ihr Leib, und auch nicht ihre Liebe. Sie war demütig ihm gegenüber, aber dieser Unterwürfigkeit zog er Angèles Geringschätzung und Grausamkeit vor; sie liebte ihn, ohne irgend etwas von seinem Verrat zu ahnen; doch soviel Einfalt und Unwissenheit weckte einzig Verachtung in ihm. Und er fragte sich, jedesmal mit dem gleichen Erstaunen, wie er sie hatte heiraten können. Auch in diesem Punkt hatte das Leben ihn genarrt. Zweifellos war diese Frau einmal hübsch gewesen; er erinnerte sich noch an die Reinheit ihres Gesichts, bevor es die Sorgen verwüstet hatten, an ihren frischen, weißen Körper, der jetzt durch Arbeit gebrochen war. Etwas hätte ihn warnen müssen, ihre Reize seien vergänglich, und in kaum sechs Jahren würde sie häßlich und langweilig sein. Ihr Haar war auf der einen Seite ganz grau. Selbst im ungewissen Licht des Mondes sah er den metallischen Schein. Im Geiste verglich er diesen traurigen Schopf mit den Locken, die sich nach allen Seiten hin über Angèles Kopfkissen ausbreiteten wie züngelnde schwarze Flammen. Da packte ihn solches Grauen vor seiner Existenz, ein solcher Abscheu vor sich selbst und der Welt, daß er sich in sein Zimmer flüchtete und das Gesicht in den Händen verbarg. In diesem Augenblick kam es ihm vor, als rühre er gewissermaßen an die äußerste Grenze seiner Traurigkeit: Er konnte noch weiter leiden, aber mehr zu leiden schien ihm unmöglich.

Nachdem er einen Augenblick nachgedacht hatte, kleidete er sich an und ging fort. Es hatte zwei Uhr geschlagen. Was tat er? Hätte er tags zuvor ahnen können, daß er in den ersten Stunden des folgenden Morgens in dieser Weise durch die Straßen irren würde? Weshalb herrschte in seinem Herzen auf einmal diese große Ruhe? Die Bewegung, die kühle Luft, die er an den Wangen verspürte, machten ihn beinahe glücklich. Lust am Leben kehrte mit dem Entschluß, den er faßte, in ihn zurück. Er litt wegen dieser Frau? Er würde sie eben besuchen. Sie wollte ja schließlich nicht seinen Tod? Er würde ihr erklären, wenn sie ihn nicht liebte, hätte er vor, ins Wasser zu gehen, in die Sommeillante, die ganz nahe am

Restaurant vorbeifloß, denn dort, in ihrem Zimmer, würde er sie sehen. Er würde läuten, und man würde ihm öffnen. Es ging gar nicht anders, nur hatte er Tage der Angst durchleben müssen, um es zu begreifen. Mit Angèle auf der Landstraße zu sprechen, ihr Geld anzubieten, eine Verabredung mit ihr zu treffen, war einfach nicht das, was das Leben, diese verborgene Gottheit, für ihn vorgesehen hatte. Er wußte jetzt, was geschehen würde: Er würde in Angèles Zimmer eindringen, und zwar noch heute nacht, in fünf Minuten schon, und mit ihr reden, ihre Arme ergreifen und sie zwingen, ihn anzuhören.

Er eilte schnell und lautlos dahin. Eine Straße, dann eine weitere führten ihn nach unten hin zu dem kleinen Platz und dem Fluß. Er hatte den Eindruck, sie liefen mit ihm, trügen ihn, reichten sich ihn gegenseitig zu, so wie Spieler einander einen Ball zuspielen. Die Gasse, die er jetzt hinunterging, fiel steiler ab als die andern. Fünf Stunden zuvor hatte er sie mit gekrümmtem Rücken erstiegen, als drücke auf ihn eine furchtbare Last. Jetzt kam es ihm vor, als schleudere jeder seiner Schritte ihn, fast ohne sein Zutun, vorwärts und endlich auf den kleinen Platz, auf dem er nun angekommen war.

Zuerst erkannte er nichts, weder die Platanen noch die Steinbank, auf der er sich niederließ, noch das Haus, das ihn erwartete. In dem seltsamen Lichtschein, den der Mond verbreitete, gab es keine Farbe; die Blätter der Bäume wirkten ebenso fahl wie der Bewurf der Mauern; der Schieferbelag der Dächer war ebenso weiß wie das Straßenpflaster. Da, wo Dunkelheit herrschte, war sie so tief und so schwarz, daß sie alles, was sie bedeckte, vollkommen aufzuheben schien. Man hätte meinen können, nie habe eine Seele auf diesem Platz je haltgemacht, kein einziges Mal sei das Schweigen, die Unbeweglichkeit der Dinge hier durchbrochen worden.

Er schaute das Haus an. Es war zwei Stockwerke hoch und hatte eine ganz ausdruckslose Fassade. Die langen Fenster des Restaurants im Erdgeschoß waren hinter einer Eisenjalousie verborgen; die übrigen sechs Fenster verteilten sich gleichmäßig auf den ersten und zweiten Stock; die Läden waren alle geschlossen. Hinter einem dieser Fenster war Angèle. Man hatte Guéret gesagt, sie schlafe im ersten Stock an der Nordecke des Hauses. Auf ihrem Bett ausgestreckt, atmete sie dort, ohne sich darum zu kümmern, daß allein schon ihr Atem ein Anlaß zum Leiden für ein menschliches Wesen war. Sicher drehte sie sich im Schlaf auf die andere Seite und zog, den Kopf schwer von Träumen, ihren Arm zurück; alle diese Bewegungen aber, deren Anblick den Unglücklichen beseligt hätte, behielt die Nacht für sich. Umsonst war ihr Körper so schön, ihr Hals so rund und so weiß, vergebens schimmerten ihre Schultern. Sie hätte ebensogut häßlich oder überhaupt nicht sein können während der Stunden, in denen kein Lichtstrahl ihr Antlitz traf.

Laufend überquerte er den Platz. Seine Gedanken bewirkten, daß er mehr und mehr außer sich geriet. Eine plötzliche Wut erfaßte ihn gegen das Dunkel, die Mauern, gegen alles, was ihn von der Liebe trennte. Einen Augenblick war er nahe daran zu läuten, doch dann besann er sich wieder. Das erste Stockwerk lag nicht sehr hoch. Der Rand der Eisenjalousie vor den Fenstern des Restaurants sprang ein paar Zentimeter vor. Er setzte den Fuß auf diese Kante, legte die eine Hand flach auf die metallene Oberfläche und versuchte mit der anderen, eine Ecke der Tür zu fassen, doch er verlor das Gleichgewicht und mußte nach hinten abspringen, um nicht hinzufallen.

Vor Ungeduld und Aufregung atmete er schwer. Er ließ seinen Blick über die Hausfront gleiten, über diese Mauer, die seinen Händen keinen möglichen Angriffspunkt bot. Von neuem kam er auf den Gedanken, an der Haustür zu läuten, aber ebenso wie das erste Mal ließ er ihn gleich wieder fallen. Nachdem er ein paar Sekunden nachgedacht hatte, hob er ein Steinchen auf und schleuderte es gegen den Fensterladen; kaum hatte er dies gewagt, so wurde er sich bewußt, wie unvorsichtig er gewesen war. Er durfte Angèle nicht auf sich aufmerksam machen, er mußte sie überraschen. Deswegen hatte er ja vorhin nicht geläutet, sein Instinkt hatte ihn gewarnt. Aus Furcht, er könne sich um jede Chance gebracht haben, versteckte er sich unter den Bäumen, entschlossen, sich nicht zu rühren, falls jemand das Fenster öffnen sollte.

Indessen war das Geräusch des Steinchens auf dem Fensterladen zweifellos zu schwach gewesen, um Angèle aus dem Schlaf aufzuschrecken. Ein paar Minuten verstrichen, ohne daß das Fenster sich öffnete. Also hatte er Zeit, den nächsten Schritt zu bedenken. Von der Stelle aus, an der er sich befand, schien die erste Etage dem Erdboden so nahe, als müsse ein Kind sich hinaufschwingen können; es kam nur darauf an, die einfachste Methode des Aufstiegs zu entdecken. Es war nicht eine Frage der Kraft, sondern der Geduld. Kraft besaß er genug; sie würde ihm noch dienlich sein, wenn es galt, von außen her die Fensterläden zu öffnen.

Er kehrte zu der Eisenjalousie zurück und hob den Arm, um die Entfernung auszumessen, die ihn vom Ziel trennte. Mit so weit wie möglich ausgestreckten Händen und Fingern berührte er beinahe den oberen Rand des langen Fensters. Drei oder vier Zentimeter nur fehlten bis zu einem wirksamen Halt, denn wenn er in die Höhe sprang, um den oberen Fensterrand zu erreichen, verlor er zugleich die nötige Kraft, um sich festzuhalten, da er im Schwung sich ja nicht genügend festklammern konnte. Er versuchte es trotzdem, scheiterte aber ein zweites Mal.

Da brach plötzlich etwas in ihm aus, ein Zorn, der sich in keiner Bewegung und keinem Laut äußerte, aber so heftig war, daß er ihn fast zu Boden warf. Lieber sterben, dachte er, als dieses Fenster nicht erreichen, er wollte sich eher den Schädel auf dem Pflaster zerschmettern und sein Jammerdasein mit seinem Blut zusammen verströmen lassen. Dann aber sprang er mit einem Ruck wieder auf bei der Vorstellung, daß er nur ein paar Meter von Angèle entfernt und nicht imstande war, eine Mauer zu ersteigen, die Fensterläden zu öffnen, damit er sie berühren, sie an sich reißen konnte. Er fühlte, wie ein Strom von Wut und Raserei sein ganzes Wesen durchflutete, und lief noch einmal auf die Platanen zu, um sich zu verstecken wie ein verwundetes, gereiztes Tier und um mit sich zu Rate zu gehen.

Gleich darauf trat er wieder ins Licht und stürzte auf das Haus zu wie auf einen Feind. In drei Sprüngen hatte er es erreicht, und fast wäre ihm auch Erfolg beschieden gewesen. Die Kraft, die von irgendwoher in uns einströmt, wenn die unsere nicht genügt, schien ihn von der Erde emporzuheben und an die Eisenjalousie festzuheften, so daß sein ganzer Oberkörper über die Kante hinausragte, die er zuvor nicht hatte fassen können. Hätte er jetzt die Arme emporgestreckt, so hätten seine Hände sich leicht an den Läden, die er öffnen wollte, festklammern können, doch seine Geistesgegenwart versagte in diesem Augenblick. Zwei oder drei Sekunden lang blieb er mit gespreizten Armen und Beinen hängen – nur durch Willenskraft vermochte er sich mit den Handflächen an den Steinen festzuhalten –, einem jener großen Nachtvögel ähnlich, die eine besonders helle Mauer unwillkürlich fasziniert und anzieht, so daß sie sich daran festsetzen, als wollten sie sich an dem hassenswerten Glanz von soviel Weiße berauschen. Doch plötzlich ließ er los und fiel auf den Boden zurück.

Nun machte die Wut ihn vollends blind; ohne Anlauf begann er in die Höhe zu springen und, so gut er konnte, an dieser spröden Fläche, die Vorsprünge nur in zu großer Höhe oder Tiefe aufwies, Halt zu gewinnen, während er sich in Stein und Eisen mit den Nägeln festzukrallen versuchte. Mehrmals gelang es ihm, einen Augenblick im Stand auf dem unteren Sims des großen Fensters zu landen, aber das war auch alles; seine Arme streckten sich vergebens nach rechts und nach links aus, um eine Unebenheit, eine Kante, irgend etwas zu finden, woran er sich im Sturz festzuhalten vermochte; alles schien von einem vorausblickenden Architekten darauf berechnet zu sein, um ein Vorhaben wie das seine zum Scheitern zu verurteilen.

Keuchend hockte er sich auf das Straßenpflaster. Es mußte

doch schließlich leicht sein, zum ersten Stock eines Hauses zu gelangen; war es denn möglich, daß er mit der ganzen Kraft seiner Gelenke das nicht erreichte? Er kam auf den Gedanken, irgend etwas zu suchen, was ihm als Fußschemel dienen könnte, etwa einen der großen würfelförmigen Steine, wie er sie am Vormittag am Rande einer Straße gesehen hatte, deren Pflasterung ausgebessert wurde. Aber er wollte den kleinen Platz nicht verlassen; es schien ihm, daß sein Schicksal sich da entscheiden würde und daß er sich um jede Erfolgschance brächte, sobald er sich von diesem Haus entfernte. Er würde das Zimmer im ersten Stock noch vor Morgengrauen oder niemals betreten, denn niemals wieder würde er in sich diesen fanatischen Willen verspüren, der ihn der Eisenjalousie entgegendrängte; mit dem Tageslicht würden seine Bedenken, seine Hemmungen wiederkehren. Er mußte diese Art von Dämmerzustand wahrnehmen, in dem er seit ein paar Stunden lebte, die ungewöhnliche Tatsache nutzen, daß er nun einmal hier war und wie ein Verbrecher in ein Haus einzudringen versuchte. Machte es ihm denn etwas aus, was irgend jemand von ihm denken mochte? Er hatte den Eindruck, daß seine gesamte Existenz sich in diesen Minuten zusammenballte, die so schnell verrannen. Mit welcher Lust würde er in das Zimmer eindringen, in dem Angèle schlief! Würde sie dann noch wagen, ihm zu widerstehen, ihn zu belügen, ihn mit Worten zu prellen wie draußen auf der Landstraße?

Nachdem er sich etwas ausgeruht hatte, stand er auf und setzte, während seine Hände den Türrahmen packten, als wolle er diesen Teil des Hauses an sich reißen, den linken Fuß in den Winkel, den die Türfassung ein paar Zentimeter über dem Erdboden bildete. Zuerst glaubte er, sich dort nicht halten zu können. Eine Empfindung, als stieße die Mauer ihn von sich und er müsse mit ihr kämpfen, veranlaßte ihn beinahe, wieder aufzugeben; Blut quoll ihm unter den Nägeln hervor und brannte ihm auf der Haut, aber langsam hoben seine Ellbogen sich höher hinauf. Die ganze Kraft seines mächtigen Körpers konzentrierte sich in seinen Handgelenken, die vor Anstrengung zitterten. Jetzt konnte es nicht mehr fehlschlagen, sein Leben selbst stand ja auf dem Spiel; rückwärts hinunterzufallen, war gleichbedeutend mit Sterben. Er hob den linken Fuß und brachte den rechten auf dieselbe Höhe. Es dröhnte in seinem Kopf, alle Adern an seinem Halse pochten und schwollen an. Als seine Ellbogen sich ebenso hoch befanden wie sein Gesicht, stemmte er die Füße gegen das Sims und riß den Oberkörper, so hoch er nur irgend konnte, empor. Seine Stirn, seine Nase, sein Mund hoben sich nacheinander über den oberen Rand der Tür. Er warf den Kopf zurück und stemmte das Kinn auf den winzigen steinernen Vorsprung; dank diesem neuen Stützpunkt war es ihm möglich, für die Dauer einer Sekunde die linke Hand frei zu bekommen, was ausreichte, um die obere Ecke des Türrahmens zu fassen. Der Vorgang zwang ihn, den Körper zur Seite zu drücken, damit er das Gleichgewicht nicht verlor, und mit dicht nebeneinander an die Tür gestemmten Füßen sich in der Schräge zu halten. Sein Kopf war jetzt wieder in der Höhe, in der er sich vor dieser neuen Position befunden hatte. Er fühlte, wie Verzweiflung ihn überkam, und war nahe daran, auf jede Methode zu verzichten; irgend etwas stellte sich gegen ihn. Indessen war er sich darüber klar, daß er einzig durch Kühnheit gewinnen konnte; mit einer raschen Bewegung schob er daher die rechte Hand neben die linke. Seine Füße glitten plötzlich von dem Sims ab, und einen Augenblick lang war er, an den Fingern aufgehängt, schwebend, dem Erdboden näher, als er es jemals seit dem Beginn dieser Kletterpartie gewesen war.

Sein Kopf war wie überflutet von Schwindel und Müdigkeit. Allmählich wich aus seinen Händen, die unter der furchtbaren Last zu zittern begannen, die Kraft; in zehn oder fünfzehn Sekunden würden sie ihre Beute fahrenlassen, diesen schmalen Steinrand, an dem sie sich im Augenblick noch hielten. ›Wenn ich mich fallen lasse, werde ich sie nicht sehen‹, dachte er. In einer Art von Sprung ohne Anlauf hob er die Knie, so daß er mit ihnen gegen den Türflügel schlug. Das

Pochen seines Herzens wurde zu einem Geräusch, das wie der Schritt eines Unsichtbaren klang, dessen Füße sich in seiner Brust bewegten. Sein ganzer Körper spannte sich. Er zog die Ellbogen an und setzte die Füße wieder beiderseits auf das Sims. Erschöpfung zerrte an den Muskeln seiner Glieder, als wolle sie sie zerreißen. Sein durch die Bewegung der Ellbogen emporgehißter Körper hob sich von neuem nach oben. Plötzlich stieß er einen Schrei aus, und während er sich mit aller Macht auf die Zehenspitzen stützte, warf er die Hände in die Luft, preßte sie gegen die Wand oberhalb der Tür und richtete sich auf. Seine von den Steinen aufgeschürften Hände bluteten; er hörte, wie das Holz unter den Spitzen seiner Schuhe knirschte, und spürte, wie er glitt. Dennoch unternahm er einen letzten Vorstoß und bog die Füße so, daß sie sich nur noch eben auf den Zehen hielten; es war, als dränge ein Messer in sein Fleisch, der Schmerz war so heftig, daß ein Stöhnen aus seiner Brust drang; fast gleich darauf gaben seine Füße ihre Haltung auf und schlugen gegen die Tür, aber er fiel nicht hinunter: seine Finger hatten sich um das Fenstergitter gekrampft.

Ein paar Sekunden lang schwankte er zerschunden, mit blutenden Handgelenken, in der Luft hin und her. Diese Tatenlosigkeit bedeutete trotz allem eine Ruhepause, in der er sich ein wenig sammeln konnte. Jetzt, da er das Fenster erreicht hatte und seine Hände die Stäbe fest umschlossen, konnte er seine Beine nach Belieben benutzen, ohne das Gleichgewicht zu verlieren. Nach einer Minute gelang es ihm, nachdem er sich an der Tür mit Füßen und Knien emporgeschoben hatte, aufrecht auf dem Vorsprung der Tür zu stehen und sich an der Fensterbrüstung anzuklammern. Aber dieses Fenster war nicht das von Angèle. Er zog einen Augenblick tief die Luft ein, dann trat er, nur die linke Hand loslassend, auf den oberen Vorsprung des großen Erdgeschoßfensters. Die Fenster des ersten Stocks waren fast zwei Meter voneinander entfernt. Er reckte den Arm, so weit er konnte, während die rechte Hand noch immer die Brüstung des Fensters umklammerte, das er verlassen hatte, und die linke sich an der Mauer weitertastete. Der Vorsprung, auf dem er stand, war etwas weniger breit als seine Schuhe, reichte aber als Tragfläche aus. Unmerklich kam er mit fest an den Stein gepreßtem Körper, atemlos, ohne zu denken, in dieser Weise voran. Endlich spürte er unter seinen Fingern die Brüstung des Fensters und griff danach. Dann löste er die rechte Hand und schob sie an die linke heran.

Die Schulter gegen den Spalt zwischen den Läden stemmend, versuchte er jetzt den letzten Widerstand zu überwinden und den kleinen eisernen Riegel zu sprengen. Statt dessen barst jedoch das Holz. Nach zwei bis drei immer heftigeren Stößen spaltete sich der eine Flügel mit einem Krachen, das in der Stille nachhallte wie ein Schuß.

Er ließ sich ins Haus hineinfallen und rollte auf den Boden des Zimmers. In seinem Kopf rauschte das Blut; er atmete tief und erhob sich, ganz verblüfft über seinen Erfolg; noch wagte er kaum, das Zimmer und das Mobiliar darin anzuschauen, das er sich in der Phantasie so häufig ausgemalt hatte. Mit ihm zugleich drang der erste Schimmer des Frühlichts ein und beleuchtete die nassen Flecken auf der Tapete und den abgetretenen Teppich. Da sah er, daß das Zimmer leer und das Bett unbenutzt war.

Die entscheidende Minute war vorbei. Einen Augenblick lang hatte das Geschick geschwankt. Es hatte nicht gewußt, was es mit ihm machen solle, und ihn einfach seinem blinden Willen anheimgegeben; seither aber zeichnete der Weg sich von neuem deutlich vor diesem Manne ab; eine Hand, der keine Schwäche innewohnte, drängte ihn weiter, und der Spuk der Nacht nahm ein Ende.

Auf dem Bett hingestreckt, fühlte er sich von dem Körperduft der Abwesenden wie überflutet, er erkannte die Stelle, an der ihr Kopf gewöhnlich lag, und barg dort seine Wange, drückte Lippen und Augen darauf, strich mit den blutenden Händen über die Bettücher und das Kopfkissen hin, die von dem Duft, an dem er sich berauschte, gleichsam belebt waren.

Auf dem Flur draußen kamen und gingen Schritte. Eine Tür öffnete sich und wurde gleich wieder geschlossen. Eine Stimme fragte: »Was ist los? Wer ist da?« und fing dann, durch die Stille ermutigt, laut zu schreien an: »Hilfe!«

Er hörte, ohne zu begreifen, so wie man eine Stimme wahrnimmt, die einen aus tiefem Schlummer weckt. Endlich näherte sie sich, kam ganz dicht vor die Tür. Die Schreiende war Madame Londe; Angst preßte ihr die Kehle zusammen, doch schrie sie immer noch lauter; einmal rief sie nach Angèle.

Gleich danach richtete er sich auf, riß von dem Kopfkissen den Bezug herunter und ließ ihn in seiner Rocktasche verschwinden. Dann stand er auf und machte ein paar Schritte durchs Zimmer. Seine Augen wanderten von einem Gegenstand zum anderen, von dem Eisenbett, das unter seinem Gewicht geseufzt hatte, zu dem kleinen Spiegel, der ihm sein verstörtes Antlitz entgegenwarf. Er sah die Wände mit den Feuchtigkeitsflecken, die beiden strohgeflochtenen Stühle neben der Tür, den Tisch, dem die Schublade fehlte. Die Erinnerung an dieses Zimmer, in das das Leben ihn hineingelockt hatte, um ihn zu narren, würde er genauso mit sich nehmen wie das Wäschestück, auf dem Angèles Haar sich ausgebreitet hatte.

Als er sich gerade über die Brüstung schwang, wurde mehrmals an die Tür geklopft. Sie ging auf, er war aber schon durch das Fenster geschlüpft und ließ sich wie ein Sack die Hausmauer entlang zu Boden fallen. Von dort aus hörte er die Rufe Madame Londes, die in das leere Zimmer trat und das blutverschmutzte Bettuch entdeckte. Sie brauchte sich, um ihn zu sehen, nur aus dem Fenster zu beugen. Trotz eines Schmerzes in der Seite, den er seit seinem Sturz verspürte, stand er auf und ging dicht am Haus bis zur Straßenecke. Dort blieb er stehen und schöpfte Luft. In seiner Angst und wie um das rasselnde Geräusch seines Atems zu ersticken, preßte er sein Gesicht in den Kopfkissenbezug, den er gestohlen hatte. Der Duft betäubte ihn; er machte die Augen zu. Eine ganze Welt von Erinnerungen stieg in ihm auf; es gab schon so viele

Dinge in seinem Leben seit dem Augenblick, in dem er Angèle begegnet war, kleine Dinge, doch eine solche Menge, daß er, so kam es ihm vor, für lange Jahre des Leidens daran genug haben würde.

Jäh kam er wieder zu sich und riß die Augen auf. Madame Londe ließ ihre Schreie jetzt vom Fenster her ertönen, und von der Stelle aus, an der er sich befand, konnte er das gelbe Licht der Lampe sehen, die sie in der Hand hielt. Er steckte den Kissenbezug wieder in die Tasche und knöpfte seinen Rock zu wie jemand, der sich auf die Flucht begeben will. Diese Stimme, die vor Angst abwechselnd anschwoll oder nur noch röchelte, schleuderte furchtbare Worte in das Dunkel hinein: »Angèle ist nicht mehr da! Sie ist ermordet worden! Überall ist Blut! Ich habe hier einen Mann gehört. Der hat es sicher getan!«

Unschlüssig schaute er nach rechts und nach links. Zur Rechten war die Stadt, die diese Schreie sicher wachrütteln würden. Links war nur die Sommeillante und das freie Feld, aber wenn er nach links ging, lief er Gefahr, von Madame Londe bemerkt und erkannt zu werden. Er eilte die Straße nach rechts zu hinauf. Schon wurde ein Fenster hell, mehrere Stimmen riefen sich von einem Haus zum anderen etwas zu, aber noch kam keiner heraus; es würde lange Minuten dauern, bis einer den Mut dazu fand. Mit kraftlosen Knien und einem Gefühl in der Brust, als käme er aus einer Umschnürung nicht los, ging er dicht an den Häusern entlang. Sein Herz schlug, wie wenn ein völlig verstörter Mensch sich gegen die Mauern seines Kerkers wirft und zu entweichen versucht. Noch nie im Leben hatte er solche Furcht verspürt. War dieser Mord, dessen er beschuldigt, dieser Tod Angèles, der ihm angelastet wurde, nicht ganz wahrscheinlich, war er nicht am Ende sogar wahr? Was würde er anderes getan haben, wenn er die junge Frau in ihrem Bett gefunden hätte? Er hätte ihr vielleicht die Kehle durchgeschnitten, um sich zu rächen, sie zum Schweigen zu bringen, und seine Hände wären dann genauso gewesen wie jetzt, heiß, schwer und klebrig von Schweiß.

Er überquerte die Straße und stürzte in eine dunkle Nebengasse hinein, wohin Madame Londes Schreie nicht drangen, aber er wagte dennoch nicht stehenzubleiben. Etwa zwanzig Meter weiter entfernt bog er in eine Straße ein, die er recht gut kannte, weil er Angèle bis dahin nachgegangen war; sie führte zum Fluß hinunter. Bei Tageslicht hätte Madame Londe ihn gesehen, aber die Dunkelheit war noch dicht genug, daß er es wagen konnte. Er nahm alle Kraft zusammen und begann zu rennen. Auf der einen Seite der Straße stand eine Reihe kleiner, niedriger Häuser, auf der anderen war die Mauer des Kohlenlagers. An dieser Mauer bewegte er sich entlang. Am Ende der Straße zögerte er. Von neuem ließen sich die Schreie, jetzt sogar deutlich, vernehmen. Er blickte nach links, sah nichts und wendete sich kurz entschlossen nach rechts.

Die Straße war breit und mit Steinen gepflastert, auf denen jeder seiner Schritte hallend zu hören war. Er erreichte die Böschung zwischen Straße und Fluß und lief im Gras unter den Platanen dahin, von denen die Sommeillante auf ihrem trägen Lauf durch die Stadt begleitet wurde. Wenn er den letzten der niederen kleinen Bäume erreichte, war er in Sicherheit. Dort begann ein dichtes Gehölz, in dem er Unterschlupf finden konnte.

Der Himmel erhellte sich allmählich; in einem trüben, fahlen Lichtschein tauchten aus dem Dunkel die letzten Häuser der Stadt an der rechten Straßenseite auf, dann begann der Tau zu fallen. Es mochte vier Uhr sein. Ohne stehenzubleiben, bot er seine brennenden Hände den kühlen Tröpfchen dar, die er in der grauen Luft blitzen sah. Sein erschöpfter Körper spürte keine Müdigkeit mehr. Wenn die Glieder einen bestimmten Grad der Erschlaffung überstanden haben, schmerzen sie nicht mehr und gehorchen von allein dem Willen, der keine Macht mehr hat, ihnen zu gebieten. Hätte er eine Stunde oder sogar mehr als eine Stunde weiterlaufen müssen, so hätte er es getan.

Am Eingang des Waldes stolperte er über einen dürren Ast.

Er ließ sich auf den blätterbedeckten Boden fallen und schlief fast augenblicklich ein.

12

Gegen zehn Uhr wachte er auf und kam aus seinem Versteck hervor. Wieder fand er sich auf der Landstraße, aber jetzt ging er auf die Häuser zu, von denen er in der vorigen Nacht hinweggeflüchtet war. Ein Wind, der sich erhoben hatte, trocknete seine Kleider; seine Hände wagte er aus Angst, die Wunden könnten wieder aufgehen, nicht zu benutzen. Er schritt dahin mit wirrem Haar und von einem Fieber befallen, das in seinem Körper flackerte und ihm das Blut in die Wangen trieb. Ein einziger Gedanke beschäftigte ihn: er mußte Angèle finden. Er hatte einmal angefangen, nun wollte er auch damit zu Ende kommen. Die grauenvolle Nacht, in der er alle Leiden gleichzeitig erduldet hatte, durfte kein sinnloser Alptraum sein. Es mußte etwas geben, was sie wettmachte; irgendwo, irgendwann mußte eine Stunde, eine Minute kommen, die ihn dafür entschädigte.

Leute gingen dicht an ihm vorüber. Er sah sie nicht und erwiderte ihren Gruß nicht. Er wollte im Restaurant nachfragen, wo Angèle jetzt sei. Es war ihm gleichgültig, was man von seinem Aufzug, seinen blutverkrusteten Händen denken, welchen Argwohn er damit erwecken würde. Niemand konnte ihn verhaften, weil sein Haar wirr war und weil er zerschundene Finger hatte. Wenn aber Angèle wirklich etwas zugestoßen, wenn sie ermordet worden wäre? Tot?

Wenn sie tot wäre? Dieser Gedanke zwang ihn, stehenzubleiben, als habe eine unsichtbare Hand ihn plötzlich vor die Brust geschlagen. Er wiederholte sich die Frage noch einmal ganz laut, ohne Entsetzen oder Erregung, einzig erstaunt, daß er so seltsame Worte aussprach, deren Sinn für ihn nur schwer zu begreifen war; dann schritt er wieder schneller aus. Sie konnte nicht sterben, bevor er sie in seinen Armen gehalten hatte; sie gehörte ihm; das Leben hatte sie ihm gegeben, der geheimnisvolle Wille, der unsere Geschicke regelt; die Macht, die die Welt regiert, hatte ihm diese Frau geschenkt. Sie gehörte ihm, weil er sie liebte und weil er um sie gelitten hatte.

Als er zu der Allee kam, die an der Sommeillante entlangführte, beschleunigte er seine Schritte, um der Aufmerksamkeit von fünf bis sechs Frauen zu entgehen, die unter den Platanen miteinander redeten. Schon sah er den Platz, bei dessen Anblick das Herz ihm schneller schlug. In der gleichen Richtung ging eine Frau vor ihm her. Er überholte sie, sie aber lief ihm nach und legte die Hand auf seinen Arm.

»Was haben Sie?« fragte sie.

Es war Angèle.

»Was haben Sie?« wiederholte sie. »Wohin gehen Sie?«

Mit dem Handrücken strich sie eine Strähne zurück, die ihr über die Stirn fiel. Ihre Augen wirkten größer und schimmerten stärker als sonst. Er sah sie eine Sekunde lang an, dann packte er sie mit einer krampfhaften Bewegung am Arm.

»Wo haben Sie die Nacht verbracht?« fragte er.

»Sie haben mir in der Wäscherei ausnahmsweise ein Zimmer gegeben«, antwortete sie. »Da waren Sie das also, der gestern abend bei uns eingedrungen ist? Dann dürfen Sie sich aber noch nicht zeigen. Gehen Sie schnell nach Hause. Lassen Sie mich los.«

»Nein.«

»Kommen Sie, wir können hier nicht stehenbleiben. Sie sehen doch selbst, es gehen Leute vorbei.«

»Ich lasse Sie nicht gehen. Kommen Sie mit mir.«

»Lassen Sie wenigstens meinen Arm los. Wo ich doch selbst gekommen bin, um mit Ihnen zu reden ... Sie wären ja an mir vorbeigegangen, ohne mich zu sehen.«

»Sagen Sie mir, weshalb Sie mich angesprochen haben.«

»Ich sage es Ihnen nicht, wenn Sie mich nicht loslassen. Da kommen Leute direkt auf uns zu und sehen uns an. Wir können hier nicht stehenbleiben.«

»Ich gehe mit Ihnen, wohin Sie wollen, aber ich lasse Sie nicht los.«

Sie wendete dem Restaurant den Rücken und ging auf das Wäldchen zu. Ihr gleichsam gefangener Arm hing schlaff an ihrem Körper herab.

»Haben Sie denn keine Angst, daß ich schreie?« fragte sie.

»Nein, ich habe keine Angst.«

»Hören Sie«, sagte sie nach einer kleinen Pause, »Sie müssen nach Hause gehen und sich wieder in Ordnung bringen. Ihre Sachen sind ganz zerrissen. Wer Sie so sieht, muß mißtrauisch werden.«

»Kommen Sie mit mir?«

»Nein, ich kann nicht mit Ihnen durch die Stadt gehen.«

»Warum nicht?«

»Lassen Sie mich doch«, flehte sie ihn an. »Lassen Sie mich doch los. Ich werde Ihnen später alles sagen.«

»Wo haben Sie die Nacht verbracht?«

»Ich habe es Ihnen doch gesagt. In der Wäscherei.«

»Das ist nicht wahr. Mit wem sind Sie zusammen gewesen?«

»Sprechen Sie nicht so laut, da kommen gerade wieder Leute vorbei.«

Sie schwiegen beide einen Augenblick, dann fing er mit leiserer Stimme, ohne sie anzusehen, von neuem an:

»Sagen Sie mir, bei wem Sie gewesen sind.«

»Bei niemandem.«

»Ich weiß doch, daß Sie für alle Leute hier um Geld zu haben sind. Bei wem waren Sie? Bei Monsieur Blondeau?«

Sie brach plötzlich in Tränen aus und versuchte sich loszumachen, aber er hielt sie fest.

»Sie sind mit jemandem zusammen gewesen. Wer war es? Monsieur Grosgeorge?«

Auf diese Frage bekam er keine Antwort. Sie gingen einen Augenblick schweigend nebeneinander her, dann fragte er sie von neuem und zerrte sie an der Hand:

»Sagen Sie, war er es?«

»Weder er noch sonst irgend jemand. Ich bin allein gewesen. Ich wollte nicht im Haus von Madame Londe schlafen. Ich war ganz sicher, sie würde kommen und wieder von Monsieur Blondeau anfangen.«

»Sie haben versprochen, am Sonntag mit ihm auszugehen.«

»Ich habe nichts versprochen. Ich habe im Gegenteil gesagt, ich würde nicht ausgehen.«

»Sie lügen. Er hat mir selber gesagt, es sei ausgemacht.«

»Das ist nicht wahr. So lassen Sie mich doch; ich bin schon so unglücklich genug. Ich sage Ihnen, Sie sollen mich loslassen. Sie tun mir ja weh.«

Er zerrte sie mit aller Macht weiter und zwang sie von der Straße weg die Böschung hinauf.

»Wenn Sie solche Angst haben, daß man uns sieht, können wir ja auf dem Uferweg weitergehen.«

Der Ton, in dem er diese Worte sprach, und der Blick, von dem sie begleitet waren, machten dem Mädchen Angst; sie hatte plötzlich den Eindruck, daß diese Böschung, die sie gegen ihren Willen überquerte, sie vom Leben trennte. Der Gedanke, um Hilfe zu rufen, fuhr ihr wieder durch den Kopf, doch Guéret schien diese Absicht in ihren Augen zu lesen, denn er sah sie fest an und sagte:

»Hier bin ich der Stärkere. Wenn Sie rufen, springe ich mit Ihnen ins Wasser, und wir ertrinken beide.«

»Ach«, sagte sie, ihre Erregung bezwingend, »ich habe gar nicht vor, zu rufen.«

»Weshalb sagen Sie: ›Ach‹?«

»Weil Sie in einem Zustand sind ... als ob Sie krank wären.«

Zum erstenmal, seitdem sie ihn kannte, sah sie ihn lachen, doch wurde er gleich wieder ernst.

»Ich wette, daß das Ihnen Kummer macht.«

»Ja.«

»Natürlich nicht«, erklärte er und zerrte sie erneut an der Hand. »Es macht Ihnen keinen Kummer, aber Sie haben Angst vor mir. Und wenn Sie sich auch zehnmal sagen, es käme vielleicht gleich jemand auf der Straße vorbei, so wissen Sie ja doch, daß ich, wenn ich mit Ihnen zusammen ertrinken will, viermal soviel Zeit habe, wie man dazu braucht. Und dann wollen Sie noch behaupten, daß mein Zustand Ihnen Kummer macht. Heben Sie ihn für andere auf als für mich, Ihren Kummer!«

Sie fühlte seinen heißen Atem auf ihrer Haut und wendete den Kopf ein wenig ab.

»Sagen Sie mir, daß ich Ihnen zuwider bin«, stieß er plötzlich hervor.

»Nein, nein«, erklärte sie zitternd. »Im Gegenteil, wenn ich von Madame Londe weggegangen bin, so nur Ihretwegen. Ich hatte ja vor, es Ihnen zu erklären.«

»Sagen Sie mir, daß ich Ihnen zuwider bin«, wiederholte er stur. »Ich befehle es Ihnen.«

»Wenn ich Ihnen doch sage, daß es nicht stimmt.«

Er versetzte ihr einen heftigen Stoß, ohne sie loszulassen, so daß sie in die Knie sank.

»Wenn Ihnen Ihr Leben lieb ist, sagen Sie es.«

»Ja, ja«, gab sie angstvoll stöhnend zu.

»Sagen Sie: ›Sie sind mir zuwider‹.«

»Ja«, brachte sie mit versagender Stimme hervor, »also gut, Sie ... sind mir zuwider. Aber lassen Sie mich jetzt los.«

Mit dem freien Arm versuchte sie, einen der kleinen Bäume zu erreichen, die am Ufer der Sommeillante standen und deren Wipfel man von der Landstraße aus über die Böschung hinausragen sah.

»Was hast du vor?« fragte er.

»Mich aufzurichten, das sehen Sie doch.«

Mit flammendem Antlitz stand er vor ihr; seine hohe Gestalt, seine riesigen Schultern verdeckten ihr den Himmel. Einen Augenblick ließ er sie zappeln, ohne ihren Arm loszulassen, der sich in seiner Faust hin- und herwand. Es gelang ihr, ein Knie hochzustemmen und einen Fuß flach auf den Boden zu setzen. Ihre Augen suchten den Blick des Mannes, als wolle sie ihn anflehen, ihr diesen Erfolg zu gönnen; er aber stieß sie plötzlich zurück, so daß sie wieder auf die Böschung fiel; Überraschung und Schrecken entrangen ihr einen Schrei.

»Genug!« befahl er, über sie gebeugt.

Sie aber konnte nicht mehr an sich halten, ihr Herz schlug zu heftig; aus ihrer Kehle brach nochmals ein Ton hervor, furchtbar wie das Heulen eines in eine Falle geratenen Tieres, das keine andere Ausflucht mehr sieht als seine Schmerzens- und Verzweiflungsschreie. Durch das Schauspiel ihres Entsetzens geriet Guéret vollends außer sich. Er ohrfeigte sie zuerst, dann ließ er ihr Handgelenk los, faßte ihren Kopf mit beiden Händen und stieß ihn mehrmals auf den Boden. Sie keuchte, schrie aber immer noch. Er preßte ihr die Hand auf den Mund. Sie biß ihm in die Hand. Eine Art Rausch erfaßte ihn, ein Rausch aus Wut und Leiden. Er blickte augenrollend um sich mit dem Blick eines Menschen, der plötzlich ins Meer versinkt. Er wirbelte seine Arme durch die Luft, sie streiften die Zweige der Bäume ringsum, dann packte er plötzlich einen von ihnen und versuchte, ihn abzubrechen, indem er ihn wütend umkrampfte; der Ast knickte ein- oder zweimal ein und brach endlich mit furchtbarem Krachen ab, wobei er an dem Stamm, da, wo er sich von ihm löste, eine große weiße Wunde zurückließ.

Angèle war aufgestanden und lief an der Sommeillante entlang. Als sie etwa zwanzig Schritte von Guéret entfernt war, wollte sie die Böschung emporsteigen, aber an der Stelle, an der sie sich befand, erhob diese sich zwei Meter hoch über den Fluß und war zu steil. Die Kräfte versagten ihr. Sie kehrte auf den kleinen Pfad zurück und versuchte weiterzulaufen.

In ein paar Sekunden holte er sie ein und faßte sie beim Kopf. Das Haar der Unglücklichen löste sich und fiel schwer und schwarz über den Arm des Mannes. Einen Augenblick stand er unbeweglich da, als er auf dem Handrücken die Kühle und das Gewicht dieser Flechten fühlte; dann schlossen sich seine Finger erneut. Sie schrie und wollte sich zu ihm umwenden, er aber warf den Ast zur Seite, packte mit beiden Armen den sich sträubenden Körper und ließ sich mit ihm zusammen auf den Boden fallen. Das Mädchen atmete schwer, von Erschöpfung und Schrecken übermannt. In seiner Wut, in der er jede Herrschaft über seine Handlungen verlor, überfiel ihn plötzlich ein Gefühl der Zärtlichkeit, als er die Weiße dieses mühsam atmenden Körpers gewahrte. Er murmelte den Namen »Angèle«, sie aber blickte ihn zwischen den langen Locken, die ihr Gesicht halb bedeckten, an und begann wieder zu schreien, außer sich bei dem Gedanken, daß dieser Mann sie vielleicht umbringen würde. Sie sah noch, wie der Zorn wieder in seinen Augen aufstieg gleich einer Flut, durch die die Farbe der Iris sich veränderte, und senkte die Lider. Er hielt ihren Hals umspannt und erstickte die Schreie in ihrer Kehle.

»Schweig«, mahnte er sie in einem aus Beschwörung und Wut gemischten Ton.

Als sie weiter versuchte, sich loszumachen und zu schreien, versetzte er ihr hintereinander mehrere Schläge auf die Brust und ins Gesicht. Es kam ihm auf einmal vor, als ob der Fluß, die Bäume, die Luft, alles um ihn her sich bewegte und ein unaufhörliches Brüllen den Himmel erfüllte. Seine Fäuste hoben sich und fielen nieder, ohne daß er Herr über diesen Vorgang war. Er hatte einzig den Gedanken, die furchtbaren Schreie, die aus ihrem Mund hervordrangen, zum Schweigen zu bringen, diesen schrillen Ton, der ihm das Hirn wie eine Waffe durchbohrte und zerriß. Ein plötzliches Grauen, das Grauen seines Opfers, teilte sich ihm mit. Er wußte nicht mehr, wie er sich selber, seinem Verbrechen entrinnen, wie er seine Hände zurückhalten, die Schreie zum Verstummen bringen sollte. Die Augen des Mädchens sahen ihn nicht mehr an, sie verdrehten sich in dem Bemühen, dem Anblick des Gesichts, das sich über sie beugte, zu entgehen. So wie sie dalag, glich sie einer Blinden, einer Wahnsinnigen, jener Vision einer Ermordeten, die ihm in der letzten Nacht vor Augen gestanden hatte.

Plötzlich packte er den Ast, den er fortgeworfen hatte, der aber noch in Reichweite lag. Im Übermaß seines Zorns erhob er seine Waffe und schlug Angèle damit ins Gesicht, auf die Wangen, die Stirn, bis sie schwieg und das Blut den Augen des Siegers den Anblick jener Züge entzog, die er anbetete.

13

Den ganzen Tag über hatte der Wind geweht, die dürren Blätter von der einen Seite der Chaussee auf die andere getragen oder sie über die reglose Oberfläche der Sommeillante verstreut. Am Ufer des Flusses glänzte das feuchte Gras in der Sonne, flach am Boden hin, als ob erschöpfte Körper sich dort niedergelegt hätten, um die Kühle in sich zu trinken, die aus Erde und Wasser quoll. Der Himmel verbreitete einen gleichmäßigen Schein, und es gab keinen Zweig, der nicht auf den Boden seine klare, wechselnde Linie zeichnete, die der Wind nicht auszulöschen vermochte. Nichts ist köstlicher als diese ersten Herbsttage, an denen die von machtvollen Brandungswellen bewegte Luft einem unsichtbaren Ozean gleicht, dessen Wogen sich in den Baumkronen brechen, während die Sonne über all dem Tosen, all dem Tumult noch der kleinsten Blume ihren eigenen Schatten gewährt, der bis zum Abend hin rund um ihren Stengel kreist. Aus dieser Ruhe, diesem Ungestüm entsteht ein Eindruck, in dem Kraft sich mit einer Süße mischt, die die menschliche Sprache nicht wiedergeben kann. Es ist eine Ruhe ohne Erschlaffung, eine Erregung, der keine Müdigkeit folgt; das Blut pulsiert freudiger und freier, das Herz begeistert sich, pocht im Einklang mit diesem Leben. Denen, die das Glück nicht kennen, führt die Natur in diesen Augenblicken großzügigen Schenkens etwas davon zu mit den Düften der Wälder und den Schreien der Vögel, dem Gesang des Laubes und allen den Dingen, in denen noch die Kindheit webt.

Den ganzen Tag über war er am Fluß entlang und querfeldein gegangen. Leute hatten ihn beobachtet, waren ihm mit dem Blick gefolgt; er hatte Angst bekommen und war schneller gegangen, stieß aber auf immer neue Gesichter, die sich langsam ihm zuwendeten, auf Augen, die gleichermaßen sorgfältig und erstaunt die Unordnung seiner Kleidung zur Kenntnis nahmen. Gegen Abend war er zu der Stelle zurückgekehrt, die er einige Stunden zuvor fluchtartig verlassen hatte. Die Ruhe, die in seinem Herzen jetzt herrschte, schien zu widerlegen, was die Erinnerung ihm zuflüsterte; er spürte keine Unruhe, keine Ermüdung mehr, er genoß die kühle Luft, diese Stunde, in der das Licht langsam schwand. So lange Zeit hatte er in seinem Kopf das Gedächtnis der Schreie und der plötzlichen Reglosigkeit bewahrt, daß er auf einmal nicht mehr daran glauben konnte. Das alles glich zu wenig seinem übrigen Leben, um wahr zu sein, und er erkannte sich selber nicht in den Gebärden, deren Bild er ständig vor Augen hatte. Hätte man ihm den grauenhaften Kampf dicht neben dem Fluß geschildert, so würde er sicher in Gelächter ausgebrochen sein; er folgte dem Lauf der Sommeillante, um festzustellen, daß nichts zu sehen war; er suchte die Stelle auf, um sich selbst zu beweisen, daß sie nicht existierte.

Aber dann fand er sie doch: Diese zerbrochenen Zweige hatte er in seinem Alptraum erblickt. War es überhaupt möglich, daß er in seiner Raserei so viele kleine Dinge, Blumen, Bäume, Reflexe wahrgenommen hatte? Etwas in ihm war wach geblieben, während sein übriges Wesen in einen entsetzlichen Traum verfallen war, in dem Handlungen begangen wurden, die er nicht für möglich gehalten hätte, Akte des Mordes und der Lust. Er konnte sich nichts mehr vormachen. Die ganze Wirklichkeit trat ihm wieder vor Augen; er hatte diese Frau umgebracht, Leute waren gekommen und hatten sie fortgeholt, Leute hatten um die Tote herumgestanden, sie und ihr grauenvoll verstümmeltes Antlitz angeschaut, dann irgendein Kleidungsstück, einen Sack, irgend etwas über den Kopf der Unglücklichen geworfen, weil der Anblick so entsetzlich war. Und wenn sie gar nicht tot wäre? Er konnte sich nicht mehr erinnern, ob sie noch geatmet hatte oder nicht, er wußte nur, daß er plötzlich, nach einigen Minuten, die Wunde sah, die er ihrem Gesicht beigebracht hatte, und von Grauen erfaßt geflohen war.

Er war am Fluß entlanggelaufen, dann die Rasenböschung hinaufgeklettert; unwillkürlich hatte er sich oben umgeschaut, um sie noch einmal zu sehen; sie lag unbeweglich quer über dem Uferweg mit wirr um sie her gebreitetem Haar. Dann war er weitergerannt, um sich an einer etwas entfernteren Stelle noch einmal umzublicken, aber von da aus hatte er sie nicht mehr sehen können. In diesem Augenblick hatte er die größte Erleichterung seines Lebens verspürt: nichts war geschehen, da er ja auf der Böschung nichts sah; er fing wieder zu laufen an und verschwand, so schnell seine Füße ihn trugen, im Wald, aus Furcht, er könne sich versucht fühlen, wieder auf den kleinen Pfad zurückzueilen und noch einmal nachzusehen.

Jetzt aber, da er wieder am Fluß stand, an der Stelle, an der diese Dinge sich abgespielt hatten, jetzt, wo der Pfad leer war, kam ihm alles so wirklich vor, als sehe er erneut den Körper der jungen Frau vor seinen Füßen liegen. Er machte ein paar Schritte nach rechts und nach links, denn er wußte selbst nicht recht, weshalb er, anstatt zu fliehen, hierblieb. Sich an der Uferböschung aufzuhalten, verschaffte ihm eine Art von Lust, und er hatte nicht die Kraft, sofort wieder darauf zu verzichten. Wenn er sich entfernte, würde er wiederkommen. Sein Gewaltakt hatte in ihm kein Reuegefühl hinterlassen. Eben noch hatte ihn Furcht vor dem Geschehenen bedrängt, und dennoch glaubte er nicht daran; jetzt, da sein Bewußtsein ihm den Beweis seines Verbrechens lieferte, war er vollkommen ruhig. Er betrachtete das Gras, er beugte sich darüber, als wolle er darin die Spur des Körpers wiederfinden, der es zerdrückt haben mußte. Sein Herz pochte, nicht aus Angst, sondern unter der Wirkung einer neuen Erregung, der er sich überließ, einer eigenartigen Neugier auf alles, was dieser Stätte hier ihren besonderen Charakter gab: den Geruch des Flusses, die Kühle, die aus dem Boden quoll, und die unaufhörliche Bewegung, in der sich die Zweige über seinem Haupt befanden. »Dort war es«, sprach er halblaut vor sich hin. Er schloß ein- oder zweimal die Augen und atmete tief; dann riß er ein Grasbüschel aus, das er in seine Tasche steckte, und plötzlich, in einer jähen Wallung, warf er sich auf den Boden und streckte sich wieder dort aus, wo er Stunden zuvor schon gelegen hatte. Und wie in der Frühe vernahm er das klatschende Geräusch des Wassers am Uferrand und das Säuseln der Blätter. Wenn er die Augen aufschlug, war die Sommeillante fast über ihm, aber das andere Ufer sah er nicht, denn er hatte nur Grashalme vor sich, in denen Licht und Schatten spielten wie in einem Wald, dann den Fluß, so hoch und gerade wie eine Mauer.

Mit auf den Boden gepreßtem Gesicht verharrte er in einer Unbeweglichkeit, in der sich nach und nach alle seine Kräfte verloren; es war, als schwände ihm jedes Bewußtsein seiner selbst, als ergriffe ein unsichtbares Element Besitz von ihm, eine geheimnisvolle Ausstrahlung, die von allen Seiten her aus dieser Pflanzenwelt aufstieg, deren Duft ihn durchdrang. In seinem leichtgewordenen Kopf verwirrten sich seine Gedanken wie unter einer Art von Betäubung. Seine Arme, seine Beine, sein ganzer Körper vernichtigten sich, vermischten sich mit allem, was um ihn lebte und webte. Ohne schlafen zu können, verfiel er in einen Zustand der Stumpfheit, in dem seine Seele für einige Zeit vergaß, daß sie existierte.

Geräusche einer Unterhaltung brachten ihn wieder zu sich; Leute gingen oben auf der Straße laut redend vorbei. Ein- oder zweimal blieben sie stehen und schienen darüber uneins zu sein, ob sie haltmachen oder weitergehen sollten. Obwohl sie die Stimmen erhoben, konnte er doch nicht verstehen, was sie sagten. Das einzige Wort, das er zu erhaschen vermochte, war »weiter«, das aber erfüllte ihn mit Schrecken. Diese Leute suchten nach ihm; um ihn zu entdecken, brauchten sie sich nur ein wenig über die Böschung zu beugen, die ihn ihren Blicken entzog. Der Gedanke, zu fliehen, fuhr ihm kurz durch den Sinn, doch verwarf er ihn gleich wieder. Das geringste

Geräusch schon würde ihn verraten. Es war besser, abzuwarten und des Schreckens Herr zu werden, der ihm das Blut zum Herzen trieb. Wenn sie weitergingen, um so besser. Kamen sie aber die Böschung herunter, würde er sich auf der Stelle ins Wasser stürzen.

Sie entfernten sich. Der Wind trug ihm den Ton ihrer Stimmen zu, die sich im Gespräch immer mehr belebten. Nach ein paar Sekunden kroch er ein Stück in der entgegengesetzten Richtung vorwärts, bis er die Entfernung, die zwischen ihm und ihnen lag, um zwanzig bis dreißig Meter vergrößert hatte. Dort ruhte er einen Augenblick aus. Dann erhob er sich und stieg die Böschung hinauf, um sich in dem kleinen Graben niederzulegen, der sich an der Straße entlangzog. Wenn er sich auf dem Ellbogen aufrichtete, konnte er sie sehen. Es waren drei Männer, die langsam weitergingen, aber nun waren sie schon ziemlich weit entfernt. Einer von ihnen, klein und mager, sah Monsieur Pinsot ähnlich, und gerade der nahm seine Gefährten beim Arm, zwang sie stehenzubleiben und gestikulierte lebhaft mit seinem Stock.

Er wartete ab, bis sie noch ein paar Schritte weitergegangen waren, dann aber stand er aus Angst, sie könnten zurückkommen, auf und überquerte in großer Eile die Straße. Die Stelle, die er gewählt hatte, war besonders günstig. Auf der anderen Seite tat sich unmittelbar eine kleine Gasse auf. Er verschwand rasch darin, zwang sich jedoch, nicht zu rennen, und kehrte auf dem Bürgersteig in die Stadt zurück.

Der Tag ging rasch zur Neige; in einer Viertelstunde würde man nichts mehr erkennen, denn dieser Teil von Lorges wurde nachts nicht beleuchtet; sein Sinn für Vorsicht riet ihm, hierzubleiben und abzuwarten; wie jedoch sollte er warten, wenn seine Glieder sich nun einmal nicht zur Ruhe bereitfinden wollten? Unwillkürlich ging er von einer Seite der Gasse zur anderen, als verlangte die Sicherheit, daß er in Bewegung bliebe, als bestünde Gefahr, sobald er sich reglos verhielt.

Da es ihm ganz unmöglich war, über irgend etwas nachzudenken oder mit sich selbst zu Rate zu gehen, setzte er seinen

Weg fort, der ihn, wäre die Gasse nicht menschenleer gewesen, dem Argwohn der Passanten preisgegeben hätte, denn seine Bewegungen verrieten ein nur mit großer Mühe unterdrücktes Grauen; es war offenkundig, daß er kaum mehr Herr über sich selber war. Indem er dauernd um sich blickte, plötzlich stehenblieb, kurz alles tat, was ihn verdächtig machen mußte, erreichte er eine breitere, aber ebensowenig begangene Straße wie die, die er jetzt hinter sich ließ. Hier stand kein Baum, und zwischen den Pflastersteinen wuchs kein Gras. Er erinnerte sich, daß er diese Straße in der Morgenfrühe desselben Tages gesehen und daß ihr trostloser Anblick ihn daran gehindert hatte, sich in sie hineinzubegeben. Jetzt forderte sie ihn förmlich dazu auf. Er lief zwischen diesen armseligen Häusern mit den geschlossenen Läden daher, er rannte an ihnen vorbei, von einer Panik erfaßt, die ihm keine Wahl für seine Handlungsweise ließ, sondern ihn völlig beherrschte. Das Geräusch seiner Schritte begleitete ihn – vervielfältigt durch die ihn umgebende Stille, so kam es ihm vor, wie der dröhnende Schritt einer ständig wachsenden Truppe. Würde er am Ende dieser Straße nach rechts oder links umbiegen? Er wußte es noch nicht. Seine Beine würden ihn tragen, wohin sie wollten oder wohin sie konnten. Er rechnete nur noch auf die letzte Ausflucht des Verzweifelten, die plötzliche, zufällige Eingebung des Augenblicks. Wichtig war einzig, trotz der furchtbaren Schläge, mit denen sein Herz ihm die Brust erschütterte, zu laufen, trotz des Schwindelgefühls, das drükkend auf seinem Kopfe lastete und alles vor seinen Augen im Ungewissen verschwimmen ließ. Seine zusammengepreßte Kehle gab einen heiseren Laut von sich. Sehr weit hinter sich hörte er ein Fenster aufgehen und lief um so schneller voran; als er am Ende der Straße ankam und sich nach rechts wendete, zweifellos weil er linker Hand aufwärts zu steigen hatte und nicht mehr die Kraft dazu in sich fand, sah er in geringer Entfernung jemanden vor sich stehen, der ihn zu erwarten schien.

Es war ein Mann, der einen schwarzen Überzieher trug und

sich auf einen Stock stützte; eine breite Schirmmütze fiel ihm über die Augen und trug dazu bei, ihm das Aussehen eines alten Kriegsinvaliden zu geben, der von seinem Hospiz Erlaubnis zu einem Gang in die Stadt erhalten hat, denn er war vom Alter gebeugt, und der Schnitt seiner Kleidung hatte etwas Militärisches.

Einen Augenblick lang sahen sie einander an; in seiner ganzen Breite lag der Fahrdamm zwischen ihnen. Unvermittelt war der Flüchtende stehengeblieben. Er hatte sich vorgestellt, daß jemand ihm nachlaufen würde, aber nicht damit gerechnet, daß jemand ihm entgegenkäme oder sich auf der Landstraße aufhalten könnte. Sein Erstaunen machte ihm alles Handeln unmöglich. Was würde dieser Mann tun, wofern er selber einfach weiterliefe? Er war wohl zu schwach, um ihm auf den Fersen zu bleiben, aber er konnte rufen, die Stadt auf die Beine bringen. Wer war dieser andere? Wußte er irgend etwas? Weshalb rührte er sich nicht?

Er war jetzt gebrochen vor Müdigkeit; er preßte die Hände an die Rippen und atmete mühsam. Jede seiner Bewegungen wurde von dem Greis registriert, der regungslos dastand, kein Wort von sich gab und in keiner Weise erraten ließ, was er beabsichtigte. Ein paar Sekunden verstrichen in tiefer Stille. Die Straße war schmal und lang; zur Linken stieg sie in Windungen durch die Stadt hinan, zur Rechten fiel sie steil zum Fluß hinunter ab. Der Wind hatte sich gelegt, ganz als habe er nur vom Morgen an geweht, um das Tageslicht aus diesem Teil der Erde fortzublasen. Von Minute zu Minute fiel die Dunkelheit stärker ein. Kein Geräusch durchbrach die Stille, das Leben schien gleichsam auszusetzen, so unbeweglich lag alles da. Guéret hatte ein Gefühl, als ob ihn allmählich eine Art von Zauberbann befiele, der ihm jede Freiheit nahm. Wahrscheinlich waren nicht mehr als zwei oder drei Sekunden vergangen, aber diese kurze Zeit schon lastete auf ihm und zermalmte ihn. Die wenigen Stunden, die er seit dem frühen Morgen durchlebt hatte, erzeugten in ihm den seltsamen Eindruck eines Lebens mitten in seinem Leben, eines grauenhaften, von Blut und Schmerz erfüllten, weder kurzen noch langen Lebens, das unmöglich nach menschlicher Übereinkunft gemessen werden konnte, sondern, in sich selbst geschlossen, wie ein Traum in die vierundzwanzig Stunden des Tages, in sein wahres Leben eingeschoben und diesem Leben nicht ähnlicher war als die Visionen der Nacht den Handlungen, die wir bei Tageslicht begehen. Bald würde dieses Leben zu Ende gehen, er würde erwachen, zurückfinden in die ihm vertrauten Sorgen, den Überdruß am Morgen, den Überdruß am Abend. Aber wenn er nun mit blutigen Händen erwachte, wenn all dieses Grauen dennoch wirklich war? War es möglich, daß der Alptraum seinerseits zur Wahrheit werden und sich unter die Dinge des Alltags mischen konnte?

Mit einem Male rief er:

»Warum sehen Sie mich an?«

»Ich will nichts von Ihnen.«

Es war eine schwache, verbrauchte Stimme, die ihm antwortete, eine langsame Stimme, die die Worte mühsam formte.

»Wenn Sie etwa denken, Sie können mich erschrekken...«, stieß Guéret von Grauen geschüttelt hervor.

Er wartete ab und setzte dann hinzu:

»... mit Ihrem Stock, Sie alter Spitzel Sie!«

Der Alte schüttelte, rot vor Zorn, den Kopf.

»Ich? Ein Spitzel?« stotterte er. »Ich kenne Sie überhaupt nicht, ich gehe hier in meiner Straße spazieren. Sie haben wohl etwas angestellt, daß Sie sich vor allen Leuten fürchten?«

»Fürchten!« äffte Guéret ihn nach.

Er zitterte jetzt vor Wut. Nach einer heftigen Gebärde, als wolle er sich die Kleider vom Leibe reißen, trat er vom Gehsteig herunter dem Mann einen Schritt entgegen.

»Sie meinen, ich hätte vor Ihnen Angst?« sagte er.

Er sah, wie der Greis von neuem mit offenem Munde den Kopf schüttelte, sprang plötzlich auf ihn zu und entriß ihm den Stock. Alle beide kamen auf der Fahrbahn zu Fall. Die

Mütze des Alten fiel herunter; man sah den Schädel mit bürstenförmig geschnittenem weißen Haar. Der Angreifer packte die Mütze und versuchte sie dem alten Mann, der schwache Schreie ausstieß, in den Mund zu stopfen. Eine ungewöhnliche Kraft stand ihm dabei zu Gebote, er fühlte, wie sie ungeduldig und lustvoll in seine Glieder einströmte gleich einem elektrischen Strom. Nach mehreren Bemühungen, sich loszumachen, lag der Mann steifbeinig da; mit den Armen, die Guéret festhielt, versuchte er keine Gegenwehr mehr. Entsetzen lähmte diesen Körper, der sich hatte fällen lassen wie ein dürrer Stamm; nur das Gesicht wies noch Zeichen von Leben auf, einem Leben, das durch schreckliche Todesangst schon aufs äußerste vermindert war und sich nicht in die leeren und bereits starren Augen flüchtete, sondern in die verzweifelten Bewegungen der Kinnbacken, mit denen diese sich über der Hand des Verbrechers öffneten und schlossen. Der erhobene Stock fiel zuerst auf die Brust des Opfers, dann mit frenetischer Heftigkeit auf dessen Stirn und Schläfen, bis sie bluteten.

Guéret richtete sich plötzlich auf, als er die schwarzen Fäden bemerkte, die auf der vergilbten Haut des Alten entlangliefen und sich vereinigten. Kein Schrei hatte ihm kundgetan, daß das Leben entwich, der Tod war unter dem genau bemessenen Sausen der Stockschläge eingetreten. Keuchend stand er da und blickte auf diesen kleinen Alten herab, den er mit einem Stock erschlagen hatte. Eine Sekunde später trat er etwas beiseite und sah sich nach allen Seiten um. Es war ein Wunder, daß niemand ihn gesehen oder gehört hatte. In der Hand hielt er noch den Stock, den er geschwungen hatte; er ließ ihn fallen, hob ihn wieder auf und ließ ihn in einem Wasserabfluß verschwinden, der sich da gerade befand; er hörte ihn ein paarmal an die Steinwände prallen; nun schwemmten ihn Fluten schmutzigen Wassers zur Sommeillante hin, die ihn verschlingen und so weit forttragen würde, daß man ihn nicht mehr fand.

Ohne sich umzublicken, ging er die Straße hinunter. Man

sah jetzt fast gar nichts mehr. Ein Fenster wurde hell, dann ein anderes, und zwar gerade in dem Augenblick, als er darunter vorbeiging. Da begann er zu laufen; es ging so steil hinunter, daß er stolperte und um ein Haar hingefallen wäre. Unwillkürlich beschleunigte er seinen Schritt mehr und mehr; er wußte, daß er zu schnell lief und zuviel Lärm machte. Was sollte er tun, wenn er die Allee erreichte, die am Fluß entlangführte? Schon sah er die Linden, die sich schwarz vor dem farblosen Himmel abzeichneten. Jetzt lief er an einer hellen Mauer entlang, deren Weiße die Straße an dieser Stelle heller erscheinen ließ. Er erkannte sie, obwohl er so rasch lief, und beeilte sich, sie hinter sich zu lassen, um diesem diffusen Licht zu entgehen, das ihn verraten konnte. Im nächsten Augenblick würde er das Tor des Kohlenlagers erreicht haben. Dort konnte er dann stehenbleiben, um Atem zu schöpfen und sich darüber klarzuwerden, in welche Straße er einbiegen wollte, denn der Fluß war nur noch ein paar Meter entfernt, und Guéret traute sich nicht, von neuem die Böschung entlangzulaufen, an die er nur mit Grauen denken konnte. In der Verwirrung, in der sein Geist sich befand, blieb ein Gedanke dennoch klar bestehen: die Ufer der Sommeillante, die Landstraße, der Wald, die gesamte Region, in der er heute morgen so große Leiden ausgestanden hatte, war ihm nunmehr verschlossen, genau wie die Straße, die er soeben hinuntergegangen war. Umkehren war unmöglich, welche Anziehung dieser Gedanke auch für ihn haben mochte. Er mußte immer weiter, den Pesthauch seines Verbrechens anderswohin tragen, in die Straßen, in denen er seit Beginn seines Alptraums nicht gesehen worden war.

Seine Beine zitterten so stark, daß er zweifelte, ob sie ihn noch bis zu dem großen dunklen Loch tragen würden, das der Eingang des Lagerplatzes mitten in der Helle der Mauer bildete. Er versuchte, sein Tempo zu vermindern, einfach zu gehen, aber ein solcher Wechsel im Schritt erforderte eine Anstrengung, der er nicht mehr gewachsen war. Ein völlig erschöpfter Mensch hört nicht mit Rennen auf, um im Schritt zu gehen, sondern er rennt weiter, bis er zusammenbricht. Er hatte das Gefühl, seine Brust drohe zu zerspringen, weil sie das Herz, das wie rasend gegen ihre Wände pochte, und den Atem, der sie wie eine Flamme erfüllte und verzehrte, nicht in sich zu bergen vermochte.

Jäh fragte er sich: ›Habe ich Angst?‹ Die Straße war freilich leer, und die Stille wurde einzig durch den Lärm seiner Schritte auf dem Steinpflaster unterbrochen; eine Sekunde lang blieb das Entsetzen in ihm gleichsam in der Schwebe. In diesem Augenblick tauchte die Silhouette eines Mannes am Ende des Gehwegs auf, dort, wo die Mauer eine Ecke zur Allee hin bildete; auch dieser Mann hatte einen Stock in der Hand; als er hörte, daß jemand im Laufschritt auf ihn zukam, rief er: »Hallo!« Er bekam jedoch keine Antwort auf diesen Ruf, und zudem hatte das Geräusch der Schritte aufgehört. Der Mann wartete noch einen Augenblick, dann ging er die Straße weiter hinauf, hielt sich aber vorsichtshalber mitten auf dem Fahrweg. Als er am Gittertor des Kohlenlagers vorbeigegangen war, wagte er sich nicht weiter vor, blieb stehen, stellte fest, wie dunkel es ringsum war, und eilte, erst von Mißtrauen, dann von Furcht erfaßt, so schnell er konnte, dem Boulevard zu. Guéret hatte sich in den umfriedeten Hof der Kohlenhandlung geflüchtet. Hätte das Gittertor nicht offen gestanden, so wäre der Unglückliche verloren gewesen. Er hätte sich dem von Angst erfüllten Spaziergänger gestellt und vielleicht selbst ›Hilfe! Mörder!‹ gerufen, um endlich Schluß zu machen; jetzt aber, da er mit dem Gitter hinter sich am Boden lag, entspannte sich sein Körper, und der Schweiß, der seine Glieder benetzte, trocknete in der kühlen Abendluft. Mit zurückgelehntem Kopf und geschlossenen Augen sah er über sich einen schwarzen Himmel, an dem die Gestirne kreisten.

Als er die Lider wieder öffnete, war eine Viertelstunde vergangen und die Nacht wirklich da. Stimmen entrissen ihn allmählich seinem Dämmerschlaf; nach dem Klang zu urteilen, kamen sie aus einem Gebäude, das in der entferntesten

Ecke des Hofes lag; er verstand soviel, daß davon die Rede war, die Laterne am Eingangstor anzuzünden. Müdigkeit hinderte ihn am Aufstehen, aber er konnte sich an einem großen Holzstoß entlangschleppen, hinter dem er sich niederlegte.

In dem Zustand dumpfer Verstörtheit, in dem er sich befand, wurde er von keinem Gefühl mehr bewegt; er vernahm wie aus tiefem Traum die Schritte, die schräg den Hof überquerten; am Tor angekommen, machten sie halt; er hörte auch noch, wie jemand mit Nagelschuhen einen der Ecksteine erstieg, die den Eingang markierten. Dann ertönte ein Pfiff. Sofort sprang der auf dem Eckstein herunter, und die Schritte überquerten den Hof zum zweitenmal. Eine Tür ging auf und wurde wieder geschlossen.

Er wartete. Das Licht der Laterne wurde durch die Holzstöße abgeschirmt und erreichte ihn nicht, aber er konnte sich vorstellen, daß es alles beschien, was oberhalb seines Kopfes war. Ein kühler, schwerer Duft von Erde und Holz stieg zu ihm auf, den er begierig einatmete, als könne er durch ihn neue Kräfte erlangen. Seine Hände hatten wieder zu bluten angefangen; er bemerkte es jedesmal, wenn er die Finger an die Handflächen brachte, aber er dachte nicht mehr daran, aufzustehen oder gar zu fliehen. Der Eindruck, den er hatte, gewissermaßen an der äußersten Grenze seines Unglücks angekommen zu sein, flößte ihm eine ganz neue Art von Ruhe ein. Selbst wenn man ihn hinter dem Holzstoß entdecken und festnehmen sollte, würde er niemals ärger leiden, als er es heute schon getan hatte. Er war vollkommen am Ende. In der Stille nahm er kaum das regelmäßige Geräusch seines eigenen Atems wahr, der vielleicht die letzten Minuten der Freiheit skandierte, die ihm noch verblieben.

In der Ferne schlug eine Uhr; zuerst kam er nicht auf den Gedanken, zu erforschen, wie spät es sei, dachte vielmehr erst daran, als er nur noch fünf Schläge zählen konnte, aber es mußte wohl sieben Uhr sein, denn es war inzwischen völlig dunkel geworden. In seiner Blickrichtung fingen ein paar

Kohlenbrocken den Widerschein der Laterne auf und glitzerten wie Glas. Mit schweren Lidern starrte er auf sie hin, dann ließ er den für einen Augenblick erhobenen Kopf wieder sinken, preßte die Wange an den Boden und schlief ein.

Sein Schlaf währte bis Mitternacht. Etwas, was hartnäckig immer wieder dicht an seinem Gesicht vorüberstrich, ja es beinahe streifte, hatte ihn geweckt. In den unzusammenhängenden Träumen, die sein Gehirn durchwebten, war es eine große Hand, die seine Haare zu packen versuchte; um dieser Berührung auszuweichen, machte er krampfhafte Schüttelbewegungen mit den Schultern. In Wirklichkeit handelte es sich nur um eine jener großen glänzenden, feisten Ratten, die gleichsam in Spontanzeugung aus der Steinkohle zu entstehen scheinen und tagsüber schlafen, nachts aber über die Halden wandern, als seien diese ein Wundergarten voll kräftiger Gerüche und labyrinthischer Alleen.

Er stand auf und hinkte auf die Mauer zu, an der er bis zum Tor entlangging; es war geschlossen und die Laterne erloschen, aber der Mond verbreitete ein hartes, gleißendes Licht, dessen greller Glanz ihn nötigte, sich die Augen zu reiben. Er war in einem rechteckigen Hof. Etwa fünfzehn Meter trennten die Ecke, in der sich das Tor befand, von jener anderen, in der das Kundenbüro lag, ein kleiner einstöckiger Bau, an dessen rechter Seite eine Tür auf die Straße führte. An einer der Mauern führte oben ein sanft abfallendes Vordach entlang, das genügend vorsprang, um einen Wagen ohne Gespann und einen großen Reisighaufen zu schützen, der an der Hauswand aufgeschichtet war.

Mitten auf dem Hof lagen drei etwa gleich hohe Kohlenhaufen, deutlich voneinander geschieden trotz des langsamen Rieselns von oben her, das ihre Spitzen abplattete und sie mit der sich vergrößernden Basis einander anzunähern suchte. Alle drei reflektierten machtvoll das auf sie fallende Licht; eine frisch mit Gips beworfene Mauer hätte nicht weißer wirken können als die dem Monde zugekehrten Hänge dieser Kohlengebirge, aber während ein Gipsverputz stumpf aussieht, blitzten die diamantenen Flächen dieses Gesteins wie bewegtes, schillerndes Wasser. Durch ihr gleichsam erstarrtes Gleiten hatten die Kohlenmassen etwas Befremdliches; sie schienen zu atmen wie Wesen, denen das magische Nachtgestirn für ein paar Stunden ein geheimnisvolles, bestürzendes Leben verlieh. Der eine der Haufen hatte an der Seite eine lange horizontale Einbruchstelle, in die kein Licht fiel und die einem lautlosen Lachen in einem metallenen Antlitz glich. Hinter den drei Bergen flossen ihre Schatten fast in einen zusammen, dreieckige Abgründe schaffend, aus denen sie wie aus einer Hölle an die Oberfläche des Bodens emporzusteigen schienen. Ihre zufällige Anordnung, wie drei Personen etwa, die zusammengekommen sind, um sich zu beraten, belehnte sie mit düsterer Größe. Für den, der lange den Blick auf ihnen ruhen ließ, wie sie da in mitternächtlichem Schweigen unter dem schwarzen Himmel standen, in dessen Tiefe der Mond für alle Zeiten befestigt schien, wurden sie furchtgebietend wie Götter, die einer Tragödie beiwohnen, bei der das Schicksal der Schöpfung selbst gespielt wird.

Kein Hauch bewegte die Luft. Wie an einem verzauberten Ort hing das Leben zeitlos zwischen diesen Mauern. Die durch ein grelles Licht magisch verwandelten Dinge gehörten dieser Welt nicht mehr an, sondern waren zu Teilen eines dem Menschen unbekannten Universums geworden; man hätte sich in den Ruinen einer Stadt – nicht einer irdischen Stadt jedoch – wähnen können, so sehr fühlte das Herz sich durch alles aufgewühlt, was dieser Ort an Großartigkeit und Öde in sich barg.

Er starrte eine Zeitlang vor sich hin, da er nur ungenau begriff, wo sein Traum zu Ende war und der Wachzustand begann. Als er sich fünf Stunden zuvor hier hineingeflüchtet hatte, um dem auf ihn zukommenden Spaziergänger zu entgehen, hatte die Müdigkeit ihn gehindert, sich den Charakter des Ortes, an dem er Zuflucht suchte, bewußt zu machen; sein erschöpftes Hirn nahm keinen Eindruck mehr auf. Mit noch traumschwerem Kopf machte er drei oder vier Schritte, bis er vor dem ersten Kohlenhaufen stand. Noch verwirrte keine Erinnerung sein Gemüt; er stand staunend wie ein Kind beim Anblick dieser glitzernden Pyramide, an deren Fuß er sich befand, er bückte sich und versenkte die Hand in sie wie in einen Strom, aus dem er einen schwarzen Stein mit funkelnden Bruchstellen zog.

Ein Stück Steinkohle. Er hielt es einen Augenblick in der Hand und ließ es wieder fallen. Langsam umrundete er die erste Pyramide, ging zur zweiten hinüber und schritt schließlich mit dem Gang eines Nachtwandlers bis zur Mitte des Hofes. Seine Füße stießen gegen das Pflaster; sein Blick haftete nirgendwo, und dennoch erkannte er allmählich dieses Kohlendepot, doch die Wirrnis seines Geistes verminderte sich nicht. Unzusammenhängende Bilder traten ihm vor Augen, ohne daß es ihm möglich war, sie richtig einzuordnen und ihnen einen Anflug von Wirklichkeit zu geben.

Er überquerte jetzt den Hof, nicht mehr im Traum. Der Traum, das war die Hand, die ihn eben noch an den Haaren zu packen versuchte, aber die Schritte, die ihn dem Haus an der Ecke des Hofes entgegentrugen, waren Wirklichkeit. Er nahm ihren hallenden Laut deutlich wahr; er sah seinen Schatten vor sich, erst klein und schwarz, dann von Sekunde zu Sekunde immer länger werdend, als habe er Eile anzukommen und wolle ihn an den Füßen vorwärtsziehen.

Am Haus angelangt, blieb er stehen. Drei Stufen führten zu einer Tür hinauf, deren Klinke abgeschraubt war. Die Läden waren geschlossen. Er stieg die drei Stufen empor und betrachtete, an die Tür gelehnt, den Lagerhof, der in seiner ganzen Ausdehnung vor ihm lag. Die drei in schräger Linie angeordneten Pyramiden, der Holzstoß, in dessen Schatten er geschlafen hatte, das verschlossene Gittertor, die hohen weißen Mauern, das schwarze Vordach, der Wagen mit den wie im Schlaf herunterhängenden Deichseln, diese ganze phantastische Landschaft beunruhigte ihn. Er stieg die drei Stufen wieder hinab und ging auf das Fuhrwerk zu. Wenn er die Dinge aus der Nähe sah, verloren sie den Traumcharakter, den die gespenstische Beleuchtung ihnen im Augenblick gab. Im übrigen erinnerte er sich jetzt an diesen Lagerplatz. Er war an dieser Mauer entlanggegangen und war durch dieses Tor an den Ort gekommen, den er bereits vom Hörensagen kannte. Kam nicht von hier auch die Kohle, die er daheim verbrannte? Es hatte keinen Sinn, sich vor Phantomen zu fürchten, es ging nur darum, wie er aus diesem geschlossenen Areal wieder hinauskommen würde. Vielleicht war das Tor nicht einmal richtig verschlossen? Sonst würde er eben einfach hinübersteigen. Schließlich war er ja auch in den ersten Stock des Restaurants Londe gelangt.

Diese Erinnerung zwang ihn, so plötzlich stehenzubleiben, als habe jemand ihn ins Gesicht geschlagen. Das bewußte Leben fing wieder an, nachdem es eine Zeitlang in einer Art Nebel zum Stillstand gekommen war. Sein Gedächtnis war mit einem Schlag wieder wach. Vergebens versuchte er, mit ihm Verstecken zu spielen, es war stärker als er. Schlaf oder Tod allein würden es zu besiegen vermögen. Davor aber hatte er Angst. Er konnte sich nicht länger täuschen; er mußte sein Leben in der Richtung fortführen, die er ihm seit dem gestrigen Abend nun einmal gegeben hatte.

Vierundzwanzig Stunden zuvor noch hatte ihm freigestanden, zu handeln wie alle anderen Leute, zu Hause zu bleiben oder wegzugehen, sich auf seinem Bett auszustrecken oder sich im Freien zu ergehen, mit Menschen zu sprechen, denen er begegnete, oder aber zu schweigen. Jetzt konnte er keinen Schritt mehr tun, der nicht zum Ziel hatte, ihn den Blicken zu entziehen, noch irgendwo verweilen, ohne sich alsbald zu verstecken. Wenn er auf diesem Lagerplatz blieb, lief er Gefahr, entdeckt zu werden; wenn er daraus entkam, so riskierte er, auf der Gasse, auf der Landstraße, in den Feldern gefaßt zu werden. Er war bereits nicht mehr frei. Es war, als finge sein Leben im Gefängnis schon an. Der erste beste Vorübergehende konnte sein Kerkermeister sein; eine Frau, ein Kind an einer Straßenecke hatten seine Freiheit in der Hand, es sei denn, er tötete sie, wie er den Greis getötet hatte, aber seine

Hand würde nicht mehr dazu imstande sein, das fühlte er. Diese menschenmordende Kraft, diese Art Gabe, die ihm am Tag zuvor zuteil geworden war, wohnte nicht mehr in ihm. Er fühlte sich wieder schüchtern und schwach wie zuvor, doch sein Geist war mit Erinnerungen beladen, die er vergebens fortzuschieben versuchte und deren Grauen ihm ein Stöhnen entlockte. Es war ihm heiß, der Schweiß lief ihm am Rücken herunter und klebte ihm das Hemd fest auf die Haut. In seiner Verzweiflung bewegte er sinnlos die Hände, sie krallten sich in seine Weste und tasteten nach seiner Brust, als wolle er sie zerfleischen. Beschämende Furcht hielt ihn in der Ecke des Lagerhofes gefangen, die Furcht, gesehen zu werden, sobald er aus dem Schatten des Vordachs herausträte. Wenn das Licht ihn traf, hatte er den Eindruck, es schreie laut, um seine Anwesenheit zu verraten, und verlor vollends den Kopf, während er hier im Dunkel nachdenken konnte.

Das erste, was er tun mußte, sobald er aus dem Lagerhof hinaus gelangte – und er würde hinauskommen, das stand bei ihm fest –, war, auf dem schnellsten Wege nach Hause zurückzukehren. Den Schlüssel trug er in der Tasche bei sich. Er würde heimkehren, ohne seine Frau aufzuwecken, alles Geld an sich nehmen, über das er verfügte, dann zu Fuß bis zur Nachbarstadt gehen und auf den ersten Zug springen, der dort gerade den Bahnhof passierte. Vier bis fünf Stunden blieben ihm noch bis zum Morgengrauen; das war genug, wenn er entschlußkräftig blieb.

Er ging ein paar Schritte im Dunkel an dem aufgeschichteten Reisig entlang, als stelle dieses Dunkel eine Zuflucht am Rande jenes Abgrunds dar, den das Licht bildete. Seine Feigheit war sogar stärker als sein Fluchtinstinkt. Jeder Vorwand war ihm recht, um diese gefährlichen Augenblicke des Zögerns in die Länge zu ziehen. Er mußte überlegen und wieder zu Atem kommen.

In der Nähe des Wagens stieß er mit dem Fuß an einen Zuber, der zwischen den beiden Deichseln stand. In dem Wasser, das offenbar zum Wagenwaschen benutzt worden war, lag ein Schwamm. Als er das Wasser sah, kam ihm der Gedanke, sich die Hände zu waschen, die verdächtigen Flekken loszuwerden, die man bemerken könnte, und als er sich über den Zuber beugte, bekam er plötzlich Lust, sich darin zu sehen. Einen Tag und eine Nacht hatte er sich nicht gesehen; zum ersten Male dachte er daran, und sein Verlangen wurde dadurch noch zwingender. Wie mochte er aussehen nach seiner Tat? Er wollte es wissen. Eine undeutliche Gestalt zeigte sich auf der Wasserfläche seinem Blick, eine Art Schatten, an dem er nur die Umrisse des Kopfes und der Schultern unterschied; dieser Schatten erzitterte unter seinen Atemzügen, denn er hatte sich dicht vor den Zuber hingekniet; von seinen Zügen oder seinem Blick konnte er nichts erkennen.

Da aber vergaß er sein Grauen vor dem Licht, das ihn gehindert hatte, aus dem Schatten des Vordachs zu treten; er faßte den Zuber bei den Henkeln und trug ihn ins Mondlicht hinaus. Er stöhnte; es war, als ob die Last dieses Wassers ihm den letzten Rest seiner Kräfte nahm. Von neuem kniete er nieder und beugte sich hinab, nahm jedoch dabei eine für sein Vorhaben ungünstige Stellung ein, denn sein Schatten fiel über das Spiegelbild. Er ging auf die andere Seite des Zubers, warf den Schwamm fort und wartete, bis die Oberfläche sich wieder beruhigt hatte.

Wenn er sich nicht zu sehr vornüber neigte, vielmehr sich fast aufrecht hielt, konnte er sich sehen; das Wasser war nicht klar, aber dank dem Mondlicht spiegelte es doch; allmählich glätteten sich die Wellen auf der Oberfläche, und das Bild gewann immer mehr an Deutlichkeit; jetzt stand es vollkommen still: dieser unbewegliche Mann dort, das war er.

Ein paar Minuten kniete er so, ohne sich zu rühren. Sein wirres Haar, der Bart, der seine Wangen schwärzlich färbte, die Unordnung in seiner Kleidung – das alles hatte er so erwartet, er war darüber nicht erstaunt. Dennoch schien er, wie er da mit hängenden Armen auf dem Boden kniete, einer seltsamen Faszination verfallen zu sein, die ihn zwang, sich derart regungslos zu verhalten. Das leichte Zittern, das seinen

Körper durchlief, nahm er in dem Bilde wahr, das der Wasserspiegel zurückwarf. Niemals würde er von diesem magischen Reflex die Augen lösen können. Selbst von verderbendrohendem Licht überflutet, hatte er nicht mehr Angst vor dem Mond, sondern vor dem Blick, der dem seinen begegnete und ihn wie durch Zauberkraft bannte. Er hatte allzuoft diesen Blick gesehen, um auf ihn achtzugeben; jetzt aber kam er zu ihm und suchte ihn, sprechend und lebendig, ebenso wie dieser Mund, dessen Lippen bebten und sich zum Rufen öffnen zu wollen schienen. Dieses Gesicht auf dem Grunde des Wassers sah aus, als ob es emporsteigen, sich ganz sacht aus dem Zuber herausheben wolle. Einen Augenblick hatte er es erkannt, aber gleich darauf brachte der Schrecken darin eine seltsame Wandlung zuwege, so daß es nicht mehr dasselbe war. Es würde aus dem Wasser steigen, vor ihm in der Luft umherschweben und zu schreien anfangen. Seine Beine strafften sich jäh. Er stand plötzlich auf und warf den Zuber um.

Um ihn her, in seinen Ohren, hallte dröhnend die Stille wider und schreckte ihn auf, als habe der über den Steinboden rollende Zuber das Dunkel aufgestört. Mit an die Schläfen gepreßten Fäusten rannte er hinter seinen Kohlenhaufen und stürzte dann auf das Gittertor zu, das er zu öffnen versuchte, indem er mit aller Heftigkeit den Türknopf nach der einen, dann nach der anderen Richtung drehte, jedesmal von dem kreischenden Geräusch erschreckt, das dabei entstand. Das Tor war fest verschlossen. Er stieg auf den Prellstein, wie es kurz zuvor der Mann getan hatte, der die Laterne anzündete, aber als er dort oben stand, mußte er einsehen, daß er die Mauer unmöglich erreichen konnte. Geduld, Kraft und Zeit fehlten ihm dazu. Der Morgen war nicht mehr fern. Er sprang auf den Boden und lief zum Haus. Was ihm an Energie noch verblieb, erschöpfte sich schnell; wenn er sich nicht schleunigst in Sicherheit brachte, war er verloren. Am Ende hatte man ihn mit Absicht in diesen Lagerhof eingesperrt; vielleicht hatte man erraten, daß er dorthin kommen würde; auf einmal hatte er das Gefühl, jemand belauere ihn hinter dem Kohlenhaufen hervor und amüsiere sich über sein Erschrecken. Er stieg die Stufen zum Haus empor, kam wieder herunter und versuchte die kleine Tür aufzutreten, die aber seinen Bemühungen ebenso widerstand wie das große Tor.

Vor seinen Augen wurde es Nacht, seine Knie zitterten. Seine Angst war so groß, daß Tränen ihm über die Wangen liefen. Er sah den Wagen und stieg darüber hinweg, ohne zu wissen, was er tat; der Wagen geriet ins Schwanken, die Deichselholme hoben sich empor. Er wollte wieder zurück, aber es war zu spät; als er merkte, daß er fallen würde, schwang er sich auf den Reisighaufen. Die Masse trug ihn einen Augenblick, dann spürte er, wie sie unter seinen Füßen nachgab, aber der obere Mauerrand war jetzt erreichbar für ihn. Er brauchte nur die Arme zu heben und, mit den Knien nachhelfend, hinaufzusteigen, wobei sein Körper sich schmerzhaft an den Steinen aufschürfte. Aber es war seine Kerkermauer, die er dadurch überwand.

Unter ihm rollten die Reisigbündel mit einem Prasseln wie Hagelschlag zu Boden. Vor Anstrengung keuchend wartete er einen Augenblick. Dann faßte er den steinernen Rand mit den Händen und schnellte sich auf die andere Seite der Mauer, so daß er mit den Beinen über der Straße hing. Wie viele Meter mochten ihn von dem Steinpflaster trennen? Er wußte es nicht und war auch nicht imstande, darüber nachzudenken. Allmählich ließ der Griff seiner Finger nach. Er mußte an der Mauer entlangzugleiten versuchen. Gleiten? Aber wie? Plötzlich stieß er einen Schrei aus und fiel.

Zweiter Teil

I

»Häßliches Wetter, Madame Londe. Sie werden mir sagen, das ist nun mal die Jahreszeit. Aber wir haben doch Jahre gehabt, in denen der Winter nicht so plötzlich gekommen ist. Oh diese Kälte... Spüren Sie sie denn nicht?«

»Sie haben schon immer sehr leicht gefroren, Madame Couze. Mir genügt es, wenn Hände und Füße warm sind. Mit meinem Holzkohlenöfchen und meinen Halbhandschuhen komme ich gut durch.«

Madame Couze gab ein kurzes, freudloses Lachen von sich. »Halbhandschuhe«, sagte sie. »Können Sie sich vorstellen, daß ich den Haushalt mit Halbhandschuhen besorge? Zum Glück ist es in meiner Küche immerhin wärmer als hier.«

Madame Londe bewahrte würdevolles Schweigen.

»Ich habe das nicht etwa unfreundlich gemeint«, setzte Madame Couze hinzu. »Ich bitte sehr um Entschuldigung, ich habe Sie hoffentlich nicht verstimmt?«

»Keineswegs, Madame Couze. Ich unterhalte hier die Temperatur, die mir richtig erscheint. Wenn ich darunter leiden sollte, so ist es meine eigene Schuld.«

Sie hatte diese Bemerkung mit fester, ruhiger Stimme gemacht und sah nun ihre Besucherin an, als wolle sie sie warnen, die letztgeäußerten Worte zu kritisieren, doch Madame Couze dachte gar nicht daran; es war nicht schwer, dieser kleinen Frau, die fröstelnd und händereibend dastand und nicht wagte, auch nur den Blick zu heben, jede Kühnheit auszutreiben; die grobe Arbeit, die ihr in der Welt zu verrichten oblag, hatte ihren Körper verbraucht und ihre Kraft gebrochen; in ihrem Mieder aus dunklem Wollstoff saß sie krummgebückt auf einer Stuhlecke wie ein Kind, das die ganze Fläche nicht einzunehmen wagt. Ihre glitzernden Augäpfel und die gerötete Stirn- und Wangenpartie schienen immer noch vom Herd angestrahlt zu sein, und man hätte meinen können, das Feuer, dieses wilde Tier, das die

Köchinnen unaufhörlich mit dem Schürhaken in seiner Höhle reizen, sei ihr eines Tages ins Gesicht gesprungen, denn sie hatte weder Wimpern noch Brauen, und ihre harte, glänzende Haut schien noch den Widerschein einer Feuersbrunst mit sich herumzutragen.

»Ich muß jetzt bald gehen«, sagte sie. »Es wird allmählich dunkel.«

Madame Londe mochte die Einsamkeit nicht.

»Sie können gern noch einen Augenblick bleiben«, erklärte sie in dem Ton, in dem man Befehle erteilt.

»Mein Abendessen wartet auf mich, Madame Londe. Und dann gehe ich auch abends nicht mehr gern alleine aus.«

»Ach was! Sie haben eben auch Angst wie alle anderen. Wovor fürchten Sie sich eigentlich?«

»Eine Frau hat auf der Landstraße immer etwas zu fürchten.«

»Eine junge Frau vielleicht. Sie sind doch alt genug, um in Ruhe gelassen zu werden.«

»Mir kann ebensogut einer die Kehle durchschneiden, um mir mein Portemonnaie wegzunehmen, oder mir den Schädel mit einem Prügel einschlagen wie dem armen alten Herrn ...«

»Ach, gehen Sie, Madame Couze, bilden Sie sich doch keine Dummheiten ein. Weil ein alter Mann an einer Straßenecke ermordet worden ist, regt sich die ganze Gegend hier nun schon seit sechs Wochen auf. Als ob nicht überall gemordet würde. Was sollen denn die Leute in Paris erst sagen, wo allnächtlich mindestens zehn Personen umgebracht werden?«

»Seien Sie doch still, Madame Londe. Sie machen mir Angst. Sie sprechen mit einer Ruhe davon ...«

»Ich sehe nicht ein, weshalb ich mich wegen einer solchen Lappalie aufregen sollte.«

»Monsieur Grosgeorge hat neulich zu Madame gesagt, die Lust zum Verbrechen sei ansteckend wie die Grippe, und deswegen kämen Verbrechen immer gleich serienweise vor.«

»Und was hat Madame dazu gesagt?«

»Sie hat nichts gesagt. Sie sagt ja niemals was.«

»Da sehen Sie, sie glaubt nicht daran.«

»Da bin ich nicht so sicher; sie machte ein merkwürdiges Gesicht. Das ist wie mit der Zeitung seit einiger Zeit...«

»Mit der Zeitung?«

»Ja, sie stürzt sich immer gleich darauf.«

»Lieber Gott, ich auch, und Sie auch. Sie will eben wissen, was es Neues gibt.«

»Sie haben sie nicht gesehen wie ich, Madame Londe. Zittern Ihnen etwa die Hände, wenn Sie die Zeitung aufschlagen? Nein, nicht wahr? Na gut, ihre Hände zittern. Aber erst seit dieser Geschichte mit Mademoiselle Angèle.«

»Was beweist denn das?«

»Lieber Gott! Daß sie Angst hat.«

»Wenn Sie Angst hätte, ginge sie nicht spät am Abend noch aus.«

»Ja, das stimmt, vorgestern hat sie nach dem Abendessen noch ein Paket am Bahnhof abgeholt...«

»Ich weiß, ein Paket aus Paris.«

»Woher wissen Sie das?«

»Neugierig sind Sie wohl nicht?«

»Gar nicht, aber das gerade hat sie beim Nachhausekommen zu Monsieur gesagt. Ein Paket aus Paris, in dem Halbstiefel waren...«

»Na, da sehen Sie ja...«

»Es ist kaum zu glauben, wie Sie so etwas erraten! Früher hätte ich mir gedacht, daß Monsieur es zu Mademoiselle Angèle gesagt und Mademoiselle Angèle es Ihnen wiedererzählt hat, aber wo doch Monsieur sie jetzt gar nicht mehr sieht...«

»Ach, lassen Sie doch Angèle aus dem Spiel.«

»Oh, verzeihen Sie, Madame Londe. Ich weiß, ich hätte davon nicht anfangen sollen, ich verstehe ja, daß es Ihnen Kummer macht. So ein hübsches Mädchen... Und eine solche Wunde im Gesicht... Was muß das für ein Mensch sein, Madame Londe, dieser Guéret, was für ein Ungeheuer! Man kann wirklich sagen, daß er den Leuten, die er kennt, Unglück bringt, zuallererst seiner Frau. Wissen Sie eigentlich, was sie macht?«

Madame Londe verzog bei diesen Worten das Gesicht. Sie antwortete nicht gern ›Nein‹ auf eine Frage dieser Art.

»Ich weiß darüber soviel wie Sie«, gab sie endlich zurück. »Eines ist gewiß: Sie ist nicht mehr da.«

»Mir ist erzählt worden, daß sie zu ihren Leuten in die Bretagne zurückgekehrt ist. Neulich hat das Stubenmädchen gehört, wie Monsieur zu Madame gesagt hat, Guéret hätte niemals eine Frau wie Madame Guéret heiraten sollen, nur daraus sei alles entstanden.«

»So? Und was hat Madame dazu gesagt?«

»Nichts. Wo ich Ihnen doch sage, daß sie niemals etwas sagt. Wenn sie nicht spräche, um Befehle zu geben, würde man meinen, sie sei stumm. Mein Gott, da sitze ich und schwatze, und draußen wird es finster. Diesmal breche ich aber wirklich auf, wissen Sie!«

»Ganz wie Sie wollen.«

»Auf Wiedersehen, Madame Londe. Ich werde ganz rasch gehen und mich in der Mitte des Fahrdamms halten. Wenn Sie Schreie hören, dann wissen Sie, daß jemand mich umbringt.«

»Nur keine Angst, Madame Couze.«

»Das sagen Sie immer. Sie haben Glück. Sie können zu Hause bleiben. Aber gut, ich gehe jetzt. Auf Wiedersehen, Madame Londe, stehen Sie bitte nicht auf.«

»Auf Wiedersehen.«

»Ich und aufstehen«, sagte Madame Londe halblaut vor sich hin, sobald sie wieder allein war. »Die bildet sich ein, ich werde ihr auch noch besondere Ehre erweisen. Lauf doch nur zu, du Angsthase«, setzte sie hinzu, während sie einen Blick durch das Fenster warf.

Die letzten Worte äußerte sie in einem aus Feindseligkeit und Verachtung gemischten Ton und so laut, daß sie selber betroffen war. Verlegen sah sie sich nach allen Seiten um und hüstelte, wie es Leute, die laut vor sich hinreden, oft tun, zweifellos damit diejenigen, die es möglicherweise gehört haben, glauben, sie hätten sich nur geräuspert und das Geräusch von Worten sei in Wirklichkeit ein Hustenanfall gewesen.

Wenn auch die Tatsache, daß man mutterseelenallein vor sich hinmurmelt oder Ausrufe tut, eine der kleinen Schwächen des Greisenalters ist, so war Madame Londe entschuldbar, denn seit ein paar Monaten setzten die Jahre ihr beträchtlich zu. Ihr Augenlicht hatte nachgelassen; ohne die Hilfe eines neu erworbenen Kneifers sah sie nur mangelhaft, aber sie wagte nicht, sich in der Öffentlichkeit der Gläser zu bedienen. Wozu hätte sie denn noch ihr schönes schwarzes Haar, wenn sie sich dann doch durch dieses lächerliche Instrument zu entstellen bereit war? Schließlich war sie nicht mehr als fünfundfünfzig Jahre alt. Sie würde schon immer noch genug sehen, um ihre Stammgäste zu erkennen, und wenn sie lesen oder nähen wollte, konnte sie sich ja in ihr Zimmer einschließen. Was sie sehr viel mehr verdroß, war eine gewisse Harthörigkeit, die seit kurzem zunahm; anfangs hatte sie gemeint, die anderen sprächen einfach zu leise, dann aber hatte sie vor den Tatsachen die Waffen strecken müssen. Einer nach dem anderen ließen die Sinne sie im Stich. Nur Angèle war immer noch gut zu verstehen. Das junge Mädchen wußte genau, auf welche Tonstärke man sich einstellen mußte, um die Schwaden ihrer beginnenden Taubheit zu durchdringen.

Madame Londe schüttelte den Kopf, wenn sie an diese Dinge dachte. Nach einem Blick durchs Fenster stand sie auf. Eine kurze Pelerine aus schwarzer Wolle schützte ihre Schultern vor der Kälte und gab ihr trügerischerweise das Aussehen eines Geistlichen im Chorrock. Mit schleppendem Schritt ging sie im Zimmer herum und rieb sich dabei die Hände. Als sie sich wieder zu ihrem Lehnstuhl begab, mußte sie an Madame Couze denken: »Alle haben Angst«, murmelte sie gereizt vor sich hin.

Diese gewisse Panik, die die ganze Stadt nach Sonnenuntergang beherrschte, beunruhigte sie. Wenn auch die Männer sich von dem Kleinmut der Frauen anstecken ließen, war es aus mit ihrem Restaurant, denn man mußte lange, schlecht beleuchtete Straßen durchmessen, um es zu erreichen, und im Winter war das kein Spaß.

Jetzt stand sie vor dem Kamin und zündete die Petroleumlampe an: ›Ich halte sie durch Gewohnheit fest‹, sagte sie sich und rückte den Lampenschirm um den Zylinder herum zurecht. ›Sie mögen keine Veränderung. Außerdem sind nirgends hier in der Gegend die Preise so niedrig wie bei mir. Man muß auch zugeben, daß ich ihnen Eindruck mache. Vielleicht nicht mehr ganz so wie früher, als Angèle noch mit ihnen ausging ...‹

Dann flüchteten ihre Gedanken ins allgemeine, als wollten sie ihr helfen, dem Kummer über eine allzu deutliche Erinnerung zu entrinnen:

»Weshalb trifft mich nur soviel Ungemach?« fragte sie ganz laut. »Was hat das Schicksal gegen mich, daß es mich mit einem Male derart verfolgt? Vor drei Monaten hielt ich mich für unglücklich, doch damals war ich glücklich, jawohl, glücklich! Ich aß, schlief und dachte nicht weiter darüber nach. Mein Leben schien mir für immer eingerichtet zu sein ...«

Sie nahm die Lampe und ging quer durch das Zimmer, um den Schrank aufzusperren.

»Jetzt ist es so weit gekommen, daß ich Angst habe vor dem nächsten Tag«, fuhr sie fort, während sie den Arm in Kleider und Schals versenkte. »Jedesmal, wenn jemand an die Tür klopft, fürchte ich Gott weiß was. Niemand. Natürlich ist niemand hier in diesem Schrank. Wie ginge da überhaupt einer hinein! Er dürfte nicht über ein Meter zwanzig groß sein. Diese alten Weiber mit ihren Ammenmärchen ... Immerhin habe ich vor drei Monaten noch nicht daran gedacht, mein Zimmer zu durchsuchen.«

Nachdem sie den Schrank geschlossen hatte, ging sie zu ihrem Bett und stellte die Lampe auf den Fliesenboden.

»Das will ich glauben, daß die Hand ihr zittert, dieser

Madame Grosgeorge, wenn sie die Zeitung aufblättert. Und ich erst! Es graust mir vor Blut. Schon die Idee, daß einer mich nur mit einer Messerspitze berühren könnte...«

Sie kniete nieder, als wolle sie vor dem Christus, der seine Arme über sie und ihre Ängste ausbreitete, ihr Gebet verrichten, aber sie sah ihn nicht einmal.

»In meinem Alter«, jammerte sie, »knie ich mich hin, um unters Bett zu schauen! Es geschähe mir ganz recht, wenn ich jemanden fände. Im Grunde beweist es, daß ich nicht daran glaube, und doch würde ich dieses Zimmer nicht verlassen, bevor ich nicht sicher wäre, daß sich keiner darin versteckt.«

Sie stützte die Handflächen auf den Boden und beugte sich so weit vor, daß sie die Fliesen mit dem Haar berührte; das Blut stieg ihr brausend zu Kopfe.

»Ich kann nichts sehen«, seufzte sie, »ich hätte den Kneifer aufsetzen sollen. Die Lampe leuchtet nicht bis hinten hin. Na, schließlich glaube ich doch, daß man sich nicht darunter schieben könnte, selbst wenn man noch so dünn ist. Aber man kann nie wissen; die Menschen sind schlau, sobald es darum geht, ehrlichen Leuten zu schaden.«

Ihre Stimme verlor sich unter dem Bett. Wie sie da stöhnend hockte, erinnerte sie an ein dickes Tier, das traurig schnaubend an der Tür seines Käfigs sitzt. Hinter ihr wurde das Fenster von der Winterdämmerung schwach erhellt. Jetzt rührte sie sich nicht mehr und redete auch nicht; ihr verdüsterter Blick ging von rechts nach links; enorm und schimmernd in der blanken Serge, die ihn straff umspannte, war ihr klotziger Hintern ein beleidigender Anblick für das scheidende Tageslicht.

An diesem Abend stieg sie, nachdem sie die Tür des Restaurants zugeschlossen und die Klinke in ihre Tasche versenkt hatte, in Angèles Zimmer hinauf. Das junge Mädchen hatte sich schon hingelegt und die Lampe ausgelöscht; Madame Londes Besuch setzte sie in Erstaunen und ließ sie befürchten, daß es irgend etwas Außergewöhnliches gäbe.

»Was ist los?« fragte sie aus ihren Kissen hervor.

Madame Londe atmete hörbar und setzte ihre Lampe auf dem Kaminsims ab.

»Was soll schon los sein?« sagte sie im Ton künstlicher Munterkeit. »Ich will dir gute Nacht sagen. Hoffentlich hast du noch nicht geschlafen.«

Sie rückte den Stuhl an das Fußende des Bettes und setzte sich.

»Heute abend«, fuhr sie fort, »als ich unten war, sind mir trübe Gedanken gekommen. Weshalb versteckst du dich denn so?« unterbrach sie sich plötzlich, als sie sah, daß das junge Mädchen sich das Bettuch vors Gesicht hielt.

»Das Licht blendet mich.«

»Gut. Du mußt mich aber auch immer unterbrechen, wenn ich eben etwas sagen will.«

Brummend stand sie auf und stellte die Lampe auf einen Tisch am andern Ende des Zimmers, so daß Angèles Bett wieder im Dunkel lag.

»Ich sagte, es sind mir trübe Gedanken gekommen. Ja. Die gedrückte Stimmung meiner Herren steckt mich eben an. Sie unterhalten sich nicht mehr wie sonst. Das jedenfalls steht fest.«

»Sie sind nie sehr gesprächig gewesen, außer wenn sie sich stritten.«

»Ich würde sie jetzt lieber streiten sehen. Du kannst sagen, was du willst, dieses Schweigen verheißt nichts Gutes. Noch nie, seit ich sie kenne, haben sie solche Gesichter gemacht.«

»Was tut das schon? Laß sie doch einfach in Ruhe.«

»Du bist gut! Und wenn sie etwa gehen?«

»Wer hat dir denn gesagt, daß sie gehen wollen?«

»Niemand. Aber wenn sie schweigen, ist das ein Zeichen, daß sie unzufrieden sind, und wenn sie unzufrieden sind, gehen sie möglicherweise. Ich habe so ein Vorgefühl.«

»Ich aber habe das Vorgefühl, daß sie bleiben, weil es bei dir billiger ist als anderswo.«

»Und die sonstigen Annehmlichkeiten, mein armes Kind«,

wendete Madame Londe mit plötzlich erwachendem Eifer ein. »Findest du denn, daß es noch angenehm ist, zum Abendessen nach Lorges zu gehen, besonders für die, die in Chanteilles wohnen, wo alles hell und belebt ist? Lorges hingegen ist jetzt in Verruf, und die Straßen sind nur mangelhaft beleuchtet. Der ärmste noch von diesen Herren würde sicher gern fünfundzwanzig Centimes mehr ausgeben, um an einem Ort zu Abend zu essen, von dem er heimkehren kann, ohne einem Straßenmörder in die Hände zu fallen.«

»Warum erzählst du mir das alles, Tante? Du hattest doch versprochen ...«

»Laß mich doch«, fiel Madame Londe ihr mit einer Gereiztheit, die sie unmöglich weiter beherrschen konnte, ins Wort. »Ich muß jetzt reden, und du hörst zu. Mir drückt das alles das Herz ab, verstehst du mich? Eben hat Madame Couze mich besucht. Das ist auch so eine, die vor Angst stirbt, wenn sie nur einen Fuß auf die Straße setzt. Mir geht das auf die Nerven. Wenn die Leute in einer kleinen Stadt wie Lorges Angst bekommen, so ist das für alle schlecht. Ich will nicht, daß man den Eindruck hat, man setze sein Leben aufs Spiel, wenn man bei mir sein Abendessen einnimmt, zumal jetzt, wo wir Winter haben und es um fünf Uhr schon stockfinster ist. Hör mal, du weinst doch nicht etwa? Mit deinen Tränenausbrüchen machst du mir das Leben hier vollends schwer. Zum Totlachen war es auch vorher schon nicht. Angèle! Du hörst mich, Angèle?«

»Ja.«

»In deinem Interesse wie in meinem möchte ich dir jetzt eine Frage stellen, eine ernste Frage. Du kennst den Namen des Mannes, der dich überfallen hat. Wer ist es? Sag es mir.«

Angèle ließ sich ins Bett zurücksinken und bedeckte ihr Gesicht mit den Armen. Die Tränen benahmen ihr einen Augenblick lang alle Kraft zum Antworten, dann aber rief sie plötzlich aus:

»Du hattest mir doch versprochen, daß du von alledem nicht mehr reden willst. So laß mich auch in Ruhe damit!«

Madame Londe rührte sich nicht; sie war vielleicht an diese Art von Heftigkeit gewöhnt.

»Ich halte es aber nicht mehr aus«, erklärte sie jetzt mit leiserer Stimme. »Manche Leute behaupten hier, du wüßtest recht gut, wer es gewesen ist, und es sei deine Pflicht, der Polizei zu helfen. Verstehst du denn nicht, daß du durch dein Schweigen die ganze Stadt gegen uns aufbringst? Wenn etwa in diesem Winter jemand auf der Straße überfallen wird, heißt es bestimmt, das wäre nicht vorgekommen, wenn du gesagt hättest, wer dich angegriffen hat. Dann können wir nur noch unser Bündel schnüren.«

»Ich kann dir den Namen dieses Mannes trotzdem nicht sagen, denn ich weiß ihn nicht.«

»Du wirst mir doch nicht einreden wollen, daß du ihn nicht einmal gesehen hast. Komm schon, wie sah er aus?«

»Ich habe dicht am Wasser gestanden. Er kam von hinten und schlug mich auf den Kopf. Das ist alles, was ich weiß.«

»Aber du bist ja mit ihm auf der Landstraße gesehen worden, du unglückliches Geschöpf! Madame Koppe hat dich erkannt. Und etwas weiter fort hat dich die Stuhlvermieterin von Sankt Judas Thaddäus gesehen.«

»Dann soll man die doch fragen, wenn sie so genau wissen, mit wem ich zusammen gewesen bin.«

Diese Antwort führte ein langes Schweigen herauf, das einzig von Angèles Schluchzen und dem geräuschvollen Atem Madame Londes unterbrochen wurde. Diese gab sich alle Mühe, sehr aufrecht dazusitzen, offenbar in der Absicht, für die junge Frau um so furchtgebietender zu wirken und ihr zu imponieren. Ihr Kopf war von der Lampe, die hinter ihr stand, halb beleuchtet, und ihr hartes, langes Profil hob sich als Silhouette vor einer Art Gloriole ab. Sie dachte ein paar Sekunden nach; ihren funkelnden Augen nach zu urteilen, sann sie auf eine Bosheit, durch die sie Angèle ganz besonders treffen könnte.

»Wir werden ja sehen«, bemerkte sie schließlich, »was du vor dem Schwurgericht aussagen wirst.«

Angèle lag in Schweigen versunken da.

»Zu jedem anderen Zeitpunkt müßte ich über dich lachen«, bemerkte sie schließlich in ruhigem Ton. »Was habe ich von dem Schwurgericht denn zu fürchten?«

»Es wird heißen, du decktest jemanden, du hättest Geld bekommen, um den Mund zu halten.«

»Das muß man mir erst beweisen.«

»Die Advokaten beweisen alles, was sie wollen, du kommst noch ins Gefängnis, paß auf.«

»Bildest du dir ein, ich sei erst zwölf Jahre alt, daß du mir auf diese Art Angst zu machen versuchst? Seit wann werden denn die Opfer ins Gefängnis gesperrt?«

Eine ganz kurze Pause trat ein. Dann erklärte Madame Londe mit der zähen Geduld und Angriffslust eines Insekts:

»Ich sage, der Mann, der dich angegriffen hat, wird bestraft, dich aber werden sie für dein Schweigen büßen lassen, denn du verhinderst die Justiz, ihn schon früher zu schnappen, und – wer weiß? – vielleicht bist du sogar die Ursache viel ärgerer Verbrechen, denn solange dieser Mann frei herumläuft, ist er eine Gefahr für die Öffentlichkeit; frei aber ist er, liebes Kind, weil du so beharrlich schweigst. Wenn es ihm zum Beispiel heute abend einfiele, mir die Kehle zu durchschneiden, dann weißt du hoffentlich, daß man dich zum Teil verantwortlich machen wird?«

»Mich, Tante? Aber wieso? Wieso?«

»Weil du dich weigerst, den Namen bekanntzugeben.«

»Ich habe doch schon gesagt, ich kenne ihn nicht. Ich weiß überhaupt nichts von dem Mann. Ich wäre außerstande zu sagen, wie sein Gesicht aussieht.«

»Aber man hat dich mit ihm auf der Landstraße gesehen, du hast mit ihm gesprochen. Dafür sind Zeugen da.«

»Diese Zeugen lügen.«

»Das kannst du dann dem Gerichtshof erklären, mein Herz.«

»Ach, Tante, laß mich doch! Weshalb quälst du mich so?«

»Sage mir nur, ob es Monsieur Guéret gewesen ist oder

nicht. Er steht schwer in Verdacht. Wenn er es nicht ist, tust du ein gutes Werk, indem du es mir sagst. Du willst doch nicht, daß ein Unschuldiger belästigt wird, nicht wahr? Und seine Frau? Denk an seine Frau. Sag, ist er es gewesen? Du brauchst nur mit ja oder nein zu antworten.«

Angèle richtete sich in ihrem Bett etwas auf.

»Ich antworte nicht mehr«, erklärte sie mit aller Festigkeit. »Laß mich in Ruhe damit!«

»Du antwortest nicht mehr«, griff Madame Londe ihre Worte auf, erhob sich und trat ganz nahe an sie heran. »Und wenn ich doch einmal von dir genug hätte, wie? Und dich vor die Tür setzen würde? An dem Tage, an dem sie dich von da unten heraufgebracht haben, warst du nicht so stolz.«

Ihre Stimme nahm an Tonstärke zu; über die junge Frau gebeugt, deren weiße Gestalt sich im Bett abzeichnete, begann sie schließlich zu schreien.

»Man wird ihn schon verhaften, den Banditen, verstehst du mich? Und du bekommst auch dein Teil! Du bist seine Mitwisserin, er hat dir Geld gegeben, damit du schweigst. Jeder sagt es, und sicher ist es auch so.«

»Das ist nicht wahr«, rief Angèle aufgeregt. »Wenn ich doch sage, es ist nicht wahr. Früher hast du mir geglaubt.« Sie sprach jetzt atemlos wie jemand, der am Ersticken ist. »Kennst du mich denn so wenig? Meinst du etwa, ich würde mich an dem Mann nicht rächen, wenn ich wüßte, wer er war? Ich hasse ihn viel mehr als du. Ich wünschte ihm wahrhaftig die Guillotine.«

Schwer atmend ließ sie sich wieder auf ihr Kopfkissen fallen. Madame Londe erhob sich, ohne ein Wort zu sagen; hoch aufgerichtet stand sie im Halbdunkel da und schien zu überlegen.

Gleich darauf trat sie vom Bett zurück und griff wieder zu der Lampe, die sie auf den Tisch gestellt hatte. Ihr Gesicht war grell angestrahlt, wie im Rampenlicht. In den tiefen Runzeln, die ihre Wangen durchzogen, in den starren Augen mit ihrem gespannten Blick hatte das Alter sich endlich durchgesetzt. Mit ihrer langen, kräftigen Nase und den dichten Brauen sah sie eher aus wie ein Mann; die Schminke, die sie mit zitternder Hand auf ihr Gesicht aufgetragen hatte, kämpfte vergeblich darum, ihrer Haut, aus der das Leben sich bereits zurückzog, noch etwas Frische zu geben. Sie warf einen langen Blick auf das Bett, das sie nur undeutlich sah, und seufzte dann tief, aus schwerem Herzen, auf. Als sie die Tür aufmachte, zuckte sie auf eine Art mit den Achseln, die eher Bitterkeit als Gleichgültigkeit auszudrücken schien.

»Also dann gute Nacht«, sagte sie, als brächte sie den Wunsch nur schwer über die Lippen.

Ohne auf Antwort zu warten, ging sie hinaus.

2

Ungeachtet der Häßlichkeit von Möbeln und Tapeten war es keine Kunst, sich in dem kleinen Salon, den Madame Grosgeorge im zweiten Stock der Villa *Mon Idée* hatte einrichten lassen, ganz gemütlich zu fühlen, und zweifellos war dieser Eindruck dem Holzfeuer zu verdanken, das hier an diesem grausam kalten Tag eine köstliche Wärme verbreitete. Die Vorhänge aus rotem Velours, der granatfarbene Teppich mit dem dunklen Blattgerank darin, die Möbel sogar – Sofa und Sessel im türkischen Geschmack –, alles das war von der wohligen Temperatur durchwoben und atmete etwas von den anspruchsvollen Gewohnheiten des Wohlstandes. Eine kundige Person wäre bestimmt der Meinung gewesen, man habe auf diesem beschränkten Raum zu viele Dinge vereint; sie hätte über die geschmacklose Zusammenstellung der Farben sowie die Vielzahl der Bilder, die die Wände bedeckten, ein vernichtendes Urteil abgegeben; aber für jemanden, der, von Dezemberstürmen eisig durchweht, von draußen kam, war es ein Hochgenuß, sich hier aufzuhalten.

Dennoch schien Madame Grosgeorge, die soeben eintrat,

für die angenehme Wärme des Raumes nicht empfänglich zu sein. Sie warf ihren Muff auf einen Tisch und setzte sich, ohne den langen Mantel aus Otterpelz abzulegen, der sie ganz umhüllte, unmittelbar ans Feuer, stand aber dann fast sofort wieder auf und durchmaß den Salon. Infolge der Kälte flossen ihr Tränen über die Wangen; sie streifte hastig ihre Handschuhe ab und fuhr sich mit der Rückseite ihrer erstarrten Hände über die Augen.

Ein paar Minuten lang überließ sie sich ganz ihrer Erregung, indem sie mit großen Schritten von einer Ecke des Zimmers zur anderen lief. Endlich, als sie gerade an einem Wandspiegel vorüberging, sah sie sich mit einemmal und stellte überrascht in ihren Augen einen Blick fest, der ihr offenbar merkwürdig vorkam, denn sie machte halt und ließ sich auf das Sofa fallen.

Jetzt nahm sie die Pelzmütze ab, die ihren Kopf bedeckte, und glättete mit ihren langen, mageren Fingern ihr schwarzes Haar, das an der Stirn und hinter den Ohren leicht ergraut war. Man hätte meinen können, sie schäme sich ihres Hin- und Herlaufens und bemühe sich nun, durch zweckentsprechendes Verhalten die Ruhe wiederzufinden. Sie stand auf, schellte nach der Bedienung und legte ihren Mantel ab.

»Ist niemand gekommen«, fragte sie das eintretende Zimmermädchen, »solange ich fortgewesen bin?«

»Niemand, Madame.«

»Gut. Nehmen Sie meinen Mantel und meinen Hut. Wenn jemand mich sprechen will, sagen Sie nicht, ich sei da, ohne mich vorher zu fragen. Ist Monsieur ausgegangen?«

»Fast gleich nach Madame. Er hat das Kabriolett genommen.«

»Gut. Das ist alles.«

»Was soll ich tun?« murmelte sie, als sie wieder allein war. Sie dachte einen Augenblick nach und ging dann an das Fenster. Der Wind bewegte die Wipfel der Bäume und wirbelte den Staub auf der Landstraße auf, die gleich jenseits des Gartentors lag; es war ein weißer Staub, der ein paar Meter über dem Boden kreiste und niemals zur Ruhe zu kommen schien. Keine Pflanze hielt dieser Kälte stand. Die beiden eingefaßten Beete an den Enden des großen Rasenplatzes waren nur mehr traurige schwarze Erdhaufen. Einzig die Rasenflächen und die aus Lorbeer und Spindelbäumen gemischte Bewachsung, die die Gartenmauer verdeckte, trugen etwas Farbe in diese karggewordene Landschaft hinein.

Madame Grosgeorge ließ den Tüllvorhang wieder fallen und nahm in der Nähe des Kaminfeuers Platz.

Es gab Augenblicke, in denen ihr Leben nicht wie eine Folge von Jahren vor ihr stand, sondern wie ein lebendiges Wesen, eine Art Doppelgänger, dem sie ein Gesicht, Gebärden, eine Stimme gegeben hatte; in Stunden großer Einsamkeit oder nach einer starken inneren Bewegung, wie sie sie an diesem Tag erlebt hatte, wurde diese geheimnisvolle Person ihr plötzlich gegenwärtig; sie spürte sie dann neben sich und hörte sie mit einer Stimme reden, die immer wieder von Schweigen verschlungen wurde. Sie hatte dann den Eindruck, sie befinde sich in der Gesellschaft einer Reisenden, die aus einem fernen Lande heimkehrte und ihr berichtete, was sie gesehen hatte, wobei es sie eine gewisse Anstrengung kostete, aus dem Zustand starrer Versunkenheit, in die sie dank ihrer seltsamen Träumerei hineingeglitten war, sich wieder zu befreien.

Außer in ihrer Kindheit war sie nie glücklich gewesen. Weder Geld noch Gesundheit hatten ihr gefehlt, und die Natur hatte sich ihr gegenüber eher großherzig erwiesen, aber vielleicht hatte gerade der Überfluß der empfangenen Gaben bei dieser Frau jene Schwermut erzeugt, die man auf dem Grunde ihrer Augen erkannte. Lag es an der Trauer darüber, daß es für sie nichts zu wünschen gab? Nach und nach hatte alles in ihren Augen an Interesse verloren, so daß sie als Gatten den egoistischen und lächerlichen Mann akzeptierte, mit dem sie zusammenlebte, und die Häßlichkeit der Dinge, die sie umgaben und ihr zu jeder Stunde des Tages ins Auge fielen, nicht mehr zu spüren schien. Manchmal aber ging etwas Unerklärliches in ihr vor, eine Art von plötzlichem Stillstand im Ablauf der Zeit, als solle sie Gelegenheit haben, sich auf sich selbst zu besinnen, sich so zu sehen, wie sie war, ihr wirkliches Leben zu sehen.

Etwas fremdes Blut rollte in ihren Adern; um eine so in sich selbst verschlossene und so heftige Frau hervorzubringen, hatte es noch anderer Elemente als der Freiheit von Sorge, anderer auch als des französischen Sinns für Maß und Vernunft bedurft. So kalt und ernst sie dem unaufmerksamen Blick der Welt auch erscheinen mochte, war doch nichts als Unruhe in ihr, und unter dem äußeren Schein eines geregelten Lebens verbarg sich ein rebellisches Herz. Obwohl sie keiner Sache Wichtigkeit beimaß, haßte sie doch alles, was dazu beitrug, daß ihr Dasein nicht reicher und schöner war, alles, was zu ihr sagte: ›Es ist zu spät. Du kannst jetzt schon vorhersehen, wie deine letzten Jahre verlaufen werden, denn von nun an ändert sich nichts mehr.‹ Indessen haftete diesem Haß etwas Unbestimmtes an, er richtete sich weder gegen ein bestimmtes Wesen noch eine bestimmte Sache. Ihre Jugend und alle Begebenheiten, die dieser ihr Siegel aufgedrückt hatten, sah sie als ebenso viele Partien an, die sie verloren hatte, ohne es zu merken; es blieb ihr jetzt nur die Bitterkeit eines Wesens, das herauszufinden versucht, durch welchen geschickten Betrug ein unfairer Gegner es hat ausplündern können.

Mit fünfundvierzig Jahren fühlte sie sich älter als eine Frau von Sechzig, weil sie sich von den kleinen Gewohnheiten eines mittelmäßigen Lebens hatte einfangen lassen und weil alles, was sie noch an Energie besaß, aus ihr geschwunden schien. Wenn manchmal eine Regung der Auflehnung sie befiel, unterließ ihre Vernunft es nie, ihr zu sagen, sie sei zu alt, um noch an neue Freiheit zu denken. Worauf hätte sie ihr Glück auch gründen sollen? Seit langem schon war ihre Schönheit verblaßt und ihr Vermögen nicht mehr in ihren Händen. Außerdem fehlte es ihr an Kraft. Zehn Jahre früher noch hätte sie davonlaufen können; aber hatte sie vor zehn

Jahren denn vorausgesehen, daß sie in solcher Langeweile, in diesem Widerwillen gegen alles und jedes, auch gegen sich selbst, der heute Stunde um Stunde ihres Tageslaufs vergiftete, untergehen würde? ›Wie leben die andern?‹ fragte sie sich oft. ›Wie machen sie es, daß sie von Woche zu Woche bis ans Ende des Jahres gelangen?‹

Sie ereiferte sich im Innern gegen diese Reise durch die Zeit, zu der sie gezwungen war. Wohin führte sie sie? Welcher Freude entgegen? Welcher Ausgleich würde ihr einmal ein Vergessen ihrer Ermüdung bringen? Niemals hatte der Glaube Macht über diese Frau gewonnen, der alle Religionen gleichermaßen falsch erschienen, da keine von ihnen ihr zu erklären vermochte, weshalb sie lebte und warum, nachdem dieses Leben ihr geschenkt worden war, doch einmal der Tag kommen mußte, an dem es ihr wieder entzogen wurde. Der Gedanke an den Tod rief in ihr jene Verwirrung hervor, die noch ein Zeichen der Jugend des Herzens ist; nicht Liebe zum Leben fehlte ihr an sich, sondern die Gabe, ohne Murren ein Leben hinzunehmen, das sich von allen anderen menschlichen Leben unterschied und das ihr Leben war.

Gewiß, sie verstand sehr wohl, daß sich jetzt nichts mehr ändern konnte. Alles deutete darauf hin, daß sie einmal ihre Tage in dieser Stadt beschließen würde. Der kleinste ihrer Spaziergänge noch war vorhersehbar. Etwas Schicksalshaftes bestimmte alle ihre Gesten und beinahe ihre Gedanken. Noch völlig lebendig, sank sie bereits ins Grab. In einem der Zimmer dieses Hauses würde der Tod sie ereilen, der Tod, von dem sie nichts wissen wollte und der sie aus einem Leben herausreißen würde, nach dem es sie nicht verlangt hatte.

Dieses Gefühl, das Opfer einer launenhaften Macht zu sein, wich niemals von ihr; sie war ein Spielball des Willens, der die Welt regiert, und ihre Freiheit war der reine Hohn. Wozu insgeheim über die Häßlichkeit und Einförmigkeit des Daseins seufzen? Es brauchte eine stärkere Seele als die ihre, um aus dem Gefängnis auszubrechen. So herrisch sie auch erscheinen mochte, so sehr sie auch ihren Mann durch ihre

Härte erschreckte, im Grunde war sie schwach, schwächer als die, denen sie so gewaltig imponierte.

Langeweile und Verzweiflung hatten sie bitter gemacht. Daran gewöhnt, jeden Ausbruch ihrer Natur im Entstehen zu unterdrücken, behielt sie desto mehr von dem Gift zurück, das schon jahrelang auf sie wirkte. Die Heftigkeit, die sie unaufhörlich bezähmte, hatte ihr Herz allmählich derart verhärtet, daß sie vollkommen gefühllos gegen das Leiden anderer war. Ohne daß sie jemals eine schwere Sünde begangen hätte, war ihr Gewissen vielleicht schuldbeladener als das der ärgsten Verbrecherin. Wenn sie ihren Sohn schlug, bereiteten ihr die Tränen Genuß, die sie in seinen Augen zittern sah, und sie wünschte sich dann, eine neue Unbesonnenheit werde ihr Gelegenheit zu neuer Strenge geben. Sie verabscheute dieses Kind, das sie an ihren Mann erinnerte, als das lebendige Zeichen ihrer Versklavtheit, weil sie sich außerstande fühlte, es zu verlassen, ihm aus dem Wege zu gehen, und als einen Teil der Ordnung der Dinge, die ihr ohne ihre Einwilligung auferlegt worden war. Jedesmal, wenn das Kind erkrankte, pflegte sie es gewissenhaft, aber eine grauenhafte Freude richtete Verwüstungen in ihrem Inneren an, ohne daß sie wußte, was sie eigentlich hoffte.

Seit nahezu fünfzehn Jahren schon bewohnte sie diese von einem wunderlichen Besitzer *Mon Idée* benannte Villa, denn das Lächerliche war nun einmal einer der bestimmenden Züge im Leben dieser Frau. Sogar der Name ihres Mannes bot Stoff für Witzeleien. Seine Schrullen wurden belächelt, und die Möbel, mit denen er sein Haus vollgestopft hatte, verrieten nur allzusehr seine Mittelmäßigkeit. Gegen das alles kämpfte sie nicht; einen Lehnstuhl gegen einen anderen vertauschen, würde sie nicht glücklicher machen. Das Schicksal hatte beschlossen, ihr Arges zuzumuten; sie ergab sich, ein wütendes, aber doch passives Opfer, in alle Ungerechtigkeit, die sie von seiner Seite erfuhr. Wenigstens war sie darauf stolz, Haltung bewahrt zu haben.

Man erzählt, daß in den Alpen an den Flanken der Berge

Schneemassen sich aufhäufen und dank einem Wunder an Gleichgewicht dort halten, dem das leiseste Erbeben der Luft ein Ende bereiten kann. Bereits der Hall einer menschlichen Stimme in der Nähe genügt, damit diese Mauer einstürzt und dadurch die Lawine erzeugt, die ein Dorf mit sich reißt. Diesen Schrei hätte sie ausstoßen mögen, diesen Ruf, der die Ordnung der erstarrten Schneemassen durchbrochen hätte. Als sie den Lehrer ihres Sohnes zum ersten Male sah, hatte sie einen merkwürdigen Eindruck gehabt, der sich immer wieder in ihr erneuerte, sobald die Erinnerung an diese Begegnung in ihrem Gedächtnis auftauchte. Sie liebte diesen Menschen nicht. Sein schüchternes Auftreten, seine ungelenke Förmlichkeit mißfielen ihr sogar, aber so wenig intuitiv sie war, hatte sie doch von vornherein das Gefühl, viel Bitterkeit und viele Illusionen mit ihm gemeinsam zu haben. Zweifellos hatten das Alter und etwas Überspanntes in ihrer Natur sie auf dem Weg erzwungener Verzichte viel weiter geführt als ihn, aber sie brauchte nur Guérets ängstliche Miene, sein ungeschicktes Benehmen, seinen zugleich bewegten und verdrossenen Blick zu beobachten, um mit Sicherheit zu wissen, daß er ähnliche Schwierigkeiten hatte wie sie sie von früher her kannte. Auch er verstand sein Leben nicht zu meistern und ließ es sich anmerken, während sie über genügend Eitelkeit und Mut verfügt hatte, um ihr Unvermögen zu verbergen. Er war gewiß jemand, der, wie vor Zeiten auch sie, seine Fehler erst einsah, wenn sie begangen waren, und keine nützlichen Folgerungen daraus abzuleiten verstand.

Anderen, gefügigeren Seelen war es gegeben, aus den Umständen Nutzen zu ziehen. Viele Leute lernten das Glück, so wie man ein Handwerk erlernt, fanden sich mit dem Mittelmäßigen ab und waren froh, noch Schlimmerem zu entgehen. Aus dieser Weisheit ergaben sich fruchtbare Ehen, ein in Ruhe verbrachtes Greisenalter, Familienessen, bei denen drei zufriedene Generationen zusammenkamen. Hier aber sah sie sich einem Mann gegenüber, dem dieses Glück ebensowenig wie ihr gelächelt hatte. Vielleicht würde er niemals Ruhe finden. Das Schicksal würde ihn treffen, ohne ihn irgend etwas zu lehren, sei es auch nur, sich zu beherrschen, das Gesicht eines Menschen zu zeigen, der seiner Sache sicher ist. Nicht einmal auf den Beruf, den er sich ausgesucht hatte, verstand er sich im Grunde. Ebensogut wie Hauslehrer hätte er Bankbeamter, Briefträger oder Gärtner werden können; sein Platz war nirgendwo.

Sie sah das ganz deutlich und litt darunter nicht um seinet-, sondern um ihretwillen, denn wie in einem Spiegel glaubte sie bei ihm ihr eigenes Elend zu sehen. Ohne ihn zu verachten – wie konnte sie ein Wesen verachten, das ihr in so vieler Hinsicht ähnlich war? –, nahm sie ihm übel, daß er zu ihr ins Haus kam, aber sie hatte sich gehütet, seine Besuche zu unterbinden. Es fiel ihr nicht leicht, ihm begegnen zu müssen, aber noch schwerer wäre es ihr gefallen, auf seine Anwesenheit völlig zu verzichten. Sie brannte darauf, ihn eines Tages nach seinem Leben auszufragen, zu erfahren, wie er für seine Person es anstellte, seine Zukunft zu ruinieren.

Gewiß war er schwach, und sie liebte nur die Stärke; eine Überlegenheit jedoch erkannte sie ihm zu: Er war weniger geduldig als sie. Eines Tages würde er aus Unbesonnenheit, in einem Wutanfall, dessen sie ihrerseits Herr geworden wäre, eine größere Dummheit als die bisherigen begehen und die Ordnung der Dinge durcheinanderbringen. Was sie niemals zu tun gewagt hätte, würde er vielleicht einmal ausführen, da ja der glückliche Zufall gern den Törichten zu Hilfe kommt.

Als sie erfuhr, daß am gleichen Tag und an fast der gleichen Stelle in Lorges zwei Verbrechen begangen worden waren, brauchte ihr daher ihr Mann gar nicht erst zu erzählen, gegen wen der Verdacht sich verdichtete. Sie durchlebte mehrere Stunden tiefer Befriedigung und mußte sich in ihr Schlafzimmer zurückziehen, um sich ihre Gefühle nicht anmerken zu lassen. Dennoch regte sich etwas in ihr, was an ihrem Vergnügen Anstoß nahm: die Erinnerung an eine strenge Erziehung, in der die guten Werke und die Lektüre frommer Bücher eine Rolle gespielt hatten. ›Wie schlecht ich bin!‹

dachte sie mit einem unwillkürlichen Lächeln. Diese Selbsterkenntnis aber minderte in nichts ihren Eifer, in der Zeitung den detaillierten Bericht über die grauenhafte Entdeckung wieder und wieder zu lesen. Ihr allzu gieriger Blick übersprang einzelne Wörter und sogar ganze Zeilen; selbst mit Hilfe ihres Lorgnons vermochte sie kaum den Text zu entziffern, den sie vor Augen hatte, so sehr beeinträchtigte die Erregung ihre Sehfähigkeit. Es kam ihr so vor, als sei sie selbst an der Doppeluntat beteiligt. Anfangs freilich schob sie diesen absurden Einfall weit von sich weg. Hatte sie zu Guéret auch nur ein Wort gesagt, das ihn zu einem solchen Verbrechen hätte anstiften können? Und noch während sie die Zeitungsberichte las, war sie sorgfältig bemüht, innerlich die sonderbaren Gedanken fortzuschieben, die das Gelesene in ihr aufkommen ließ, aber sie besaß nicht genügend Entschlußkraft, um unbeirrt zu analysieren, was sich in ihrem Hirn abspielte. Ihre Hand zitterte. Immer deutlicher erkannte sie, gegen ihren Willen, wie zwischen ihr und dem von einem anderen begangenen Verbrechen eine geheimnisvolle Beziehung entstand.

»Aber nein!« rief sie aus, indem sie sich jäh erhob, »das geht wirklich zu weit!« Und sie schleuderte die Zeitung auf den Boden. Sie sah sich mit einer realen, brutalen Tatsache konfrontiert. Alles, was in ihr ehrbar und konventionell war, lehnte sich gegen die Vorstellung einer möglichen Komplizenschaft mit dem Mörder auf. Ein paar Minuten lang spielte sie sich selbst die Komödie der Tugend vor. Was für ein Glück, sich angesichts eines so wüsten Verbrechens unschuldig fühlen zu können! Dann beruhigte sie sich. Sie kannte sich selbst schon zu viele Jahre, um sich dieser künstlichen Freude mit Genuß zu überlassen. Das Verbrechen flößte ihr kein Grauen ein. Es erstaunte und interessierte sie. Daß die Gesellschaft von Gewalttaten solcher Art betroffen war, machte ihr im Grunde gar nichts aus. Sie selbst empfand für diese vor Entsetzen zitternde Gesellschaft nichts als Verachtung und Haß. Ein anderer hatte noch etwas mehr gehaßt und mehr

Kühnheit aufgebracht. Mit welchem Recht hätte sie ihn verurteilen sollen? Ihrem Alter stand solche Heuchelei nicht an. Besser war, sich selber ruhig ins Gesicht zu sehen. Sie kam zu guter Letzt immer auf diese Schlußfolgerung zurück, die für sie die Gültigkeit eines Prinzips annahm und die letzten Regungen des Bedauerns darüber, daß sie nicht tugendhaft war, einschläferte.

Zudem war es nicht unangenehm, sich zum Verbrechen befähigt zu fühlen, wenn einen das Schicksal lebenslänglich an einen Monsieur Grosgeorge, das heißt einen Mann gekettet hatte, in dem die ganze verlogene Prüderie der bürgerlichen Gesellschaft in voller Blüte stand. Im Zusammensein mit ihrem Gatten nahm sie gern auf sich, kein reines Gewissen zu haben. Es genügte ihr zum Beispiel vollauf, Zeuge davon zu sein, mit welcher Entrüstung dieser lasterhafte, hinterhältige alte Mann den Mord an Monsieur Sarcenas kommentierte, den er für seine Person ruhig hätte Hungers sterben lassen, oder die Vergewaltigung einer Frau, deren traurige Bereitwilligkeit er mit Hilfe von ein paar Geldstücken sich häufig errungen hatte. Da sah man, wohin die Verkennung seiner selbst führte: zu dieser lächerlichen Parade der Achtbarkeit.

Sie saß Monsieur Grosgeorge gegenüber und hörte sich, ohne ihn zu unterbrechen, seinen beschwingten Vortrag an. In einem Übermaß an Großmut forderte er für Guéret nicht die Guillotine, sondern war bereit, ihm das Leben zu schenken, wofern er dieses künftig unter dem rächenden Himmel Guayanas verbringen würde. Jeder hat ein Recht auf sein Leben. Dieses Axiom, das er wie die Frucht langer Meditation zum besten gab, schien ihm das äußerste an möglichen Zugeständnissen zu sein. Auf der anderen Seite hielt er sich durch Betrachtungen über die schwere Bestrafung schadlos, die er verlangen würde, wenn er der Staatsanwalt wäre und der Verbrecher hinter Schloß und Riegel säße. Mehrere Gründe, die er nicht gern eingestanden hätte, erklärten und motivierten seinen Groll gegen diesen Mann. Zunächst einmal hatte er Angst gehabt. Die Nachricht von dem Verbrechen, das der

Hauslehrer seines Sohnes begangen haben sollte, hatte für ihn einen furchtbaren Schock bedeutet, als habe ihn plötzlich der Tod gestreift. Er hatte zwei Tage in einem jammervollen Zustand des Grauens verbracht, nicht auszugehen gewagt und das Funktionieren seiner Schußwaffen überprüft. Ferner – und das war vielleicht der schwerste Vorwurf, den er gegen den Übeltäter erhob – war er der Meinung, Guéret habe sein Vertrauen mißbraucht, indem er sich in sein Haus einschlich. Es waren keine sehr klaren Ideen, die sich in diesem alten, durch die Zeitungsberichte vollends verdrehten Kopf zusammenbrauten. Ein Verbrecher war ein von einer ansteckenden Krankheit Befallener, der sich selber verbieten sollte, andern Leuten die Pest ins Haus zu schleppen. Wenn man Mordgedanken in seinem Innern bewegte, blieb man gefälligst daheim und schlich nicht mit verstörtem Blick in ehrlicher Leute Salon umher. Monsieur Grosgeorge erinnerte sich genau, daß Guéret an dem letzten Morgen, an dem er ihn sah, verstört geblickt hatte; er würde es auch erwähnen, wenn er aussagen müßte. Dann war da noch etwas anderes, was beinahe noch verdrießlicher war. Was hielt wohl Guéret von ihm? Ihr letztes Gespräch hatte sich um Malerei und um die Liebe gedreht. Zweifellos hatte dieser Elende sich innerlich über ihn und seine Erklärungen lustig gemacht. Er lachte vielleicht jetzt noch über die Bilder, die er, Monsieur Grosgeorge, ihm freundlicherweise vorgeführt hatte. Ein in der Tat unerträglicher Gedanke! Wenn er gewußt, wenn er auch nur eine Sekunde lang geahnt hätte, was für einen Lump er da bei sich empfing, mit welcher Freude hätte er ihn vor die Tür gesetzt! Und nun war er ein Gegenstand der Verachtung für einen Menschen, den man hätte ohrfeigen sollen und der einen aus dem Hinterhalt mit seinem feigen Hohn bedachte! Darin bestand nach Monsieur Grosgeorges Meinung Guérets wahres Verbrechen. Die Vergewaltigung Angèles und die Ermordung eines alten Mannes lieferten ihm den Stoff für eine Empörung, die ihren eigentlichen Ursprung in seiner schwer verletzten Eitelkeit hatte.

Indessen gaben die Zeitungen sich immer weniger mit dem Verbrechen ab. Den Schuldigen fand man nicht. Mehrere Personen waren verhaftet und verhört, dann aber wieder freigelassen worden. Die zu Anfang der Affäre äußerst forsch geführte Untersuchung schien zu keinem Resultat zu kommen. Aber der Schreck war zu groß gewesen, als daß in Lorges so bald wieder Ruhe hätte einkehren können. Die Riegel wurden frühzeitig vorgeschoben, und Madame Londe war nicht die einzige, die abends unter ihr Bett zu schauen pflegte. Furchtbare Gerüchte gingen um. Die Frauen wagten nicht mehr, die Landstraße längs der Sommeillante zu benutzen, und sobald es dunkel wurde, war die gesamte Umgebung des Kohlenlagers ein verschriener Ort, als müsse der Verbrecher wiederum dort erscheinen und neue Verbrechen begehen. Gewisse Straßenecken wurden ihm nach Sonnenuntergang überlassen, und einzig Madame Grosgeorge fand noch den Mut, bei Dunkelheit auszugehen.

Sie wußte, daß sie nichts zu fürchten hatte, und schenkte den Gerüchten keinen Glauben, die Guérets Untat einer Verbrecherbande zuschrieben. Seit einiger Zeit hielt sie es zu Hause nicht mehr aus. Oft ließ sie das Kabriolett anspannen und fuhr ohne Ziel über Land. Häufiger noch unternahm sie zu Fuß Spaziergänge in die Umgebung von Lorges. Es herrschte kaltes, trockenes Wetter, sie schritt schnell aus und kehrte in einem Zustand gesunder Müdigkeit, die ihre Nerven beruhigte und ihr zu schlafen erlaubte, nach Hause zurück. Oft begnügte sie sich aber auch, anstatt sich eine kompliziertere Route zurechtzulegen, mit dem Weg an der Sommeillante entlang bis zu den ersten Häusern des Nachbarortes; wenn das Wetter nicht zu rauh war, setzte sie sich dann an die Uferböschung und ruhte sich mit dem Blick auf die träge Strömung des Flusses aus.

Nachdem die erste Überraschung vorüber war, blieb ihr von dem großen Ereignis, das die Bewohner von Lorges derart beunruhigt hatte, nur noch eine Erinnerung, bei der sie gern verweilte. Sie rief sich die Erregung der ersten Minuten, das

Gesicht und die Stimme ihres Mannes, als er ihr die Entdekkung der Verbrechen ankündigte, dann die Freude, die sie verbergen mußte, die kurze Anwandlung von Scham, die sie darauf verspürt hatte, und die Folgerungen, die sie aus den ein paar Tage lang in ihr wirkenden, so verschiedenen und so starken Gefühlen gezogen hatte, ins Gedächtnis zurück. Alle Phasen des kleinen Dramas, das sich in ihrem Innern abgespielt hatte, ließ sie gern erneut in sich aufleben, aber für diese Art von geistigem Exerzitium brauchte sie Einsamkeit, und um in ihren Meditationen nicht gestört zu werden, ging sie aus und überließ sich der Stille der Natur.

Vielleicht übten auch gewisse Gegenden eine besondere Anziehung auf sie aus, deren ganze Macht sie nicht ahnte. Geschah es aus Absicht oder durch Zufall, daß sie sich ganz nahe bei den Bäumen, unter denen Angèle aufgefunden worden war, an die Uferböschung setzte? Von welcher Neugier wurde sie getrieben, welche Hoffnung nährte sie in sich? Sie war sich selbst gegenüber zu verschwiegen, eine strenge Erziehung hatte zu viele Schranken zwischen ihr und ihrem eigenen Herzen aufgerichtet, als daß sie zu einem klaren Urteil über ihre Handlungen fähig gewesen wäre. Ihr Verhalten wurde ihr von unwiderstehlichen Impulsen diktiert, und sie hatte keine Lust, die möglichen Konsequenzen ihrer Vorhaben zu bedenken. Es lag ihr einzig daran, an diesem oder jenem Ort die Regungen ihres Innern wiederzufinden, die sie dort suchte. Es sagte ihr zum Beispiel zu, in dem Teil der Stadt umherzuschweifen, in dem Herrn Sarcenas' Leichnam gefunden worden war. Dennoch war ihr bewußt, welche unbefriedigte Stimmung am folgenden Tage, wenn sie ihrem morgendlichen Alltagsleben zurückgegeben war und die köstliche Belebung des Vortages wieder von ihr wich, diese einsamen Spaziergänge bei ihr erzeugen würden.

Immer am Nachmittag befiel sie ein Verlangen danach, sich zu bewegen und unter ihren Füßen die Steine der Straßen, den harten Boden der Landstraße zu verspüren, und bis zum Abend belebte dann allmählich eine gehobene Stimmung, von der ihr im Gesicht nichts anzusehen war, ihren Geist. Sie schritt so leicht dahin, daß man sie kaum hörte, und gab nur äußerster Ermüdung nach, die sie am Ende des Tages zuweilen bewog, sich voll angekleidet aufs Bett zu werfen, als sei sie einer jener Vögel, die man ziellos am Himmel schweifen sieht und deren planlosen Flügen eine tödliche Kugel urplötzlich ein Ende macht.

Monate vergingen, und bis Weihnachten waren es nur mehr drei Wochen, als sie nachmittags mit lebhaft klopfendem Herzen früher als sonst nach Hause gekommen war. Sie war sehr schnell gegangen; nicht daß sie Eile gehabt hätte, in den kleinen Salon zurückzukehren, in den sie sich meist zurückzog, sondern weil sie es nicht mehr aushalten konnte und offenbar ihr Körper an der furchtbaren Erregung ihres Geistes teilhatte. Soeben, als sie am Bahndamm entlang auf den Boulevard de la Sommeillante zuging, hatte sie Guéret gesehen. Er bewegte sich schnellen Schrittes auf Lorges zu; zweifellos hatte er vor, seinen Weg über die Eisenbahnbrücke zu nehmen. Madame Grosgeorge war stehengeblieben. Dieser Mann, den sie bei allen ihren Wanderungen auf unbestimmte Weise suchte, war nur ein paar Meter von ihr entfernt; gleich darauf, von der Überführung aus, würde er sie sehen, denn im Augenblick befand sie sich ziemlich nah hinter ihm auf der anderen Seite des Gleises. So viele Gedanken gingen ihr durch den Kopf, daß sie gar nichts tat, sondern regungslos stehenblieb. Sollte sie sich verstecken? Weshalb? Sie hatte vielmehr vor, mit dem Mann zu reden. Sollte sie ihn anrufen? Er würde Angst bekommen und sich in Sicherheit bringen. Am Ende war er es gar nicht? Doch. Durch seine armselige Kleidung wirkte er im Grunde nicht verändert. Sogar in seinem ordentlichen Anzug hatte er durch ein Etwas in seinen Zügen immer an einen Vagabunden erinnert, und die Bewegung, mit der er seinen Rockkragen hochschlug, verriet ihn ihrem Blick. Erstaunen und eine Art von unklarer Freude hinderten sie daran, sich von der Stelle zu rühren. Plötzlich sah er sich um.

Vielleicht hatte er den Blick gespürt, der ihm folgte. Seine erste Regung war, die Hände aus den Taschen zu nehmen und stehenzubleiben. Sie merkte, daß er sie erkannt hatte und ihre Absichten zu erraten versuchte. Um ihn zu beruhigen, legte sie einen Finger an den Mund und winkte ihm, er solle zu ihr kommen. Er aber schaute sie weiter an, und nach ein paar Sekunden des Zögerns kehrte er um und wandte den Kopf ab.

Als er an ihr vorbeiging und zu laufen begann, rief sie ihm halblaut zu:

»Bleiben Sie doch stehen! Ich tue Ihnen nichts.«

Er hörte nicht auf sie, in einer Minute schon würde er weit weg sein. Dennoch verlor sie nicht den Kopf. Ihm zu sagen, er solle zurückkommen, hatte sicherlich keinen Zweck. Sie lief ein paar Schritte in der gleichen Richtung wie er und rief laut über die Schienen hinweg:

»Morgen abend um sieben Uhr bin ich hier! Haben Sie keine Angst!«

Jetzt aber, da sie vor ihrem Kaminfeuer saß, nahm diese so kurze Szene in ihrem Geiste ein seltsames Aussehen an. Zehn Minuten zuvor noch war sie auf der Landstraße gelaufen und hatte einem Mann, der vor ihr floh und sie nicht hören wollte, etwas zugerufen. War das möglich? Sie war versucht zu glauben, es sei nicht wahr. Es war noch nicht halb vier Uhr. In der Wärme dieses kleinen Zimmers war sie vielleicht eingeschlafen und hatte das alles geträumt. Aber ihre Halbstiefelchen und der Saum ihres Rockes waren weiß von Staub, und ihre Beine zitterten noch von der schnellen Bewegung, denn sie war, so sehr sie nur konnte, gelaufen. Sie erinnerte sich noch an das weiche Geräusch des Bodens unter ihren Schritten, an ihren keuchenden Atem, ihr Rufen, ihre Geste; sie sah wieder den Mann vor sich mit seinen schmutzigen Kleidern und das unruhige, scheue Gesicht, das er ihr auf einmal zugewendet hatte. Einen Moment lang hatte er, bevor er entfloh, gezögert und offenbar gedacht: ›Was will sie wohl? Wird sie mich verraten? Hat sie mich erkannt?‹ Dann war er umgekehrt, weggelaufen, immer schneller. Hatte er gehört, was sie ihm zugerufen hatte, als er an ihr vorbeilief? Was tat er am hellichten Tage in Lorges? Würde er morgen abend wiederkommen?

Diese Fragen, die sie sich stellte, brachten sie fast von Sinnen vor Ungeduld. ›Heute abend‹ und nicht ›morgen abend‹ hätte sie ihm zurufen sollen. Sie würde nie bis morgen abend warten können. Sie konnte sich noch so sehr bemühen, beherrscht und ruhig sitzenzubleiben, diese Unbeweglichkeit war für sie eine Qual, die sie, wie sie sehr wohl fühlte, nicht lange ertragen würde. Woher denn sollte sie die Ruhe nehmen, die sie brauchte, um einen ganzen Tag der Erwartung zu überstehen? Sie war nicht zum Warten gemacht, der langsame Ablauf der Zeit brachte sie förmlich um. Sicherlich würde sie in der kommenden Nacht nicht schlafen. Endlose Stunden, die sie ertragen müßte, lagen jetzt vor ihr. Zunächst der Spätnachmittag, dann das Abendessen mit ihrem Mann – sie selber würde nichts essen –, dann die Dunkelheit, die Stille ihres Zimmers, die Lampe, die sie jede Viertelstunde von neuem anzünden würde, die Uhr, deren Schlagen sie bis zum Morgengrauen hören mußte. Der Gedanke daran war ihr unerträglich. Sie stand auf und preßte die Fäuste an die Brust, als wolle sie ihr Herz vor dem Zerspringen bewahren.

»Ich kann nicht, ich kann nicht«, sagte sie immer wieder halblaut vor sich hin.

Nach ein paar Sekunden des Überlegens wendete sie sich jäh zur Tür und ging hinaus.

3

Am gleichen Tag und fast zur selben Stunde klopfte Fernande an die Zimmertür über dem Restaurant Londe.

»Bist du es, Fernande?« fragte Angèle, denn sie hatte den Schritt des kleinen Mädchens erkannt. »Komm ruhig herein.«

»Guten Tag. Frierst du denn nicht? Du solltest dich am Ofen unten im Saal wärmen. Es ist niemand da. Madame Londe macht Besorgungen.«

»Ich fühle mich hier sehr wohl, Fernande, mach dir keine Sorgen um mich.«

Sie saß in einer Ecke des Zimmers auf einem Stuhl, der dicht neben dem Fenster an die Wand gerückt war. Als Fernande eintrat, hatte sie sofort ein Kleidungsstück, an dem sie nähte, auf ein Tischchen gelegt und sich ein Ende des grauen Schals, der ihren Kopf umhüllte, vors Gesicht gehalten.

»Da schau«, setzte sie hinzu, während sie den Handrücken an die Mauer hielt, »ich brauche die Wärme nicht da unten zu suchen, sie kommt herauf zu mir.«

Tatsächlich verbreitete das innen in der Wand entlanglaufende Rohr ein wenig Wärme; es hatte sich sogar ein Riß in der Tapete gebildet, durch den der Verputz abblätterte.

»Das ist egal«, sagte Fernande, die sich ein paar Schritte von Angèle entfernt auf dem Bett niederließ, »unten ist es doch besser, und Madame Londe ist ausgegangen.«

»Sie kann aber jeden Augenblick wiederkommen, und ich habe keine Lust, sie zu sehen.«

»Wollt ihr denn gar nicht mehr miteinander sprechen?«

»So wenig wie möglich, meine kleine Fernande. Weshalb fragst du das alles? Du verstehst noch nicht, wie unrecht Madame Londe an mir gehandelt hat.«

»Wieso? Was weißt denn du davon? Weil ich erst dreizehneinhalb Jahre alt bin, meinst du, ich merke nichts. Es gibt viele Mädchen, die älter sind als ich und doch weniger wissen.«

Sie hatte diese Worte mit einem gewissen Stolz vorgebracht und drehte ihr Gesicht Angèle zu, die den Kopf abwendete, weil der Blick dieser schwarzen Augen, die ihre Züge durch die Maschen des Schals hindurch erspähen wollten, ihr peinlich war.

»Wenn du es nicht glaubst«, fing Fernande nach ein paar Sekunden des Schweigens wieder an, »so brauchst du nur Madame Londe zu fragen... Aber du sprichst ja nicht mit ihr«, setzte sie scheinheilig hinzu. »Ich hatte es vergessen.«

»Ich rate dir, Madame Londe nicht allzuoft zu besuchen. Du hängst ihr immer am Rockzipfel, Kleine. Eines Tages wirst du bereuen, daß du auf sie gehört hast.«

»Warum? Du weißt ja gar nicht, wovon wir miteinander reden, sie und ich. Sie ist sehr nett zu mir. Wenn du wüßtest, wie sehr sie mir vertraut. Sie sagt immer zu mir: ›Du bist jetzt schon so groß, daß man nicht mehr auf dich aufpassen muß; du kannst allein verantworten, was du tust.‹ Mir ist es auch lieber so.«

»Und deine Mutter?«

»Meine Mutter ist sehr zufrieden. Sie nimmt die Hälfte von dem Geld, das ich bei Madame Londe verdiene, und das übrige legt sie für mich auf die Sparkasse. Ich habe schon mehr als fünfzig Francs.«

»Da hast du Glück«, sagte Angèle, die auf einmal besänftigt schien. »Auf die Weise hast du einen Notgroschen für späterhin.«

»Genau. Mama hat neulich ganz dasselbe gesagt. Außerdem lerne ich auch noch Nähen und Geschirrspülen bei Madame Londe; weißt du, das ist sehr vorteilhaft.«

»Sehr. Und was mußt du bei Madame Londe außerdem noch tun?«

»Oh! Ich kehre, ich mache ihr Bett. Wußtest du das nicht? Jeden Morgen bringe ich ihr Zimmer in Ordnung. Und dann hole ich auch die Kohlen für sie herauf. Niemand außer mir darf ihren Fußwärmer anrühren: Ich mache ihn alle Tage morgens und abends zurecht.«

»Was für ein großes Mädchen du schon bist! Ich wette, sie schickt dich auch Besorgungen machen.«

»Natürlich. Die Beine tun ihr doch immer so weh. Nur bei solchem Wetter wie heute kann sie ausgehen: Es muß kalt und trocken sein, das hat sie gern.«

»Dann muß sie ja heute zufrieden sein. Aber sag mir, Fernande, was für Besorgungen trägt sie dir auf?«

»Also, manchmal schickt sie mich zur Kurzwarenhändlerin und manchmal auch zum Krämer. Niemals zu den anderen Lieferanten, weil sie bei denen Angst hat, sie könnten mich betrügen. Und neuerdings auch ... aber nein! Das ist ein Geheimnis, ich habe ihr versprechen müssen, es nicht weiterzuerzählen.«

»Mir kannst du alles sagen, Kleine. Du weißt, wenn du mir etwas anvertraust, erfährt es niemand sonst.«

»Gut, ich werde es dir sagen, weil du es bist, Angèle. Aber ich bin ganz sicher, wenn sie wüßte, daß ich zu dir ein Wort davon sage, wäre es aus zwischen ihr und mir.«

»Hab keine Angst.«

»Gut also, neulich hat sie mich zu einem Mann geschickt.«

»Wie? Was sagst du da?«

»Jawohl, ich habe Monsieur Domène, der in Chanteilles Apotheker ist, einen Brief von ihr bringen müssen. ›Bist du jetzt schon so erwachsen‹, hat sie zu mir gesagt, ›daß ich dich zu einem Mann schicken kann?‹ Ich habe natürlich ja gesagt. Darauf hat sie mir den Brief gegeben, und ich habe ihn Monsieur Domène gebracht.«

»Und dann? So red doch.«

»Was hast du denn? Ist dir etwas nicht recht?«

»Aber doch, Fernande. Deine Geschichte interessiert mich sogar sehr; ich möchte gern wissen, wie es weitergeht. Was hat denn Monsieur Domène zu dir gesagt?«

»Er war sehr nett. Er hat mir Lakritzen und ein Tütchen Gummibonbons geschenkt. Dann hat er mich in den Raum hinter dem Laden mitgenommen. Da hat er mit mir von wer weiß was allem gesprochen! Zum Beispiel hat er mich gefragt, ob ich nicht an den Beinen fröre mit meinen Wadenstrümpfen mitten im Winter. Du weißt ja, Madame Londe will nicht, daß ich lange Strümpfe trage. Sie findet, daß man sich abhärten soll.«

»Ja. Und dann?«

»Dann hat er mich gefragt, ob ich Trikotwäsche trage, ein gutes warmes Trikothemdchen. Ich habe gesagt: ja, aber er glaubte es mir nicht und wollte durchaus die Finger unter meine Schürze stecken. Kannst du dir so etwas vorstellen? Ich habe gelacht, weil es kitzelte, und habe meine Gummibonbons fallen lassen, und in dem Augenblick kam jemand in den Laden. Da hat er mir ein Zweifrancstück geschenkt und gesagt, das sei für die Besorgung und weil ich bestimmt an den Beinen gefroren hätte. Dann aber, als ich meine Bonbons aufsammeln wollte, hat er gesagt, ich soll sie liegen lassen, und hat mir ein neues Tütchen gegeben. Darauf hat er mich herausgelassen, aber nicht durch den Laden, sondern durch eine kleine Tür, die auf den Flur geht. Von da aus konnte man unmittelbar auf die Straße.«

»Und du hast das alles Madame Londe erzählt?«

»Oh! Ich habe ihr nicht gesagt, daß er mich geküßt hat . . .«

»Er hat dich geküßt?«

»Ja. Habe ich das nicht gesagt? Alles andere aber habe ich Madame Londe erzählt. Ich habe ihr auch das Zweifrancstück gezeigt, und sie hat gesagt, ich könne es behalten und brauche meiner Mutter auch nichts davon zu sagen. Aber weißt du, der Brief . . .«

»Der Brief?«

»Aber ja, der Brief an Monsieur Domène, du weißt doch.«

»Ja, was ist damit?«

»Er hat ihn überhaupt nicht angeschaut, sondern einfach in die Tasche gesteckt, ohne ihn zu lesen. Das hat sich wahrhaftig gelohnt, den zu schreiben!«

Diesen letzten Worten folgte sekundenlanges Schweigen. Angèle saß während dieser Zeit mit gesenktem Kopf und allem Anschein nach in eine Betrachtung versunken da, in der auch Fernandes ängstliche Miene sie nicht zu stören vermochte.

»Hör mal«, sagte sie mit auf einmal völlig veränderter Stimme, »du wirst doch diese ganze Geschichte deiner Mutter erzählen, nicht wahr?«

»Warum? Madame Londe hat mir gesagt, es sei nicht der Mühe wert, daß ich meiner Mutter das alles so genau berichte.«

»Und ich finde, daß das im Gegenteil sogar sehr wichtig ist.«

»Es war ein Fehler von mir, daß ich mit dir davon gesprochen habe«, fiel Fernande ihr heftig ins Wort. »Aber dafür wirst du auch nie von mir erfahren, was Madame Couze über dich und deinen Liebhaber sagte.«

»Wie?« rief Angèle und stand plötzlich auf, »Madame Couze hat etwas über mich gesagt...«

»Ja, ich habe es gehört, ich war im Nebenzimmer und nähte, als sie mit Madame Londe sprach. Aber von mir wirst du nicht hören, was sie alles geredet hat.«

»Fernande, du darfst es mir auf keinen Fall verschweigen. Du weißt nicht, daß das mein Tod sein kann. Du mußt mir alles sagen. Ich beschwöre dich, Fernande; hörst du, was ich dir sage?«

»Schwöre mir zuerst, daß du keinem Menschen die Geschichte mit Monsieur Domène erzählst.«

»Ja, ja. Ich schwöre es dir.«

Sie setzte sich auf das Bett neben das kleine Mädchen und nahm eine Hand in ihre eigenen, heftig zitternden.

»Ich war nebenan und nähte«, fing die Kleine an, die nur darauf brannte, ihre Geheimnisse zu offenbaren. »Madame Londe hatte mich hinausgeschickt, weil Madame Couze da war und sie mich nicht gern dabei hat, wenn jemand sie besucht.«

»Ja doch, ich weiß.«

»Madame Couze hat dann erst gesagt, man sähe dich ja gar nicht mehr, und die Herren aus dem Restaurant bedauerten das doch sicher sehr. Darauf hat Madame Londe zur Antwort gegeben: ›Solche wie die kann ich eine an jedem Finger haben.‹ Sie war dann offenbar unzufrieden, weil Madame Couze losgelacht hat, und mit etwas erhobener Stimme hat sie zu ihr gesagt: ›Im übrigen habe ich schon eine im Auge, die ihre Stelle einnehmen soll.‹ «

»Das hat sie gesagt?«

»Ja. Und Madame Couze hat wieder gelacht und Madame Londe gefragt, ob sie etwa mich damit meinte. Mich! Du kannst dir denken, wie erstaunt ich gewesen bin. Sofort wurde Madame Londe ganz wütend und hat sie angeschrien, sie solle gefälligst schweigen, und Madame Couze war dann eine Weile wirklich ganz still, aber hinterher hat sie Madame Londe gefragt, ob sie glaube, man werde am Ende den doch finden, der Monsieur Sarcenas umgebracht und dich überfallen hat.«

»Ja ... Und dann?«

»Auch das schien Madame Londe nicht ganz recht zu sein. Sie hat zu Madame Couze gesagt, sie sei ein Angsthase, und wegen ihr und ihrem Geschwätz hätten alle Leute in Lorges solche Angst. Darauf war Madame Couze ein bißchen pikiert und hat zur Antwort gegeben, sie sei nicht die einzige in der Stadt, die glaube, der Mörder sei ... Nun rate einmal, wer?«

»Ich weiß es nicht. Sag schnell.«

»Monsieur Guéret, der zweimal zum Essen gekommen und seit dem Tage nach dem Verbrechen verschwunden ist.«

»Mein Gott, was erzählst du da, Fernande! Und was hat Madame Londe darauf gesagt? So rede doch!«

»Sie hat gesagt, das stimme nicht und man sei überzeugt, daß eine Verbrecherbande die Tat begangen habe. Aber Madame Couze hat erklärt, das sei nicht wahr. Sie schrien alle beide. Ich brauchte das Ohr nicht mehr ans Schlüsselloch zu halten, um alles zu verstehen.«

»Und was haben sie noch gesagt? Sag schon.«

»Warte, schneller geht es nicht. Madame Couze hat ganz einfach behauptet: ›Alle Leute wissen, daß der Schuldige der

Liebhaber von Mademoiselle Angèle ist, die Polizei sucht nach ihm, und er wagt sich nicht mehr zu zeigen.‹ Als Madame Londe das gehört hat, schrie sie mit einer Stimme, die mir Angst gemacht hätte, Madame Couze an: ›Hinaus mit Ihnen!‹; aber Madame Couze, die doch sonst so schüchtern ist, hat immer weitergeredet. Nur etwas ins Stottern kam sie, und Madame Londe hat derart geschrien, daß ich die beiden nur noch mit Mühe verstehen konnte. Und dann plötzlich hat Madame Couze noch lauter zu schreien angefangen als Madame Londe: ›Sie müssen ja selber zugeben, daß Sie für ihn Partei ergreifen.‹ Und sie hat auch noch etwas anderes gesagt, etwas, wobei es mir kalt über den Rücken gelaufen ist.«

»Sag doch, schnell! Weiter!«

»Sie hat gesagt: ›Da gibt es gar keinen Zweifel. Er wird hier versteckt!‹«

Angèle ließ die Hand der Kleinen los und rückte ein wenig von ihr fort, ohne ein Wort zu sagen, zitterte aber so sehr, daß das Kind unruhig wurde.

»Was hast du denn, Angèle? Es ist doch gar nicht wahr.«

Sie wollte die junge Frau umarmen, die mit einer instinktiven Bewegung den Schal wieder vors Gesicht gezogen hatte. Ein paar Sekunden vergingen, ohne daß Angèle einen Ton hervorzubringen vermochte; dann machte sie sich sacht aus der Umarmung los und fragte schließlich:

»Hat sie sonst noch etwas gesagt?«

»Nein. Gleich darauf ist sie gegangen. Fühlst du dich nicht wohl, Angèle? Willst du dich lieber hinlegen?«

»Ich möchte, daß du jetzt gehst, Fernande«, antwortete Angèle ganz leise.

»Wenn ich das gewußt hätte«, sagte Fernande, »hätte ich dir das alles überhaupt nicht erzählt. Ich wollte ja erst auch nicht, weil ich schon ahnte, es würde dir nicht recht sein.«

»Es ist nicht deine Schuld, Kleine. Aber erzähle niemandem weiter, was du mir berichtet hast.«

»Nein, bestimmt nicht.«

Nach einer kurzen Pause fuhr Angèle mit gefestigter Stimme fort:

»Ich bin unglücklich, sehr unglücklich, Fernande. Wenn ich dich einmal brauchen sollte, wirst du mir dann helfen?«

»Aber das weißt du doch.«

»Seit drei Monaten ist alles so schwer für mich, Fernande. Ich sehe niemanden mehr. Zuerst sah es so aus, als würden meine Wunden nach vierzehn Tagen heilen, sie haben sich auch geschlossen, aber etwas davon wird doch immer bleiben. Ich traue mich nicht, mich in diesem Zustand zu zeigen. Aber ich muß ja meine Arbeit wieder aufnehmen. Wenn ich jetzt denke, wie glücklich ich in der Wäscherei gewesen bin, ohne es zu wissen! Kannst du dich noch erinnern, wie hübsch ich gewesen bin?«

»Was redest du denn? Das bist du doch noch.«

Angèle schüttelte den Kopf.

»Du hast mich ja seither nicht gesehen . . .«

Sie hielt inne und schien nachzudenken.

»Sag, kleine Fernande«, fuhr sie gleich darauf fort, »magst du mich? Oder hast du am Ende doch ein bißchen Angst vor mir?«

»Angst, Angèle?«

»Ja. Du siehst mich doch immer nur mit diesem Schal um den Kopf. Das muß sehr traurig sein. Es kommt mir manchmal so vor, als versuchtest du mein Gesicht durch die Maschen hindurch zu erkennen.«

»Nein, nein«, entgegnete Fernande überrascht.

»Doch, doch«, beharrte die junge Frau in sanftem Ton. »Ich spreche natürlich niemals davon zu dir, das verstehst du ja. Der Gedanke, daß ich häßlich geworden bin, macht mir zuviel Kummer. Jeden Morgen schaue ich mich im Spiegel an, und manchmal rede ich mir ein, es sei etwas besser geworden. Dann aber gibt es Tage, wo ich denke, daß es im Gegenteil jetzt schlimmer ist als vorher; dadurch, daß man sich so anschaut und den ganzen Tag daran denkt, weiß man schließlich überhaupt nicht mehr, wie man eigentlich aussieht.«

»Du mußt nicht zuviel daran denken«, antwortete Fernande, die sich durch den Ton beunruhigt fühlte, in dem Angèle zu ihr sprach.

»Das ist leicht gesagt. Was mir nottäte, weißt du, wäre, daß jemand mir die Wahrheit sagt, jemand, der mein Gesicht drei Monate lang nicht gesehen hat und dem ich es jetzt zeige.«

»Madame Londe würde es dir auf der Stelle sagen.«

»Madame Londe«, wiederholte Angèle in wütendem Ton. »Die wäre nur allzu froh, zu sehen, was sie mir angetan hat.«

Das Kind erbleichte.

»Im Gegenteil«, sagte Fernande. »Zu mir hat sie gesagt, sie hoffe sehr, du seist bald geheilt und würdest deine Tätigkeit wieder aufnehmen können.«

»Dabei ist gerade sie die Ursache von allem, Fernande. Hätte ich diese Frau nicht kennengelernt, wäre ich heute noch so hübsch, wie ich früher gewesen bin.«

Sie faßte Fernandes Hand, stand plötzlich auf und trat dicht vor das kleine Mädchen.

»Ich möchte dich um etwas bitten«, sagte sie mit großer Entschiedenheit. »Du schlägst es mir doch nicht ab, nicht wahr? Du hast gesagt, daß du mich magst. Hör zu. Ich nehme jetzt meinen Schal ab. Dann gehst du mit mir zum Fenster und schaust mich an. Willst du? Du tust es doch?«

Fernande brach in Schluchzen aus.

»Was hast du denn?« fragte Angèle, indem sie sich vor ihr auf die Knie warf. »Du hast Angst? Du hast Angst vor mir? Früher hast du mich immer so heftig umarmt, erinnerst du dich nicht mehr? Du hast die Hände um meinen Hals gelegt und gesagt, du ließest mich nicht fort. Und jetzt, wo ich ganz allein bin und alle mich hassen, bist du auch gegen mich? Ich flehe dich an, liebe kleine Fernande, sei doch lieb zu mir. Ich versichere dir, du wirst keinen Schreck bekommen. Glaubst du, ich würde mich jeden Morgen selber im Spiegel anschauen, wenn der Anblick mir Angst einjagte? Es ist eine Narbe zu sehen, aber das ist auch alles. Ich schäme mich nur, weil ich mich noch so gut erinnern kann, daß ich vor drei Monaten viel besser aussah als jetzt.«

Diese Worte beruhigten die Kleine so sehr, daß sie sich die Tränen abwischte.

»Wann gehst du wieder auf die Straße?« fragte sie.

»Wann? Ab morgen schon, wenn du mir sagst, daß ich nicht zu sehr verändert bin. Du siehst, wie sehr du mir nützen kannst. Ich verlasse mich ganz auf dich. Du bist doch jetzt ein großes Mädchen, weißt du. Also komm schon her.«

Sie stand auf und zog das Kind sanft zum Fenster hin.

»So«, sagte sie und drängte sie so in die Nische, daß noch eine Entfernung von ein paar Schritten zwischen ihr selbst und Fernande lag. »Der erste Eindruck ist wichtig. Versuch zu vergessen, was für ein Gesicht ich früher hatte, und sag mir ganz offen, ob ich morgen ausgehen kann. Schneide doch keine solchen Grimassen, du Kindskopf. Man könnte ja meinen, du solltest den Teufel sehen! Komm, komm, du darfst nicht traurig sein. Stell dir doch einfach vor, du wärest im Theater.«

Sie schwieg einen Augenblick und fing dann in dem pompösen Ton zu sprechen an, mit dem man eine Vorführung ansagt.

»Die Vorstellung beginnt sofort, meine Damen und Herren, der Vorhang geht auf. Bitte, jetzt!«

Ein lastendes Schweigen folgte dem letzten Wort, das sie mit erstickter Stimme ausgesprochen hatte. Dann stieß das Kind einen Schrei aus, als ob es nach Atem ränge, denn es war zwar darauf gefaßt gewesen, widerwärtige Wunden in einem gleichwohl vertrauten Antlitz zu sehen, hatte nun aber eine Frau vor sich, deren Gesicht es nicht kannte und deren angstgeweitete Augen allein noch etwas von der Schönheit bewahrten, die aus diesem gemarterten Fleisch für immer entschwunden war. Dennoch hatte das Ebenmaß der Züge sich nicht verändert, und die wundervolle Form der Stirn, der Augenbögen und der Nase war erhalten geblieben, doch zwei tiefe Wunden, breite, weiß umsäumte Furchen, durchschnitten dieses für alle Zeiten schmachvoll entstellte Gesicht; die eine hatte von der rechten Schläfe ausgehend die Wange aufgerissen und sich über die Lippen gelegt, als wolle sie ihnen Schweigen gebieten, die andere zerstörte einen Teil des Unterkiefers sowie das Kinn und verschwand dann unterhalb des Ohrs. Man hätte meinen können, eine mit ihrer eigenen Schöpfung unzufriedene Hand habe erbarmungslos ihr Werk vernichten wollen, indem sie mit kräftigen Kreidestrichen die entsetzlichen Narben anbrachte wie einen Fluch.

»Höre«, sagte Angèle nach einem schmerzlichen Seufzer, »du kannst nicht so dastehen und nichts sagen, Fernande.«

»Ja«, flüsterte das Kind, ohne sich zu rühren.

»Du siehst«, fuhr die junge Frau fort, »ich habe mich an den Gedanken gewöhnt, daß ich nie mehr sein werde, wie ich war, aber ich glaube doch, eines Tages wird es trotz allem wieder besser sein ... Meinst du nicht auch?« setzte sie nach kurzer Pause hinzu.

»Bestimmt, Angèle.«

Die Prüfung, die die junge Frau ihrer Eitelkeit auferlegte, hatte ihr indessen eine gewisse Erleichterung gebracht, und weit davon entfernt, die tragische Nichtigkeit ihrer Betrachtungen zu begreifen, vielmehr einzig darum bemüht, nicht hören zu müssen, was das kleine Mädchen ihr sagen würde, fuhr sie selber fort:

»Zuerst habe ich geglaubt, ich müßte sterben vor Scham, als ich mich so sah. Alles hängt davon ab, daß man sich daran gewöhnt. Ich habe meine beiden Augen noch, was ja schließlich die Hauptsache ist. Wenn nur die weißen Streifen verschwänden! Aber es kommt mir so vor, als hätte der rosige Ton ringsherum schon etwas zugenommen. Ich habe festgestellt, daß es bei hellem Tageslicht, in der Sonne, weniger zu sehen ist; nur wenn ich mit dem Rücken zum Fenster stehe, sieht es sehr häßlich aus, aber dann brauche ich ja nur den Kopf ein bißchen herunterzuhalten, nicht wahr?«

Dabei senkte sie die Stirn so tief, daß man nur noch den Scheitel sah, wo die schweren schwarzen Haarmassen sich teilten. Das Kind bewahrte Schweigen; mit seinem blassen Gesicht und den hinter dem Rücken verschlungenen Händen schien es sich davor zu fürchten, auch nur eine Bewegung zu machen.

»Gib zu«, sagte Angèle, »daß es weniger grausig ist, als du es dir vorgestellt hast. Grausig ist ja auch eigentlich nur der Anblick von Blut, nicht wahr. Aber eine Narbe ... Also wenn du mir auf der Straße begegnetest, bekämst du da Angst vor mir, sag?«

»Nein.«

»Gott sei Dank! Ich kann also ruhig ausgehen? Wenn du wüßtest, was es für mich bedeutet, daß ich mit dir zusammensein kann, ohne mir das Gesicht mit dem Schal zuzuhalten ... Ich war schon so weit, daß ich mich vor mir selber fürchtete. Und ich habe nur mein Gesicht freimachen müssen, um wieder froh zu sein, froh! Es ist lange her, daß ich mich so gefühlt habe wie jetzt, weißt du; was du mir gesagt hast, macht mich richtig glücklich.«

Sie hatte diese Worte mit großer Lebhaftigkeit vorgebracht und begann plötzlich zu lachen; eine jähe Freude erhellte ihren Blick und ließ das Blut in ihre Wangen strömen, so daß die Weiße der Narben um so stärker hervortrat. Welche Hoffnung bewegte sie so sehr, daß sie für einen kurzen Augenblick so viele Leidenstage vergaß? Sie faßte die Kleine bei der Hand und setzte sich mit ihr auf das Bett.

»Du hast mir versprochen, ganz offen mit mir zu sein, Fernande«, fuhr sie, wieder ernst geworden, fort. »Hör mich an. Ich habe nämlich viele Zukunftspläne. Du kannst dir ja denken, daß ich nicht weiter so leben will, als säße ich im Gefängnis. Ich habe genug davon, für Madame Londe zu waschen und ihre Wäsche auch noch umsonst auszubessern. Morgen gehe ich aus, das steht fest. Jetzt aber muß ich dir eine Frage stellen, ein ernste Frage. Denke gut nach, bevor du mir Antwort gibst.«

»Ja.«

»Du bist noch sehr jung, aber du hast doch gesagt, daß du

ebensoviel weißt wie irgendeine andere, wie? Nun sieh mich einmal an. Wenn ein Mann mich sähe, wie ich jetzt bin, glaubst du, er würde mich häßlich finden?«

»Häßlich? Nein.«

»Bist du sicher, daß du das nicht bloß mir zuliebe sagst? Glaubst du, daß dieser Mann sich dann in mich verlieben könnte?«

»Sicher, Angèle.«

»Er würde also auf mich zugehen und zu mir sagen: ›Ich liebe Sie!‹ Und dann?«

»Dann?«

»Aber ja doch! Was täte er dann? Er würde mich bei der Hand nehmen, nicht wahr, und würde mich küssen. Das wolltest du doch sagen?«

»Ja.«

Die junge Frau mußte plötzlich lachen.

»Sag«, fuhr sie fort, »glaubst du, daß Monsieur Domène mich geküßt hätte, wenn ich neulich statt deiner bei ihm gewesen wäre?«

Die Kleine nickte.

»Also gut«, sagte Angèle und richtete sich plötzlich hoch vor ihr auf, »dann gib mir jetzt einen Kuß!«

Sie stand zwischen dem Fenster und Fernande und suchte auf dem kleinen Gesicht, aus dem alles Blut gewichen war, nach einem Ausdruck, der sie vollends beruhigen sollte; aber was sie sah, war ein verkrampfter Mund, waren Augen, die sich mit Tränen füllten. Das Schauspiel dieses Grauens benahm ihr den Atem. Kein Spiegel, und wäre er noch so grausam und klar gewesen, hätte ihr deutlicher die Entstellung ihrer Züge vor Augen halten können als Fernandes entsetzter Blick. Sie fühlte, daß alle Kraft sie verließ und daß ihre Knie nachgaben. Nachdem sie Monate zwischen Hoffnung und Verzweiflung geschwankt hatte, fand sie sich nun mit einer entsetzlichen Wirklichkeit konfrontiert: Sie flößte Grauen ein. Dieses Kind weigerte sich, ihr einen Kuß zu geben. Jäh wendete sie der Kleinen den Rücken zu und ging wortlos zum

Fenster. Leute überquerten den kleinen Platz, eine alte Dame, deren Züge einzig vom Alter mitgenommen waren, ein kleiner Junge mit noch ganz reiner Haut. Ahnten sie, daß sie da war und daß ihr das Herz vor Traurigkeit fast zersprang?

›Sie hat vielleicht nicht verstanden‹, dachte sie. ›Ich werde sie noch einmal darum bitten.‹

Sie ging zurück zu der Kleinen, die nicht gewagt hatte, sich von der Stelle zu rühren, und sah sie schweigend an. Angèle öffnete den Mund, doch die Angst machte sie stumm. Sie schien selber überrascht, daß sie so außerstande war, die Worte, die sie sagen wollte, zu artikulieren. Was für eine schaurige Ruhe herrschte in diesem Raum! Sie hätte schreien mögen, schreien, bis ihr der Atem versagte, bis das Leben sie verließ, da es ja kein anderes Mittel gab, dieser Hölle zu entrinnen, als den Tod. Plötzlich versagten ihre Beine, und sie sank in die Knie, sie umarmte die vor ihr sich halb erhebende Gestalt, die vor Abscheu erbebte bei der Berührung ihrer Arme, und mit dem Kopf im Schoße des kleinen Mädchens, so daß ihr Haar sich über die Schulschürze des Kindes breitete, schluchzte sie wie von Sinnen, mit einem gellenden Ton, der ebensogut einen Ausbruch grausiger Heiterkeit hätte begleiten können.

4

In dem tristen, langen Speiseraum wartete Madame Londe mit ineinander verkrampften Fingern und mit den Füßen auf dem Holzkohlenöfchen auf ihre Abendgäste. Sie rührte sich nicht; eine gestrickte Pelerine bedeckte ihre kräftigen Schultern, die sich seit kurzem etwas nach vorn gewölbt hatten, und ihre unbeweglichen Augen mit dem gleichsam nach innen gerichteten Blick schienen einer Vision zugewendet zu sein, deren melancholischer Aspekt einen Widerschein auf ihre Züge warf. Die kleine Zinnvase vor ihr war leer; Madame

Londe hatte sie dennoch in ihrer abergläubischen Furcht, ihr Dasein zu verfälschen, wofern sie an ihren täglichen Gewohnheiten das geringste änderte, an ihrem Platz belassen. Was machte es ihr aus, daß ihr die Jahreszeit keine Blumen schenkte? Sie hatte andere Sorgen. Etwas sehr Ernstes ging vor, etwas, das so schwerwiegend war, daß angesichts einer beispiellosen Situation Madame Londe allen Mut verlor und nicht einmal daran dachte, irgendeine Geste zu machen, den Kellner herbeizuzitieren. Wo waren die Zeiten, da sie die Suppe heraufbringen ließ, um ihre Herren gleichsam herbeizuzwingen? Jetzt wagte sie das nicht mehr. Sie hatte das Vertrauen in dieses Mittel ihrer großen Zeit vollkommen eingebüßt; hatte sie nicht letzte Woche mitansehen müssen, wie auf dem Tisch elf mit Rindfleischeintopf gefüllte Teller in der Erwartung verspäteter Gäste dampften und schließlich erkalteten?

Es war jetzt sieben Uhr und fünfundzwanzig Minuten; sie wußte es, denn sie hatte die Minuten Sekunde für Sekunde nach dem Ticktack der großen schwarzen Wanduhr mitgezählt. Beunruhigung und Zorn mischten Galle unter ihr Blut und ließen ihren Teint unter dem graurosa Puder, der ihre Wangen bedeckte, immer gelber erscheinen. Sie war ganz allein im Speisesaal, aber selbst wenn sie an ihrem Pult hätte sterben müssen, würde sie warten, dachte sie bei sich, bis die Tür sich öffnen und jemand erscheinen würde.

Der Ofen brannte nicht weit von der Table d'hôte; sie vernahm das brummende Geräusch, das ihr früher fröhlich und tröstlich erschienen war. Jetzt verbreitete die Hitze sich umsonst in der bereits lauwarmen Luft. Ein physisches Unbehagen vermehrte noch die Verwirrung ihres Geistes, und mit Grauen fragte sie sich, wie sie es aushalten sollte, anderthalb Stunden – vielleicht sogar länger – regungslos da auszuharren. Woher kam dieses quälende Verlangen, sich zu erbrechen? Sie hatte um vier Uhr aus Widerwillen gegen jede Nahrung nichts zu sich genommen, und ihr schon so sehr von Verzweiflung heimgesuchtes Herz war nahe am Versagen.

›Warum muß ich derart leiden?‹ fragte sie sich. Jahre hindurch hatte sie die Ruhe eines bequemen, ereignislosen Lebens gekannt, in dem alles für immer geregelt schien, Aufstehen, Schlafengehen, die Mahlzeiten, selbst der Wechsel von Freude und Traurigkeit; nun aber war plötzlich alles aus der Reihe gekommen. Die ältesten Gewohnheiten waren in Frage gestellt, die Grundlagen ihres Daseins aus den Angeln gehoben. Jede Stunde brachte neue Aufregung, täglich drohte die Sonne über einem neuen Ungemach aufzugehen. Jemand war gekommen und hatte ihr Unglück gebracht, und das war Guéret gewesen. Seit dem Tag, an dem er im Restaurant zum Abendessen erschienen war, hatte alles sich zum Schlechten gewendet. Sie hätte ahnen sollen, daß dieses verschlossene Gesicht, dieses beharrliche Schweigen nichts Gutes verhießen. Seinetwegen war Angèle gezwungen, sich zu verstecken wie eine Aussätzige; seinetwegen wußte sie selbst, Madame Londe, nicht mehr, was in Lorges vorging, und durch seine Schuld ging der Einfluß, den sie auf ihre Herren ausübte, täglich mehr zurück. Der gefährdete Frieden ihres Lebensabends, die Qualen unbefriedigter Neugier, die Demütigung, die Wut darüber, dem Schwinden dessen zusehen zu müssen, was sie scheinbar so fest in der Hand hatte, alles das, diese Anhäufung von Übeln, von denen ein einziges schon genügt hätte, sie niederzudrücken – wer war schuld daran, wenn nicht dieser Unhold, den sie auch noch ermutigt hatte, in ihrem Restaurant zu essen? Oh! Wenn sie das hätte wissen können, wenn der Himmel in seiner Barmherzigkeit ihr eine Warnung hätte zuteil werden lassen! Aber in qualvollen Stunden dachte sie nicht an die Religion. Des Himmels erinnerte sie sich nur, wenn sie gut gestimmt war, früher zum Beispiel, wenn Angèle ihr etwas Geld gebracht und Geschichten von dem einen oder anderen berichtet hatte und Madame Londe ihrer Freude, fünf Francs in die Schublade gesteckt und Neues erfahren zu haben, gern noch eine weitere Befriedigung hinzufügte: die, sich ehrbar zu fühlen. Jetzt aber war sie der Überzeugung, verraten worden zu sein, verraten von der Welt sowohl wie von jenem Gott, der angeblich so gerecht war und der sich dennoch ein Vergnügen daraus machte, die kunstvolle Maschinerie ihres bürgerlichen Lebens zu zerstören. Daher würde sie auch, um ihren Schmerz zu betäuben, um die Katastrophe zu bannen, die unabweisbar näherkam, sich auf niemanden stützen, sie würde allein sein und an ihrem Pult sitzen wie eine auf den Ruinen ihres Tempels vom Blitz getroffene Gottheit. Es war jetzt halb acht geworden. Sie hätte gewünscht, es wäre schon acht Uhr oder bereits neun, damit das Unheil vollständig und der Beweis für die Ungerechtigkeit der Vorsehung ein für allemal erbracht wäre.

Schließlich, von dem äußersten Grauen vor dem kommenden Tag zu der Wollust überwechselnd, sich das Schlimmste vorzustellen, das sie treffen könnte, sah sie sich im Geiste von allen ihren Stammgästen verlassen, ruiniert, dem Elend preisgegeben und der Gnade derjenigen ausgeliefert, die sie beschuldigten, den Verbrecher unter ihrem Dach zu verbergen; denn dieses absurde, von ängstlichen Gemütern aufgebrachte Gerücht gewann immer mehr an Boden. Neid und Gehässigkeit, die rings um sie her schon so lange schwelten, würden sich bald bemerkbar machen, so wie eine verheerende Krankheit erst nach einer Inkubationszeit von mehreren Jahren zum Ausbruch kommt. Wie sehr hatte man ihr die Position, die sie sich geschaffen hatte, mißgönnt, dieses Restaurant, dessen Untergang alle herbeiwünschten, die paar Groschen, die sie für ihre alten Tage hatte zurücklegen können! Und sie, die an die Festgefügtheit und den dauernden Bestand der Dinge, an die Zuverlässigkeit der Zukunft, an ihre eigene Kraft geglaubt hatte – welche Hoffnung sollte sie jetzt noch auf das Leben setzen? Es war fünfundzwanzig Minuten vor acht.

An dem Punkte, an dem sie nunmehr angelangt war, machte es ihr fast nichts mehr aus, ob jemand kam oder nicht, ob die Suppe von den Kunden gegessen wurde oder ob sie auf dem Grunde der Kasserollen verbrutzelte. Jenseits einer gewissen Grenze spürt man die Schläge des Schicksals nicht mehr. So argumentierte sie gerade, als die Tür aufging; unwillkürlich machte sie mit den Händen eine Geste der Überraschung, die sie sofort zurückzunehmen versuchte. Drei ihrer Herren kamen herein, dann wieder einer, dann noch drei. Es sah fast so aus, als hätten sie draußen hinter den Bäumen des Platzes eigens ein Weilchen gewartet, um sie zu ängstigen und sich damit für die Kränkungen zu rächen, die sie ihnen zugefügt hatte. Dennoch begann ihr das Herz zu klopfen, und als sie ihr, bevor sie sich setzten, ihren Gruß entboten, erwiderte sie diesen auf eine majestätische Art, aber mit einem kleinen Zusatz von Gleichgültigkeit, den sie sich nur mit Mühe abgewann.

Hätte die Unglückliche einen Augenblick ihren Kneifer aufgesetzt, würde sie in den Mienen ihrer Gäste eine Selbstsicherheit festgestellt haben, die ihr an ihnen bislang völlig unbekannt war. Ohne zu blinzeln, schauten sie alle zu ihr hinüber. War es, weil sie sich nicht mehr fürchteten, oder errieten sie, daß sie kaum mehr sah und ihre unverschämten Grimassen unbemerkt bleiben würden? Ein paar Minuten darauf waren sie alle beim Essen, und ungeachtet der furchtbaren Demütigung der Verspätung, die sie wortlos hatte hinnehmen müssen, fühlte sie, wie sie dank der bloßen Tatsache ihrer Anwesenheit wieder aufzuleben begann. Freilich, vollzählig waren sie nicht; sogar die Augen von Madame Londe nahmen die große Leere am oberen Ende der Tafel wahr; trotz allem aber kehrte Freude zaghaft in ihr Herz zurück. Noch war nicht alles verloren. Nach den Todesängsten, durch die sie hatte hindurchgehen müssen, war es herrlich, zu sehen, wie der Speiseraum wieder sein normales Aussehen gewann. Die Kellner gingen um den Tisch herum und räumten die Suppenteller mit jener jähen Bewegung ab, die sie nie ablegen würden. Ein Problem jedoch stellte sich noch, das alsbald gelöst werden mußte. Sollte man die für die Abwesenden hingestellten Teller an ihrem Platz belassen oder unbenutzt in die Küche zurücktragen? Welche Haltung sollte sie einnehmen? Wenn sie Befehl gab, die Teller stehenzulassen, so gestand sie damit eine Hoffnung ein, die lächerlich erscheinen mußte, falls sie sich nicht erfüllte; gab sie aber anderseits nicht, wofern sie sie in die Küche zurücktragen ließ, ihre Niederlage offen zu?

Sie spürte, wie bei dem Gedanken an die Verachtung, die ihre Worte vielleicht wecken würden, ihr die Wangen brannten, denn ohne die Speisenden deutlich zu sehen oder die Reden genau zu hören, die sie untereinander führten, fühlte sie sich durch irgend etwas vor der Böswilligkeit ihrer Gäste gewarnt. Seit Wochen wußte sie nichts mehr von den Sorgen und Freuden, die das Leben dieser Männer erfüllten. Sie waren von Geheimnis umwoben wie von ständig wachsender Dunkelheit, die sie mit ihrem geschwächten Sehvermögen nicht mehr zu durchdringen vermochte. Je mehr sie sich aber von ihr entfernten und zu Unbekannten wurden, desto mehr schwand ihre, Madame Londes, Macht über sie dahin. Was war sie im Grunde ohne die Augen und Ohren Angèles, und wozu diente ihr die Gabe der Intuition, wenn nicht zu um so größerer Qual? Das Vorhandensein eines Geheimnisses zu wittern, von dem man nicht einmal die kleinste Einzelheit kannte – war das nicht eine ärgere Plage als die absolute Unwissenheit eines Menschen, der von nichts etwas ahnt? Sie ahnte alles, aber welche Nacht, mein Gott, war diesem schwachen Lichtschein nicht vorzuziehen? Und wie es alte Frauen zu tun pflegen, deren Hirn durch Alter und Kummer geschwächt ist, ging sie immer von neuem dem Lauf ihrer Mißgeschicke nach, deren geringfügigste sie noch bis zu ihrer aller gemeinsamem Ursprung verfolgte. Wenn sie jetzt die schwierige Frage der drei gefüllten Suppenteller zu lösen hatte, so deshalb, weil ihre Gäste die abscheuliche Gewohnheit des Zuspätkommens angenommen hatten. Und weshalb kamen sie zu spät? Weil sie keinen Respekt mehr vor ihr hatten. Woher aber kam dieser Mangel an Respekt? Weil sie sich vor der Neugier ihrer Wirtin sicher fühlten und dadurch ihre Unabhängigkeit allmählich zurückgewannen. Angèle war nicht mehr da, um diesen Männern ihre kleinen Geheimnisse abzuschmeicheln. Wie bitter aber war es, daß sie, Madame Londe, diesen Stand der Dinge selbst herbeigeführt hatte! Ja, letzten Endes fiel alles ihr zur Last, hatte sie doch darauf gedrungen, daß dieser Elende, den sie wie einen Pestkranken von ihrer Schwelle hätte verjagen sollen, ein zweites Mal zu ihr kam. An diesem Tisch, zu ihren Füßen sitzend, hatte er vielleicht die Untat ausgebrütet, durch die sie nun selbst zugrunde gerichtet wurde; sie aber hatte nichts davon gewußt, ihm sogar in wahnwitziger Verblendung noch ein Essen auftragen lassen! Ach! Sollten sie doch diese Suppe fortnehmen und in den Hundenapf oder auf die Gosse leeren, das würde besser sein, als sie an Menschen zu verschwenden.

Sie war gerade im Begriff, den Befehl zu erteilen, man solle die drei vollen Teller abtragen, als die Tür sich von neuem öffnete und Monsieur Goncelin [Goncelin, der früher immer der erste gewesen war!] und Monsieur Pinsot Einlaß gewährte. Sie traten mit dem Hut auf dem Kopf und kecker Miene in den Raum. Heftige Erregung packte Madame Londe. Irgend etwas würde jetzt geschehen, diese Männer führten Übles gegen sie im Schilde. Sie war dessen ganz gewiß und hob die Hände ans Herz, als wolle sie die Schläge ersticken, unter denen ihre Brust erbebte. Aber nein. Sie wendeten sich ihr zu und grüßten sie mit ernster Miene. Sie erwiderte ihren Gruß wie ein Automat, mit von Furcht entstelltem Gesicht und Händen, die unter den Halbhandschuhen feucht geworden waren. Machten sie sich lustig über sie? Weshalb schüttelten sie die Köpfe mit einem Blick auf die Eingangstür? Und die anderen? Worüber lachten sie? Sie spitzte die Ohren, erfaßte jedoch nichts als ein aufreizendes Gemurmel. Dann plötzlich schrak sie zusammen. Monsieur Goncelin, der den Platz zwischen Monsieur Blondeau und Monsieur Verdet gewählt, aber sich noch nicht hingesetzt hatte, faßte sie scharf ins Auge und richtete das Wort an sie.

Was sagte er? Diese Stimme, die wie durch Nebel zu ihr drang, machte sich ihr durch ihren etwas dumpfen Tonfall und bäuerlichen Akzent zwar hinreichend kenntlich, doch nichts Bestimmtes gelangte bis an ihr Ohr, kein Wort hob sich deutlich hörbar ab. Vielleicht sprach er absichtlich so leise? Sie fühlte, wie der Schweiß ihr rings um die Stirn aus allen Poren brach und langsam ihre Haut überzog. Mit dem Handrücken fuhr sie sich über die Brauen, um Puder und Rouge auf ihren Wangen vor den zerstörerischen Rinnsalen zu schützen. Im Augenblick schwieg Monsieur Goncelin, und die Speisenden sahen sie an, ganz als ob sie von ihr eine Antwort auf die Frage erwarteten, die ihr soeben gestellt worden war. Alles verschwamm vor ihrem Blick; es kam ihr vor, als sei mit einemmal der Saal von unerträglichem Licht überschwemmt mit Ausnahme der Gaskrone, die ihrerseits tiefschwarz geworden war. Ihre Kleidungsstücke fingen an, ihr am Leibe zu kleben. Sie fühlte sich versucht, für alle Fälle mit ›Gut!‹ zu antworten, als Monsieur Goncelin, die Hände wie einen Schalltrichter vor den Mund haltend, mit kräftig pointierter Stimme rief:

»Warten Sie nicht auf Monsieur Léon! Er kommt nicht mehr!«

Sie antwortete: »Gut!«, weil sie kein anderes Wort im Kopf hatte als dieses eine, das ihr wie ein Angstschrei entfuhr. Ein schmerzhafter Schwindelanfall zwang sie, die Lider zu senken, doch fand sie noch Zeit, zu bemerken, wie Monsieur Goncelin sich setzte und unter allgemeinem Gelächter seine Serviette entfaltete. Sie war von ihrem Thron gestürzt, es war aus; was der Schweiß nicht geschafft hatte, das vollendeten jetzt die Tränen, Tränen der Verzweiflung, die sich von den Augen her bis zu den Mundwinkeln hinunter geduldig einen Weg durch die Schminke bahnten. Niemand achtete mehr auf sie. Sie konnte sich ihrem Schmerz überlassen, sich an ihrer Trauer berauschen. Durch die großen Tropfen hindurch, die zitternd an ihren Wimpern hingen, sah sie vor sich undeutlich die Zinnvase und das schwarze Buch, die ihr so viele Dinge in Erinnerung riefen. Wozu noch eitle Illusionen nähren? Monsieur Léon kam nicht mehr. Morgen würde es ein anderer sein, und nach Ablauf einer Woche konnte sie ihr Speisehaus schließen, dem großen Suppentopf einen Fußtritt versetzen und am Ende aus dieser Gegend verschwinden. Denn sie sah klar und deutlich, daß man sie haßte und ihr das Leben schwer machen wollte. An dem Tage, an dem Monsieur Léon ihr das ganze Geld gegeben hatte, das er ihr schuldete – nahezu vierzig Francs –, hätte sie ahnen können, daß ihr ein Unglück drohte; weiß Gott, er hatte diese Summe sicher von Freunden, vielleicht sogar von seinem Chef geborgt, und dabei hatte sie geglaubt, sie habe ihn fest in der Hand! Aber ebensogut könnte man Wasser in seinem Lauf festhalten wollen!

Jetzt, da sie sich darein ergeben hatte, der Wahrheit ins Gesicht zu sehen, verstand sie besser, was diese Leute alle gegen sie hatten. Sie waren ihr böse, weil sie ihnen Angèle vorenthielt. Wochenlang hatten sie gefragt: ›Wie geht es Mademoiselle Angèle? Hat sie sich wieder erholt?‹ Aber die Antwort war stets die gleiche gewesen: ›Es geht ihr immer noch nicht so gut, daß sie ausgehen kann. Sie müssen noch etwas warten.‹ Konnte sie wagen, ihnen Angèle dadurch zu verleiden, daß sie sie ihnen zu früh zeigte? Freilich hatte sie die Züge der Unglücklichen längere Zeit nicht gesehen, da die junge Frau sich vor ihr wie vor aller Welt verbarg; aber sie erinnerte sich noch zu gut an den entsetzlichen Anblick, den dieses Gesicht an dem Tage geboten hatte, an dem Angèle ihr ins Haus zurückgebracht worden war. Anderseits wagte sie ihren Gästen nicht zu erklären, daß Angèles Schönheit vielleicht beeinträchtigt sei und nur die Zeit eine völlige Wiederherstellung bringen könne. Daher glaubte sie denn, sich damit aus der Affäre ziehen zu können, daß sie von einer Nervenkrise als Folge des Überfalls sprach, aber diese Nervenkrise hielt nun schon drei Monate an, und die Herren glaubten ihr nachgerade nicht mehr.

Und dann war Madame Londe auch nicht die einzige, die ihre Nichte in dem jammervollen Zustand gesehen hatte, in den sie durch die Zügellosigkeit ihres Angreifers versetzt worden war. Es hatte Zeugen gegeben, und es hieße die menschliche Natur verkennen, wenn man sich etwa einbildete, daß diese nicht geplaudert hätten. Demgemäß hieß es überall, Angèle zeige sich nicht mehr, weil sie die Spuren ihrer Wunden noch im Gesicht trage und fürchte, den Leuten auf der Straße einen Schreck einzujagen, so häßlich sei sie geworden! Madame Londe mochte noch so sehr das Gegenteil versichern, es nützte nichts; zu Anfang hatte sie die Meinung in der Schwebe zu halten vermocht, denn vor nicht allzulanger Zeit war ihr Ansehen immerhin noch ziemlich bedeutend gewesen; jetzt aber war es keine Kunst mehr, ihr in die Karten zu schauen. Die arme Alte fürchtete für ihr Restaurant und erzählte die albernsten Dinge in der Hoffnung, das Unheil dadurch beschwören zu können; der Beweis jedoch war erbracht, daß ihr Einkommen und ihr Ruf, alles, was sie hienieden an realen und dauerhaften Gütern besaß, auf der ungewissesten und wandelbarsten Sache von der Welt beruhte: dem Gefallen, das ein paar Männer an einem weiblichen Wesen fanden. Über diese zweideutige Geschichte wußte jedermann Bescheid. Niemand war in Unkenntnis darüber, daß, bevor Madame Londe angefangen hatte, ihren Gästen Angèle zur Verfügung zu stellen, das Restaurant sich ohne Hoffnung für die Zukunft nur eben über Wasser hielt. Seither allerdings hatte die alte Vettel vermutlich ein recht hübsches Vermögen zusammengescharrt, die Vorsehung aber in ihrer Gerechtigkeit schien sie auf den Gipfel einer so einträglichen Situation nur emporgehoben zu haben, um einen um so schmerzlicheren und schmählicheren Sturz herbeizuführen.

Die Arme wußte, daß man von ihr ohne alle Schonung sprach, aber ahnte doch nicht im entferntesten, mit welcher Schärfe es in Wirklichkeit geschah. Zu Unrecht schätzte man sie als habgierig ein. Alles in allem hatte sie durch ihr System der Mahlzeiten auf Kredit mehr Geld verloren als eingenommen, und die unordentliche Art, in der sie ihre Bücher führte, verriet eher einen Geist, in dem die Phantasie stärker entwikkelt war als der Sinn für Realitäten. Sie schien genau zu sein, aber ihre Genauigkeit beschränkte sich darauf, daß sie sich die Zahl der Mahlzeiten notierte, die jeder Stammgast ihr schuldete, was jedoch nicht hinderte, daß am Monatsletzten ihre Rechnung unabänderlich ein Defizit von zehn bis fünfzehn Francs aufzuweisen pflegte. Wurde sie bestohlen? Oder vergaß sie nur, alle Ausgaben aufzuschreiben? An dieses Leck jedoch dachte sie ohne große Sorge. Wenn man das erste Gasthaus der ganzen Gegend besitzt, zieht man sich immer aus der Affäre, sagte sie sich, und in jenem Geheimfach ihres Gewissens, in dem viele Dinge verborgen lagen, die sie sich nicht eingestand, setzte eine Stimme jeweils noch hinzu: ›Besonders, wenn man seinen Gästen ein so schönes Mädchen wie Angèle zu bieten hat.‹

Plötzlich aber war sie dieser Stütze beraubt. Weil ein Wahnsinniger Angèle im Gesicht verletzt hatte, drohte ihrem Hause der Zusammenbruch. Welche Abgründe offenbarten sich da in der Bosheit des Schicksals, welches namenlose Wüten gegen die Ruhe der Menschen! Oh! Wenn sie Gebete murmeln könnte wie die Betschwestern von Sankt Judas Thaddäus, würde sie ihm freilich bildschöne hersagen, diesem Gott, der solche Abscheulichkeiten zuließ! Wenn man bedachte, daß ein schönes Mädchen in der Blüte seiner Jahre vielleicht für immer entstellt worden war und daß die redliche Person, die sie bei sich aufgenommen hatte, nun als Belohnung für diese Tat der Barmherzigkeit die bitterste Not vor Augen sah! Das also nannte man Vorsehung!

Natürlich hatte Madame Londe alle Möglichkeiten überdacht, wie sie ihre gefährdete Stellung sanieren könnte. Worum ging es denn? Darum, die Gäste zu geduldigem Abwarten zu überreden, bis Angèle vollkommen wiederhergestellt und wieder im Vollbesitz der im Augenblick verlorenen Schönheit wäre. Und würde es denn, da sie ja offenbar irgend jemanden brauchten, gar so schwierig sein, eine angenehme junge Person zu finden, die die Rolle der Stellvertreterin übernahm? Dieser Wettstreit um die Gunst eines hübschen jungen Mädchens tat ihnen nun einmal not; Angèle hatte ihre Verehrer daran gewöhnt, einander als Rivalen zu betrachten, und die männliche Eitelkeit kam bei diesem zähen Kleinkampf, den sie sich seit langem lieferten, trefflich auf ihre Kosten. Sie hingen an ihren Betrugsmanövern und Listen und schwelgten in ihrer Eifersucht aufeinander. Und welches lebendigere, stärkere Lustgefühl kann die Liebe denn auch bieten als das, einen Nebenbuhler zu prellen?

Eine angenehme junge Person... Madame Londe hatte gesucht, sie hatte mit aller gebotenen Vorsicht, doch ohne große Hoffnung den Erkundungsfeldzug angetreten: Das Schicksal schenkt einem nicht zweimal eine junge Waise, die schön ist wie der Tag; keine der schamlosen Dirnen von Chanteilles würde den Platz Angèles einnehmen können. Schließlich hatte Madame Londe ihre Wahl getroffen, eine seltsame und vielleicht überraschende Wahl, auf die sie selber nicht gleich verfallen war, obwohl sie unbewußt schon lange die Idee in ihrem Kopfe trug.

Als erstes mußte sie erproben, welches Maß an Reiz ihr Köder für ihre Kunden haben würde; zu diesem Zweck hatte sie die kleine Fernande zu dem Apotheker von Chanteilles, Monsieur Domène, geschickt. Das Ergebnis war, wie man weiß, denkbar günstig ausgefallen, und angesichts dieser erfolgreichen Eingangserfahrung fühlte Madame Londe sich dem Leben wiedergegeben; aber ihre Freude war von kurzer Dauer: Monsieur Domène war schon fast sechzig Jahre alt, und die Neigungen dieses Alters sind wirklich zu leicht zu befriedigen, als daß eine Frau von Vernunft und Einsicht daraus allgemeine Schlüsse hätte ziehen dürfen. Diese Überlegung entfachte ihre Unruhe aufs neue.

Sie zögerte, Fernande ihren Gästen anzubieten. Wenn sie sie gefragt hätte, ob sie ein kleines Mädchen als Begleiterin auf ihren Spaziergängen haben wollten, würde das lächerlich oder sogar äußerst fragwürdig erscheinen. Manche von ihnen waren gegen sie aufgebracht, Monsieur Goncelin zum Beispiel, aber auch noch zwei oder drei weitere Unruhestifter, die möglicherweise diese Gelegenheit benutzen würden, um schreckliche Dinge von ihr herumzuerzählen, ja sie anzuzeigen. Und konnte sie sich überhaupt auf ein so kopfloses Ding wie Fernande verlassen? Würde sie begreifen, um was es sich handelte?

Nach dem Besuch bei Herrn Domène hatte Madame Londe das Kind noch mehrmals unter verschiedenen Vorwänden, durch deren Nichtigkeit sie hätten aufmerksam werden müssen, zu dem einen oder anderen ihrer Gäste geschickt, aber entweder begriffen sie nicht, oder aber sie fürchteten, in eine böse Geschichte hineinzugeraten. Umsonst ließ Madame Londe die Kleine ihre kleidsamsten Sachen anziehen, kämmte ihr eigenhändig das Haar und gewöhnte sie daran, liebenswürdig zu lächeln; es bestand auf der einen Seite unter einem Anschein von Munterkeit und Keckheit denn doch zuviel Harmlosigkeit, auf der anderen ein zu großes Maß an Feigheit oder Gleichgültigkeit.

Alles in allem handelte es sich um ein gefährliches Unternehmen, bei dem es Madame Londe für angebracht hielt, nicht allzusehr nachzuhelfen; es war sicher besser, den Dingen ihren Lauf zu lassen. Eines Tages würde vielleicht einer von den Herren ganz von allein auf den Gedanken kommen, sich mit Fernande abzugeben: Dann brauchte Madame Londe sich nur ahnungslos zu stellen und nichts zu sehen, wie sie es auch damals gehalten hatte, als Monsieur Léon begann, um Angèle herumzustreichen.

Indessen verging die Zeit. Wenn sie warten sollte, bis Fernande herangereift war und Angèle ihr hübsches Gesicht von ehedem zurückerhielt, konnte das Restaurant inzwischen gut und gern Bankrott gemacht haben, wodurch jede Zusammenarbeit zwischen der Chefin und den beiden Mädchen sowieso hinfällig wurde. Ach! Weshalb war sie selbst nicht noch dreißig oder wenigstens fünfzehn Jahre jünger! Ja, noch um fünfzehn Jahre jünger hätte sie sich zu helfen gewußt, wäre sie doch dann gerade erst Vierzig gewesen. Welch ein Vergnügen hätte es in diesem Fall für sie bedeutet, Fernande, das dumme kleine Ding, und die törichte Angèle, die sich am hellichten Tag vergewaltigen und ihr Gesicht entstellen ließ, zum Teufel zu schicken! Dann hätte sie die Kraft besessen, allein zwei oder sogar drei Restaurants wie dieses hier zu führen, durch das ihr jetzt soviel Kummer erwuchs; sie erinnerte sich noch an die vielen schönen Jahre, als die Männer sie ohne Seufzen nicht hatten anschauen können, denn sie hatte damals dichte schwarze Locken, die ihr in gleicher Fülle Stirn und Schläfen umwallten, einen frischen Teint und wohlgerundete Wangen; alles das schien noch so nahe zu sein, daß sie an das Schwinden so vieler Vorzüge gar nicht glauben konnte und die Gegenwart ihr manchmal wie ein Alptraum vorkam, der bald wieder enden müßte; doch schonungslos machte ihre Vernunft gleich darauf dieser wahnwitzigen Hoffnung wiederum ein Ende: der Alptraum war die Wirklichkeit, sie war alt, häßlich, lahm; jeder Schritt, den sie tat, war bei ihr von Stöhnen und einer Grimasse begleitet, ihre Zähne drohten auszufallen, die Stimme versagte ihr in der Kehle und ihr Haar fiel büschelweise aus; sie sah schlecht, sie hörte nicht gut, das Leben wollte, kurzum, nichts mehr von ihr wissen.

Lärmendes Stühlerücken entriß sie so plötzlich diesen Betrachtungen, daß sie zusammenschrak; die Gäste hatten ihr Mahl schon beendet, ihr letztes Mahl in diesem Hause vielleicht. Eine halbe Stunde lang hatte sie vor ihnen sitzend ausgeharrt, die Augen starr auf die Gruppe von Männern gerichtet, die sie nur wie durch einen Nebel sah, und keinen Augenblick hatte sie wirklich wahrgenommen, was sie eigentlich taten und wie weit sie waren. Plötzlich nun standen sie auf, um zu zahlen und nach Hause zu gehen. Auch sie hatte Lust, sich zu erheben, die Arme mit den großen Gesten einer Tragödin zu bewegen, einen Schrei auszustoßen wie am Schluß eines Dramas, nur um die Traurigkeit, die schon seit Wochen in ihr keimte, nicht noch länger in sich aufstauen zu müssen. Sie wollte leben und glücklich sein. Woher kam es, daß man sie mit Verachtung überhäufte, während ihr Gewissen ihr doch nichts vorzuwerfen hatte? Weshalb sollte sie kein geachtetes Alter haben wie die andern? Es war wirklich zu ungerecht! Und die kleinen Kränkungen, die sie hatte ertragen, die Demütigungen, die sie schweigend hatte hinunterschlucken müssen, die mühsam beherrschte Wut – dieser ganze Hefeteig aus Neid und Groll schien diese Minute gewählt zu haben, um zu gären und aufzugehen. Einer nach dem anderen defilierten jetzt die Gäste an ihr vorüber und entrichteten die zwei Francs fünfzig, die das Essen kostete; denn alle zahlten an diesem Abend bar; sie brauchte keine aufgelaufene Rechnung nachzuprüfen, keine Worte zu wechseln, sie konnte nur unbeweglich dasitzen und zusehen, wie das auf der Marmorplatte scheppernde Geld zwischen der leeren Vase und dem geschlossenen Buch sich zu einem Haufen wölbte.

Wie unter einer Wallung des Zornes strömte ihr das Blut in die Wangen zurück; sie fühlte, wie es unter ihrer Haut, in ihrem Hals, um ihre Ohren herum pulsierte, als ob es sie aufreizen wollte, die Schlacht zu liefern, sich zu verteidigen. Dennoch blieb sie stumm und bewegte sich nicht; ohne daß sie eine Hand gerührt oder den Mund geöffnet hätte, rollten die Geldstücke auf das Pult. Die hinterhältigen oder spöttischen Gesichter, die sich nacheinander ihren Blicken darboten, sah sie nicht einmal mehr; alles verschwamm, alles versank in einer wachsenden Dunkelheit, in der die Gaskrone schwebte; sie hatte den Eindruck, daß jeder dieser Männer eine Stunde lang vor ihr stand und sie höhnisch anstarrte.

Sie gingen; vorher hörte sie noch, daß man ihr »Guten Abend« zurief, aber sie antwortete nicht.

Als die Wanduhr über ihr neun schlug, griff sie mechanisch nach ihrem Buch und schloß es in die Schublade ein. Der Kellner löschte das Licht. Sie stand auf und verließ den Speiseraum mit den behutsamen Schritten, zu denen das Alter sie zwang. Am Fuß der Treppe angekommen, die zu ihrem Zimmer führte, setzte sie ihren Kneifer auf und begann die Stufen zu ersteigen, deren jede unter ihren Tritten ächzte. Eine Gasflamme, die im obersten Stockwerk brannte, ergoß ihr flackerndes Licht über ihren Kopf und ihre Schultern und warf einen riesigen, grotesken Schatten, der sie auf grimmige Art zu necken schien, an die Wand.

Etwas schnaufend und sorgsam darauf bedacht, den Fuß

ohne Fehl auf die nächste Stufe zu setzen, stieg sie ohne Hast hinauf. Als sie den ersten Stock erreicht hatte und Angèles Zimmer vor sich sah, blieb sie wie unter dem Schock einer plötzlichen Eingebung stehen und klopfte mit der Faust kräftig an die Tür. Die Antwort kam nicht so schnell, wie sie es gewünscht hatte. Ob Angèle bereits schlief? Sie klopfte noch einmal.

»Was ist denn?« fragte eine Stimme.

»Angèle«, sagte Madame Londe, indem sie die Tür einen Spaltbreit öffnete, »bist du da?«

»Aber ja doch.«

»Es renkt sich alles wieder ein, mein Kind«, fuhr die Chefin mit einem Anflug von falscher Munterkeit fort. »Die Herren haben beschlossen, dich zu nehmen, wie du nun einmal bist. Morgen kannst du dich wieder zeigen. Hast du mich verstanden?«

Ein kurzes Schweigen folgte.

»Ja, Tante«, antwortete die Stimme dann.

»Also dann gute Nacht«, sagte Madame Londe. »Schlaf recht gut, mein Kind.«

Leise zog sie die Tür wieder zu, umkrampfte mit der Hand das Geländer und setzte ihren Aufstieg fort, gebeugt wie unter der Last eines unheiligen Kreuzes.

5

Fast eine Stunde schon harrte Madame Grosgeorge auf der Landstraße aus, immer in dem Gedanken, daß sie fortgehen sollte, und doch außerstande, zu einem Entschluß zu gelangen, obwohl sie beinahe alle Hoffnung aufgegeben hatte. Sie zitterte vor Kälte in ihrem Otterfellmantel, und ihre Hände im Muff waren steifgefroren. Den ganzen Vormittag über hatte es geschneit, und in der tiefen Dunkelheit schien die weiße Straße jetzt einen schwachen Lichtschein zu verbreiten.

Niemand war gekommen. Sie wunderte sich keineswegs darüber; seit den ersten Stunden des Tages schon sagte sie sich fortwährend, daß es zwecklos sei, auf der Landstraße auf einen Mann zu warten, der von der Polizei gesucht wurde und sicherlich nicht einer Frau zu Gefallen, die er nicht liebte, seine Freiheit, am Ende sogar sein Leben werde aufs Spiel setzen wollen; denn über die Gefühle, die Guéret ihr mutmaßlich entgegenbrachte, machte sie sich keine Illusionen; nur zu gut erinnerte sie sich noch der wütenden Blicke, die sie mehr als einmal aus seinen Augen aufgefangen hatte. Sie wußte, daß sie für diese Sklavenseele den Reichtum und alle Ungerechtigkeiten repräsentierte, von denen er begleitet ist. Dennoch würde sie den von ihr selbst gewählten Posten beziehen, obwohl die Vernunft ihr sagte, es sei verlorene Zeit; was nützte einem in den großen Momenten des Lebens jemals die Vernunft?

Außerdem wäre sie nach noch einer weiteren Stunde zu Hause vor Langeweile, vor Ungeduld, vor Abscheu verrückt geworden. Der Gedanke, daß eine Ordnung der Dinge, die sie sich nicht selber ausgesucht hatte, ihr einen Platz zwischen diesen Wänden, diesen Möbeln und Nippes zuwies, erregte um so heftiger ihren Zorn, als sie wußte, daß jede Auflehnung zwecklos war. Auch die Gewohnheit änderte daran nichts, vermochte nicht, sie gefügig zu machen. Nach Jahren der Ehe glich sie noch immer einem Tier, das sich nicht damit abfinden will, in eine Falle gegangen zu sein, und in sinnlosem Widerstand mit dem Kopf gegen die Stäbe des Käfigs anrennt, als müßten sie eines Tages wie durch ein Wunder weichen.

Am Tag zuvor war sie ausgegangen, ohne zu wissen wohin; sie war förmlich marschiert, durch die Felder gelaufen, bald bis zu Tränen niedergeschlagen, bald wie berauscht durch den Gedanken an ein mögliches Glück, ein Wunder, das der kommende Tag vielleicht für sie bereithalten würde. Mit der Naivität eines Kindes setzte sie ihr Vertrauen auf eine unmittelbare Zukunft, wiewohl die Zukunft ihre Versprechungen vom Vortag immer wieder brach; alles wollte sie, wohl oder übel, dem Schicksal verzeihen, das ihr eine so freudenarme Vergangenheit und eine so grauenhafte Gegenwart aufgeladen hatte, wenn es ihr nur den glühenden Glauben beließ, den der Sonntag an den Montag, der Montag an den Dienstag weitergab und der auf diese Weise bis zu dem Tage andauern würde, an dem man über ihr den Deckel des schwarzen Kastens schloß und zuschraubte – über ihr und dem Überschwang ihres armen Herzens.

Gebrochen von einer Müdigkeit, die sie auf ihr Lager warf, ohne ihr Schlaf zu verschaffen, war sie nach Hause gekommen. Ihre angespannten Nerven fanden keine Ruhe. Die Stille der Nacht war voll von Geräuschen, die Dunkelheit voll großer, schimmernder Flecken, vor denen ihre geschlossenen Lider sie nicht zu schützen vermochten. Endlich zündete sie die Lampe an und nahm am Fenster in der Hoffnung Platz, in einer Minute werde hinter den Bäumen des Gartens der Himmel sich erhellen; sie kämpfte mit sich selbst, um den Augenblick, in dem sie nach ihrer Uhr sehen würde, noch ein wenig hinauszuschieben und auf diese Weise sich angenehm davon überraschen zu lassen, daß die Stunde schon vorgerückter war, als sie eben noch meinte. Dann aber, als die Kälte sie von ihrem Posten verjagte, tauchte sie in die Wärme ihres Betts zurück, löschte die Lampe, zählte bis zweihundert, entzündete nochmals ein Streichholz und stellte mit einem Seufzer der Verzweiflung fest, daß sie sich um eine volle Stunde getäuscht und noch eine unabsehbar lange Leidenszeit vor sich hatte.

Im Morgengrauen stand sie schon wieder am Fenster, völlig angekleidet, doch mit verfallenem Gesicht und tief in den Höhlen liegenden Augen. Eine Nacht wie die vergangene machte sie rascher alt als die Ankündigung eines großen Unglücks, aber jetzt, da sie sah, wie die Sterne in die Tiefe des Himmels zurücksanken und die Straße aus dem Dunkel auftauchte, faßte sie wieder ein wenig Mut, als ginge der Tag in ihr selber auf. Ihr schien, sie sei meilenweit gewandert und habe das Ende eines schweren Weges erreicht. Sie mußte noch einen Morgen und einen Nachmittag überstehen, doch der Weg war nun weniger rauh, und viele kleine Zerstreuungen würden seine Länge mindern. Dennoch waren es Tage wie diese, die ihr die ganze Leere ihrer Existenz zum Bewußtsein brachten, denn wenn sie den Dienstboten Anweisungen gab, ein Buch aufgeschlagen und wieder fortgelegt, eine Seite aus einem Notenheft heruntergestümpert hatte, waren alle ihre Hilfsquellen erschöpft; sie sank dann in die tödliche Langeweile zurück, die die Verdammnis der Reichen ist. Die erste Hoffnung des Morgens schwand schon dahin; nachdem sie das Erscheinen des Lichtes herbeigesehnt hatte, das sich immer stärker über den Wipfeln der Linden erhob, konnte sie jetzt kaum abwarten, daß die Nacht diese Helle von neuem verschlingen würde. Welche Qual bedeutete es für sie, den langen Stunden auf ihrer endlosen Reise zu folgen, während alles in ihr vor Unruhe bebte und zur Eile drängte!

Der Vormittag zog sich recht und schlecht hin. Viele Male fühlte Eva Grosgeorge sich versucht, spazierenzugehen, aber sie wußte, in welchem jammervollen Zustand sie zurückkommen würde, wenn sie erst einmal das Haus verließe; sie würde sich zu weit entfernen und alle die Kräfte verausgaben, die sie am Nachmittag dringend brauchte, wenn sie, ihre Ungeduld bezwingend, auf der Landstraße erst nach der einen, dann der anderen Seite langsam in der Erwartung eines Menschen dahinwandeln müßte, der nicht kommen würde. Denn sie war gewiß, Guéret werde nicht kommen; dennoch wollte sie, daß die Tatsachen ihr bewiesen, sie habe recht damit gehabt, im Grunde nichts zu erhoffen. Später würde sie vielleicht Ruhe gerade in dem Gedanken finden, daß das so sehr von ihr herbeigesehnte Ereignis eben nicht eintreten würde; das bereitete der Erregung, in der sie sich befand, seitdem sie Guéret wiedergesehen hatte, vielleicht ein Ende. Ihr Leben, das für einen kurzen Augenblick in Verwirrung und aus dem gewohnten Geleise gebracht worden war, würde den Gang wiederaufnehmen, den es seit zwanzig Jahren einhielt, das aber wäre nur gut; alles war besser als diese Beängstigung, dieses Herzklopfen, dieser Wechsel von Freude und Beunruhigung.

Sie hätte beim besten Willen nicht sagen können, was sie sich von einer möglicherweise stattfindenden Unterhaltung mit Guéret eigentlich versprach; aus einer abergläubischen Furcht heraus, durch geistige Vorwegnahme könnte sie die Dinge am Ende daran hindern, sich wirklich zu vollziehen, zwang sie sich sogar, nicht einmal daran zu denken. Oftmals hatte sie auch schon die Beobachtung gemacht, daß die Zukunft jeweils ihren Aspekt veränderte, sobald sie Gegenwart wurde, sei es, daß sie weniger hergab, als sie versprochen hatte, sei es, daß man sich über den Wert des erwarteten Glücks täuschte und nur dürftige Genugtuung erhielt an Stelle dessen, was die Einbildungskraft sich ahnend ausgemalt hatte. War es nicht weiser, die Wünsche zum Schweigen zu bringen und fügsam hinzunehmen, was die Stunden an Verdruß oder Lust brachten, ohne daß man im voraus über Verdruß oder Lust verfügte?

Gerade Hinnehmen aber war nicht ihre Sache. Hinnehmen bedeutete Tod. Zum Beispiel war es ihr unmöglich, sich mit der täglich erneuerten Prüfung der gemeinsamen Mahlzeiten mit ihrem Mann abzufinden. Dieser Mann war der Ursprung aller Verachtung, die sie den Menschen entgegenbrachte, und der Haß gegen ihn hatte ihr Herz geformt und sogar ihre Sinne unterjocht. Leidenschaftlich war sie nur mit dem Kopf und hatte wenig Verständnis für die Versuchungen, denen ihr Körper nicht unterworfen war. Mit fünfundvierzig Jahren erlebte sie jetzt an sich die Folgen der Keuschheit in Gestalt des schrecklichen Geschenks einer späten, vollkommen sinnlosen Liebe. Bei dieser vom Schicksal mißhandelten Frau trat jetzt das Hirn als Rächer für alles übrige auf.

Monsieur Grosgeorge führte ihr das Schauspiel menschlicher Gier in einer Form vor Augen, die ihr die allergemeinste schien. Jede seiner Bewegungen, der Ton, in dem er jeweils sprach, weckten und nährten in ihr einen Abscheu, der geradezu lustvoll in ihr wuchs; dieses breite, vergnügte Gesicht, diesen fülligen Körper, der nie von einer Krankheit heimgesucht wurde und den das Leben mit Vergnügungen sättigte, benutzte das Schicksal ihrer Meinung nach nur, um sie zu verhöhnen, sie und ihr Leiden, sie und ihr Verlangen, das ihr zu Kopfe stieg und sie betäubte.

Wenn sie daran dachte, was ihr Leben hätte sein können, wenn sie sich erinnerte, daß kurz nach ihrer Heirat eines Tages ein schöner junger Mann sich ihr zu Füßen geworfen und daß sie ihn sowohl aus Angst wie aus Skrupeln laut lachend abgewiesen hatte, fühlte sie sich imstande, den alten Mann zu ermorden, der ihr ihre Jugend gestohlen und für immer den leisesten Hang zur Lust in ihr ertötet hatte. Und während ihr Gedächtnis ihr in allen Einzelheiten eine Szene vor Augen führte, die sie niemals vergessen würde, fragte sie sich voller Bitterkeit nach zwanzig Jahren noch, wer von beiden wohl lächerlicher gewesen sei, der junge Mann auf den Knien oder sie selbst, die sich damals einer Liebe versagte, nach der sie jetzt, auf der Schwelle des Alters, mit allen Fasern ihres Seins verlangte.

Weshalb war so ungerecht mit ihr verfahren worden? Litten andere Frauen wohl ebensosehr wie sie? Wozu war ihr Reichtum und Schönheit gegönnt, wenn nur, um sie des Glücks zu berauben? Endlich mußte sie, nachdem sie die Liebe mißachtet und verabscheut hatte, entdecken, daß gerade diese es war, die sie ihr Leben lang glühend herbeigesehnt hatte. Wenn sie es gewußt, wenn man es ihr gesagt, wenn das Geschick für sie auch nur die geringste Regung der Barmherzigkeit aufgewendet hätte, so wäre sie glücklich, auf alle Fälle aber besser geworden. Sie wußte, welche Geste, welcher Blick ihre seelische Härte hervorgerufen hatte; manches Wort hatte sie mehr verstört als die Brutalität, vor der es ihr so sehr graute. Sie verabscheute das Kind, diese Frucht der Vergewaltigung, die sie über sich hatte ergehen lassen müssen, seit der Stunde, in der es in ihrem Leib sich zu regen begann; sie hatte es die ersten Jahre seiner Jugend hindurch mit ihrem Haß bedacht und es mit einer Wonne gezüchtigt, durch die sie sich für die Verletzung ihres Körpers bei seiner Geburt gleichsam rächte; sie schalt den Jungen so oft, daß er nichts weiter mehr war als ein vor Furcht geduckter kleiner Sklave mit einem von Groll bereits überfließenden Herzen. Sie war grausam und wußte es, ohne doch Reue zu empfinden, was eine solche Selbsterkenntnis bei einer anderen Frau vielleicht bewirkt hätte. Zu viele Entschuldigungsgründe rechtfertigten sie in ihren eigenen Augen; ihre Natur, ein karges, sprödes Land, dem der Himmel die Segnung des Regens vorenthalten hatte, brachte nichts hervor, was nicht irgendwie bereits vergiftet war; die schlichtesten Gefühle waren in ihr entartet, alle Freude war suspekt, jede Zuneigung schon an der Quelle verderbt. Bar aller Glückseligkeit dieser Welt, nicht aus Tugend, sondern weil ihre Unfruchtbarkeit sie hinderte, sich ihrer zu erfreuen, und dennoch verständnislos einer Form des Glücks gegenüber, bei dem die Sinne nicht auf ihre Kosten kämen, verzehrte sie ihre Kraft und ihr Leben in Mittelmäßigkeit und suchte nach einem Frieden, der sich ihr versagte.

Es liegt eine sonderbare Befriedigung darin, den tiefsten Grund der Verzweiflung erreicht zu haben; das Übermaß an Unglück verschafft etwas wie Sicherheit, eröffnet einen Gnadenport, an den die scheiternde Seele nicht mehr zu glauben wagt. Es gibt eine Art von seelischer Not, die sichere Zuflucht, ein bestimmtes Maß an Verlassenheit, das endlich Ruhe bedeutet. Wanderte sie nicht deswegen auf der Landstraße hin und her mit Gliedern, die trotz des Pelzwerks vor Kälte erstarrten, ungeduldig wartend, daß endlich die Stunde käme, die sie von ihrer Unruhe erlösen und sie der Gewißheit über ihr Schicksal wiedergeben würde?

Wozu also jetzt, da es dunkel geworden und der kritische Augenblick nahe war, die Tränen, die ihr über die Wangen liefen, und das schmerzliche leise Stöhnen, das sie mit ihrem Muff zu ersticken versuchte? Sie war zwar egoistisch und hart, aber jedenfalls war sie tapfer; vielleicht erlag sie nur der Erschöpfung nach so vielen Aufregungen. Gleich würde sie heimkehren und sich in den Salon begeben; dort würde sie mit einer ruhigen Geste ihren Mantel ablegen und das Feuer schüren, lesen oder am Klavier Unterhaltung suchen, bis man ihr meldete, daß das Abendessen angerichtet sei. Sie blickte auf die Uhr; es war sieben Uhr zehn, fast schon ein Viertel acht. Sehr gut. Er würde nicht kommen, er hatte Angst gehabt, das war im Grunde natürlich. Noch zwei bis drei Minuten wartete sie, um nichts versäumt zu haben, dann kehrte sie zur Villa zurück.

Fast gleichzeitig vernahm sie die Glocke, die Besuch ankündigte: Jemand war am Tor und hatte soeben geklingelt.

6

»Sie? Was machen denn Sie hier, Angèle?«

»Mein Gott, hat Madame mir einen Schreck eingejagt!«

»Wen wollen Sie denn sprechen?«

»Madame. Ich wollte um Arbeit bitten.«

»Soso, wir haben uns also entschlossen, wieder ein bißchen was zu tun. Verstecken Sie sich doch nicht so, meine Liebe. Ich glaube, Sie sind früher weit kecker gewesen, wie?«

»Aber nein, Madame.«

»Aber gewiß doch, Madame. Und was für eine Art von Arbeit suchen Sie denn jetzt?«

»Irgend etwas, Madame. Näharbeiten.«

»Sie wollen also nicht zurück in die Waschanstalt? Allerdings hat Ihr Name ja in der Zeitung gestanden, und da kann man sich freilich kaum mehr herablassen, in der Stadt die Wäsche auszutragen, nicht wahr?«

»Ich hatte gehofft, Madame würde Mitleid mit mir haben.«

»Mitleid! Es fehlte wirklich noch, daß ausgerechnet Sie mir moralisch kommen! Sie glauben vielleicht, daß ich nicht Bescheid weiß, was hier in meinem Hause vorgefallen ist.«

Sie hörte den Schritt eines Dieners, der auf das Glockenzeichen herbeikam, und rief ihm kurz und unfreundlich zu:

»Sie brauchen nicht aufzumachen, Jean. Sagen Sie Monsieur, daß ich etwas später zum Abendessen komme.«

Die Schritte machten halt, dann entfernten sie sich. Mit einer Art von gierigem Eifer, wie etwa ein Raubtier ihn seiner Beute gegenüber zeigen würde, wendete sie sich Angèle wieder zu. Ein Teil ihrer Energie kehrte bei dem Anblick dieses Wesens, das Guéret begehrt, verfolgt, geschlagen hatte, unvermutet in sie zurück. Welche Befriedigung war es für sie, an dieser so schwer Gedemütigten ihren Zorn auszulassen, sich für alle die Liebe zu rächen, die jener entgegengebracht worden war!

»Ich lasse nicht mehr jeden ins Haus, wissen Sie. Ich habe zu lange vor den unsauberen Dingen, die hier vorgefallen sind, die Augen verschlossen. Und jetzt machen Sie mir das Vergnügen, diesen Schal abzunehmen, der Ihr Gesicht verdeckt, und mir in die Augen zu sehen.«

»Ich kann nicht, Madame.«

»Sie können mir nicht in die Augen sehen? Das wundert mich freilich nicht. Aber wie dem auch sei: entweder Sie zeigen mir Ihr Gesicht, oder ich gehe ins Haus und verbiete Ihnen ein für allemal meine Tür.«

»Wenn Madame mich doch nur einen Augenblick anhören wollte. Ich möchte ja gerade darüber etwas sagen. Madame wird bei meinem Anblick verstehen, daß ich mich nicht mehr zeigen kann, und deshalb wollte ich Madame bitten ...«

»Nur zu. Um was handelt es sich denn?«

»Ich kann hier nicht länger leben. Ich muß fort von Lorges und irgendwo anders hingehen, ganz gleich wohin, nach Paris vielleicht. Ich bin zu unglücklich hier.«

»Was für eine Idee! Unglücklich sind alle Menschen. Wenn man immer verreisen wollte, sobald man unglücklich ist, wäre das für die Eisenbahn wirklich ein gutes Geschäft. Sie sind noch ein rechtes Kind, meine Liebe. Legen Sie diesen Schal ab und gewöhnen Sie sich von vornherein daran, sich auf der Straße zu zeigen. Nach einer Woche schon denken Sie nicht mehr daran.«

»Ich möchte Madame um etwas ganz Unmögliches bitten.«

»Und um was? Beeilen Sie sich.«

»Ich wollte fragen, ob Madame mir nicht etwas Geld borgen könnte.«

»Geld? Wozu?«

»Eben um fortzugehen.«

»Aber das ist ja eine fixe Idee! Eben noch haben Sie mir erklärt, Sie wollten Arbeit haben. Haben Sie da die Unwahrheit gesagt? Wen wollten Sie hier sprechen? Mich oder Monsieur Grosgeorge? Ich mache Sie darauf aufmerksam, daß Sie allen Grund haben, mir gegenüber aufrichtig zu sein.«

»Madame wird mir nicht verzeihen.«

»Sie wollten also natürlich zu Monsieur Grosgeorge, um Geld aus ihm herauszuholen ... Das habe ich ja gewußt. Sie wollten ihm ein bißchen schön tun, wie früher, nicht wahr?«

»Madame, ich schwöre Ihnen ...«

»Ich schließe daraus, daß Ihnen immer noch etwas von der Schönheit verblieben ist, auf die Sie so stolz waren. Zeigen Sie mir das doch einmal.«

»Darf ich wenigstens hoffen, daß Madame mir helfen wird?«

»Das soll wohl ein Geschäft auf Gegenseitigkeit sein? Nie im Leben! Entweder gehorchen Sie mir sofort und nehmen diesen Schal ab, oder wir trennen uns auf der Stelle, und in diesem Fall verbiete ich Ihnen, jemals wieder an diesem Tor zu klingeln. Was die Hilfe betrifft, um die Sie mich bitten, so werden wir sehen; ich verspreche Ihnen nichts.«

»Ich bin bereit, zu gehorchen, Madame.«

»Endlich. Nehmen Sie also diesen Schal ab.«

»Ich tue es ja schon.«

»Ich kann nichts sehen, rein gar nichts. Wir wollen bis unter die Straßenlaterne gehen.«

»Darf ich Madame etwas fragen? Weshalb liegt Madame daran, mich so genau anzuschauen?«

»Ich bin nicht gewöhnt, daß man mir Fragen stellt, meine Liebe.«

»Es ist nur, weil ich mich frage, ob Madame... nicht erschrecken wird.«

»Sie halten mich wohl für zimperlich. Wenn mein Unglück sich auf einen Stockschlag übers Gesicht beschränkte, könnte ich eigentlich mit meinem Leben ganz zufrieden sein.«

»Madame wird sich vielleicht erinnern, daß ich immer eine lebhafte Gesichtsfarbe hatte. Bei einem Wetter wie heute treten die Narben deshalb um so stärker hervor. Durch die Schläge ist die eine Braue vollkommen fortgerissen.«

»So, da sind wir. Stellen Sie sich dorthin. Jetzt heben Sie den Kopf. Lassen Sie einmal sehen.«

»Ich appelliere an das gute Herz von Madame.«

»Reden Sie nicht so viel, heben Sie lieber den Kopf. Sind Sie jetzt willens, mir zu gehorchen, ja oder nein? Ich mache Sie darauf aufmerksam, daß ich Tränen hasse. Heben Sie den Kopf und sehen Sie die Laterne an. Gut.... Ich sehe. Es ist viel weniger arg, als ich dachte. Die Leute übertreiben ja immer! Sicher, die Züchtigung ist mit fester Hand ausgeführt, aber Sie hatten sie auch verdient. Nach jahrelangen Schmutzereien hatten Sie eine Schuld zu begleichen, meine Liebe.«

»Madame meint, die Narben werden schließlich verschwinden?«

»Nein.«

»Nein!?«

»Was haben Sie? Sie tun ja, als gäbe ich Ihnen den Gnadenstoß? Hatten Sie gehofft, es würde gar nichts mehr zu sehen sein? Lassen Sie sich von mir einen guten Rat erteilen: Hoffen Sie niemals, hoffen Sie nichts. Vor kurzem noch war ich genauso naiv wie Sie. Jetzt bin ich geheilt.«

»Madame muß aber doch verstehen, daß ich mich in diesem Zustand nicht mehr in Lorges zeigen kann.«

»Wieso denn nicht? Nehmen Sie nur wieder ihren Schal um den Kopf, wenn Sie sich nicht erkälten wollen. Und hier können wir nicht bleiben. Ich muß ohnehin jetzt ins Haus.«

»Was ich von Madame borgen möchte, ist keine große Summe. Höchstens hundert Francs.«

»Darüber wollen wir nicht mehr reden. Haben Sie sonst noch eine Frage an mich?«

»Ich wäre Madame so dankbar gewesen.«

»Ich brauche Ihre Dankbarkeit nicht.«

»Wenn Madame mir wenigstens erlauben wollte, Monsieur darum zu bitten.«

»Monsieur! Das ist ja die Höhe! Sie müssen wirklich von Sinnen sein. Zunächst einmal würde Monsieur Sie überhaupt nicht anschauen wollen mit Ihrem jetzigen Gesicht. Monsieur kennt da kein Erbarmen.«

»Monsieur ist gut.«

»Idiotin! Glauben Sie etwa, Sie machen mir eine Freude, wenn Sie so etwas sagen? Monsieur hat nicht mehr und nicht weniger Herz als dieses Eisenportal. Und Sie selber haben ihn so gemacht, Sie und Ihresgleichen. Oh! Ich will nicht behaupten, daß es an Ihnen allein gelegen hat. Schon vor Ihrer Geburt hat es angefangen. Also, gute Nacht.«

»Madame!«

»Rühren Sie mich um Gottes willen nicht an.«

»Ich bitte Madame inständig, mir zu verzeihen. Ich habe Madame wohl früher gekränkt, ich weiß, aber wenn Madame mir nicht helfen will, bringe ich mich um.«

»Schon gut! Das ist im Munde schwacher Seelen immer das letzte Wort. So unglücklich sind Sie also?«

»Madame kann sich gar nicht vorstellen, wie sehr. Seit Monaten habe ich das Gefühl, daß ich wahnsinnig werde.«

»Ich frage mich, welches Recht Sie auf mein Mitleid haben. Nun gut, um Ihnen zu beweisen, daß ich weniger grausam bin, als man denkt, erkläre ich mich bereit, über Ihren Fall nachzudenken. Ich werde sehen. Morgen wird unsere Wäsche gebracht. Ich schicke Ihnen ein paar Zeilen durch die kleine Fernande.«

»Oh! Madame.«

»Nein, lassen Sie meine Hand los. Ich habe Ihnen schon gesagt, daß ich von Ihnen nicht angerührt werden mag. Außerdem: Hoffen Sie nicht zuviel. Bedenken Sie meinen Rat.«

»Ja, Madame.«

Es folgte eine Minute des Schweigens, in der Madame Grosgeorge unschlüssig schien; sie hatte bereits ihre Hand auf den Türknauf gelegt, als sie auf einmal fragte:

»Ach ja, eines noch: Weshalb haben Sie der Polizei bei ihren Nachforschungen nicht behilflich sein wollen? Sie beharren darauf, nicht Guéret habe Sie überfallen, während doch mehrere Personen Sie beide zusammen auf der Landstraße gesehen haben. Antworten Sie. Wenn Sie wollen, daß ich mich für Sie interessiere, verlange ich, daß Sie mir die Wahrheit sagen.«

»Es war nicht Monsieur Guéret.«

»Nun und? Wer war es dann?«

»Ich weiß es nicht, ich habe ihn nicht gesehen. Er hat mich von hinten niedergeschlagen, und dann bin ich ohnmächtig geworden.«

»Und die Zeugen?«

»Sie lügen.«

»Aber so gehen Sie doch! Denken Sie nach, meine Liebe. Es winkt Ihnen eine gute Belohnung, wenn Sie mir die Wahrheit sagen. Wenn nicht, so trennen sich alsbald unsere Wege. Dann aber geben Sie jede Hoffnung auf, mich zu rühren oder auch nur je wieder einen Fuß in mein Haus setzen zu dürfen. Weshalb haben Sie den Mann, der Sie überfallen hat, nicht anzeigen wollen?«

»Kann ich mich darauf verlassen, daß Madame es niemandem sagt?«

»Wofür halten Sie mich denn? Sehe ich so aus wie jemand, der ein Geheimnis verriete?«

»Also gut, ich habe ihn nicht angezeigt, weil ich fürchtete, er würde sich an mir rächen, sogar wenn man ihn festgenommen hätte; es gibt ja Gefangene, die aus dem Gefängnis ausbrechen. Wer weiß denn, ob er nicht wiedergekommen wäre, um mich zu erwürgen?«

»Hahaha!«

»Mein Gott, wie kann denn Madame das komisch finden?«

»Ich lache nur über Ihre Furcht. Sie steigen dadurch nicht gerade in meiner Achtung, aber Sie sind halt nicht anders als alle andern auch. Es war also doch Guéret?«

»Ich beschwöre Madame, es niemandem weiterzusagen.«

»Haben Sie keine Angst.«

»Darf ich hoffen, daß Madame sich meiner erinnern wird und daß Fernande mir eine günstige Antwort bringt?«

»Ich halte mein Versprechen.«

»Oh, Madame, Sie sind so gut!«

»Ich stehe nur zu meinem Wort, weiter nichts. Jetzt aber gute Nacht.«

»Gute Nacht, Madame.«

7

Sie hörte, wie Madame Grosgeorge die Hauptallee des Gartens hinaufschritt, und wartete einen Augenblick, als glaubte sie, diese harte, zynische Person werde mit Banknoten in den Händen nach ein paar Sekunden noch einmal erscheinen. Es wehte ein eiskalter Wind; sie knotete unter dem Kinn die Enden des Schals zusammen, mit dem ihr Kopf bedeckt war, und ging zur Stadt zurück.

›Ich habe ihn nicht verraten‹, dachte sie. ›Alle ahnen, daß er mich überfallen hat, und außerdem hat sie ja versprochen, niemandem etwas davon zu sagen.‹

Wenn sie Madame Grosgeorge auch noch so sehr haßte, so glaubte sie doch in dieser kalten, heftigen Natur einen Abscheu vor Perfidie zu erraten, der sie beruhigte. Sie beglückwünschte sich gleichwohl dazu, daß sie ihr nicht in allen Punkten die Wahrheit gesagt und ihr auch die Gründe verschwiegen hatte, die sie daran hinderten, den Mann, der sie angegriffen hatte, anzuzeigen. Gab es auf der Welt wohl eine Seele, die sie hätte verstehen können? Was machte es ihr aus, wenn Madame Grosgeorge sie für feige hielt? Diese unverschämte Reiche konnte sie zur Antwort zwingen, indem sie ihr drohte, sie werde ihr ihre Hilfe vorenthalten, aber mit all ihrem Gold war sie nicht imstande, ihr, Angèle, das Geheimnis zu entreißen, das sie in sich trug. Trotz ihrer Verzweiflung schlug ihr Herz höher in dem Gefühl, die Feindin hintergangen zu haben.

Natürlich hatte sie sich an Monsieur Grosgeorge wenden wollen; sie hätte sich ihm zu Füßen geworfen und seine unwürdige Hand geküßt. Angesichts der Notwendigkeit, Geld aufzutreiben und zu fliehen, schien ihr keine Demütigung zu groß. An diesem Abend war ihre Geduld am Ende. Ihr ganzes Leben hatte sie in Lorges verbracht; jetzt fand sie nicht mehr die Kraft in sich, auch nur einen Tag länger hier auszuharren. Wie am Vorabend einer Reise zählte sie die Stunden und verzweifelte, weil die Zeit so langsam verstrich. Es war zwecklos, Zukunftspläne zu machen; das Wesentliche war, einen Ort zu verlassen, in dem jeder Stein und jedes Gesicht sie an ihr Unglück gemahnte. Um fortgehen zu können, hätte sie alles mögliche getan. Sie hätte Madame Londe versprochen, daß sie ihr früheres Leben wiederaufnehmen würde, sie wäre auch vor ihr niedergekniet, wofern diese Geste ihr die Summe eingebracht hätte, die sie so notwendig brauchte. Drei Monate der Einsamkeit in ihrem Zimmer hatten ihre Befürchtungen nicht zur Ruhe kommen lassen; solange sie dort zwischen ihrem Bett und dem Fenster gelebt hatte wie eine Klausnerin, war ihr noch immer ein wenig Hoffnung geblieben – zwar nicht die Hoffnung, daß sie ganz und gar genesen und ihr Gesicht seine frühere Schönheit wiedererlangen würde, aber doch wenigstens die, sie habe sich ihre Entstellung schlimmer vorgestellt, als sie sei, und werde immer noch gefallen. Daher hatte sie auch trotz der Langeweile ihrer leeren Tage den Augenblick, an dem sie ausgehen würde, bis zum äußersten hinausgezögert. Das war das einzige Mittel gewesen, sich eine Illusion zu erhalten, die sie zum Leben brauchte; diese aber durch einen Ausgang bei hellem Tageslicht auf die Probe zu stellen, konnte sie sich nicht entschließen, denn ihr Spiegelbild wirkte nicht gerade beruhigend auf sie; das gemarterte Fleisch war wieder zusammengewachsen, ohne daß jedoch die weißen Narben verschwunden wären, und obwohl die Züge selbst sich nicht verändert hatten, wohnte ihnen keine Anmut mehr inne. Schönheit ist ein Wunder, das durch ein Nichts zum Verschwinden gebracht werden kann und das man nur von fern bewundern sollte; sie erlischt auf eine Weise, die ebenso schwer zu erklären ist wie ihr Vorhandensein, und der Mensch legt immer nur frevelnd Hand an sie; wie von einer entweihten Stätte war sie aus Angèles Gesicht geflohen.

Die junge Frau ahnte die Wahrheit; wenn sie sich auch zehnmal sagte, ihre Nase, ihr Mund seien noch die gleichen und die Narben nicht allzu tief, so erkannte sie sich doch selbst nicht mehr. Dieses neue Gesicht erschreckte sie jedesmal, wenn sie im Spiegel dem angstvollen, gealterten Blick ihrer Augen begegnete. Erschreckte es auch die anderen? Anfangs glaubte sie es, dann kam ihr in der Schwäche ihres Herzens die sonderbare Idee, sie habe sich geirrt, und nur ihre Einsamkeit stelle ihr die Dinge in falschem Licht dar. Wenn man sich selber anschaut, sagte sie sich, weiß man schließlich nicht mehr, wie man wirklich aussieht. Gewiß, Madame Londe hätte ihr sagen können, wie es tatsächlich damit stand, aber sollte oder konnte sie eine Feindin bitten, die Verwüstung festzustellen, die über ihre Schönheit hingegangen war? Außerdem hatte auch Madame Londe wenig Lust gezeigt, an den schrecklichen schwarzen Schal zu rühren, der ihr Angèles Gesicht entzog, als sei es das Gesicht ihres eigenen Geschicks. Welch ein Schlag wäre es für sie gewesen, wenn das Übel unwiderruflich war! Lange hatte die Chefin der Ungewißheit den Vorzug gegeben; daher hatten alle Ressourcen der Hoffnung erst erschöpft sein müssen, ehe sie der jungen Person ankündigte, ihre Herren hätten sich bereit erklärt, sie so zu nehmen, wie sie war.

Diese Nachricht hatte auf Angèle nur schwachen Eindruck gemacht. Zunächst einmal erriet sie, daß es sich um eine Lüge handelte; sodann hatte das Verhalten der kleinen Fernande, als sie sich ihr zeigte, ihr jähes Erschrecken, ihr Schweigen, ihr Tränenausbruch, ihr allen Mut geraubt. In den Augen des Kindes hatte sie die Wahrheit gelesen, die der Spiegel ihr nicht mehr zu sagen vermochte: Sie flößte Grauen ein; sie bat ein kleines Mädchen, sie zu küssen, das kleine Mädchen aber wich erbleichend vor ihr zurück. Von jetzt an mußte sie sich an den Gedanken gewöhnen, alles verloren zu haben. Ein neues Leben begann für sie, das eines häßlichen Mädchens, häßlich auf eine Weise, die die Liebe verscheuchte, denn sie konnte nicht glauben, daß sie, die ein Kind erschreckte, einen Mann noch würde anziehen können. Ohne eigentlich gescheit zu sein, war sie sich doch darüber klar, daß die Begierde mehr oder weniger allgemeingültigen Gesetzen folgt und daß eine Entartung der Sinne vorliegen mußte, wenn jemand sich in ein Gesicht verliebte, in das ein wutentbrannter Mörder so sichtbare, grausame Male eingezeichnet hatte.

Nach der ersten Krise der Verzweiflung kehrte ihre gewohnte Kaltblütigkeit zurück; Monate des Kampfes mit sich selbst hatten ihren Willen gestählt; ihre Sorglosigkeit, ihre Jugend waren einer Resignation gewichen, die voller Bitterkeit war, ihr aber auch half, die Last der Tage zu tragen. Jetzt kannte sie sich besser; von ihrer Einsamkeit hatte sie vor allem Schutz vor der Wahrheit verlangt; jetzt aber hatte sie es nicht länger ausgehalten; sie hatte sich Fernande gezeigt, um das Schlimmste zu erfahren und ihrem Herzen die letzten Illusionen zu nehmen, die es noch in sich trug. Das war eine Art, sich selber zu befreien, denn nichts quält, nichts versklavt so sehr wie die Hoffnung auf irdisches Glück. Diese Einsicht wurde ihr nach langen leeren Wochen zuteil, in denen jeder Tag ihr die gleichen traurigen Stimmungen zutrug. Auf ihrem Sitz neben dem hohen Fenster ihres Zimmers, den Kopf von dem Schal umhüllt, den sie nicht mehr ablegen mochte, hatte sie gelernt, ihren Stolz zu beugen und ihrer Erwartung jede Hoffnung zu nehmen. Der kleine Platz, den sie früher gespannten Blickes überwachte, weckte in ihr nicht die kleinste Regung der Neugierde mehr, sie sah jetzt sogar nur noch selten hin; zu gut kannte sie die in Dreieckform eingepflanzten Bäume, die ungleichen Pflastersteine, die Bänke aus moderndem Holz; dieser beschränkte Raum ließ sie an eine Bühne denken, auf der niemals eine Handlung abrollte.

Während sie Madame Londes Wäsche ausbesserte, ließ sie ihren Geist nach Belieben schweifen. In dieser durch wehmütige Trauer um das Verlorene zerstörten Seele lebte noch eine einzige Freude, eine seltsame Freude, die zuweilen in ihr auftauchte und sie zusammenschrecken ließ; die Freude, zu sehen, wie grenzenlos tief ihre Erniedrigung war; etwas verlockte sie, gefiel ihr sogar bisweilen an der grauenvollen Laune, die das Schicksal ihr gegenüber hatte walten lassen, und an der Plötzlichkeit ihres Unglücks; sie verweilte bei dem Gedanken an die Veränderung, die sich in ihrem Leben vollzogen hatte, und verglich die Melancholie einer makellos strengen Gegenwart mit den sinnlichen Träumereien von einst. Dann auf einmal aber kehrte sie zu vernünftiger Einsicht zurück, und Schmerz durchflutete sie erneut wie eine Welle. Wo war sie? Woran dachte sie? Wie kam sie dazu, gut zu finden, was so furchtbar war? Es schien ihr dann, daß Todeskälte sich auf ihre Schultern senkte und sie rings umhüllte.

Manchmal auch überfluteten sie ganz andere Gedanken, so wie der Wind ins Haus eindringt, wenn das Fenster geöffnet ist. Dank einer spielerischen Laune ihres vom Hin- und Herwenden der Vergangenheit erschöpften Gedächtnisses vergaß sie plötzlich, daß sie für immer entstellt war. Das dauerte sekundenlang. Das Verlangen nach Liebe regte sich von neuem in ihr, die lange niedergetretene Eitelkeit brach in ihrem Blick wieder auf, die Illusion, schön zu sein, schenkte ihr das Gefühl königlichen Reichtums und entrückte sie aus dieser Welt, so daß die Näharbeit ihr aus den Händen sank. In dieser Art von Benommenheit sah sie sich von einem Mann angebetet, der vor ihr auf den Knien lag.

Dieser Mann war Guéret. Er war so, wie sie ihn das erste Mal gesehen hatte, schüchtern und gehemmt, mit einer Stimme, der er einen sanften Klang zu geben versuchte. Jedesmal wenn sie ihn ansah, senkte er den Blick, aber sie nahm dennoch von Zeit zu Zeit einen Ausdruck von Wildheit in seinen Zügen wahr, und sobald er die Augen hob, war sie von der Leuchtkraft ihrer Iris überrascht; sie hätte nicht sagen können, was bei diesem Menschen vorherrschte, die Sanftmut oder die Heftigkeit; sie wußte nur, daß sie Macht über ihn besaß und daß er vor ihr zitterte.

Das Ende dieser Halluzination kam schnell. Die Arme fand sich wieder in ihrem Zimmer und blickte mit Grauen auf das Handtuch, das sie gerade ausbesserte, oder die Kante ihres Schals, kurz alles, was ihr von der Gegenwart sprach und sie an ihre Leiden erinnerte. Sie erbebte bei den Gedanken, die sie in ihrem Schmerz befielen, und sie bemühte sich, die Erinnerung an Haß und Grauen, von denen sie bewegt gewesen war, als sie sah, wie Guéret seinen Arm gegen ihr Gesicht erhob, von neuem zu beleben. Noch bevor er zugeschlagen hatte, war sie schon beinahe ohnmächtig gewesen, und die aus ihrer Kehle hervorbrechenden Schreie schienen ihr die Schreie einer anderen zu sein, einer Frau, die dicht neben ihr ermordet wurde. Es war ihr unmöglich, sich vorzustellen, daß ihr Leben gefährdet war; der Tod war nicht für sie bestimmt, sondern für diese Schreiende, und dennoch, wie wütend war sie gewesen, sich von der Faust dieses Mannes an den Boden gefesselt zu fühlen, und wie grauenvoll hatten die unaufhörlich hallenden Schreie geklungen! Der erste Schlag fuhr brennend durch ihr linkes Auge und die Lippe hindurch; in ihren Mund sickerte Blut; sie verlor das Bewußtsein, und als sie etwas später wieder zu sich kam, verspürte sie einen salzigen Geschmack auf der Zunge, aber was sie aufgeweckt hatte, war der unerträgliche Schmerz, der ihr Fleisch durchfuhr und sich wie Feuer über ihr Gesicht breitete. Blut strömte von ihrem Kopf und ergoß sich über Arme und Brust. Von all den Zuschauern, die ihr Schreien herbeigerufen hatte, wagte nicht einer sie zu berühren, und sie mußte sie förmlich beschwören, damit sie sie schließlich nach Hause brachten.

Diese Erinnerungen wühlten ihr das Herz auf; sie drückte die Fäuste gegen die Ohren und preßte die Lider zu, als könne sie dadurch das Bild der Qual, die sie hatte leiden müssen, aus ihrem Hirn verjagen; doch ihr Gedächtnis war unerbittlich und schonte sie zeitweilig nur, um sie dann wieder zu foltern, denn wenn es der Unglücklichen gelang, die blutige Vision von sich fortzuscheuchen, so nur, indem sie sich den Augenblicken des Glücks zuwendete, das sie erfahren hatte, und wieviel Tränen vergoß sie dann bei dieser Rückwendung zur Vergangenheit!

Sie dachte an jene seltsame Nacht, die sie in einem Gefühl tiefer Freude durchlebte. Es war nach ihrem Streit mit Madame Londe, damals, als sie beschlossen hatte, an diesem Abend nicht in ihr Zimmer zu gehen, sondern bei einer ihrer Freundinnen in Chanteilles zu schlafen. Um sich selbst die Illusion einer Flucht zu verschaffen, hatte sie sich gehütet, jemanden zu benachrichtigen. Fliehen, vor Madame Londe fliehen, fliehen auch vor dem Restaurant und den Gästen, die sich um sie stritten! Zu diesem Zeitpunkt hatte sie einzig diesen Gedanken im Kopf. Sie sah sich wieder an das Fenster gelehnt, das auf den Boulevard de la Preste hinausging. Die Nacht war finster, der Wind wehte sacht; Regentropfen fielen von Zeit zu Zeit auf ihr Haar und ihre nackten Arme. Das kleine Zimmer, in dem sie untergebracht worden war, lag hinter ihr in vollem Licht; das Bett, der Tisch, die beiden Stühle gehörten ihr nicht, erinnerten sie an nichts, während in ihrem eigenen Zimmer ihr alles von Langeweile, von Bedrükkung sprach; hier hingegen war sie frei; die Luft, die ihr übers Gesicht strich, war nicht die, die auf dem kleinen Platz vor dem Restaurant Londe die dürren Blätter aufwirbelte. Sie war glücklich, ein Mann liebte sie; ohne zu wissen, wo er war und was er tat, war sie gewiß, daß er an sie dachte und daß er um ihretwillen litt; das tat ihr genauso wohl wie die Sonne der Pflanze. Gewiß, er glich nicht gerade dem Ideal ihrer Träume, aber anderseits konnte sie dem Vergnügen, geliebt zu werden, ja doch kaum widerstehen; sie wünschte sich, es würde immer so weitergehen und dieser Mann würde nie etwas von den zahllosen Abenteuern mit anderen Männern erfahren, die bereits hinter ihr lagen. Nicht daß sie die Absicht gehabt hätte, ihm jemals nachzugeben, aber sie gewöhnte sich an die etwas rauhe Zärtlichkeit, die sie in ihm ahnte, und sie begriff sehr wohl, daß Guérets Haltung ihr gegenüber ganz anders sein würde, falls er entdeckte, was sie vor ihm zu verbergen versuchte. Oft stellten sich seine heisere, scheue Stimme, seine gepreßten Worte und alles, was an ihm weder sein unbeholfener Körper noch sein unschönes Gesicht, seine schweren Hände waren, in ihrem Gedächtnis wieder ein. Wenn sie ihm begegnete, sah sie ihn nicht an; sie hörte ihn sprechen und überließ sich dann, ohne sich dessen bewußt zu sein, der Erinnerung an andere, auf der Straße oder Landstraße zufällig und nur flüchtig erblickte Gesichter. Aber diese Stimme und die Wärme dieser heftigen, wenn auch verhaltenen Liebe schenkten ihr eine Freude, wie sie sie noch nie empfunden hatte und in die sie sich nach und nach verliebte. Am folgenden Tage, auf dem Rückweg in ihr Zimmer, war sie Guéret auf der Landstraße begegnet, und er hatte sie jenseits des kleinen Waldes bis an das Ufer des Flusses geschleppt, dessen Rauschen sie jetzt manchmal in dem bewegten Schlaf ihrer Nächte vernahm. Wie teuer hatte sie das kurze, matte Glück ihrer Träumereien bezahlt! ›Wenn ich gewußt hätte!‹ dachte sie; aber diese Überlegung versetzte sie in Zorn. Man kann eben niemals wissen, wann das Leben einen zu verraten gedenkt; es hat keinen Sinn, auf den kommenden Tag zu zählen, nicht einmal auf die Stunde, die vor einem liegt; nichts ist so gewiß wie der Tod.

Das etwa sagte sie sich, als Fernande gegangen war, nachdem sie einer Armen den Kuß verweigert hatte, durch den sie ihr den Frieden hätte zurückgeben können. Was nützten da noch Tränen? Geschwollene Lider würden ihre Züge nur noch häßlicher machen. Zum zwanzigsten Male seit dem Morgen betrachtete sie sich lange und schüttelte den Kopf; dann, von jäher Wut gegen sich selbst und gegen Gott erfaßt, der eine solche Schande zuließ, warf sie den Spiegel auf den Fliesenboden des Zimmers und trat darauf, bis das Glas unter ihrem Absatz zu Pulver zermahlen war.

›Was soli man tun, wenn man derart unglücklich ist?‹ fragte sie sich selbst. Sie schaute die Möbel, die Wände an, zwischen denen sie so sehr gelitten hatte, und es kam ihr vor, als ob diese Welt aus Holz und Stein Leben gewänne und zu ihr redete. Warum denn nicht einfach fortgehen? Im Laufe ihres Lebens, in dem so viele Dinge ihr wünschenswert erschienen waren, hatte sie ihr Herz gleichwohl an nichts gehängt. Kein Gedanke, keine Erinnerung hielt sie hier zurück.

Als daher Madame Londe die Tür ein wenig öffnete, um ihr anzukündigen, ihre Herren wünschten sie am nächsten Tage zu sehen, antwortete Angèle mit ›Ja‹, um keine unnötige Diskussion aufkommen zu lassen, aber ihr Plan stand fest: Sie würde Monsieur Grosgeorge um Geld angehen und die Stadt so bald wie möglich verlassen. Daß es ihr gelingen würde, bezweifelte sie keinen Augenblick. Dummheit und Eitelkeit des Alten kannten in der Tat keine Grenzen, und sie wußte aus Erfahrung, wie sie daraus Vorteil ziehen konnte. Selbst wenn sie ihren Schal um den Kopf behielt, würde sie es so einrichten, daß der Alte glaubte, sie sei noch immer hübsch. Er hatte schon so vieles hinuntergeschluckt! Die Weigerung, ihr Gesicht zu zeigen, würde er ihr als Koketterie zugute halten, und im übrigen würde sein Bedürfnis, an ihre Schönheit zu glauben, so groß sein, daß er sich sicher leicht zum besten halten ließ. Sie erinnerte sich der Wünsche, die ihre bloße Gegenwart in ihm weckte, und wie freigebig er in einem Augenblick der Ungeduld sein konnte. Mehrmals schon seit dem Unglück hatte er sie zu sehen versucht; sie war ihrer Macht über diesen armen, müßigen, sinnlichen Menschen gewiß. Würde nach drei Monaten der Abwesenheit nicht die bloße Tatsache ihres Kommens schon der Himmel auf Erden für ihn sein? Sie würde ihm wer weiß was versprechen, wenn er ihr nur das Geld gab, das sie für ihre Flucht benötigte; es machte ihr nichts aus, zu lügen; zudem verachtete sie ihn so sehr und hatte eine so geringe Meinung von seiner Person, daß sie nicht einsah, was eine solche Täuschung für sie Erniedrigendes haben sollte, ganz als ob die schmähliche Armseligkeit dieses alten Mannes sie der Notwendigkeit jeden Anstandes überhöbe.

Ein launenhafter Zufall jedoch machte dieses schöne Projekt zunichte. Madame Grosgeorge, die sie kaum zweimal gesehen hatte und an die sie nie dachte, diese schroffe, geheimnisvolle Frau begegnete ihr auf der Straße und hinderte sie daran, ihren Mann aufzusuchen. Das sah der sonstigen Tücke des Lebens zu sehr gleich, als daß Angèle sich gewundert hätte. Es gibt keinen Zufall, es gibt nur Bosheit des Schicksals, und seine von langer Hand vorbereiteten Perfidien haben für uns nur den Anschein von Willkür, weil wir die Hintergründe nicht kennen.

8

Trotz allem nahm sie von Madame Grosgeorge das Versprechen mit, sie werde ihren Fall überdenken. Freilich ein magerer Ertrag. Wieviel anziehender war der Ottermuff, in dem diese Frau ihre Hände wärmte! Mehr als einmal im Verlauf des Gesprächs auf der Landstraße hatte Angèle sich versucht gefühlt, ihr dieses kostbare Pelzwerk einfach zu entreißen. Wer weiß, ob sich darin nicht ein Portemonnaie verbarg, und in diesem Portemonnaie... Ach! Weshalb muß auch der Reiche so hartherzig sein? In welcher Hinsicht würde, wenn Madame Grosgeorge zweihundert Francs herausrückte, der Gang der Dinge in der Villa *Mon Idée* sich ändern? Würde dort dann weniger gut gegessen? Würde die Luft nicht mehr so warm sein in diesen Zimmern, in denen das Feuer von morgens bis abends im Kamin funkelte? Wie brachten es die Reichen nur fertig, von soviel Groll und Begehrlichkeit umgeben einzuschlafen?

Sie knüpfte die Enden ihres Schals unter dem Kinn zusammen und beschleunigte ihren Schritt. Es blieb ihr nichts anderes übrig, als nach Hause zu gehen und sich zu Bett zu legen, um weniger zu frieren; dieser erste Tag, den sie im Freien verbrachte, nachdem sie monatelang eingeschlossen gewesen war, hatte sie völlig erschöpft, so daß sie nicht mehr die Kraft besaß, darüber nachzudenken, was sie morgen tun würde. Sogar die Lust zu kämpfen fiel von ihr ab; eine Art von Gleichgültigkeit allem Glück und Unglück gegenüber nahm von ihr Besitz. Der Kopf war ihr schwer. In der Nähe eines wärmenden Feuers wäre sie auf der Stelle eingeschlafen.

Nur eben erst schritt sie auf der Landstraße dahin, als sie jemanden hinter sich herlaufen hörte. Mit einer bereits vertrauten Bewegung zog sie den Schal vor ihr Gesicht und wendete sich um, doch konnte sie niemanden sehen. In gewissen Abständen verbreiteten Gaslaternen auf dem Schnee einen gelben Lichtschein, der jedoch das Dunkel nicht richtig durchdrang. Plötzlich verspürte sie Angst; das Geräusch war so nah, daß sie die Person hinter ihr hätte sehen müssen. Ihr erster Gedanke war Flucht; doch herrschte nun wieder so tiefe Stille, daß sie sich fragte, ob sie sich nicht am Ende getäuscht haben könnte. Auf alle Fälle hatte sie nicht sehr viel zu fürchten: Kaum hundert Meter trennten sie noch von den ersten Häusern der Stadt. Aber sie wußte auch, daß seit Beginn des Winters die Einwohner von Lorges nach Sonnenuntergang das Haus nicht mehr verließen. Was für Schreie müßten es wohl sein, die diese Feiglinge dazu bewegen würden, ihr zu Hilfe zu eilen? Ihre für Sekunden beschwichtigten Ängste fielen nun um so stärker über sie her.

In diesem Augenblick rief man sie; zum Antworten fand sie nicht mehr Zeit. Fast im gleichen Moment trat vom Wegrand her, wo er sich verborgen hatte, ein Mann auf sie zu. An seinen Schultern, an seinem Gang vor allem erkannte sie Guéret und stieß einen Schrei aus.

»Schweig!« befahl er mit leiser Stimme. »Ich schwöre dir, daß du nichts zu fürchten hast.«

Er war jetzt der jungen Frau so nahe, daß sie seine Züge fast erkennen konnte. Ein toller Schreck erfaßte sie und hinderte sie daran, eine Bewegung zu machen; es schien ihr, daß ihr von allen Punkten ihres Körpers das Blut zum Herzen strömte.

»Ich setze mein Leben aufs Spiel, um dich wiederzusehen«, fuhr er fort. »Wenn ich verhaftet werde, erwartet mich mindestens Zwangsarbeit, wo nicht Schlimmeres. Hast du noch immer Angst vor mir? So antworte doch.«

»Nein«, hauchte sie, während sie einen Schritt zurückwich.

»Ich habe eben etwas von dem gehört, was du zu Madame Grosgeorge gesagt hast. Ich war hinter dem Gartentor versteckt. Gestern, als ich mich hier in der Gegend herumtrieb, habe ich sie gesehen. Ich bin davongelaufen, aber sie hat mir zugerufen, ich solle morgen um sieben Uhr wiederkommen. Das wäre heute abend gewesen. Ich bin auch gekommen, aber im letzten Augenblick wurde ich mißtrauisch und habe mich, gerade als sie kam, versteckt. Ist das wahr, daß du mich bei der Polizei nicht angezeigt hast?«

»Ja.«

»Zittere doch nicht so. Ich schwöre dir, ich rühre dich nicht an, außer du erlaubst es mir. Angèle, höre zu. Du verabscheust mich, nicht wahr?«

Sie wagte nicht, Antwort zu geben, aus Furcht, es könnte eine Falle sein. Wieviel Haß regte dabei diese Stimme allein in ihr auf! So hatte er an dem Tage zu ihr gesprochen, an dem er sie an den Fluß geführt hatte. Welche Schwäche hatte sie dennoch bewogen, die Bemühungen der Polizei zu vereiteln, indem sie behauptete, nicht er habe sie überfallen?

»Wirst du mir jemals verzeihen?« fragte er sie.

Sie würde ihm nie verzeihen. Das schmähliche Bewußtsein, auch nur einen Anflug von Liebe für einen so mittelmäßigen Menschen empfunden zu haben, schmerzte sie noch mehr als der Verlust ihrer Schönheit. Die einzigen Liebesworte, die sie jemals gehört hatte, waren von einer Stimme hervorgebracht worden, die ohne Jugend war; sie haßte diese Stimme.

»Lassen Sie mich gehen«, verlangte sie.

»Wenn du mich nicht angezeigt hast, so deshalb, weil du mir verziehen hast. Es war doch nicht nur aus Furcht, nicht wahr?«

Er wartete einen Augenblick auf eine Antwort, die nicht kam. Dann fragte er auf einmal:

»Weshalb hat Madame Grosgeorge dich unter die Straßenlaterne geführt? Was wollte sie an dir sehen? Angèle, es ist doch nicht möglich, daß auf deinem Gesicht noch Spuren zurückgeblieben sind. Nicht wahr? Nicht wahr?«

Sie zögerte einen Augenblick, aber ihre Eitelkeit war doch stärker als ihr Groll.

»Nein«, sagte sie, »man sieht nichts mehr davon.«

Und gleich darauf, von etwas bewogen, was ganz unwiderstehlich war, setzte sie noch hinzu:

»Diese Weiber aus Chanteilles haben das aus Eifersucht hier überall erzählt.«

Er griff nach ihrer Hand, als wolle er ihr danken.

»Wie konnte ich das nur tun? Ich muß von Sinnen gewesen sein. Drei Tage lang dachte ich, du seiest tot. Als ich die Zeitung las, war mir, als ob ich zu neuem Leben erwachte. Ich habe nur an dich gedacht, und mein einziger Gedanke war der, hierher zurückzukehren.«

Da sie unbeweglich stehenblieb und auch ihre Hand nicht zurückzog, sagte er plötzlich zu ihr:

»Ich liebe dich, weißt du das? Ich hätte ins Ausland fliehen können, aber ich habe mich lieber in Paris und hier in der Gegend versteckt, um nicht zu weit von dir entfernt zu sein.«

Sie fühlte einen warmen Hauch auf ihrer Wange und wich, voller Widerwillen gegen diesen Mann, noch weiter zurück. Sie traute sich nicht, ihre Hand freizumachen, weil sie fürchtete, dadurch Guérets Zorn zu entfesseln, trotz allem aber fanden seine Liebesworte Eingang bei ihr. Er fuhr fort:

»Das ging so weit, daß ich für meine Freiheit nicht mehr

fürchtete. Sicher hat Madame Grosgeorge überall erzählt, daß sie mich gestern gesehen hat. Vielleicht sind sie in diesem Augenblick schon hinter mir her. Und dennoch siehst du, daß ich keine Angst habe, mich hier in der Gegend zu zeigen.«

»Sie müssen fort von hier.«

»Du willst mich nur loswerden. Hast du noch viele Abenteuer, Angèle? Lebst du weiter so wie vorher?«

Diese Fragen verwirrten sie mehr als alles, was er bislang geäußert hatte. In ihr war ein Verlangen, das sie sich nicht zu erklären vermochte; sie verabscheute Guéret und konnte dennoch der Lust nicht widerstehen, diesem Mann zu gefallen.

»Nein«, sagte sie, »das ist alles vorbei.«

Sie bereute ihre Worte, sobald sie sie ausgesprochen hatte. Es kam ihr vor, als ob die bloße Tatsache ihrer Antwort sie in etwas Gefährliches verstrickte. Anstatt sofort zu fliehen, wie ihr Instinkt es ihr befahl, war sie auf der Landstraße geblieben und sprach mit diesem Mann; sie hatte sich einfangen lassen.

»Warum fragen Sie mich das?« stieß sie heftig hervor. »Lassen Sie mich los, ich will gehen.«

Das hatte sie auf der Fahrstraße, die an der Sommeillante entlangführte, schon einmal gesagt; es war, als wolle dieselbe Szene sich noch einmal wiederholen, und sie verspürte Angst wegen der Worte, die ihr Mund unwillkürlich formte. Indessen hielt Guéret sie so fest am Arm, daß sie nicht einmal den Versuch machte, sich seinem Griff zu entziehen.

»Und wenn ich Geld auftriebe«, fuhr er plötzlich fort, ohne auf ihre Rede zu achten, »würdest du dann bereit sein, mit mir zu kommen?«

Sie stand ratlos da; hier bot ihr jemand an, was sie soeben noch erbettelt hatte: die Mittel, um zu fliehen, aber das Schicksal gewährte ihr diese Gabe so, daß sie sie nicht annehmen konnte. Sollte sie mit dem Menschen fliehen, den sie am meisten haßte? Und was würde dieser Mann tun, wenn er sie bei Tageslicht sah? Dennoch beschloß sie aus Aberglauben, sich nicht eine Hilfsquelle zu verstopfen, die für sie kostbar sein könnte; sie würde in Ruhe nachdenken, sobald sie allein war; und da die Lüge das eigentliche Element ihrer ganzen Natur war, beruhigte sie sich selbst damit, es sei besser, Guérets Vorschlag anzunehmen, wenn es ihr auf diese Weise gelänge, ihn von sich zu entfernen.

»Woher wollen Sie das Geld denn nehmen?« fragte sie.

»Was geht das dich an? Ich kann dir nur sagen, ich bekomme es bestimmt, und zwar schon bis morgen abend.«

Seine heißen Finger umspannten ihr Handgelenk unter dem Ärmel ihrer kleinen Jacke; der Zugriff dieser Mörderhand erfüllte sie mit einem solchen Schauder, daß ihre Zähne aufeinanderschlugen. Sie fürchtete, Guérets Argwohn zu wecken, wofern sie allzuschnell ja sagte, und fragte deshalb:

»Und wohin würden wir gehen?«

»Ins Ausland. Ich habe Freunde in Belgien. Nach ein paar Monaten kämen wir dann nach Frankreich zurück.«

Er schloß sie in die Arme.

»Bist du einverstanden?«

»Ja, wenn du mich gehen läßt. Laß mich«, stammelte sie.

»Du willst also? Du willst also kommen?« sagte er, wahnsinnig vor Freude.

»Ja, aber laß mich, ich will.«

Er preßte die Lippen auf ihre Hände.

»Madame Grosgeorge hat mir Hilfe versprochen«, setzte er noch hinzu. »Sie ist reich. Ich werde sie treffen. Weißt du, wann sie das Haus verläßt und wohin sie geht?«

›Wenn er sich an sie wendet, ist er verloren‹, dachte sie. ›Sie verrät ihn bestimmt.‹

»Gewöhnlich«, antwortete sie ihm, »nachmittags gegen drei Uhr; ich bin ihr oft auf dem Weg nach Chanteilles zu begegnet, wenn ich Wäsche austrug. Sie hat mich niemals gegrüßt«, stellte sie fest, als spräche sie zu sich selbst.

»Und sie geht zu Fuß?«

»Ja, wenn es trocken ist. Sonst nimmt sie das Kabriolett.«

»Allein?«

»Immer allein.«

»Wir wollen uns morgen abend hier treffen, zwischen der dritten und vierten Straßenlaterne von der Überführung aus. Wann kannst du kommen?«

»Um halb acht.«

»Gut, also um halb acht. Wir gehen dann zu Fuß bis Héricourt, wo uns niemand kennt. Dort nehmen wir den Zug.«

»Gut.«

»Schwöre mir, daß du kommst.«

»Ja, ich schwöre es dir.«

»Ich werde dich immer zu finden wissen«, erwiderte er mit einem Lachen, in dem zugleich eine Drohung lag.

»Ich komme. Laß mich jetzt gehen.«

»Nimm den Schal fort und küsse mich, magst du?«

»Nein, nein. Nimm dich in acht, ich glaube, es kommt jemand.«

Er ließ sie jäh los und warf sich mit einem rundum spähenden Blick zur Seite. Sie rannte davon. Ein paar Sekunden darauf lief sie eilends an den ersten Häusern von Lorges vorbei. Er hörte, wie sich ihre Schritte entfernten, doch wagte er ihr nicht zu folgen. Niemand zeigte sich auf der Straße, sie hatte Zuflucht zu einer List genommen, damit er ihren Arm losließe, und dennoch war er gewiß, sie werde morgen zur Stelle sein; wenn nicht Liebe, würde Furcht sie wieder hierherführen. Er tat noch zögernd ein paar Schritte abwechselnd nach beiden Seiten, als sei er im Weitergehen durch unsichtbare Mauern gehemmt. Eine geheime Macht heftete ihn an dieses Stück Boden, auf dem er sie wiedersehen würde; so wie er es jetzt tat, würde sie morgen wiederum den Fuß auf diese Erde setzen; mit der Spitze seines Schuhs schob er Straßenschmutz und Schnee von der Stelle fort, an der Angèle gestanden hatte. Es war hier gewesen, mitten auf der Straße. Drei Minuten zuvor noch hatte sie vor ihm gestanden, er aber hatte sie gehen lassen.

Kurz darauf ging auch er. Die Kälte drang durch den dünnen Überzieher, den er trug. Vergebens suchten seine starren Hände ein wenig Wärme in den Taschen; er hatte das Gefühl, nackt dem Nordwind preisgegeben zu sein, der sich erhob und die Tränen auf seinem Gesicht zum Gefrieren brachte, doch sein Herz war voll Freude.

Dreieinhalb Monate hatte er in völliger Einsamkeit gelebt, in den kleinen Wäldern dieser Gegend verborgen; seine Mahlzeiten hatte er in Dörfern eingenommen, in denen er sich sicher glauben durfte. Ein dichter Bart, der ihn beinahe unkenntlich machte, bedeckte seine Wangen. Einzig seine nie zur Ruhe kommenden Augen und die gebeugten Schultern konnten ihn verraten, hätte jemand sich die Mühe gemacht, ihn aufmerksam zu betrachten. Er verließ sich mehr oder weniger auf das schlechte Gedächtnis der Menschen. Eines Abends hatte er sich in die Straßen von Lorges gewagt. Sicher, niemandem zu begegnen, hatte er eine Straße, dann eine zweite durchmessen, bis er endlich auf dem kleinen Platz vor dem Restaurant Londe stand. Es schien ihm, als habe die Zeit sich rückwärts bewegt und alle Angst, alles Grauen der letzten Monate sei auf einmal von ihm abgefallen. Vielleicht war gar nichts geschehen, da er hier war, da ja das Haus und die Steine noch immer die gleichen waren. Wenn er wirklich ein Verbrechen begangen hätte, würde er sich dann an eine Stätte wagen, wo jedermann ihn anzuzeigen bereit war? Seine eigene Unverfrorenheit beruhigte ihn gewissermaßen. Durch das ständige Leben in unmittelbarer Gefahr hatte er sich an sie gewöhnt. Die Zeitungen erwähnten ihn zudem gar nicht mehr; nach der Erregung der ersten Wochen hatte die Polizei die Hoffnung aufgegeben, ihn wiederzufinden, und sein nachgerade nur noch als Zeitungsmeldung existierendes Verbrechen war bereits im Begriff, in Vergessenheit zu geraten. Es war, als habe die Gesellschaft ihm ihre Absolution erteilt.

Die Begegnung mit Madame Grosgeorge hatte in ihm das Gefühl der Gefahr von neuem geweckt. Trotz seines Bartes und seiner verkommenen Kleidung hatte diese Frau ihn auf der Stelle erkannt. Würde sie ihn verraten? Die Frage war nicht richtig gestellt, sie mußte vielmehr lauten: Weshalb sollte sie ihn nicht verraten? Freilich hatte sie ihm gesagt, daß sie ihm helfen wolle, aber hätte sie anders gesprochen, wenn es ihre Absicht wäre, ihn in eine Falle zu locken? Was für Gründe bewogen sie dazu, ihm zu Hilfe zu kommen? In Erinnerung an den verächtlichen Blick, den er so häufig in ihren Augen hatte aufglimmen sehen, kamen ihm ernste Bedenken. Welche Laune konnte diese hochmütige Person bestimmen, sich barmherzig zu erweisen, nachdem es ihr zuvor soviel Spaß gemacht hatte, ihn zu demütigen?

Indessen war es notwendig geworden, schnellstens, bevor noch Alarm gegeben wurde, zu handeln und Angèle zu sehen, da er ja schließlich nur deshalb gekommen war. Aber wie sie sehen und wo? Vergebens hatte er an der Landstraße gewartet, die sie früher benutzte, wenn sie gegen Abend von Chanteilles her kam; er konnte ja nicht wissen, daß sie nicht mehr dort arbeitete. Des Widerstandes müde, begab er sich an den Ort, den Madame Grosgeorge ihm bezeichnet hatte, und wartete dort mit Gefühlen, die zwischen der Furcht, in eine Falle zu tappen, und der Sorge schwankten, er könnte am Ende eine Chance verpassen; aber gerade in dem Augenblick, in dem Madame Grosgeorge wahrscheinlich kam, wurde er jäh von Furcht gepackt und verbarg sich im Dunkel dicht neben dem Tor der Villa *Mon Idée.* Von da aus sah er diese Frau, vor der er sich immer gefürchtet hatte, mit allen Zeichen der Ungeduld auf der Landstraße promenieren. Mehrmals ging sie an ihm vorbei. Was mochte sie wohl denken? Mit ihrem zurückgeworfenen Kopf, ihrem raschen Schritt und dieser gewissen Art, plötzlich stehenzubleiben und mit dem Fuß auf den Boden zu stampfen, während sie sich nach rechts und links umschaute, ließ sie in ihm noch einmal jeden einzelnen der Eindrücke wachwerden, die er von ihr zu der Zeit erhalten hatte, als er noch den kleinen André seine Lektion aufsagen ließ. Welch verblüffender Einklang mußte hier zwischen Seele und Gebärde bestehen, damit eine Körperhaltung, eine Art sich umzuwenden oder die Schultern zu heben, die ganze Dürre und Härte eines Herzens enthüllte! Er meinte wieder zu hören, wie sie ihm mit ihrer unverbindlichen Stimme die unverschämtesten Dinge ins Gesicht sagte. Selbst als sie ihm zurief: ›Ich tue Ihnen nichts, Sie haben nichts zu befürchten!‹ behielt sie den Tonfall der Herrin bei, die einen Bedienten zurechtweist. Und ausgerechnet von ihr erhoffte er eine Regung von Güte! Weshalb hatte er denn dann nicht gleich Hilfe beim Bürgermeister gesucht?

Angèles Ankunft erfüllte ihn mit einer Freude, die er nur aus Vorsicht beherrschte. Er war den beiden Frauen nicht nahe genug gewesen, um ihr Gespräch am Tor belauschen zu können, soweit sie nicht die Stimmen erhoben, was nur in dem Moment geschah, als Madame Grosgeorge Angèle befahl, ihr Gesicht zu zeigen. Und ungeachtet eines Wiederauflebens seiner Eifersucht bei dem Gedanken an den Brief, den Monsieur Grosgeorge ihm eines Tages vorgelesen hatte, segnete er die Umstände, dank denen Angèle den Alten hatte aufsuchen wollen.

Jetzt wußten zwei Frauen, daß er sich in Lorges aufhielt; die eine verachtete ihn, die andere hatte allen Grund, ihn zu fürchten und zu hassen, und nur ein Wahnsinniger konnte glauben, sie würden sein Geheimnis wahren. Für Angèle bot sich eine bequeme Möglichkeit der Rache; sie brauchte nur der Gendarmerie den vereinbarten Treffpunkt bekanntzugeben, und er würde in eine Falle geraten, die sein eigenes Werk war. Vielleicht wußten sie schon jetzt Bescheid, während er sich noch ganz umsonst Gedanken darüber machte, welche Art der Mildtätigkeit er von seinen beiden Feindinnen zu erwarten hätte.

Doch er dachte nicht an Flucht. Die Frage, ob er in Freiheit bleiben oder seine Tage im Kerker beenden würde, stellte sich ihm unter völlig verschiedenen Aspekten dar. Bei genauer Überlegung schien es Wahnsinn zu sein, zwischen Gefängnis und Freiheit nur eine Minute zu schwanken. Um einer Verhaftung zu entgehen, mußte er sich eine Weile in dem oder jenem Dorf aufhalten; diese oder jene Straße schien ihm sicherer als eine andere, und eine bestimmte Stunde allen anderen unbedingt vorzuziehen. Er ahnte aber, daß alles sich im

Grunde ganz anders abspielte und seine Pläne überhaupt nicht zählten. Worauf es ankam, war die Zeit; die Zeit aber liegt nun einmal nicht in der Hand der Menschen. Nach einer gewissen Zahl von Tagen oder Jahren würde sich sein Geschick erfüllen. Sein Fall war schon abgeurteilt und sein Ende bekannt. Er war wie ein Kind, das spielte, ohne der Zeit zu achten, dessen Mutter aber schon den Augenblick ins Auge gefaßt hat, in dem es zu Bett gebracht und das Licht gelöscht wird, damit es im Dunkeln einschläft.

Er erinnerte sich, daß ihm eines Abends in Paris, in einem Gäßchen, in das er sich geflüchtet hatte, um einem Schutzmann zu entgehen, der Gedanke gekommen war, sich der Polizei zu stellen. Freiheit um den Preis von Hunger, Furcht und Trostlosigkeit konnte ebenso peinvoll sein wie Gefangenschaft. Vielleicht hatte ihm die Stätte, an der er sich damals befand, diesen Gedanken nahegelegt. Es war an einem Novemberabend, die Nacht war schon nahe, aber noch nirgends brannte Licht. Er hatte den dunkelsten Teil des Gäßchens aufgesucht, eine Art Durchgang durch die hohe, düstere Masse der Mietshäuser auf der einen Seite der Rue Saint-Lazare. In dem schwärzlichen Dunst, der zwischen den Mauern hing, sah er vor sich den weißen Fleck seines Atems. Allmählich beruhigte sich das heftige Pochen seines Herzens. Er ging weiter, indem er sich mit den Händen am Stein der Häuser entlangtastete. Ein schwacher Lichtschein fiel oben zwischen den Dächern herein, ohne zu ihm zu gelangen. Er schritt zögernd voran, wie ein Blinder, seine Beine zitterten noch, weil er so schnell gelaufen war. Nicht weit von ihm entfernt erhob sich das ruhelose Brausen der Stadt wie eine große, drohende Stimme; er dachte unwillkürlich an ein riesiges, plumpes Tier, das ihm im Dunkeln brüllend auf den Fersen war.

Dieses Gefühl eines ungleichen Kampfes zwischen ihm und einer geheimnisvollen Macht hatte er zu jeder Stunde des Tages immer dann, wenn auf der Straße ein Blick sich auf ihn richtete oder er hinter sich einen Schritt hörte, der etwas schneller als der seine war; plötzliche Hitze überflutete dann seinen Leib, und der Hut saß ihm schweißnaß auf der Stirn. Von einem Straßenzug zum andern von Polizisten gejagt, die nur in seiner Phantasie existierten, suchte er die belebtesten Gegenden der Stadt auf, machte einen Bogen um einsame Plätze und langgestreckte, verlassene Alleen, und doch, mit welchen Ängsten mischte er sich schließlich unter die Menge! So viele Zeitungen hatten seinen Steckbrief gebracht! Es genügte, daß aufgrund einer Laune des Gedächtnisses ein Spaziergänger sich, wenn er ihn vorübergehen sah, der Beschreibung erinnerte, auf die er vor Wochen beim Lesen gestoßen war: hohe Gestalt, gebeugter Rücken (er versuchte umsonst, sich geradezuhalten), blasser Teint ... Sicher war das unwahrscheinlich, aber noch das banalste Leben setzt sich aus unwahrscheinlichen Begebenheiten zusammen. Mehrmals hatte ihn sein Wunsch, sich in der Menge zu verstecken, in die Umgebung großer Bahnhöfe geführt, wo er sich dann in den Scharen der Reisenden eingekeilt fand. Seine beschmutzte Kleidung, vor allem aber die Unruhe, die seine Miene verriet, lenkten die Aufmerksamkeit auf ihn; er bildete sich dann ein, man habe ihn erkannt, und die Leute schlössen sich eigens um ihn zusammen, um ihn am Fliehen zu hindern. Warum sahen sie ihn so an? Sollte er sich einen Weg durch sie bahnen oder warten, bis eine Brandungswelle innerhalb dieses Menschenstroms ihn auf die Seite warf und befreite? Er hatte den Eindruck, daß jedes Verhalten, welches auch immer er wählte, ihn verdächtig machte, und daß er sogar noch durch Unbeweglichkeit auffallend wirkte. Auf die Befangenheit, die ihn befallen hatte, folgte nun auch noch ein Erschrecken, das ihm die Kehle zuschnürte. Es hatte keinen Zweck, sich zu sagen, daß diese Männer und Frauen ihn nicht kannten, zweifellos gar nicht daran dachten, ihn anzusehen; das Grauen davor, verhaftet zu werden, stieg in ihm wie ein Unwetter auf, das niemand abwenden konnte. In diesen Momenten innerer Ratlosigkeit drängten sich ihm die sonderbarsten Gesten auf: Er hatte Lust, mit aller Macht auf seine Nachbarn einzuschlagen und wie ein verfolgter Verbrecher zu fliehen oder laut schreiend sich selbst zu bezichtigen, um ein Ereignis zu beschleunigen, das er jetzt für unabwendbar hielt.

Er konnte nicht mehr in eine Straße einbiegen oder ein Zimmer betreten, ohne daß er sich im Geiste stets die gleiche Frage vorlegte: ›Werde ich hier verhaftet? Sollte dies meine letzte Minute der Freiheit sein?‹ Kein Hotel hatte ihn zwei Nächte nacheinander beherbergt; er eilte von Quartier zu Quartier, einem Instinkt gehorchend, der ihn bald hierhin, bald dorthin trieb, wobei gewisse Straßen ihm erst anziehend erschienen, ihn dann aber urplötzlich mit eisigem Schrecken erfüllten. Wochenlang fiel er ohne bestimmten Grund einem Argwohn zum Opfer, der ihn von gewissen Teilen der Stadt, manchmal von ganz Paris fernhielt und ihn zwang, in die Vororte zu fliehen. Eine Periode der Ruhe oder Gleichgültigkeit führte ihn dann in die Hauptstadt zurück. Müde, gegen einen Feind anzukämpfen, dessen Gegenwart er überall zu spüren meinte, faßte er den Entschluß, der großen Gefahren, die ihn bedrohten, einfach nicht mehr zu achten und zu leben wie andere auch, wie Hunderte von Menschen, deren Weg er auf der Straße kreuzte. Seine Vernunft trat dann auf den Plan und suchte ihm eifrig Mut einzuflößen. Alles in allem war er ja doch kein Schwerverbrecher. Weil man ein Mädchen vergewaltigt und einen alten Mann an einer Straßenecke niedergeschlagen hat, ist einem nicht monatelang die Polizei auf den Fersen. Nach den ersten Erkundungen schließt sie die Augen, um ihre Aufmerksamkeit Übeltätern zuzuwenden, bei denen es wirklich die Mühe lohnt.

Plötzlich, mitten in einer Mahlzeit, kam der Schrecken dann wieder über ihn wie ein Fieberanfall, wegen nichts im Grunde, einzig vielleicht, weil er das Salz umgestoßen hatte oder ein Kellner ihn ansah. Er hatte dann eine Art Vorgefühl. Dieser Ort hier brachte ihm Unglück. Jemand hatte im Vorübergehen vor dem Restaurant gepfiffen. Er stand dann auf, wie unter einem Zwang, zahlte, verließ die Gaststube und rannte, so schnell ihn die Füße trugen und ohne den Kopf zu wenden, davon. Aber ein schon vertrauter Gedanke beschwichtigte ihn dann wieder: ›Ich werde sicher nicht dort verhaftet, wo ich es erwarte.‹ Dank einem Widerspruch in der Anlage des menschlichen Gehirns fand er eine Art von Trost gerade in der Tatsache seiner Angst.

Die Erinnerung an Angèle jedoch wich keinen Augenblick von ihm und ließ ihm alle seine Versuche, frei zu bleiben oder sogar seinen Lebensunterhalt zu verdienen, uninteressant erscheinen. Sein grauenhaftes Verbrechen hatte in seinem Geist zunächst alles durcheinandergebracht; der Abscheu vor dem vergossenen Blut, den Schreien, dem furchtbaren Kampf an der Uferböschung, dieser Alptraum, in dem sein Gedächtnis ihn zwang, sich wiederzuerkennen, hatte seine Gedanken zunächst völlig in Anspruch genommen. Wie war es möglich, daß er so etwas getan hatte, und vor allem: Weshalb hatte er es getan? Alle Gründe, die er vor sich selber anführte, Begierde, Zorn, Furcht, erklärten nicht, wie während weniger Stunden eine so tiefe Veränderung in ihm hatte vor sich gehen und ihn zu einem Werkzeug des Mordes hatte machen können. Jetzt noch, nach Wochen des Nachdenkens, gelang es ihm nicht, in seinem Bewußtsein einen wirklichen Zusammenhang zwischen dem Mörder und sich selbst herzustellen. Es kam ihm vor, als würde er für das Verbrechen eines anderen büßen, falls man ihn festnähme, oder als habe er seine Untat als Schlafwandler verübt.

Aus diesem Grunde verspürte er keine Reue; dieses Wort, das für so viele Schuldige einen tiefen Sinn besitzt, fand keine Entsprechung in den Gefühlen, die ihn bewegten. Wird die Seele immer für alles, was der Arm vollbringt, was der Mund spricht, verantwortlich gemacht? Warum sollte es nicht Momente geben, in denen ein Riß zwischen den Handlungen des Menschen und seinem Willen klafft? Am Ende dienen wir zuweilen Kräften, die wir nicht kennen und die, eine Verwirrung nutzend, in die ein Wutanfall uns gestürzt hat, sich an unsere Stelle setzen und unsere Handlungen bestimmen. Was ihn jedenfalls am meisten stutzig machte, wenn er über sein

Verbrechen nachdachte, war dessen völlige Sinnlosigkeit. Hätte er durch die Vergewaltigung dieser jungen Frau wenigstens seine Leidenschaft stillen und sich von ihr befreien können, so hätte er begriffen, was ihn zum Handeln trieb, denn dieser durch Exzesse verbrauchte und verzehrte Mensch suchte weniger Liebe als den Frieden der Sinne. Niemand haßte die Knechtung durch die Begierde mehr als dieser Immoralist, und die mit Grauen gemischte Freude an seinem Verbrechen hatte ihn mit Abscheu einzig gegen sich selbst erfüllt. Er fand sich hinterher wieder, wie er vorher gewesen war, verliebter zweifellos als vordem in die Frau, die er so schwer verwundet hatte, und von Furcht gepeinigt, sie für immer verloren zu haben.

Dieser Gedanke war stärker als alles in ihm, sogar als die Furcht, die Freiheit zu verlieren; denn Freiheit hatte nur Sinn, wenn sie ihm Glück verhieß. In jeder einigermaßen kraftvollen Leidenschaft liegt ein gewisses Maß an Hartnäkkigkeit; nur eine armselige Natur ergibt sich darein, das Begehrte nicht zu besitzen und die Unvollkommenheit ihres Idols freimütig anzuerkennen. Seit langem hatte er die Periode hinter sich, in der man ein Wesen wegen seiner Schönheit begehrt; Schönheit ist nur ein Ausgangspunkt; jetzt war das Verlangen nach der jungen Frau eins geworden mit seinem Lebenswillen: auch wenn sie häßlich, wenn sie tot gewesen wäre, hätte er sie begehrt.

In dieser Gemütsverfassung hatte er sich nach Lorges gewagt, wo sich vermutlich die Aufregung über sein Verbrechen etwas beschwichtigt hatte. Ein Leben in Paris wurde unmöglich für ihn; er hatte außerdem das Gefühl, daß er, indem er sich in die Gegend zurückbegab, in der das Drama sich abgespielt hatte, dem Schicksal nachhelfen könnte, so wie das Wiedererscheinen eines Schauspielers auf der Bühne die Entwicklung der Handlung beschleunigt. Es war Zeit, ein Ende zu machen. Welche Gewißheit würde nicht besser sein als die ständigen Befürchtungen, die ihn marterten? Zu wissen, daß Angèle nicht mehr da war oder nicht mehr lebte, war auf die

Dauer weniger qualvoll, als es zu befürchten, und an manchen Tagen kam es ihm sogar vor, als müsse es eine Erleichterung für ihn sein, endlich verhaftet und ins Gefängnis geworfen zu werden; denn tatsächlich gibt es ja Momente, in denen man sich nichts dringlicher wünscht, als die Freiheit zu verlieren.

Jetzt aber, auf der Landstraße, auf der er mit Angèle gesprochen hatte, war er sich bewußt, wie nahe das Ende war. Er hatte keine Zeit mehr; das Schicksal spürte den Zwang, der ihm angetan wurde, und die letzten Szenen rollten ab, weil dieser Mensch es so wollte. Zu gehen, ohne Angèle noch einmal wiederzusehen, vermochte er nicht; er würde die Verabredung einhalten, und wenn er dabei sein Leben verlor; wofern er jedoch an ihre Absicht, mit ihm zu fliehen, glaubte, konnte er nicht von ihr erwarten, daß sie mitkam, wenn er kein Geld hatte. Seine Hoffnungen waren schon bei weitem dadurch übertroffen worden, daß er sie überhaupt sah. Das Schicksal war ihm sehr entgegengekommen; jetzt blieb nichts übrig, als alles zu wagen, wenn er nicht alles verlieren wollte.

Er blieb stehen. Seine Überlegungen hatten ihn über die letzten Villen von Lorges hinausgeführt. Wohin wollte er an diesem Abend noch gehen? Erhobenen Hauptes sah er sich um, als könnte der Wind, der ihm um die Ohren blies, ihm eine Antwort geben. Er ballte die Fäuste in den Manteltaschen und stand ein paar Sekunden lang unbeweglich da. Plötzlich machte er kehrt.

9

Seit einer guten Viertelstunde bereits waren Monsieur und Madame Grosgeorge vom Tisch aufgestanden und beendeten nun wie gewöhnlich den Abend in dem kleinen Parterresalon. Es war dies ein bewunderungswürdig gegen die Unbilden der Jahreszeit abgeschirmtes Gemach, aber hier wie überall in der Villa *Mon Idée* hatte der Reichtum seine Unterstützung nur recht zweitrangigen Prätentionen zugute kommen lassen. Auch hier war der Louis-Seize-Stil gewählt, und von dem orangefarbenen Teppich bis zu den pfauenblauen, mit weißen Lilien übersäten Vorhängen trug alles den Stempel der Warenhausbeschaffung und der Auftragserteilung an einen etwas eiligen Dekorateur. Konsolen mit geriffelter Zarge, kleine, nutzlose Tische versuchten sich auf engem Raum gegen Stühle zu behaupten, die allzu zerbrechlich aussahen, als daß man sie zum Sitzen hätte benutzen mögen; doch rechts und links vom Kamin, in dem vier bis fünf Scheite brannten, standen immerhin zwei tiefe, komfortable Sessel, in deren einem Madame Grosgeorge mit Zeitungslektüre beschäftigt saß, während in dem anderen ihr Gatte seinen Träumereien nachhing.

Er warf einen zufriedenen Blick auf die Bildreproduktionen – Fragonard bildete das Pendant zu Boucher – an den Wänden des Zimmers. Das harte, traurige Licht eines Kronleuchters erhellte schonungslos sein altes, erschlafftes Gesicht, das weder durch Leidenschaft noch durch Leid eine Formung erhalten hatte; sicher hatte niemals wirkliches Feuer diese schläfrigen Augen, diese leere Stirn belebt. Sogar die niederen Erregungen erkaufter Lust waren ihm fast so gleichgültig, wie sie ihm notwendig waren, und nicht ein einziges Mal wohl hatte er sich etwas glühend gewünscht oder das Leben ihm ernstlich etwas entrissen. Daher waren auch die Falten, die den schlaffen Umriß dieser Wangen betonten, die Furchen, die diese Maske durchschnitten, nicht auf Sorgen und Mühe zurückzuführen, sondern schienen die Wirkung nur von Unmäßigkeit und Alter zu sein. Benommen durch die Zimmerwärme, saß er mit schweren Lidern und feuchter Lippe da und verfiel von Zeit zu Zeit in eine Art von Dösen wie nach einem mit Arbeit angefüllten Tag.

Nach geraumer Zeit erst faltete Madame Grosgeorge die Zeitung zusammen und ließ ihren Blick auf den sich langsam verzehrenden Scheiten ruhen. Wenn das letzte zerfallen war, würden sie und ihr Mann den Salon verlassen und sich in ihre Schlafzimmer begeben. Dies war das Signal, auf das sie beide warteten; so gingen die Winterabende hin. Während sie in die Flammen schaute, überließ sie sich zahllosen Überlegungen. In diesem zugleich komischen und düsteren Interieur, in dem alles von der Enge eines bürgerlichen Daseins zeugte, kam einem das Feuer wie ein reines, starkes Wesen vor, das man wie ein in den Tiefen seiner Höhle umstelltes Tier mit Feuerböcken, Zangen und Schüreisen – lächerlichen Instrumenten! – in Schach zu halten versuchte. Stets bereit, aus dem Kerker auszubrechen, den Teppich, die Möbel, das verhaßte Haus zu verschlingen, mußte es unaufhörlich bewacht, durfte es nie in einem Raum allein gelassen werden; immer wieder mußte man die brennenden Splitter, die es dann und wann auf den Marmorboden vor dem Kamin sprühte, zurückschieben und den mörderischen Funken wehren. Sie selbst war wie dieses Feuer, das da angesichts dieser aller Schönheit entbehrenden Dinge und der feigen Wächter, an die es niemals herangelangte, in den Tiefen der Feuerstätte sich wütend und machtlos seinem Ende entgegengehend verzehrte.

Plötzlich schreckte Monsieur Grosgeorge aus seinem Halbschlaf auf.

»He? Was ist?« fragte er. »Hast du etwas gesagt?«

»Nein, du hast sicher geträumt«, gab sie mit einer kühlen Stimme, in der man Verachtung spürte, zurück. »Ich gehe jetzt gleich nach oben«, setzte sie noch hinzu.

»Ja? Ich auch. Ich schlafe schon jetzt. Reich mir die Schaufel herüber, ich will das Feuer zudecken.«

Er ergriff die Messingschaufel, die seine Frau ihm schweigend reichte, kehrte die Asche zusammen und verteilte sie gleichmäßig über die darunter erlöschenden Flammen.

»Jetzt noch den Funkenfänger.«

Der Metallschirm wurde mit der gleichen Sorgfalt vor die Kaminöffnung gestellt. Dann streckte sich Monsieur Grosgeorge. »Übrigens«, sagte er, indem er in seiner inneren Westentasche nach etwas suchte, »ich habe da heute etwas bekommen, was dich vielleicht interessieren wird.«

»Was ist es denn?«

»Etwas, was deinen Sohn betrifft. Er hat auf dem Gymnasium sehr schlechte Noten bekommen, dein Sohn. Hör dir das an.«

Den Kneifer auf die Nase geklemmt, entfaltete er ein Blatt Papier, aus dem er mit lauter Stimme vorzulesen begann:

»Gymnasium Thiers. Quartalzeugnis des Schülers André Grosgeorge.«

Madame Grosgeorge vermochte eine Geste der Ungeduld nicht zu unterdrücken, als sie den Namen hörte.

»Sage mir schnell das Schlimmste«, verlangte sie. »Wahrscheinlich wird er von der Schule verwiesen?«

»Verwiesen, nein. Aber welche Noten! Es ist einfach grauenhaft. Hör zu . . . André Grosgeorge. Betragen: Sechs. Also mittelmäßig. Fleiß: Null . . . Du hörst doch zu?«

»Aber ja, ich höre.«

»Französisch: Eins! Geschichte: Zwei; Erdkunde: Zwei; Arithmetik: Rate mal, was für eine Note er in Arithmetik bekommen hat.«

»Woher soll ich das wissen? Null?«

»Nein! Noch schlimmer als das. Überhaupt keine Note. Da es unter Null keine weitere gibt, haben sie nicht gewußt, wie sie das grauenvolle Nichtwissen deines Sohnes überhaupt ausdrücken sollen, und haben gar nichts hingesetzt. Nun? Wie findest du das?«

»Ich finde, daß es eine gloriose Idee von dir war, ihn diesen Dummköpfen anzuvertrauen.«

»Hätte ich ihn etwa lieber hierbehalten und ihn gar nichts lernen lassen sollen?«

»Man hätte einen Hauslehrer für ihn finden und ihn nicht nach Paris schicken sollen.«

»Einen Hauslehrer! Nach dem Ärger, den wir gerade erst mit dem vorigen hatten!«

»Nicht alle Hauslehrer sind wie der. Wir haben es schlecht getroffen, sonst nichts. Aber ich möchte jetzt nicht noch eine Diskussion über diese Sache anfangen. Ist das alles, was du mir vorzulesen hast?«

»Da sind noch die besonderen Bemerkungen des Studieninspektors.«

»Die Bemerkungen des Inspektors interessieren mich nicht!«

»Was du für eine Mutter bist!« bemerkte Monsieur Grosgeorge, während er das Blatt in seine Brieftasche steckte. »Man könnte meinen, André sei gar nicht dein Kind.«

Sie lachte kurz auf. »Der arme Kleine!« sagte sie. »Ich gehe jetzt hinauf. Gute Nacht.«

»Gute Nacht«, sagte auch er und erhob sich.

Sie machte ein paar Schritte zur Tür und blieb dann plötzlich stehen.

»Hast du gehört?« fragte sie.

»Gehört? Was denn?«

»Die Glocke an der Gartentür. Bist du denn taub? Jemand hat geklingelt.«

»An der Gartentür?« wiederholte er. »Um diese Zeit?«

Sie ging mit raschem Schritt durch den Raum und ans Fenster, zog den Vorhang auf, kam aber dann, plötzlich andern Sinnes, mitten ins Zimmer zurück.

»Weshalb sieht denn Maria nicht nach, was da ist?« fragte sie ungeduldig. »Sie hat es doch sicher auch gehört. Ich möchte wetten, die dumme Gans hat Angst.«

»Warum regst du dich denn so auf?« fragte ihr Gatte. »Wenn ich dir sage, daß überhaupt niemand geklingelt hat.«

Ohne auf diese Worte zu achten, riß Madame Grosgeorge die Salontür auf und rief in den Flur hinaus:

»Maria! Am Gartentor hat es geklingelt. Gehen Sie schnell hin!«

Heftig schloß sie wieder die Tür und warf ihrem Mann einen wütenden Blick zu.

»Nun, und?« fragte er.

»Nun, und, mein Lieber? Du hast mir etwas zu sagen?«

»Nicht das geringste. Aber du siehst mich doch an.«

Sie zuckte die Achseln und nahm ihren Platz neben dem Feuer wieder ein.

»Wenn du meinst, ich dächte dabei an dich«, sagte sie. »Ich warte nur, daß jemand aufmacht.«

Ein Geräusch von Schritten auf dem Kies ließ erraten, daß Maria endlich dem Befehl ihrer Herrin nachkam.

Fast gleich darauf ertönte die Glocke von neuem. Madame Grosgeorge stand rasch auf und eilte zur Tür.

»Diesmal habe ich es gehört«, erklärte Monsieur Grosgeorge. »Aber warum bist du denn so nervös?«

»Geh und sieh nach, was es ist . . . Nein, geh nicht«, setzte sie gleich darauf mit veränderter Stimme hinzu, »es ist nicht der Mühe wert.«

»Hast du Angst?«

»Angst? Du bist wohl verrückt?«

»Du glaubst doch nicht am Ende, ein Einbrecher steht vor der Tür?« fragte er, auf einmal gleichfalls besorgt.

»Meinst du, Einbrecher hätten die Gewohnheit, an den Gartentüren der Villen zu klingeln?«

Nach kurzer Pause ging die Salontür auf.

»Madame«, sagte das Zimmermädchen, das etwas außer Atem schien, »draußen steht ein Mann, der Madame sprechen möchte.«

»Ein Mann? Wer ist das denn?« fragte Monsieur Grosgeorge.

»Ich weiß nicht, Monsieur, ich konnte ihn nicht sehen.«

»Es ist gut«, erklärte Madame Grosgeorge, indem sie dem Zimmermädchen den Gartenschlüssel aus den Händen nahm. »Ich komme. Gehen Sie ruhig schlafen, Maria.«

»Du wirst doch nicht hinausgehen«, protestierte Monsieur Grosgeorge. »Laß dem Mann sagen, daß er hereinkommen soll. Was will er überhaupt?«

»Ich habe ihm gesagt, er soll hereinkommen«, mischte Maria sich ein, »aber er wollte nicht.«

Ohne ein Wort zu sagen, ging Madame Grosgeorge zwischen beiden hindurch zur Tür.

»Ich finde das unvorsichtig!« rief ihr Mann ihr mit einer Bewegung nach, als ob er ihr folgen wollte.

Aber sie war schon unten an der Steintreppe vor dem Haus und schritt rasch auf das Gartentor zu. Seit ein paar Minuten pochte ihr das Herz wie bei der Nachricht von einem großen Ereignis; die Kälte, die sie von allen Seiten überfiel und durch den dünnen Stoff ihrer Bluse hindurchdrang, kam ihr nicht zum Bewußtsein. Sie ahnte, wer an der Gartentür wartete, und eilte ihm in dem Wunsch, so schnell wie möglich bei ihm zu sein, entgegen, während sie gleichzeitig fürchtete, der köstliche Augenblick, den sie soeben durchlebte, könnte zu schnell vorübergehen. So wenig sie ihrem Herzen das Pochen verbieten konnte, vermochte sie zu bewirken, daß es nicht voller Hoffnung war. Es wohnte in dieser Frau, die so hart gegen sich selbst und gegen andere war, eine Art von Aberglauben, aufgrund dessen sie in dem ganz banalen Klang einer kupfernen Türschelle den Anruf des Schicksals erkennen zu können meinte. Gegen das Leben voreingenommen, war sie doch nicht ganz abgeneigt, mit einer Überraschung zu rechnen, wofern man diese widersprechenden Ausdrücke in eine so enge Verbindung bringen darf, mit etwas wie einer Großmutsregung des Geschicks, das ihr möglicherweise plötzlich schenken würde, was zu erbitten sie sich nicht gestattete.

Jetzt eilte sie durch die schmutzige Allee, wie man zu einem Rendezvous eilt. Die Nacht war finster, doch schufen die Straßenlaternen eine aufgehellte Sphäre um das Tor herum, und sie erkannte Guérets Silhouette, seine breiten Schultern, seinen etwas gesenkten Kopf hinter den Gitterstäben. Sie verhielt den Schritt.

»Madame Grosgeorge?« fragte er.

»Allerdings«, sagte sie. Sie versuchte, in weniger frostigem Ton als sonst zu sprechen, doch es glückte ihr nicht. Der Name, den dieser Mann ausgesprochen hatte, reizte sie zu sehr.

»Weshalb waren Sie gestern nicht an der Stelle, die ich Ihnen bezeichnet hatte?«

Schweigen. Sie machte noch ein paar Schritte näher an das Gitter heran. Guérets Gesicht erschien jetzt deutlich vor ihrem Blick.

»Ich werde es Ihnen sagen«, fuhr sie fort. »Sie haben Angst gehabt.«

Und einem plötzlichen Impuls nachgebend, in dem ebensoviel Freude wie Zorn mitschwang, streckte sie die Hand aus und legte sie durch das Gitter hindurch schwer auf seine Schulter.

»Ich werde Ihnen aufmachen«, sagte sie und zog die Hand schnell wieder zurück. »Sie müssen sich hinter den Büschen verstecken; ich komme dann in einer Dreiviertelstunde, haben Sie mich verstanden? Fürchten Sie nichts. Ich helfe Ihnen. Wenn Sie Geld brauchen sollten, so bekommen Sie es von mir.«

Wortlos trat er durch das Tor, das sie einen Spaltbreit geöffnet hatte.

»Schnell! Verstecken Sie sich«, raunte sie ihm zu.

Sie schloß das Tor, und zu den Spindelbäumen gewendet, hinter denen er verschwunden war, setzte sie halblaut hinzu: »In einer Dreiviertelstunde also.«

»Nun?« fragte Monsieur Grosgeorge.

Unbefangen antwortete sie: »Es war ein Bettler.«

»Ein Bettler um neun Uhr abends! Ich hoffe, du hast ihm gesagt, daß er sich schleunigst packen soll!«

»Natürlich.«

Sie sagten einander gute Nacht und gingen in ihre Zimmer hinauf. Sobald sie allein war, setzte Madame Grosgeorge sich auf ihr Bett und wartete. Sie rührte sich nicht und starrte blicklos vor sich hin, in tiefe Betrachtung versunken. Es kam ihr so vor, als nähmen die Dinge ihrer Umgebung ein neues, ein anderes Aussehen an, ohne daß sie hätte sagen können, worin es sich von jenem unterschied, das ihr bis dahin vertraut gewesen war; sie hatte ein Gefühl, nicht unähnlich dem, das man verspürt, wenn man nach sehr langer Abwesenheit wieder nach Hause kommt und einem die Gegenstände, die während der ersten Stunden wieder dem Blick begegnen, zugleich geheimnisvoll und vertraut erscheinen. Es kam nicht selten vor, daß sie sich fremd fühlte auf der Welt, aber an diesem Abend war der Eindruck so überwältigend deutlich, daß sie fast Grauen empfand, ganz als ob eine unwiderstehliche Macht sie von der Erde und von sich selber loszulösen versuchte.

»Was habe ich denn?« fragte sie sich. »Ob es so ist, wenn man bald stirbt?«

Aus dem Geräusch von Schritten und dem Klappen von Türen entnahm sie, wo ihr Gatte und die Dienstboten noch herumgingen. All dieses in solcher Nähe abrollende Leben glich so wenig dem ihren! Welche Abgründe lagen zwischen den einzelnen Seelen!

Sie wartete unbeweglich, bis das Haus völlig zur Ruhe gekommen und alles Licht ausgelöscht war, doch ohne Ungeduld; im Gegenteil, sie wäre glücklich gewesen, die seltsame Stunde, die sie durchlebte, noch länger ausdehnen zu können. Eine Art von Erstarrung senkte sich lähmend über sie. Kein Laut drang jetzt mehr an ihr Ohr. Weshalb rührte sie sich nicht?

Der Ton einer Wanduhr, die halb zehn schlug, entriß sie den Träumereien, in denen sie sich verlor. Sie seufzte wie eine Erwachende und stand ohne Eile auf. Mit ruhiger, sicherer Bewegung öffnete und schloß sie die Tür, nachdem sie die Lampe ausgelöscht hatte, und stand auch schon auf der Treppe, deren Stufen sie mit der Vorsicht und Leichtigkeit einer Katze hinunterglitt. Dann löste ihre Hand die Kette und drehte den Schlüssel in der Haustür um.

Wieder war sie draußen, und der Wind schlug ihr erneut ins Gesicht. Um nicht gehört zu werden, schlich sie sich über den großen Rasenplatz, der zwischen ihı und dem Gitter lag, und war bald bei den Büschen angelangt, hinter denen sich Guéret verbarg. Bei ihrem Nahen richtete er sich auf.

»Vertrauen Sie mir?« fragte sie ihn, als ob sie den Argwohn erriete, der das Gemüt dieses Mannes beschäftigte.

»Weshalb wollen Sie mir helfen?«

»Das geht Sie nichts an. Sind Sie entschlossen, mir zu folgen?«

»Wohin wollen Sie mich führen?«

»Zu mir ins Haus. Sie sollen die Nacht da verbringen. Ich werde Ihnen Kleidung geben und Geld. Morgen um halb ein Uhr, wenn alle beim Mittagessen sind, verlassen Sie das Haus. Mit dem, was ich Ihnen geben werde, kommen Sie bis zur Grenze. Überlegen Sie es sich.«

»Und wenn Sie mich verraten?«

Sie ging auf das Gartentor zu, steckte den Schlüssel ins Schloß und sperrte auf.

»Gehen Sie«, sagte sie.

Er blieb reglos und schweigend stehen, ein paar Schritte von der Stelle entfernt, an der sie sich befand.

»Worauf warten Sie?« fragte sie. »Sie müssen gehen, wenn Sie mir mißtrauen.«

»Ich bleibe«, erklärte er kurz darauf.

Schweigend machte sie das Tor wieder zu und ging an ihm vorbei, ohne stehenzubleiben. Er schritt hinter ihr her.

»Wenn wir die Treppe hinaufgehen«, sagte sie flüsternd zu ihm, während sie den Rasenplatz überquerten, »müssen Sie sich an der Wand festhalten, damit die Stufen nicht knarren. Wenn wir im ersten Stock sind, nehme ich Sie bei der Hand, der Flur ist sehr lang.«

»Ich erinnere mich.«

»Es stehen Möbel da, an die Sie anstoßen könnten. Wenn unglückseligerweise so etwas passieren sollte, rühren Sie sich nicht.«

Sie kamen an der Freitreppe an, deren Stufen sie schweigend erstiegen.

»Überlegen Sie es sich noch einmal«, raunte sie ihm auf der Türschwelle zu. »Noch können Sie davonlaufen.«

Sie standen jetzt so dicht beieinander, daß ihre Arme einander berührten; sie wich ein wenig zurück. Trotz der Dunkelheit erkannte sie die Umrisse seines Kopfes und seiner die ihren überragenden Schultern; sie erriet, daß sein Blick auf ihr ruhte und daß auch er die Züge ihres Gesichtes zu erkennen versuchte. Sie beide umfegte ein eisiger Wind.

»Ich vertraue Ihnen«, sagte er.

Sie stiegen hinauf. In der Stille der Nacht hörte sie seinen Atem und das Geräusch der Stufen, die unter dem Gewicht dieses schweren Körpers ächzten; mehrmals blieb sie stehen und legte ihre Hand gebieterisch auf Guérets Schulter, um ihm zu bedeuten, er solle stehenbleiben. Als eine Uhr schlug, fuhren sie schreckhaft zusammen.

Im ersten Stockwerk ergriff sie energisch seine Hand und geleitete ihn Schritt für Schritt zwischen den Kredenzen, Truhen und wuchtigen Stühlen hindurch, mit denen Monsieur Grosgeorge einer Laune zufolge den Treppenabsatz ausgestattet hatte. Sie schritt wie in einem Traum dahin, gleichzeitig fest entschlossen und von Schrecken gebannt, aber doch von einer Freude erfüllt, die sie auch am Rande eines Abgrunds sicher geleitet hätte. Doch wagte sie sich nicht zu fragen, woher die Beschwingtheit ihres Herzens kam. Die Zeit hatte diese eigenwillige Frau nachgerade gelehrt, daß es oft genügte, den Grund einer Freude zu untersuchen, um ihrer Hinfälligkeit auch schon gewahr zu werden. Sie kannte den Preis einer Illusion. Dieser Gang durch die Dunkelheit beflügelte ihre Phantasie, und während sie sich zwischen Wänden und Möbeln mit gespreizten Fingern entlangtastete, fürchtete sie schon den Augenblick, in dem sie eine Lampe anzünden und Worte wechseln müßte, die ihrem Rausch ein Ende bereiten würden.

Ein paar Minuten darauf standen sie in dem kleinen Salon,

der der Schauplatz so vieler Jahre der Langeweile und des Alleinseins gewesen war. Sie hatte die Tür hinter sich geschlossen und murmelte:

»Sie sind hier über dem Schlafzimmer meines Mannes. Machen Sie beim Gehen keinen Lärm. Wenn jemand an die Tür klopft, antworten Sie auf keinen Fall.«

Dann setzte sie hinzu:

»Ich werde jetzt Licht machen. Rühren Sie sich inzwischen nicht von der Stelle.«

Er erriet, daß sie durch das Zimmer ging, und zwar nicht aus dem Geräusch ihrer Schritte, denn sie schien niemals einen Fuß auf den Boden zu setzen, nur an dem leisen Rauschen ihres Kleides; dieser Ton schien von rechts nach links und rings um ihn herum zu wandern wie die Stimme eines Menschen, der im Dunkeln jemanden sucht, indem er leise seinen Namen flüstert. Als er das Streichholz knistern hörte, zuckte er zusammen.

Sie stand zwei Schritte von ihm entfernt, ihr hartes, feinliniges Profil über die Lampe geneigt, auf die sie gerade wieder den Lampenschirm setzte. Bald war ihr ganzes Gesicht von Licht umhüllt mit Ausnahme der Stirn und der schwarzen Brauen, deren Wölbung das ganze Gewicht des Hauptes zu tragen schien. Ein paar Sekunden vergingen, in denen diese Frau an der Schwelle des Alters noch immer schön aussah; man hätte meinen können, die letzten Kräfte ihres Lebens sammelten sich noch einmal, um ihren Blick zu durchleuchten und ihre Züge zu verklären.

Sie zögerte einen Augenblick und wendete sich dann plötzlich Guéret zu, ohne den Blick zu heben.

»Sie werden dort schlafen«, sagte sie und wies auf das Kanapee. »Ich hole Ihnen Decken.«

Ein neues Zögern. Dann ging sie zur Tür und setzte, etwas mühsam, wie es schien, mit gepreßter Stimme hinzu:

»Sie haben sicher nichts zu Abend gegessen. Ich bringe Ihnen etwas herauf.«

Das war nur ein Vorwand, um gehen zu können, denn es

kam ihr unmöglich vor, jetzt, da Licht im Zimmer war, sich mit diesem Mann zugleich darin aufzuhalten.

Sie ging schnell in die Küche hinunter und stellte eine Karaffe mit Wein, Brot und kaltes Fleisch auf einem Tablett zusammen. Ihre Hände zitterten; sie bemerkte es, und ihre Verwirrung wurde so stark, daß sie mehrmals drauf und dran war, das Tablett auf der Treppe fallen zu lassen. Im ersten Stock angekommen, mußte sie sich auf eine Truhe setzen, um Atem zu schöpfen, denn vor Aufregung bekam sie keine Luft. Ihre Atemzüge erschreckten sie durch ihr Geräusch: die Stille des Hauses wurde davon so ausgefüllt wie von unermeßlichem Lärm.

Guéret hatte sich, als sie den kleinen Salon betrat, fast überwältigt von Müdigkeit, auf das Kanapee gesetzt. Sie war betroffen über den elenden Zustand alles dessen, was er am Leibe trug. Der Schmutz der Landstraßen hing an seinen Schuhen und den Hosenrändern, und sein an mehreren Stellen zerrissener Überzieher zeugte von langem, unentwegtem Gebrauch.

Er stand sofort auf und trat auf sie zu:

»Weshalb, Madame Grosgeorge, sind Sie so gut zu mir?«

Sie sah, wie seine brennenden Augen sich in die ihren senkten, und fühlte nicht die Kraft in sich, diesen Blick zu ertragen.

»Nennen Sie mich nicht Madame Grosgeorge«, sagte sie beinahe schroff zu ihm. »Hier, nehmen Sie das Tablett. Während Sie zu Abend essen, werde ich mich um die Decken kümmern.«

Ihre ganze Energie ließ sie im Stich. Sie gelangte schlecht und recht zur Tür hinaus; sie hatte es eilig, ins Dunkel zu kommen und dort ihr glühendes Gesicht zu verbergen; sie fragte sich, ob Guéret ihre Aufregung wohl bemerkt haben könnte. Wie sollte sie es fertigbringen, von neuem in den kleinen Salon zu treten und der Neugier des Mannes standzuhalten? Was würde er von ihr denken?

Sie hielt die Lampe mit beiden Händen, als sie zum ersten

Stock hinunterging, wo die Wäschevorräte waren; ihre Knie gaben nach. Sie tastete sich zu den großen Wandschränken hin, die die Leintücher und Decken enthielten, und öffnete sie ohne Geräusch; aber diese Decken kamen ihr nicht dick genug vor. Sie dachte einen Augenblick nach und holte dann aus einem anderen Schrank einen schweren Pelz hervor, der ihrem Mann gehörte. Sie belud ihren Arm damit und stieg, bei jedem Schritt wankend, hinauf.

»Hier«, sagte sie und ließ den Pelz mitten im Zimmer fallen. »Damit wird Ihnen wärmer sein.«

Sie warf sofort einen Blick auf das Tablett; Brot und Fleisch waren unberührt und die Karaffe noch voll.

»Sie haben nichts gegessen«, stellte sie unzufrieden fest.

Er schüttelte den Kopf.

»Ich kann nicht. Ich bin zu aufgeregt.«

Sie wollte etwas zu seiner Beruhigung sagen, aber die richtigen Worte fielen ihr nicht ein; die Gewohnheit der Strenge gegen sich selbst und gegen andere hinderte sie daran, sanft auf ihn einzureden. Sie seufzte. Seit kurzem hatte sie ein sonderbares Gefühl, als ob das, was sie tat, sie gewissermaßen herabsetzte; nicht weil sie etwas Schlechtes zu begehen meinte, sondern weil sie sich im Gegenteil in dieser ihrer guten Tat selbst nicht mehr erkannte. Zum erstenmal in ihrem Leben vielleicht ging ihr eine Ahnung von der Freude auf, die eine großherzige Natur erlebt, wenn sie Gutes tut. Trauer strömte erneut in ihr Herz, wie das Meer im Zurückfluten ein Gestade überschwemmt.

»Ich lasse Sie jetzt allein«, sagte sie. »Morgen früh gleich ordne ich an, daß diese Tür erst am Nachmittag wieder geöffnet werden darf. Wenn jemand klopft, antworten Sie also nicht. Vor allem machen Sie keinen Lärm. Ich selber komme um neun Uhr wieder, wenn alle unten sind. Ich bringe Ihnen dann Geld und Kleidungsstücke, wie ich versprochen habe.«

Er zögerte eine Sekunde, dann fragte er:

»Meinen Sie nicht, daß es klüger wäre, ich ginge heute nacht noch wieder fort?«

»Wie meinen Sie das?«

»Wenn Sie mir dieses Geld, das Sie mir gütigerweise versprechen, lieber jetzt gleich geben könnten ...«

»Sie mißtrauen mir also doch.«

»Nein, aber am hellen Tag, Madame, ist die Gefahr sehr groß, daß mich jemand sieht.«

Sie fand keine Antwort darauf und fühlte in sich einen Zorn, durch den sie gewissermaßen wieder sie selbst wurde. Dieser Mann trat ihr entgegen; wie konnte er das wagen?

»Sie mißtrauen mir«, wiederholte sie schließlich.

»Ich wäre nicht hier, wenn ich Ihnen mißtraute.«

Er atmete hörbar wie ein Tier, das fürchtet, in eine Falle geraten zu sein, während er seine gefalteten Hände nervös aneinanderrieb. Sicherlich hätte er nicht in diesem Ton mit Madame Grosgeorge sprechen sollen. Sie sah ihn schweigend an, ihr Gesicht verschwand fast im Dunkel, ein großer Lichtfleck fiel auf den unteren Teil ihres Rockes. Sie sah ihn mit solcher Härte an, daß er die Lider senkte und seinen Blick bis zu der Spitze ihres schwarzen Stiefelchens gleiten ließ, das, einer Waffe ähnlich, unter dem Rocksaum hervorsah. Unwillkürlich stellte er sich vor, wie dieser Fuß einen Hund wegstieß oder den Kopf eines Vogels zertrat.

»Eben noch konnten Sie fort«, sagte sie. »Ich hatte das Tor geöffnet. Weshalb sind Sie geblieben?«

»Verzeihen Sie mir, Madame. Ich habe unüberlegt gesprochen. Ich lege mein Geschick ganz in Ihre Hände.«

Die Wärme des Zimmers, die Müdigkeit zwangen ihn, sich wieder hinzusetzen. Sie schaute ihn einen Augenblick an, ohne ein Wort zu sagen, und sah, wie er den Kopf herunterbeugte und beide Hände an die Wangen führte, als wolle er sich verstecken.

»Sie sind müde«, sagte sie. »Sie müssen jetzt schlafen.«

Mit Selbstüberwindung setzte sie noch hinzu: »Fürchten Sie nichts. Ich schwöre Ihnen, daß ich Ihr Bestes will.«

Er hob noch einmal den Blick zu ihr, sie aber hatte ihm bereits den Rücken zugekehrt und verließ das Zimmer.

10

Wieder war sie in ihrem Schlafzimmer und saß an einem kleinen Sekretär, dessen eines Schubfach sie geöffnet hatte. Würden dreihundert Francs genug für ihn sein? Sie hatte nur diese Summe; gern hätte sie über das Doppelte oder Dreifache verfügt, ja, diesem Unglücklichen fünf- oder zehntausend Francs gegeben, aber sie machte sich wegen dieser Regung von Edelmut keine Illusionen über sich selbst. Sie war sich bewußt, daß sie, wäre sie wirklich gut gewesen, dem armen Menschen, den die Furcht am Schlafen hinderte, diese dreihundert Francs hier sofort gegeben, zu dieser Summe einen ihrem Mann entwendeten Anzug sowie einen warmen Überzieher hinzugefügt und ihm das Tor geöffnet, zuvor aber noch mit ihm gesprochen und ihm die Hand gedrückt hätte, um ihm zu verstehen zu geben, er sei nicht allein auf der Welt. Statt dessen hielt sie ihn als Gefangenen in ihrem Hause fest und schlug ihm vor, morgen am hellichten Tag zu fliehen, wo nur jemand einen zufälligen Blick durchs Fenster zu werfen brauchte, um ihn durch den Garten schreiten zu sehen! Warum handelte sie so? Weil es ihr gerade so gefiel, mußte ein menschliches Wesen seine Freiheit aufs Spiel setzen, am Ende sogar sein Leben. Eben erst hatte sie für Guéret keine Antwort gefunden, als er sie bat, ihn gleich wieder gehen zu lassen.

Sie wollte ihn eben nicht gehen lassen; sie gefiel sich darin, sich als Herrin über das Geschick dieses Menschen zu fühlen, gewissermaßen die Rolle des Schicksals zu spielen. Wenn sie wollte, daß er frei und glücklich wäre, brauchte sie ihm nur dieses Geld in den kleinen Salon hinaufzubringen; wenn aber im Gegenteil die Laune sie überkam, ihn verhaften zu lassen, war nichts einfacher für sie, als die Polizei zu verständigen.

Diese Gedanken gingen ihr durch den Kopf und verwirrten sie vollends. Noch nie war solche Macht in ihre Hand gegeben worden; sie empfand fast ein Grauen davor, als fürchte sie die schrecklichen Worte, die ihr Mund möglicherweise hervorbringen konnte, und die Geste, die zu vollführen sie die Freiheit besaß. Oft hatte sie das Gefühl gehabt, ihr Glück hänge von jemandem ab, ebenso wie Guérets Glück in den folgenden zehn bis zwölf Stunden von ihr selbst abhing; jetzt war sie gewiß, daß bei ihrem Willen ein ebenso großes Maß an Schwäche, Grausamkeit und Unentschlossenheit eine Rolle spielte wie bei jenem Willen, der ihr Dasein bestimmte.

Konnte sie sich indessen auch nur eine Sekunde lang vorstellen, sie würde diesen Menschen verraten? Es ging ihr nicht darum, ihn zu verraten, sondern ihn so lange wie möglich bei sich zu behalten. Morgen würde er für immer gehen, sie wußte es, wenn sie an diese Tatsache auch nicht denken mochte; sie wollte nicht darüber grübeln, was ihr Leben von morgen nachmittag an sein würde. Vielleicht trat etwas völlig Unerwartetes ein, etwas, das den Lauf ihres Daseins ändern und sie der grauenhaften Langeweile langer leerer Tage endlich entreißen würde.

War es die Nacht, die Stille, die ihr solche Gedanken einflößte? Sie steckte die Banknoten in einen Umschlag, als habe sie nur auf eine vernünftige Gebärde gewartet, damit ihr Geist sein Gleichgewicht wiederfände. Woher kam es, daß sie, da sie doch brennend wünschte, Guéret möge die Nacht unter dem gleichen Dach verbringen wie sie, dennoch nicht zu ihm ging?

Bei dieser Frage mußte sie laut lachen, gleich darauf aber erfaßte sie Zorn. Es kam ihr vor, als frage nicht sie danach, sondern eine andere, freche, boshafte Person. Es war besser, bei dem Verhalten zu bleiben, das sie sonst beobachtete, und solchen Betrachtungen nicht länger nachzuhängen. Fürs erste würde sie sich jetzt sofort zu Bett legen und schlafen.

Sie zog sich langsam aus, löschte die Lampe und schlüpfte unter das Bettuch. Durch das halbgeöffnete Fenster drang ein kalter Wind ins Zimmer und bis zu ihr. Ein Schauer lief durch sie hindurch; ihr Körper hatte das Bett noch nicht erwärmt, ihre Zähne schlugen aufeinander. Ob er es da oben wohl warm genug hatte? Er würde vielleicht auf den guten Gedanken verfallen, den Diwan, der zwischen den Fenstern stand, anderswohin zu schieben. Doch das Geräusch des über das Parkett gleitenden Möbels würde möglicherweise ihren Mann aufwecken. Sicher würde Guéret bei geschlossenen Fenstern schlafen. Er sah so müde aus, als er sich auf den Diwan fallen ließ! Würde er überhaupt daran denken, die Kleider abzulegen?

Sie wendete sich um und suchte auf der linken Seite den Schlaf, den ihr die rechte versagte, denn sie wollte schlafen, aber im Dunkel tauchten unzählige Bilder auf, die sie vergebens fortzuschieben versuchte. Trotz allem zwang sie irgend etwas, alle Minuten der soeben verflossenen Stunde noch einmal zu durchleben, so wie ein Schauspieler auf der Probe gezwungen ist, eine schlecht gespielte Szene von vorn an zu wiederholen. Tatsächlich veränderte sie ein wenig die Gebärden, als sie sie im Geiste erneut vollzog, und das, was sie hätte tun wollen, trat an die Stelle der exakten Erinnerung dessen, was sie getan hatte. So brachte sie Guéret jetzt ein Deckbett und half ihm, den Diwan fortzuschieben.

Nachdem sie eine Zeitlang mit sich selbst gekämpft hatte, überließ sie sich schließlich ganz dem Spiel, das ihr Hirn ihr vorschlug. Jetzt lächelte sie den Mann freundlich an und sprach ohne Strenge zu ihm. Welch eine Regung der Zärtlichkeit veranlaßte sie dazu, seine Hand zu ergreifen? Er verneigte sich vor ihr in einer Haltung der Unterwerfung und der Dankbarkeit, sie aber, ganz der Freude, ihm wohlzutun, hingegeben, zeigte ihm das mit köstlichen Speisen reich besetzte Tablett. Er begnügte sich mit einem Glas Wein, das er in einem Zug leerte.

In diesen Wein, den sie ihn so gierig austrinken sah, hatte sie vorher mit Bedacht ein Pulver geschüttet, dessen Wirkung darin bestand, ihn sofort einzuschläfern. Guéret einschläfern? Was in aller Welt hätte sie davon, wenn er auf der Stelle schliefe? Sie richtete sich auf ihrem Lager auf; diese Decken waren zu schwer: ihre Hände und Füße waren feucht von

Wärme. Sie mußte aufstehen, die Lampe anzünden, das Fenster schließen, da sie weder schlafen noch den Träumen Einhalt gebieten konnte.

Nach kurzem Zögern warf sie die Decken von sich und eilte zum Fenster, um es zuzumachen. Die Kälte traf sie an den Beinen, der Brust, so daß sie zitterte. Sie hatte einige Mühe, Streichhölzer zu finden. Als endlich wieder Licht ihr Zimmer erhellte und sie die vertrauten Möbel, die Fenster, die Tapete, alle die Dinge vor sich sah, die ihr ihr Leben ins Gedächtnis riefen und sie daran erinnerten, wer sie eigentlich war, fühlte sie sich im Rückblick auf die Gedanken, mit denen sie sich beschäftigt hatte, von Scham erfaßt, so daß sie errötete.

Es schlug zehn Uhr. Noch lag vor ihr eine lange Nacht, die etwa einer Landstraße glich, auf der man mühsam weiterwandern mußte, bis man beim Morgengrauen endlich angelangt war. Wenn in den ersten Minuten des Tages der Himmel hinter den Bäumen des Gartens weißlich schimmern und etwas von diesem Schein sich durch die Spalten der Fensterläden stehlen würde, dann, so kam es ihr vor, würde sie weniger unruhig, jedenfalls mutiger sein. Was sie schlecht ertrug, war die Unbeweglichkeit, zu der die Nacht sie verdammte. Am Tage stand ihr das Hilfsmittel zur Verfügung, draußen auf dem Lande umherzulaufen, und im Hause sogar gab es zahllose Dinge, die sie zu zerstreuen vermochten: die Anweisungen, die sie den Bedienten erteilte, die Überwachung der verschiedenen Tätigkeiten, die sie ihnen auftrug; sie dachte daran, daß morgen die Wäscherin ihr die saubere Wäsche schicken würde; da wäre dann freilich auch die Rechnung zu zahlen. Mit was für Geld würde sie sie begleichen, wenn sie Guéret die dreihundert Francs überließ? Monsieur Grosgeorge, an den sie sich wenden mußte, würde eine Erklärung von ihr verlangen. Ach was! Sie würde der kleinen Fernande sagen, daß sie die Rechnung erst nächste Woche bezahlen wollte.

Sie vergaß auch nicht – alles das brachte es ihr ja in Erinnerung –, daß sie Angèle versprochen hatte, ihr durch Fernande eine Botschaft zu schicken. Wie viele verdrießliche Dinge!

Dieses Mädchen wollte ebenfalls Geld, aber es konnte natürlich gar keine Rede davon sein, daß Madame Grosgeorge zwischen Angèle und Guéret auch nur einen Augenblick schwankte!

Jetzt, da sie allein mit sich war und ihr eigenes Herz erforschte, dieses geheimnisvolle Herz, das vom Leben um alle Befriedigung betrogen worden war, begriff sie auch, was ihr an Angèle so sehr mißfiel. Ein dumpfes Freudengefühl hatte sich ihrer bemächtigt, als sie beim Licht der Gaslaterne das traurig zugerichtete Gesicht und die Spuren der Schläge auf diesem gemarterten Fleisch gesehen hatte. Endlich hatte das Schicksal ihr eine Rache gegönnt. Diese Schönheit jedenfalls würde ihr nicht mehr schaden.

Sie erhob sich von ihrem Bett, auf dem sie gesessen hatte, und ging quer durch das Zimmer. Sie mußte ja wirklich von Sinnen gewesen sein, um sich dergleichen überhaupt vorzustellen! Sobald sie sich einen Augenblick nicht bewegte, arbeitete ihre Phantasie. Sie machte noch ein paar Schritte, unentschlossen, ängstlich, als fürchte sie, daß irgend etwas Unangenehmes eintreten könnte, und auf einmal preßte sie die Fäuste an ihre Brust. Auf einem dunklen Irrweg war sie zur Wahrheit hingeführt worden. Was sie sich ausdachte, war offenbar wahr: Sie verabscheute Angèle, wie eine Frau nur ihre Rivalin verabscheuen kann; sie hinderte Guéret, fortzugehen, weil sie sich zu ihm hingezogen fühlte wie zu einer Beute; sie hätte ihn einschläfern mögen, ihm dieses Narkotikum in sein Weinglas tun, alle die Gesten vollziehen, die sie in ihren Träumen soeben vor sich gesehen hatte. Monatelang hatte sie, was in ihr vorging, nicht begreifen wollen, weil sie Angst gehabt hatte; sie hatte immer Angst vor dem Leben gehabt; wenn sie keine Angst gehabt hätte, wäre sie weniger hart gegen die andern gewesen, aber ihr natürliches Mißtrauen hatte sie dazu gebracht, in allen, die ihr nahten, Feinde zu sehen, schließlich sogar in sich selbst. Noch im Alter von fünfundvierzig Jahren glaubte sie, man könne sich von seinen Leidenschaften befreien, indem man nicht an sie dachte, so wie etwa ein Richter den Verbrecher einsperren läßt und selbst zum Essen geht. In welches furchtbare Unheil lief sie jetzt hinein! Sie hielt in ihrem Hause einen Mann gefangen, den sie in ein paar Stunden gehen lassen mußte. Wie würde sie dann aber weiterleben?

Daß sie sich endlich klar und deutlich diese Frage stellte, gab ihr ein wenig von ihrer Ruhe zurück. Ihr Leben würde sich gewiß nicht ändern, ihre Tage würden denen ähnlich sein, die sie von jeher kannte; die Stunden der Mahlzeit würden dieselben bleiben, alles ginge sicher in dem gleichen, von nun an ganz unabwendbaren Gange fort. Sie selbst würde leiden wie zuvor, vielleicht sogar noch mehr. Oder würde am Ende im Gegenteil das Alter ihr Frieden bringen? Aber darum ging es jetzt nicht, sondern darum, was sie im Augenblick tat. Die Stunde, die sie durchlebte, war nicht wie die andern, es war vielmehr eine schlechthin unvergleichliche Stunde, eingeschoben zwischen Jahre der Langeweile; man mußte sich dessen bewußt sein und diese Tatsache nutzen. In diesem Augenblick war sie das Objekt einer Gnade ihres Geschicks, das ihr etwas anbot, was sie nicht annehmen konnte. Was erhoffte sie sich davon, daß sie Guéret zwang, die Nacht in der Villa zuzubringen? Sie machte auf halbem Wege halt mit dem, was sie erreichen wollte und was sie sich nicht eingestand, und zweifellos hatte sie mit irgend etwas Ungewöhnlichem gerechnet, als ob die Tatsache, einen Mann im kleinen Salon verstecken zu können, nicht bereits ungewöhnlicher als alles andere war.

Der Gedanke kam ihr, zu diesem Mann hinaufzugehen, ihm sein Geld zu geben und ihn fortzuschicken, so wie sie anfangs versucht gewesen war, es zu tun. Guérets Anwesenheit im Hause machte sie zu unglücklich. Er hatte sie darum gebeten, daß er gehen dürfe. Sie würde ihn also ans Gartentor führen, ihm Adieu sagen und in ihrer Verzweiflung dann wenigstens den Trost haben, zu wissen, daß er ihr die Mittel verdankte, die Gegend zu verlassen.

Doch sie vermochte es nicht; unter dem äußeren Anschein

von Sicherheit und Festigkeit bestand diese Frau ganz und gar aus Schwäche und Schüchternheit; sie fühlte sich plötzlich müde, müde des Lebens und des ständigen Kampfes, der in ihrem Innern tobte. Es schlug Viertel nach elf. Sicher schlief er jetzt fest. Wie sollte sie ihn wecken und ihm sagen, daß er aufbrechen solle? Vorhin hätte sie es ihm sagen, mit ihm darüber sprechen, handeln müssen. Jetzt war es zu spät. Der Augenblick war vorbei.

Sie machte von neuem das Fenster auf, löschte die Lampe und legte sich hin. Wenn sie schon nicht schlief, konnte sie wenigstens unbeweglich daliegen und die Augen schließen; von dieser Haltung getäuscht, käme dann doch vielleicht der Schlaf. So versuchte sie die Stunden hinzubringen, deren Kommen sie so sehnlich herbeigewünscht hatte. Eine furchtbare Last lag ihr auf der Brust und hinderte sie am Atmen; sie hatte den Eindruck, sie habe die Grenzen allen Leidens erreicht und werde jetzt sterben. Die Dunkelheit war von Brausen erfüllt. In einer Art von Halluzination meinte sie die Wanduhr im Parterre unaufhörlich schlagen zu hören. In ihren Adern pulsierte das Blut zu schnell, und der eisige Wind traf ihr Gesicht, ohne sie zu erfrischen. Sie mußte noch einmal aufstehen und das Fenster schließen. Das Morgengrauen überraschte sie endlich, wie sie schlafend im Bett lag, neben sich die Lampe; sie hatte diesmal nicht den Mut gehabt, sie wieder auszulöschen.

11

In ihren Morgenrock aus Molton gehüllt, sah sie vom Bett aus dem Mädchen zu, das das Feuer anlegte. Kleine Flammen liefen an den Scheiten entlang, die schon einen leichten Holzgeruch verströmten.

»Was für Wetter ist heute?« fragte Madame Grosgeorge.

»Kälter als gestern, Madame.«

»Ist im Eßzimmer Feuer gemacht?«

»Ja, Madame, bereits seit einer halben Stunde.«

»Gut, ich gehe gleich hinunter. Wenn ich unten bin, machen Sie dieses Zimmer.«

»Madame frühstückt heute nicht im Bett?«

»Nein, sagen Sie Louise, daß sie im Eßzimmer für mich decken soll.«

Sie stand auf und ging durch den Raum.

»Ich vergaß noch«, sagte sie in dem Augenblick, als sie in das Ankleidezimmer trat, »der kleine Salon braucht heute früh nicht gemacht zu werden.«

»Ja, Madame?«

Das Zimmermädchen hatte sich erstaunt zu der Herrin umgedreht.

»Was ist denn? Haben Sie nicht verstanden? Wenn Sie mit meinem Schlafzimmer fertig sind, können Sie gehen. Sie können sich heute Ihren freien Vormittag nehmen. Die andern Zimmer machen Sie dann am Nachmittag.«

Sie schloß sich im Ankleidezimmer ein und setzte sich an den Toilettentisch. Zwei lange graue Strähnen umrahmten ihre Schläfen; gewöhnlich verbarg sie sie gleich beim Erwachen in der Masse ihres schwarzen Haares, um sie nicht zu sehen, wenn sie vor dem Spiegel stand, aber an diesem Morgen fand sie eine bittere Befriedigung darin, ihr Vorhandensein festzustellen; ohne sie hätte sie gut und gern fünf, sechs Jahre jünger ausgesehen, dennoch schien es ihr, als verliehen diese Strähnen, durch die sie um soviel älter wirkte, ihrem

Gesicht etwas Sanftes, das ihm nie zu eigen gewesen war. Sie seufzte und überlegte sich, daß diese Sänftigung gewiß die Folge des mutlosen Ausdrucks war, den sie auf dem Grunde ihrer Augen las. Bis zu ihrem Tode würde sie am Morgen erwachen und das Leben da wiederaufnehmen, wo sie es zurückgelassen hatte; nicht einen einzigen Tag davon würde das Schicksal ihr schenken. Die Nacht und die seltsamen Träume, von denen sie manchmal heimgesucht war, betonten nur noch mehr die Einförmigkeit ihrer wachen Stunden. Vor fünf Minuten hatte sie noch geschlafen, in Träume versunken, an die sie sich nicht mehr erinnern konnte; sie hatte den Eindruck, als käme sie aus einem fernen Land zurück, in dem Traurigkeit unbekannt war, einem Land, in dem man nichts von Leidenswegen wußte.

Sie kämmte sich, rieb ihr Gesicht mit Rosenwasser ab und ging hinunter ins Speisezimmer. Obwohl es schon fast acht Uhr war, hielt sich ihr Gatte, den sie im ersten Stock auf und ab gehen hörte, noch nicht hier unten auf. Sie segnete diesen Zufall. In dem Gemütszustand, in dem sie sich befand, wäre ihr ein Morgengespräch mit Monsieur Grosgeorge ganz unmöglich erschienen. Leiden erschöpfte sie so sehr, wie Fieber den Kranken erschöpft. Sie verfügte gerade noch über die nötige Kraft, um den Plan zu verwirklichen, den sie sich zurechtgelegt hatte; sie zitterte, daß Menschen oder Dinge eine Aufgabe noch erschweren könnten, die sie ohnehin als zu schwer empfand.

Nachdem sie ihren Kaffee getrunken hatte, ging sie in ihr Zimmer hinauf, das sie aufgeräumt vorfand, und kleidete sich an. Eine gute Viertelstunde verfloß, bevor sie Monsieur Grosgeorge mit seinem ruhigen, gewichtigen Schritt, den sie in diesem Augenblick mehr als alles in der Welt haßte, hinuntergehen hörte. Ihr Herz schlug heftig; sie fürchtete sich vor dem Moment, in dem sie handeln müßte und den sie nun so nahe vor sich sah. Vorsichtshalber überzeugte sie sich erst, daß das Zimmermädchen in der Küche war, bevor sie die Treppe zum obersten Stock hinaufstieg.

Vor dem kleinen Salon angekommen, klopfte sie an die Tür. Sie vergaß, daß sie Guéret empfohlen hatte, auf Klopfen nicht zu reagieren, aber gleich darauf steckte sie den Schlüssel auch schon ins Schloß und öffnete selbst die Tür.

Zunächst erkannte sie gar nichts in dem Halbdunkel, auf das sie nicht gefaßt gewesen war; dann sah sie plötzlich Guéret, der mitten im Zimmer stand.

»Ich werde die Läden aufmachen«, erklärte sie mit halblauter Stimme. »Gehen Sie nicht ans Fenster. Man könnte Sie vom Garten aus sehen.«

Sie hatte diese Worte rasch hervorgestoßen, wie um die Verwirrung zu verbergen, die sie überkam. Sie ging quer durch den Salon, um die Läden aufzumachen. Guéret hatte ein paar Schritte zur Tür hin gemacht und blickte Madame Grosgeorge schweigend an.

»Ich habe Befehl gegeben, daß keiner heute morgen hier hereinkommt«, setzte sie, zu ihm gewendet, hinzu. »Sie haben nichts zu befürchten, nichts.«

Sie selber zitterte vor Erregung und mußte sich setzen; alles Blut hatte sich aus ihren Wangen zurückgezogen; sie senkte die Augen, außerstande, den Blick zu ertragen, den dieser Mensch auf sie heftete.

»Setzen Sie sich«, sagte sie. »Nein, nicht zu nahe ans Fenster. Dorthin.«

Und sie bezeichnete ihm einen Sessel nicht weit von der Stelle entfernt, an der sie selber saß. Mit dem unsichern Schritt eines Blinden ging er durch das Zimmer, dann, als er vor ihr stand, fragte er sie mit einemmal:

»Können Sie mir schwören, daß Sie heute noch ganz des gleichen Sinnes wie gestern sind, Madame?«

Beim Klang seiner heiseren Stimme fuhr sie zusammen, beherrschte jedoch ihre Unruhe und sagte, ohne sich zu rühren:

»Sie haben noch immer Angst. Hätte ich Sie verhaften lassen wollen, so hätte ich gestern schon zur Polizei geschickt.«

Sie hörte ihn atmen und sah von der Seite her, daß er die Hände vor die Brust gelegt hatte, wie jemand, der nur schwer Luft bekommt. Trotz ihrer Angst blieb sie regungslos sitzen. Gleich, wenn sie ruhiger war, würde sie aufstehen und diesen Mann bis zu seiner Flucht sich selber überlassen.

»Verzeihen Sie mir«, brachte er endlich hervor. »Sie wissen nicht, was für eine Nacht ich hinter mir habe.«

»Wieso? Sie haben nicht geschlafen?«

»Ich bin kurz vor elf Uhr aufgewacht und habe nicht wieder einschlafen können. Ein Geräusch von Schritten hat mich geweckt.«

»Da haben Sie geträumt.«

»Eine ganze Weile habe ich geglaubt, daß wirklich jemand auf dem Treppenabsatz sei, daß eine oder sogar zwei oder drei Personen die Treppe heraufkämen. Dann kam es mir so vor, als klopfte jemand die ganze Nacht hindurch jede Minute einmal an die Tür.«

»Wie kindisch! Sie hätten Vernunft annehmen und ruhig schlafen sollen.«

»Ich hatte Fieber.«

Sie erinnerte sich, wie sie selbst die Nacht verbracht hatte, und der Gedanke an ihre eigenen Leiden bewirkte, daß sie Mitleid mit diesem Mann hatte. Etwas aber hielt sie zurück, sich schnell zu entfernen, wie sie es eigentlich vorgehabt hatte. Indessen fuhr er schon wieder fort:

»Wenn man allein und verborgen gelebt hat wie ich jetzt monatelang, unterliegt man allen möglichen Angstvorstellungen. So hätte ich geschworen, unter meinem Fenster im Garten seien Leute hin- und hergegangen. Ich habe mich gefragt, ob mich vielleicht ein Bedienter gestern abend habe hereinkommen sehen und das Haus am Ende umzingelt sei.«

Sie unterbrach ihn mit einer Stimme, die ihre Festigkeit wiedergefunden hatte. Es schien ihr, daß die Schwäche dieses Mannes gewissermaßen für sie eine Rache bedeutete, weil sie am Tage zuvor so wenig Mut gehabt und Tränen vergossen hatte.

»Schämen Sie sich nicht, mir von Ihrer Angst zu erzählen?« fragte sie. »Worauf wollen Sie hinaus? Ich kann Sie freilich nicht am Zittern hindern, wenn Sie so furchtsam sind.«

»Ich möchte fort, Madame. Ich habe Angst gehabt, ja, und ich habe auch jetzt noch Angst. Aber ich möchte fort. Selbst wenn Sie nicht mehr willens sind, mir diese Summe zu geben ...«

Statt aller Antwort erhob sie sich und zog aus ihrem Gürtel den Briefumschlag hervor, den sie vorbereitet hatte. Guérets Ängstlichkeit degradierte ihn in ihren Augen, und sie beglückwünschte sich, daß sie sich von ihren Gefühlen ihm gegenüber nichts hatte anmerken lassen.

»Hier«, sagte sie und reichte ihm das Geld. Innerlich fügte sie hinzu: ›Hier, du Feigling!‹

Er sah sie an, ohne nach dem Umschlag zu greifen, und fragte mit ruhigerer Stimme:

»Weshalb tun Sie das?«

»Das ist meine Sache. Los jetzt, nehmen Sie das Geld.«

Er gehorchte und steckte den Briefumschlag in die Tasche; dann wendete er wie mit Bedauern seinen fragenden Blick von ihr ab und murmelte nur: »Danke.«

»Sie können unmöglich jetzt gleich gehen«, sagte sie und setzte sich. »Bis halb ein Uhr müssen Sie warten.«

»Ja, gut, Madame.«

»Ich lasse Sie allein, sobald mein Mann fort ist, denn wenn er irgendwie auf den Gedanken käme, hier aufzutauchen ...«

»Was würden Sie dann tun?«

»Beruhigen Sie sich. Ich würde nicht aufmachen, aber wenigstens könnte ich ihm dann Antwort geben. Übrigens, sollte einmal jemand klopfen, wenn Sie allein im Zimmer sind, melden Sie sich nicht!«

»Nein, Madame.«

Sie stand auf, ging an ihm vorbei, ohne ihn anzusehen, und trat dicht an das Fenster.

»Weshalb geht er denn nicht?« murmelte sie vor sich hin. »Das Wetter ist doch heute schön.«

In ihrer Ungeduld, mit der Sache zu Ende zu kommen, krallte sie sich mit den Fingernägeln in den Rand der Gardine, hinter der sie stand. Sie ahnte, daß Guéret ihr mit den Blicken folgte und sich nicht eine ihrer Bewegungen entgehen ließ. Jahre würden verrinnen, und sie würde sich immer noch jeder einzelnen dieser Minuten, dieses verödeten Gartens, der schmutzigen, vom Frost verkrusteten Alleen, der Wärme des Zimmers, in dem sie sich befand, und des Atems erinnern, der schwer aus der Brust dieses Mannes kam, der sich fürchtete.

»Was haben Sie denn in Paris gemacht?« fragte sie ihn, ohne sich von der Stelle zu rühren. »Wovon haben Sie gelebt?«

»Ich hatte an dem Tage, als ich floh, etwas Geld bei mir.«

Sie hätte ihn gern gefragt, woher er dieses Geld hatte, aber in einer Regung von Scham zog sie es vor, zu schweigen. Zweifellos riet ihr ihre Eitelkeit, gleichgültig zu tun und die Fragen für sich zu behalten, die sie diesem Manne brennend gern gestellt hätte, doch das Grauen davor, daß hier eine Stunde verrann, wie sie das Leben ihr nie wieder schenken würde, beengte ihr Herz. War es Seelenstärke oder Torheit, so unbeweglich am Fenster zu stehen? Aber was machte es ihr aus, ob sie stark oder schwach war? Sie litt. Hätte sie den kleinen Salon ein paar Minuten früher verlassen, so wäre sie der grausamen Versuchung entgangen, mit dem Mann zu reden. Jetzt wünschte sie nichts so sehr, als daß er ginge. Um halb eins würde alles vorüber sein; sie würde den Frieden der Verzweiflung wiederfinden, doch konnte es kein Aufatmen für sie geben, solange er im Hause war. Eben noch hatte sie ihn verachtet und über seine Feigheit triumphiert, weil sie, so dachte sie, sich dadurch innerlich von ihm löste; jetzt aber wußte sie nicht mehr, woran sie war. Im selben Raum zu bleiben wie Guéret, schien ihr unerträglich, anderseits war sie gewiß, daß sie nicht gehen würde, solange nichts sie dazu zwang. Die Entschuldigung, die sie Guéret gegenüber gebraucht hatte, war nur eine Finte: In Wirklichkeit war ihr

Mann soeben aus dem Haus und durch den Garten gegangen, doch sie hatte nichts davon gesagt; sie hoffte, er werde nicht hören, wie das Tor sich öffnete und hinter Monsieur Grosgeorge wieder schloß; wenn er es aber hörte, so war sie entschlossen zu behaupten, es sei nicht ihr Mann, sondern eines der Mädchen.

»Sie hatten also etwas Geld«, nahm sie das Gespräch wieder auf, damit er nicht auf das Geräusch der Schritte auf dem Kiesweg achtete.

Sie wendete sich zu ihm um, er aber glaubte, dies sei eine Frage, senkte den Kopf und sagte:

»Ja, etwas mehr als hundert Francs. Als der Betrag ausgegeben war, habe ich meine Uhr, dann einen Ring verkauft.«

»Haben Sie sich niemals versucht gefühlt zu stehlen?« fragte sie aufs Geratewohl.

»Nein.«

Am Ende des Gartens öffnete Monsieur Grosgeorge das Tor und verschwand.

»Sie haben einen Menschen ermordet. Weshalb sollten Sie da nicht auch gestohlen haben?«

Sie sprach diese Worte unwillkürlich mit übertriebener Heftigkeit aus und ging durch das Zimmer bis zu der Stelle, an der Guéret sich befand. Er hatte sicherlich nicht gehört, wie das Tor sich schloß, und glaubte, Monsieur Grosgeorge sei noch im Haus; sie konnte noch bleiben.

»Antworten Sie«, herrschte sie ihn an, durch seine verlegene Miene offenbar peinlich berührt.

Er schüttelte den Kopf.

»Ich habe nicht gestohlen«, antwortete er, »ich schwöre Ihnen, ich habe niemals gestohlen.«

›Was macht mir das eigentlich aus?‹ dachte sie. ›Er verschwindet ja doch.‹ In einem jähen Wechsel von einer Haltung zur anderen sah sie ihm so fest ins Gesicht, daß sie ihn dadurch zwang, seinen Blick zu senken.

»Weshalb haben Sie das getan?« fragte sie. »Weshalb haben Sie diesen Mann umgebracht?«

Wieder dachte sie: ›Was macht es mir aus, daß er ihn umgebracht hat? Das will ich ja gar nicht wissen.‹ Sie hörte ihre eigene harte, feste Stimme und war von dem ruhigen Ton überrascht, in dem sie sprechen konnte, während doch etwas wie ein Schwindelgefühl sie zwang, sich an der Kante eines Möbels festzuhalten.

»Ich habe den Mann nicht umgebracht«, stammelte er mit bleichem Gesicht.

»Und dieses Mädel«, fuhr sie fort, »Sie wollen mir doch nicht weismachen, daß Sie sie nicht . . . nicht fast umgebracht haben . . .«

Sie sah, daß sein Gesicht sich zusammenkrampfte wie unter einem Hieb, aber er gab keine Antwort. Hatte sie eigentlich jemals die Runzeln unter seinen Lidern und in den Augenwinkeln bemerkt oder die seltsam graugelbe Farbe seiner Augen? Es kam ihr so vor, als habe sie bis zu diesem Tag und bis zu dieser Minute nie seine Züge betrachtet, und sie fragte sich, woher sie die Kraft nahm, vor ihm stehenzubleiben und ihn auszufragen.

»Warum fragen Sie mich das alles?« stieß er fast stöhnend hervor.

Innerlich wiederholte sie seine Frage: ›Ja . . . Warum?‹ Dennoch fuhr sie fort:

»Dieses Mädel, diese Angèle . . . Sie haben ihr wehgetan, nicht wahr? Da unten am Fluß. Es hat mir jemand davon erzählt.«

In diesem kleinen, behaglich ausgestatteten Zimmer schien die Stille das Geräusch ihrer Worte zu ersticken, denn ihre Stimme klang dumpf, beinahe unverständlich. Sie las in Guérets Blicken, daß er ihre Unruhe erriet, und aus Scham errötete sie; sie hätte schreien mögen.

»Aber ja doch«, fuhr sie fort. »Ich habe alles gehört, auch die Zeitungen waren ja voll davon. Was hatten Sie denn gegen diese Angèle, daß Sie sie so mißhandelt haben? Sie hätte doch sterben können. Weshalb haßten Sie sie so sehr?«

Er schüttelte den Kopf.

»Ich habe sie nicht gehaßt.«

Sie fühlte sich von jähem Ingrimm gepackt und schlug mit der Faust auf die Sessellehne.

»Sie haben sie nicht gehaßt? Weshalb lügen Sie? Weshalb haben Sie Angst vor mir? Ich bin ja schließlich nicht der Untersuchungsrichter. Also reden Sie!«

»Ich habe Ihnen die Wahrheit gesagt. Ich war wütend auf sie, aber ich haßte sie nicht, ganz im Gegenteil. Ich hätte gern...«

Er hielt plötzlich inne und führte die Hand an die Brust. Madame Grosgeorge wich einen Schritt zurück und machte eine Bewegung, als wolle sie ihn am Weiterreden hindern. Jetzt hatte sie Angst vor dem, was er sagen würde, und bereute ihre Fragen, aber sie selbst hatte ihn ja so weit gebracht. »Wenn man jemanden hassen kann, den man anbetet...«, fuhr er fort.

Sie unterbrach ihn jedoch.

»Das ist nicht möglich«, stammelte sie. »Das eine oder das andre.«

»Ich war eifersüchtig, ich wußte, daß sie von allen Geld bekam«, fuhr er mit erhobener Stimme fort, denn seit Sekunden schien er alle Vorsicht vergessen zu haben. »Ich hatte keines, und sie schien sich über mich lustig zu machen. Eines Tages habe ich meiner Frau Geld weggenommen, das sie auf die Seite gelegt hatte, und beschlossen, es Angèle zu geben; dann traf ich sie gerade an diesem Morgen und hatte das Gefühl, den Verstand zu verlieren. Da habe ich sie geschlagen, auf sie eingeschlagen...«

»Ja. Schweigen Sie nur. Ich habe Sie nicht gefragt...«

Mit ineinandergekrampften Händen stand sie regungslos da. »Sie können nicht ahnen, wie sehr ich gelitten habe wegen dieser Frau«, sagte er. »Ich bin ihr fern geblieben, solange ich nur konnte. Nach zwei Monaten war ich einfach gezwungen, wieder hierherzukommen.«

Zuerst begriff sie nicht, dann aber ging ihr plötzlich der Sinn dieser Worte auf, und sie meinte, sie könne doch unmöglich richtig verstanden haben. Ihre erstarrten Hände umspannten einander so fest, als suche sie in dieser Umklammerung Halt.

»Sie sind um ihretwillen zurückgekommen?«

»Aber ja, ich sagte Ihnen doch ...«

Sie verspürte ein Würgen im Hals.

»Ich glaubte, es sei, um Hilfe von mir zu erbitten«, brachte sie schließlich mühsam hervor.

Sie bereute sofort diesen Satz, der ihr lächerlich vorkam, doch hätte sie nicht gesprochen, wäre sie in Schluchzen ausgebrochen. Er sah, wie fassungslos sie war.

»Ich hätte nicht gewagt, auf Ihre Großmut zu zählen«, sagte er in verwandeltem, fast unterwürfigem Ton.

Sie bewegte die Rechte, als wolle sie ihm Einhalt gebieten, und schritt steif und langsam wie ein Automat zur Tür. Als sie an ihm vorbeiging, ohne den Kopf zu wenden, bekam er Lust, sich ihr zu Füßen zu werfen und sie zu beschwören, sie möge ihn gehen lassen, aber er fürchtete, ihren Zorn zu erregen, wenn sie merkte, daß er ihr mißtraute. Ein furchtbarer Argwohn stieg auf einmal in ihm auf: Diese Frau verriet ihn.

»Madame ...«

Sie hatte die Tür erreicht, wendete sich noch einmal um und blickte ihm ins Gesicht; die Augen in diesem bleichen Gesicht schienen nicht mehr lebendig zu sein, und er hatte den Eindruck, daß sie ihn gar nicht sah.

»Ich muß Ihnen sagen«, brachte sie mit erstickter Stimme hervor, »ich habe Angèle gesehen. Sie haßt Sie.«

Er fuhr auf.

»Sie haßt Sie«, wiederholte sie, und plötzlich überstürzten sich ihre Worte, »sie fürchtet sich vor Ihnen, jawohl, Sie machen ihr Angst, Angst ...«

»Das ist nicht wahr«, murmelte er, »ich weiß ...«

Sie machte eine krampfhafte Bewegung mit dem Kopf, die offenbar eine Verneinung ausdrücken sollte, und ging. Er hörte, wie sie den Schlüssel im Schloß umdrehte.

12

Wie eine Schlafwandlerin ging sie über den oberen Flur und setzte sich auf eine Truhe zwischen zwei Türen. Im Haus herrschte tiefes Schweigen. Die Köchin war sicher zum Markt gegangen, und sie erinnerte sich, daß sie dem Zimmermädchen freigegeben hatte. Durch das Oberlicht des Treppenhauses fiel eine schimmernde Helle, die ihr ebenso wohlbekannt war wie der Anblick dieser Möbel, aller dieser Stufen hier an einem Wintermorgen, des Schattens, den die Stühle auf die Wände warfen, und der glänzenden Messingleisten, die den roten Läufer festhielten. In der schmerzlichen Träumerei, in die sie versunken war, kam es ihr so vor, als bildeten alle die Dinge ringsum eine Welt, aus der sie gerade hatte fortgehen wollen und die sie nun dennoch festhielt. Eben noch, in Gegenwart dieses Mannes, hatte nichts so ausgesehen, wie es ihr vordem vertraut gewesen war; ihr kleiner Salon hatte sich vielmehr auf unerklärliche Weise verwandelt, und eine halbe Stunde lang hatte sie den Eindruck gehabt, nicht mehr bei sich zu Hause, nicht mehr von den Möbeln umgeben zu sein, die sie seit dreißig Jahren alle Tage sah. Dieses Gefühl war ihr nicht unbekannt. In gewissen Momenten großen Leides oder übermächtiger Langeweile hatte der Gedanke, fremd in dieser Welt zu sein, eine solche Macht über sie, daß für Minuten die Dinge dieser Erde für sie jede Bedeutung verloren. Einen Augenblick lang, als sie am Fenster stand, hatte sie das noch einmal erlebt, aber Guérets Worte hatten sie wieder zu sich gebracht. Jetzt hatte die Strömung des Lebens sie von neuem erfaßt.

›Wie kann man‹, fragte sie sich, ›derart leiden, ohne daran zu sterben?‹ Sie konnte an Guéret nicht denken, ohne brennende Scham zu empfinden, die ihr das Blut in die Wangen trieb, denn sie war gewiß, sich in den Augen dieses Mannes lächerlich gemacht zu haben, darunter aber litt sie am allerschmerzlichsten. Welche Verwirrung ihrer Sinne hatte ihr weisgemacht, er sei zurückgekehrt, um sie um Hilfe zu bitten? Nur Leidenschaft konnte ihn bestimmt haben, sich auf ein derart gefährliches Abenteuer einzulassen, auf diese Fahrt nach Lorges, doch diese Leidenschaft galt nicht ihr, sie selbst hatte nichts mit der alles bezwingenden Liebe zu tun, die diesen Menschen einer bestimmten Frau entgegengetrieben hatte; sie war in dieser Geschichte nichts weiter als eine ältere Dame, die sich in etwas einmischte, was sie im Grunde nichts anging. Und er? Was dachte er? Sie haßte ihn plötzlich wegen der Gedanken, die er hegen mochte. Und wenn er sich etwa einbildete, sie sei in ihn verliebt? Und dennoch, stimmte es denn nicht? Sie verbarg das Gesicht in den Händen. Gewisse Sätze, gewisse Worte, die sie sich selbst zuraunte und die ihre Liebe ausdrückten, kamen ihr unerträglich lächerlich vor, obwohl sie das Vorhandensein dieser Liebe, die in ihrem Innern wütete, zugeben mußte. Sie fürchtete sich davor, ihren Seelenzustand in deutliche Worte zu kleiden, und zog im allgemeinen vor, ihre Leidenschaft dem Chaos der uneingestandenen Dinge zuzuweisen, aber jetzt war es ihr nicht mehr möglich, sich den Wirklichkeiten ihres Lebens zu entziehen; jetzt, in dieser Stunde, da sie auf der Truhe im Treppenhaus saß, vollendete sich ihr Geschick, und sie wußte es; und in ihrer grauenvollen Furcht, daß Guéret hinter der Tür des kleinen Salons ihre Gedanken erraten könnte, wiederholte sie sich: ›Ich bin in diesen Mann verliebt, aber er selbst liebt eine andere.‹

Sie wagte den Blick nicht zu der Tür zu erheben, die sie eben hinter sich geschlossen hatte. Wenn er etwas ahnte! Welcher Segen, daß sie ihn gestern abend nicht zu sich hatte herunterkommen lassen, wie sie einen Augenblick lang tatsächlich erwogen hatte! Ehe sie die furchtbare Kränkung einer Zurückweisung über sich hätte ergehen lassen, hätte sie sich eine Kugel durch den Kopf gejagt; der Gedanke an ihren eigenen Tod löste jetzt endlich den Tränenstrom aus, den die heftige Erregung der letzten Augenblicke noch nicht hatte hervorlocken können.

Auf einmal hörte sie, wie eine kindliche Stimme sie rief; sie betupfte die Augen und ging die Treppe hinab. Fernande erwartete sie unten mit einem großen Wäschekorb, den sie zu ihren Füßen abgesetzt hatte. Madame Grosgeorge hatte vergessen, daß sie heute kommen sollte. War es möglich, daß man in Momenten großen Schmerzes Wäscherechnungen kontrollieren mußte?

Also so war das Leben, achtlos unseren Wunden gegenüber; es nötigte sie, Hemden und Taschentücher zu zählen, wie sehr das Herz auch blutete. Sie kam auf den Gedanken, das Zimmermädchen an ihrer Statt die Wäsche zählen zu lassen; aber dann erinnerte sie sich, daß sie ihm ja den Vormittag freigegeben hatte. Schließlich würde die Beschäftigung mit der Wäsche sie ja auch am Grübeln hindern und diesen gräßlichen Vormittag um ein paar Minuten verkürzen.

»Guten Tag, Madame.«

»Guten Tag, Kleine. Stell deinen Korb da neben den Tisch. Wo hast du das Buch?«

Wie unschuldig dieses Kind aussah, mit seinen von der Kälte geröteten Beinen, den aufgesprungenen Händen und dem groben schwarzen Wollschal, dessen Enden auf der Brust mit Sicherheitsnadeln festgesteckt waren!

»Hier, Madame.«

»Du gehst jetzt gleich in die Küche und bittest um eine Tasse Milchkaffee. Du mußt ja frieren mit deinen nackten Waden. Und was für einen Schal trägst du da? Deine Mutter sollte dir einen warmen Mantel und wollene Handschuhe kaufen.«

(Woher kam ihr dieses jähe Bedürfnis nach Zärtlichkeit? Zwanzigmal gewiß schon hatte sie die Kleine gesehen, ohne sich wegen ihrer Kleidung jemals Gedanken zu machen. Jetzt aber fühlte sie in sich ein unbestimmtes Verlangen, diese geröteten Wangen zu küssen und die Hände des Kindes in den ihren zu wärmen. Ihre Knie zitterten so stark, daß sie sich hinsetzen mußte.)

»Ich zähle die Wäsche heute nicht durch, Fernande. Sag

Madame Brod, wir würden, wenn etwas fehlt, es nächste Woche im Buch notieren. Frag die Köchin, wo die schmutzige Wäsche liegt.«

»Ja, Madame. Und dann liegt auch noch ein Brief für Sie in dem Buch.«

»Ein Brief? Von wem?«

Tatsächlich zog sie einen Brief zwischen den Blättern des Buches hervor und las:

›Ich flehe Madame an, sich an das Versprechen zu erinnern, daß Madame mir helfen wollte. Wenn Madame die Güte hätte, mir zu sagen, was sie zu tun gedenkt, wäre ich sehr dankbar. Madame braucht nur Fernande ein Wort an mich mitzugeben. Angèle.‹

Angèle! Madame Grosgeorge ließ den Brief zu Boden fallen und wiederholte innerlich diesen verhaßten Namen. Welche Absicht mochte sich wohl hinter solchen Koinzidenzen des Lebens verbergen? Wenn man es genauer bedachte, war es nicht erstaunlich, daß ihr der Name Angèles vor Augen kam, aber in dem Gemütszustand, in dem Madame Grosgeorge sich befand, schien dieser Name ihr eigens zugedacht, um ihren Schmerz zu verschärfen. Einen Augenblick stand sie unbeweglich da, dann nahm sie ein weißes Blatt und den Bleistift, der in das Rechnungsbuch geschoben war.

»Das gibst du Angèle«, sagte sie; ihre Stimme klang hart und abgehackt.

Aber sie schrieb noch nicht. Ihr Blick blieb auf dem kleinen Mädchen ruhen.

»Du trägst ihren Schal, nicht wahr«, sagte sie auf einmal. »Ich erkenne ihn wieder.«

»Ja, Madame. Angèle hat ihn mir geborgt.«

›Ich frage mich, ob er ahnt, wie entstellt sie ist‹, dachte sie. ›Ich werde es ihm sagen.‹

Sie machte eine heftige Bewegung mit der Hand. Nein, sie würde nicht gehen und es ihm sagen. Sie würde diesen Menschen nicht einer Dirne streitig machen. Was sie auch gedacht haben mochte, als sie allein war, jetzt, da ein menschliches Wesen vor ihr stand und sie beobachtete, fühlte sie, wie ihr Stolz und ihre Menschenverachtung wieder Macht über sie gewannen, denn es kam ihr vor, als seien die Augen dieser Kleinen die Welt, die ihren Blick auf ihr ruhen ließ und ihr Verhalten beurteilte. Jetzt schämte sie sich vor sich selbst. Mit welchem Recht verachtete sie die Menschheit? War sie nicht ebenso schwach wie irgendeine andere? Wer sie letzte Nacht gesehen und ihr ins Herz geblickt hätte, als sie von Schlafmitteln und anderen unmöglichen Sachen träumte, hätte sicher die anmaßende, kühle Frau nicht wiedererkannt, die sie tagsüber war. Wie stolz sie auch erscheinen mochte: sie war es, die ein Mann verschmäht hatte, und nicht jenes Mädchen, das sie selber mit ihrer Verachtung bedachte.

»Was haben Sie, Madame? Ist Ihnen nicht gut?«

Madame Grosgeorge schob das Kind, das sich ihr nähern wollte, fort. Das Blut war aus ihrem Gesicht und ihren Händen gewichen, und ihr Herz pochte dumpf in der Brust. Wenn in diesem Augenblick etwas in ihr hätte zerbrechen können, wäre der Tod ihr willkommen gewesen, aber das Leben ging weiter in diesem Leib, den das Leiden der Seele schneidend durchfuhr. Weiß Gott, was nötig ist, bis ein Mensch stirbt.

»Sag also . . . Angèle . . .«

Bei dem Gedanken an die furchtbare Niederlage, die das Leben ihr zumutete, fühlte sie sich von Zorn gepackt. Andere waren glücklich, sie aber würde es niemals sein; wenn es stimmt, daß der Mensch auf die Welt kommt, um glücklich zu sein, so hätte sie ebensogut nicht geboren zu werden brauchen. Wahnwitziger Ingrimm erfaßte sie; ein paar Sekunden lang durchzuckte sie ein Verlangen, dieses Kind, dessen Gesicht fast ihre Hände berührte, zu schlagen. Es würde eine Erleichterung für sie sein, ihrerseits Leiden zu bereiten, denn sie trug eine allzuschwere Last. Auf dieses ein für allemal verfehlte Leben wollte sie lieber verzichten. Bei dieser Frau entartete infolge ihrer Selbstquälerei jedes Gefühl, sobald es entstanden war, und die Liebe sogar nahm Züge des Hasses an. Sie haßte den Mann, den der Zufall ihr in die Hände gab, und sie haßte die von ihm so glühend begehrte Frau. So gab sie der Versuchung nach, das Schicksal des einen in die Hände der anderen zu legen, und in einer Verfassung, in der sie ebensogut Selbstmord hätte verüben können, kritzelte sie auf das weiße Blatt die folgenden Worte:

›Guéret ist hier versteckt. Benachrichtigen Sie die Polizei.‹

»Laß deinen Korb hier«, stieß sie, zu der Kleinen gewendet, zwischen den Zähnen hervor, »und bring Angèle diesen Brief. Lauf schnell. Es ist äußerst wichtig.«

13

Seit einer guten Stunde schon saß Madame Londe am Ofen im Speisesaal; an einem schwarzen Wollschal strickend, sprach sie mit sich selbst, aber man hätte sehr feine Ohren haben müssen, um zu erfassen, was sie sagte, denn ihre Lippen brachten nur ein wirres Geräusch hervor, in dem die Wörter sich miteinander vermischten. Sie hatte ihren Rohrsessel zwischen Ofen und Pult gerückt, zweifellos um nicht von neugierigen Spaziergängern beobachtet zu werden; dieses Bedürfnis, die Blicke von draußen zu meiden, erklärte sich durch die Tatsache, daß sie einen Kneifer trug; bei dieser dem Tode nicht mehr fernen alten Frau behaupteten sich tatsächlich noch immer kleine Züge der Koketterie, deren Sinnlosigkeit etwas Bedrückendes hatte; wenn Koketterie der Gefallsucht entspringt – wem konnte denn die an allen Gliedern steife, fünfundfünfzig Jahre alte Madame Londe gefallen? In schwarzer Kleidung, unförmig dick, mit gerundetem Rücken dasitzend, schien sie mit dem Feuer zu sprechen, das ihr mit seinem Geknister Antwort gab; von Zeit zu Zeit neigte sie den Kopf und schüttelte ihn nach Art sehr alter Leute, die dem Grabe ein Nein entgegenzuhalten scheinen. Dann glitten ihre

Hände sacht auf ihre Knie, und der Schal rutschte auf den Boden zu ihren Füßen; das Geräusch, das die beinernen Nadeln auf den Steinfliesen machten, schreckte sie jedoch aus ihrem kurzen Schlummer gleich wieder auf; mit verwirrter Miene blickte sie um sich, rückte den Kneifer auf ihrer großen traurigen Nase zurecht und bückte sich dann stöhnend, um mit der einen Hand so lange umherzurudern, bis sie ihren Schal wieder aufgefischt hatte.

Plötzlich öffnete sich die Tür des Restaurants, und jemand lief rasch durch den Saal. Es war Fernande, die Madame Londe nicht gesehen hatte und gerade an ihr vorbeilaufen wollte, als ein Anruf der Chefin sie zum Stehenbleiben zwang:

»Wohin willst du, Kleine?«

Das Kind schrie erschrocken auf.

»Ich wußte nicht, daß Sie da sind, Madame Londe.«

»Zunächst einmal sollst du ›Tante‹ zu mir sagen. Außerdem scheinst du es etwas zu eilig zu haben; ich habe dich gefragt, wohin du gehst. Willst du wohl Antwort geben? Weshalb kommst du so früh zurück? Wo hast du deinen Korb?«

»Bei Madame Grosgeorge.«

»Du hast deinen Korb bei Madame Grosgeorge gelassen? Bist du verrückt geworden, wie? Also los, was ist? Komm hierher und sprich.«

Sie packte sie an der Hand und zwang sie, näher zu kommen.

»Lassen Sie mich gehen, Madame Londe.«

»Madame Londe wird dir eine Ohrfeige geben, wenn du sie nicht ›Tante‹ nennst. Und dann weine nicht. Irgend etwas ist doch los. Was denn, he?«

Jetzt hielt sie das Kind zwischen ihren Knien fest und hatte es auch noch an den Ellenbogen gefaßt, so daß es nicht loskommen konnte.

»Weshalb kommst du so eilig zurück, und warum hast du deinen Korb bei Madame Grosgeorge gelassen?«

»Madame Grosgeorge hat mir eine Nachricht für Angèle mitgegeben.«

»Ah? Was für eine Nachricht denn?«

»Ich weiß nicht.«

»Soll ich dir eine langen?«

»Sie hat es aufgeschrieben.«

»Gut, dann gib mir den Zettel.«

»Das wäre Madame Grosgeorge bestimmt nicht recht. Sie hat gesagt, es ist für Angèle.«

»Laß das nur meine Sache sein. Wo hast du den Zettel?«

Das Kind zog ihn unter der schwarzen Schürze hervor und reichte ihn der Chefin.

»Setz dich dorthin«, sagte sie zu Fernande und gab sie frei. Sie verwies sie auf einen Stuhl in einer gewissen Entfernung von dem Pult.

Als das Kind gegangen war, setzte Madame Londe ihren Kneifer auf und blickte mit gerunzelter Stirn auf das entfaltete Papier, denn die Schrift von Madame Grosgeorge glich eher den Aufzeichnungen eines Seismographen. Nach minutenlanger Anstrengung gelang es ihr, die ersten Worte zu entziffern. Sie schrie hörbar auf.

»Das ist doch nicht möglich!« sagte sie, während sie sich heftig in ihrem Sessel bewegte.

Wiederkehrende Lebenskraft drängte ihr Blut zum Herzen und brachte es zu verstärktem Klopfen. Dieser Mann, der die Ursache so vielen Verdrusses gewesen war, der die Stadt terrorisiert und ihrem Restaurant soviel Unglück gebracht hatte, wurde ihr durch die Gerechtigkeit des Himmels in die Hände geliefert.

Sie dachte nicht mehr daran, den Schluß der Botschaft zu lesen, die sie fest in ihrer Hand verbarg; ein paar Sekunden lang war sie vor Aufregung keiner Bewegung fähig. Ein einziger Gedanke beschäftigte sie: sie mußte sich beeilen. Dennoch rührte sie sich nicht; etwas fesselte sie an ihren Rohrstuhl, während in ihrem Innern die alten Kräfte sich zu dem Sprunge sammelten, der sie auf die Straße führen würde. Mit halboffenem Munde wartete sie noch, dann brach ein Ruf zwischen ihren Lippen hervor:

»Fernande, mein Hut!«

Niemand antwortete.

»Wo ist sie? Lieber Gott! Na, auch gut, dann gehe ich ohne Hut...«

Plötzlich wieder bewegungsfähig, richtete sie sich unter Inanspruchnahme aller ihrer Muskeln auf und blickte stehend um sich wie jemand, der von Schwindel erfaßt ist. Unter der Übermacht der Freude und des Staunens flackerte ihr Blick hinter den Kneifergläsern. Sie seufzte tief auf.

»Auch gut!« sagte sie noch einmal.

Offenbar suchte sie nach irgend etwas, womit sie ihre Schultern umhüllen könnte, denn es war draußen grausam kalt, und dieses ›Auch gut!‹ bekam nun bei ihr den heroischen Charakter gewisser Aussprüche von Soldaten vor der Schlacht: Sie hätte in ihr Zimmer hinaufgehen können, um sich einen Mantel oder eine Pelerine zu holen, aber sie wollte lieber ihr Wohlbefinden opfern und einen Schlaganfall auf der Straße riskieren, damit sie der Erfüllung ihrer furchtbaren Pflicht um so rascher entgegeneilen konnte.

Als sie den Sessel zurückschob und auf die Tür zuging, störte sie eine Ratte auf, die die Kälte aus ihrem heimatlichen Loch herausgetrieben hatte und die nun beinahe unmittelbar unter den Röcken der nichtsahnenden alten Frau ein wenig Ruhe und wohltuende Wärme suchte.

Indessen war Fernande zu Angèle hinaufgegangen. Obwohl es schon spät war, lag Angèle noch mit dem Gesicht zur Wand und bis zu den Ohren zugedeckt im Bett; vielleicht schlief sie sogar, als das Kind die Tür öffnete.

»Angèle!« rief Fernande mit halblauter Stimme. »Steh auf!«

»Bist du es, Fernande! Weshalb kommst du so früh?«

»Ich muß dir etwas sehr Wichtiges sagen. Du mußt gleich aufstehen und dich anziehen. Mach schnell.«

»Aber ich kann nicht. Ich habe die ganze Nacht kein Auge zugetan, ich bin krank. Was ist los?«

»Madame Grosgeorge hat mir eine Nachricht für dich mitgegeben; sie stand in einem Briefchen, aber Madame Londe hat es mir eben abgenommen.«

»Was stand denn in dem Briefchen? Sag!«

»Ich habe es unterwegs gelesen. Madame Grosgeorge schrieb dir darin: ›Guéret hält sich hier versteckt. Benachrichtigen Sie die Polizei.‹«

Angèle richtete sich im Bett auf und stieß einen Schrei aus: »Madame Londe hat das Briefchen gesehen? Und was hat sie gesagt?«

»Als ich die Treppe hinaufging, hörte ich, wie sie nach mir rief. Sie wollte ihren Hut.«

»Da hat sie zum Rathaus gehen wollen! Man muß sie daran hindern, Fernande. Lauf ihr nach, ruf sie zurück. Lieber Gott!«

»Sie ist schon fort. Ich habe gehört, wie die Tür hinter ihr zuschlug. Du mußt aufstehen und zu Madame Grosgeorge hinlaufen.«

»Es dauert zu lange, bis ich angezogen bin. Bis zum Rathaus sind es ja nur zwei Schritte. Lauf zur Villa und verlange Monsieur Guéret zu sprechen.«

»Madame Grosgeorge erlaubt mir sicher nicht, daß ich mit ihm rede.«

»In welchem Zimmer ist er?«

»Ich weiß es nicht.«

»Ruf ihn vom Garten aus. Sag ihm, er soll fliehen. Fernande, lauf, so schnell du kannst!«

14

Als Guéret sich in Madame Grosgeorges kleinem Salon eingeschlossen fand, war sein erster Gedanke, wie er aus diesem Gefängnis entrinnen könne, denn seit vorhin war er gewiß, daß Madame Grosgeorge ihn verraten und daß noch vor Ablauf einer Stunde, in einer Viertelstunde vielleicht schon, die Polizei in die Villa eindringen und ihn verhaften würde. Was er mehr fürchtete als den Tod, würde sicher geschehen: man würde ihm Handschellen anlegen und ihn aufs Rathaus und von dort aus nach ein paar Tagen in das Gefängnis der nächsten Kreisstadt schleppen. Er hatte gespielt und verloren; er hatte alles gewagt und alles verloren, seine Freiheit sowohl wie Angèle. Mit seinem Glück auf dieser Welt war es aus; es blieben ihm nur noch Jahre erstickenden Vegetierens in einer engen Gefängniszelle oder das qualvolle Dasein in der Strafkolonie.

Auf die Gefahr hin, daß jemand ihn sah, öffnete er das Fenster und blickte hinaus; mehr als acht Meter trennten ihn vom Boden. An der Mauer entlangzuklettern war völlig aussichtslos, die Steine boten keine Stützen, Springen jedoch würde Selbstmord bedeuten.

Die Tür, deren Knauf er so stark drehte, daß er fast die Feder abbrach, widerstand seinen kräftigen Händen. Er versuchte darauf, das Schloß mit einem Taschenmesser abzuschrauben, aber beide Klingen zersprangen, ohne daß er auch nur eine der vier Schrauben hatte lockern können. Dieser Mißerfolg vermehrte noch seine Verwirrung, und ganz der Vorstellung hingegeben, daß man auf alle Fälle das Schloß abschrauben müsse, um die Tür zu öffnen, suchte er in dem Zimmer nach einem Gegenstand, mit dem er diese Absicht ausführen könnte. Eine kleine Schere, die er in der Schublade eines Sekretärs entdeckte, brach zwischen seinen ungeschickten Fingern gleichfalls ab. Es hätte eine gewisse Zeit, dazu Geschicklichkeit und Ruhe gebraucht, um die kleinen Eisenköpfe zu lockern, an denen er sich vergeblich zu schaffen machte.

Jäh gab er seinen Plan wieder auf und lief erneut ans Fenster, das er noch einmal öffnete. Als er sich hinausbeugte, trocknete ein eisiger Wind ihm die feuchte Stirn und entfachte seine Energie. Vielleicht, wenn er sich fest an das Fenstersims anklammerte und seinen Körper die Mauer entlang hängen ließ, würde er die Entfernung zum Boden hin derart verkürzen, daß er springen könnte. Er war groß. Mit erhobenen Armen maß er sicher zwei Meter; aber würde er je sechs Meter bewältigen? Er müßte sich nach hinten fallen lassen und würde sich im Sturz sicher das Rückgrat brechen. Hätte er den Tod nicht gefürchtet, so hätte er trotz allem die einzige Rettungschance, die sich ihm bot, ergriffen, aber in diesem Augenblick beherrschte ihn einzig Furcht.

Er trat vom Fenster zurück, ohne es zu schließen, da allein schon der Kontakt mit der frei hereinströmenden Luft ihn etwas beruhigte. Draußen, ganz nahe vor ihm, bewegten sich die Bäume im Wind, und das ferne Rollen des Wagenverkehrs auf der Straße drang an das Ohr des Gefangenen. Leute gingen, wohin es ihnen gefiel, in absoluter Gleichgültigkeit seinem Geschick gegenüber. Keiner von ihnen nahm Anteil an seiner Angst. Sekundenlang überwältigte ihn das Gefühl seiner absoluten Einsamkeit. Ein ungeheures Verlangen erfaßte ihn, auf die Menge zuzueilen und sich dieser Menschheit einzugliedern, die er zu fliehen gezwungen war.

Mitten im Raume stehend, sah er sich nach allen Seiten um. Die Tür war verschlossen, das offene Fenster bot einzig den Tod. Blieb noch der Kamin. Er hatte Geschichten von Fluchtversuchen gelesen, bei denen Männer sich dadurch in Sicherheit brachten, daß sie durch den Kamin hindurch auf die Dächer entflohen. Doch das, was in Städten möglich war, wo die Häuser dicht beieinanderliegen, schien hier völlig undurchführbar: Was hätte er schon davon, wenn er zwölf Meter vom Boden entfernt herumspazieren würde, wo doch acht Meter ihm bereits solche Angst einjagten. Acht

Meter: Akrobaten schwangen sich von noch größerer Höhe ins Leere.

Er setzte sich und dachte nach. Vielleicht verflossen in diesem Augenblick die kostbarsten Minuten seines Lebens, er aber handelte nicht, sondern biß unablässig an seinen Nägeln, während eine Frau das Netz um ihn zog, um ihn verhaften zu lassen. Vor kurzem hatte er eines der Mädchen das Haus verlassen sehen; wohin mochte sie gegangen sein? Es war nicht die Köchin, die ihm wie alle Personen in diesem Haus bekannt war; es war das Zimmermädchen, mit dem er gestern abend am Gartentor gesprochen hatte. Zwanzig Einzelheiten kamen ihm in den Sinn. Im Dunkeln hatte das Mädchen ihn zwar nicht am Gesicht erkennen können, aber woher wußte er denn, daß sie es gewesen war? Er hatte ihre Stimme erkannt. Wer konnte sagen, ob sie nicht auch die seine erkannt hatte? In seiner Angst krampfte er die Hände zusammen und spürte, wie eisig sie waren. In diesem Augenblick klappte die Gartentür auf und zu, aber er hörte es nicht; es war, als ob gerade die Erkenntnis der Gefahr, die ihn bedrohte, ihn von der Außenwelt trennte. Alles, was es in ihm an Verträumtem und Unentschlossenem gab, war in diesem Augenblick stärker als der Bewegungsdrang, der sonst die Wirkung großer Beängstigung ist; doch gleich darauf gewann die Furcht wieder die Oberhand, die Furcht, für immer in einem richtigen Gefängnis eingeschlossen leben zu müssen, wo es kein offenes Fenster gab und keine Tür, die man einschlagen konnte.

Von neuem lief er zu dieser Tür und faßte heftig den Knauf mit seinen beiden Händen, als habe er vor, das ganze Schloß herauszureißen. Es kam ihm unmöglich vor, daß diese paar Eisenteile einen Mann von seinen Kräften festzuhalten vermochten, und aus Zorn versetzte er nach Minuten des Kampfes dem einen Flügel einen Stoß mit der Schulter.

Er keuchte vor Erschöpfung. In gebückter Haltung, mit dem Rücken gegen die Tür stand er da und schaute wütend und verzweifelt um sich. Der Anblick dieses Zimmers erregte in ihm einen solchen Haß, daß ihm sogar der Gedanke kam, die Vorhänge anzuzünden, aber es wäre ja kindisch gewesen, an der Welt der leblosen Dinge sein Mütchen kühlen zu wollen; er dachte wieder an Madame Grosgeorge. Aus welchem Grund wollte sie ihn verraten? Weshalb diese eisige Stimme und diese tödliche Blässe, als er von Angèle zu ihr sprach? Zweifellos war sie nicht ganz bei Verstand, dabei besessen von der Manie, zu schaden und Leiden zu bereiten. Es hatte ihr Spaß gemacht, falsche Hoffnungen in ihm zu wecken, um ihn dann der Polizei auszuliefern. Schon an dem Tage, als er gesehen hatte, mit welch einer Mischung aus Kälte und Leidenschaft sie ihren Sohn ohrfeigte, hätte er erraten müssen, von welchen Instinkten sie besessen war.

Der Gedanke kam ihm, die Tür einzutreten, und er versuchte auch von neuem, sie aus den Angeln zu heben, aber bei ihrer Herstellung war das Eichenholz nicht eben sparsam verwendet worden, und die dickwandige Fassung hielt jedem Ansturm stand.

Wenn er noch eine weitere Viertelstunde in diesem Zimmer blieb, würde er – das spürte er genau – aus dem Fenster springen, nicht mehr, um sich zu retten, sondern um seinen Leiden ein Ende zu machen. Von der Stelle aus, an der er sich befand, schien es, als sei der Boden ganz nah; es war aber nur eine Illusion: Sobald er an das Fenster trat und sich hinunterbeugte, ließ die Höhe von etwa acht Metern es als ganz unmöglich erscheinen, daß man, ohne sich das Genick zu brechen, unten ankommen könnte.

Um sich trotz allem noch einmal zu versichern, daß auf dieser Seite keine Aussicht auf Rettung sei, ging er nochmals auf das Fenster zu, blieb jedoch auf halbem Wege stehen; jemand kam tatsächlich eben aus dem Haus; es war Fernande; er konnte sie auf der Straße nach der Stadt zu eilen sehen; zuerst erkannte er sie nicht, dann aber fiel ihm ein, daß er ihr schon einmal begegnet war, als sie mit Angèle zusammen die Wäscherei verließ. Ein Stöhnen des Schmerzes entrang sich ihm bei dieser Erinnerung. Wenn er damals hätte wissen können, welch ein Glück es war, nicht gefangen zu sein!

Seine Hand streifte den Vorhang, und mit einemmal glomm ein Hoffnungsfunke in ihm auf. Die Vorhänge! Weshalb hatte er daran nicht gedacht? Aber dieser dicke, schwere Stoff war so fest an die Wand genagelt, daß man sicher viel Zeit und Geduld gebraucht hätte, um ihn loszureißen, zu verknoten und aus ihm einen Strick zu machen. Und dann, wo sollte er ihn befestigen? Wo in dem reichverzierten Eisenwerk, mit dem das Fenster geschmückt war, einen Zwischenraum finden, der groß genug war, um einen solchen Vorhang hindurchzuführen?

Er drehte sich zur Tür und schlug mit der Faust gegen den einen Flügel. Fast unmittelbar darauf hörte er, wie jemand schnell die Treppe heraufkam, und wich bis zur Mitte des Zimmers zurück.

Der Schlüssel drehte sich im Schloß, und Madame Grosgeorge trat ein. Er wollte sich auf sie stürzen, um hinauszugelangen, aber der Anblick dieser Frau verblüffte ihn so sehr, daß er stehenblieb; sie war bleich und ihr Blick so hart und so starr, daß sie wie eine Tote aussah, deren Augen zuzudrücken man vergessen hatte.

»Ich bin gekommen, um Sie etwas zu fragen«, murmelte sie, ohne ihn anzusehen.

»Was?«

Sie schloß die Tür, indem sie sie hinter sich zuzog.

»Sie haben mir gesagt, Sie seien Angèles wegen nach Lorges zurückgekommen. Glauben Sie, daß sie Sie liebt?«

Er zögerte eine Sekunde.

»Ja, ich glaube es.«

»In diesem Augenblick entscheidet sich Ihr Schicksal. Sehen Sie sich an, was unten im Garten geschieht.«

Er eilte ans Fenster und schaute hinaus. Sie benutzte diese Zeit, um den Schlüssel zweimal herumzudrehen, und bevor er sie hindern konnte, eilte sie durch das Zimmer ans Fenster und warf den Schlüssel hinaus. Er schrie auf.

»Was haben Sie da getan?«

»Sie sehen es ja. Ich habe den Schlüssel zu dieser Tür aus

dem Fenster geworfen. Gegen Mittag kommt mein Mann zurück. Dann werde ich ihn rufen, er wird mir den Schlüssel bringen und die Tür aufmachen. Damit er Sie nicht sehen kann, verstecken Sie sich hinter dem Vorhang, und während wir bei Tisch sind, verschwinden Sie.«

»Weshalb haben Sie den Schlüssel aus dem Fenster geworfen?«

Sie schlug die Augen zu ihm auf:

»Angèle weiß, daß Sie hier sind. Sie haben keinen Grund zur Beunruhigung, da Sie ja sagen, sie liebt Sie. Wenn Sie dennoch verhaftet werden, war sie es, die der Polizei Nachricht gegeben hat. Dann haben Sie den Beweis dafür, daß sie Sie haßt.«

Er stand unbeweglich da und sah Madame Grosgeorge so fest an, als versuche er, aus diesem verkrampften Gesicht den Sinn der soeben gehörten Worte herauszulesen.

»Wenn man mich verhaftet...«, sagte er plötzlich. »Aber das ist doch unmöglich, Madame. Sie werden mich nicht verraten.«

»Wer spricht denn von mir? Wenn jemand Sie verrät, so wird Angèle es sein.«

»Woher weiß sie, daß ich hier bin?«

»Ich habe es ihr ausrichten lassen.«

»Weshalb?«

»Das geht Sie nichts an.«

»Madame, lassen Sie mich fort. Rufen Sie, damit man Ihnen den Schlüssel bringt.«

»Sie fürchten also, daß diese Frau Sie verrät? Ich dachte, sie liebt Sie so sehr.«

»Ich will fort von hier. Wenn Sie nicht rufen, trete ich die Tür ein.«

»Dann rufe ich, daß man Sie festhalten soll. Es sind zwei Männer im Haus, der Gärtner und der Diener. Außerdem bin ich ganz unbesorgt. Versuchen Sie es ruhig mit der Tür, wenn Sie wollen. Sie hält ganz sicher stand.«

Er stampfte mit dem Fuß auf und rief:

»Und wenn ich Sie umbringen würde? Wenn ich Sie erwürgte?«

Sie zuckte mit den Achseln, als liefe ein Schauer über sie hin, doch wendete sie keinen Blick von dem Mann, der plötzlich wie trunken war vor Zorn.

»Ich habe keine Angst vor Ihnen«, sagte sie und setzte sich, denn ihre Knie wankten. »Glauben Sie, wenn ich Angst hätte, wäre ich gekommen?«

»Nehmen Sie sich in acht, Madame! Ich schwöre Ihnen, wenn die Polizei kommt und mich verhaftet, bringe ich Sie vorher um.«

»Das werden wir ja sehen. Ich fürchte mich nicht vor dem Tod.«

Sie sprach mit so ruhiger Stimme, daß es ihn wunderte, und vielleicht erlebte tatsächlich diese geheimnisvolle Frau in diesem Augenblick, der für jeden anderen Menschen unerträglich gewesen wäre, einen Frieden, wie sie ihn in ihrem Leben niemals gekostet hatte. Nachdem sie ein paar Sekunden mühsam ihre Kräfte gesammelt hatte, stand sie auf, ging durch das Zimmer und setzte sich an den Sekretär, der eine Ecke des Zimmers einnahm. Guéret ließ keinen Blick von ihr und sah, wie sie eine der Schubladen herauszog.

»Was machen Sie da?« fragte er.

»Ich suche eine Feder, um einen Brief zu schreiben«, antwortete sie und schob die Lade wieder zu.

»An wen?«

»An jeden, der ihn findet.«

Er stellte sich hinter sie und legte seine Hand auf die Lehne ihres Stuhls.

»Sie werden sich jetzt aus dem Fenster beugen und einen Ihrer Dienstboten rufen«, erklärte er ihr drohend. »In fünf Minuten muß diese Tür offen sein. Stehen Sie auf.«

»Nein.«

»Ich mache Sie darauf aufmerksam, daß Ihr Leben in Gefahr ist.«

»Sie werden viel davon haben, mich umzubringen«, antwortete sie, ohne sich zu rühren. »Wenn ich tot bin, kann ich für Sie nichts mehr tun; solange ich lebe, kann ich noch befehlen, daß jemand diese Tür aufmacht, wenn ich will.«

»Haben Sie Mitleid mit mir, Madame. Ich beschwöre Sie, rufen Sie irgend jemand herbei.«

»Lassen Sie mich den Brief erst schreiben!«

»Was habe ich Ihnen denn getan? Weshalb hassen Sie mich?«

Sie gab keine Antwort.

»Weshalb hassen Sie mich?« fragte er noch einmal.

»Das ist meine Sache.«

»Habe ich Sie beleidigt, ohne es zu wollen? Weshalb haben Sie mich hier oben eingeschlossen?«

»Ich sage Ihnen doch, Sie sollen mich schreiben lassen.«

»Sie wissen vielleicht nicht, daß es um meinen Kopf geht, wenn ich verhaftet werde.«

Sie antwortete noch immer nicht. Er warf sich ihr zu Füßen: »Ich beschwöre Sie, Madame. Denken Sie an die Gewissensbisse, die Sie später haben werden, wenn ich zum Tode verurteilt worden bin. Sie haben doch nicht vor, mich aufs Schafott zu schicken...«

Aber als er das Antlitz sah, dessen Blick er nicht auf sich zu lenken vermochte, zweifelte er, ob seine Worte überhaupt an ihr Ohr gedrungen waren. Mit einem Sprung erhob er sich und rief:

»Ich hätte ahnen sollen, daß Sie mich verraten würden. Man könnte ihrem Sohn den Kopf abschlagen, und Sie würden sich nicht rühren. Sie sind keine Frau, Sie sind ein Ungeheuer, und wenn Sie hierhergekommen sind, so nur, um sich an meiner Not zu weiden; Sie hassen mich, doch Ihr Haß ist nichts gegen den, den ich in diesem Augenblick für Sie empfinde. Hören Sie mich? Ich wünsche Ihnen, daß Sie auf Erden keine Stunde mehr Ruhe haben, daß Sie eines Tages leiden, was ich jetzt leiden muß.«

Sie rührte sich nicht. Er sah sie einen Augenblick an und fühlte sich versucht, Hand an sie zu legen, wagte es aber nicht, soviel Kraft lag in der Unbeweglichkeit dieser Frau. Wütend stürzte er sich auf die Tür, die er noch einmal zu sprengen versuchte.

Auf diesen Moment schien Madame Grosgeorge nur gewartet zu haben, um noch einmal die Schublade zu öffnen und einen Revolver aus Stahl und Perlmutter herauszuziehen, den sie dicht neben ihrer an einer langen Kette befestigten Uhr in den Gürtel schob.

Eine Stimme, die vom Garten herkam, ließ beide zusammenfahren. Es war Fernande, die nach Guéret rief. Er eilte ans Fenster. Madame Grosgeorge stand auf.

»Was ist?« rief Guéret, als er die Kleine sah.

»Fliehen Sie!« antwortete Fernande. »Die Polizei weiß Bescheid. Sie kommt sonst und nimmt Sie fest.«

In seiner Angst wendete er sich noch einmal zu Madame Grosgeorge um.

»Da sehen Sie, daß sie Sie nicht geliebt hat«, sagte diese mit versagender Stimme.

Er sah sie noch ein paar Schritte wie eine Schlafwandlerin nach dem Hintergrund des Zimmers zu machen, dann beugte er sich wieder aus dem Fenster:

»Der Schlüssel!« rief er der Kleinen zu. »Heb den Schlüssel auf und bring ihn mir. Er liegt dort in der Allee. Such ihn, in der ...«

Ein Schuß fiel hinter ihm. Zuerst begriff er nicht und sah noch eine Sekunde dem Kinde nach, das aus dem Garten flüchtete, dann warf er sich ins Zimmer zurück, als habe eine Hand ihn am Kragen gepackt.

Madame Grosgeorge lag auf dem Teppich, kniend zusammengekrümmt, den Arm unter dem Leib. Durch das Stöhnen das aus ihrem Munde drang, hörte er nur die Worte: »Schießen Sie noch einmal. Ich kann nicht länger leben.«

15

»Was sagen sie, Fernande? Sie reden alle zugleich. Ich gehe einen Augenblick auf die Treppe, um besser zu hören. Reich mir den Unterrock.«

Die Kleine legte Angèle die Hand auf den Arm.

»Halt dich doch ruhig«, flehte sie. »Es ist nur Madame Londe, die immer dasselbe erzählt. Es ist eiskalt auf der Treppe, und du bist in Schweiß gebadet. Deck dich zu, Angèle.«

Aber die junge Frau gab Fernandes Bemühungen, sie zum Hinlegen zu bewegen, nicht nach; sie saß auf ihrem Bettrand, halbnackt, ohne Furcht vor der eisigen Kälte, die ringsumher herrschte.

»Wenn du nicht willst, daß ich aufstehe«, fuhr sie lebhafter fort, »dann geh die Treppe hinunter und mach die Tür zum Speiseraum einen Spaltbreit auf, damit ich hören kann, was sie sagen.«

»Deckst du dich dann auch zu?«

Um schneller zu erreichen, daß das Kind ihr gehorchte, ließ sich Angèle ins Bett zurückfallen und zog sich das Bettuch über die Brust. Kaum aber hatte Fernande das Zimmer verlassen, als sie sich auch schon, wiewohl von Fieber geschüttelt, erhob. Der Schweiß lief ihr an den Gliedern herab; in Verzweiflung über diese Nässe, von der ihr das Hemd an der Haut klebte, griff sie rasch zu einem Tuch und rieb sich den Hals, die Schultern und die Seiten ab.

Gleich darauf hörte sie, wie Fernande, unten an der Treppe angekommen, vorsichtig die Tür zum Saal öffnete; wie das Wasser hinter einem Wehr drang alsbald der Lärm der kreischenden Stimmen heraus und empor zu der jungen Frau.

»Niemand wird mir ausreden können, daß er sie hat töten wollen«, erklärte Madame Couze.

»Das würde sie doch gesagt haben«, erwiderte Madame Koppe, die Kurzwarenhändlerin.

»Sicher«, fiel Madame Londe ein, deren Rolle darin zu bestehen schien, jeweils die Befürchtungen von Madame Couze zu widerlegen und sie daran zu hindern, Panik zu verbreiten. »Meinen Sie, die hätte sich gescheut, zu den Gendarmen zu sagen: ›Der Mann hier hat einen Schuß auf mich abgegeben?‹ Wo er auf alle Fälle doch verhaftet war . . .«

»Aber warum«, setzte die Köchin der Grosgeorges die Diskussion hartnäckig fort, »sagt sie dann nicht, daß sie sich hat umbringen wollen?«

»Sie hat eben keine Lust«, antwortete Madame Londe, der die Frage vorgelegt wurde und die, wie man leicht erriet, es im Grunde auch nicht wußte.

Ein kurzes Schweigen wies darauf hin, mit welchem Respekt die Erklärung der Chefin entgegengenommen wurde. Doch Madame Couze gab nicht nach:

»Und warum hat sie keine Lust, es zu sagen?« wollte sie wissen.

»Ja, warum?« wiederholte Madame Pellatanne, die Metzgersfrau, eine freche Person, die Madame Londe nur bei sich empfing, weil sie ihr ewig Geld schuldete.

»Ich weiß es«, sagte die Chefin.

Sie zögerte, bis sie in ihrem alten, von den Ereignissen des Tages schon stark mitgenommenen Kopf etwas Glaubhaftes fand.

»Dieser Mann«, erklärte sie, einer plötzlichen Eingebung folgend, »hatte es auf die Ehre von Madame Grosgeorge abgesehen.«

Ein schrilles Gelächter quittierte diesen Satz; es war offenbar, daß Madame Couze und Madame Pellatanne an diese Version des Dramas nicht glaubten, doch sogleich erhob sich erneut Madame Londes Stimme:

»Was gibt es denn da zu lachen?« fragte sie gereizt. »Ich weiß, was ich sage. Bedenken Sie doch nur, wie er sich mit Angèle aufgeführt hat.«

Bei diesen Worten faßte Angèle nach den Händen Fernandes, die wieder bei ihr war.

»Warum sprechen sie von mir?« fragte sie. »Was sagen sie, Fernande?«

»Ich weiß nicht. Soll ich jetzt lieber die Tür zumachen?«

»Ja. Nein. Ich möchte noch ein bißchen hören. Sie sprechen so laut, und doch versteht man sie nicht.«

Man verstand tatsächlich nicht sehr gut, denn die Frauen sprachen jetzt alle wieder zur gleichen Zeit; nur war nicht mehr von Angèle die Rede, sondern von dem Zustand, in dem Madame Grosgeorge sich befand.

»Ich sage Ihnen, sie kommt durch«, rief Madame Koppe der Köchin zu.

»Mit einer Kugel im Leib? Daß ich nicht lache!«

»Die holt man heraus, die Kugel«, rief Madame Londe empört, als sei sie es selbst, die Madame Couze ins Jenseits abschieben wollte. »Das sind ja alles Dummheiten, was Sie da sagen; wenn nicht alles gleich möglichst schlimm ist, packt Sie die Wut.«

Statt jeder Antwort nieste Madame Couze, die unmittelbar an der von Fernande halb geöffneten Tür saß, so laut, daß man es oben hörte.

»Es zieht hier«, jammerte sie. »Ich habe mich erkältet.«

»Nehmen Sie sich nur in acht«, rief Madame Londe erbost und zugleich beglückt, in dem Herzen dieser ängstlichen Kreatur Gruseln zu erzeugen, »es fängt harmlos mit Niesen an, und eine Woche darauf besucht man die Messe mit den Füßen vorneweg.«

Jemand erhob sich und schloß die Tür.

»Fernande«, fragte Angèle, »weshalb hört man nichts mehr?«

»Sie haben die Tür zugemacht. Madame Couze hat geniest, weil es zog. Hast du nicht verstanden, was sie sagte?«

Angèle antwortete nicht. Ihr durch Fieber erregtes Denken irrte auf anderen Bahnen umher. Seit einer Stunde war es dunkel geworden, und nur das Licht der Straßenlaternen erhellte das Zimmer, jedoch so schwach, daß man nichts als die Weiße der Bettücher wahrnehmen konnte.

»Fernande«, sagte plötzlich die junge Frau, »laß mich jetzt, ich will schlafen.«

Das entsprach nicht der Wahrheit; zu viele Schreie tönten in ihren Ohren, zu viele Sterne durchsprühten die Dunkelheit, als daß der Schlaf ihr die Augen hätte schließen können, aber sie wollte allein sein, um aufzustehen und sich anzuziehen. Dieser Gedanke hatte sich langsam seit dem Spätnachmittag schon in ihrem Hirn einen Weg gebahnt und beherrschte es jetzt so sehr, daß ihr Wille nachgab. Ein seltsames Leben begann für sie, ein Leben, das weder an ihrem Zustand am Vortage noch an ihrem Traum Anteil hatte, sondern von beiden nur gewisse Elemente entnahm und miteinander verwob. Alles wandelte seinen Sinn in jener Welt, die ihr bislang vertraut gewesen war; was unmöglich schien, wurde wahr, und die Zeit übte nicht mehr ihre Tyrannei über das menschliche Handeln aus.

Sie war allein und suchte tastend ihre Kleidungsstücke zusammen, die sie langsam anzog. Die Stunde nahte schon. Sie durfte nicht zögern, sondern mußte den kurzen Augenblick der Freiheit nutzen, um dieses Zimmer, dieses Haus zu verlassen und auf die Straße zu gelangen. Sie würde durch die Küche gehen, und wenn jemand sie sah und fragte, würde sie sagen, dank dem Kamillentee, den man ihr eingeflößt habe, sei sie so gut wie geheilt. Das und vieles andere noch sprach sie sich immer wieder vor, während sie an die Möbel des Zimmers stieß wie eine Betrunkene, die die Tür nicht finden kann.

Die große Schwäche, die sie zwang, sich an die Wand zu lehnen, verwunderte sie um so mehr, als sie nun ein großes Bedürfnis nach Betätigung verspürte, während sie vor kurzem noch zu nichts die Kraft gefunden hatte und sogar das Atmen ihr schwergefallen war. Sie wäre jetzt gern die Stufen der Treppe hinuntergelaufen, ja sogar gesprungen wie ehedem.

In der Küche war nur der Kellner, der rauchend seine Zeitung las; er sah sie und machte Miene aufzustehen, aber sie schritt an ihm vorbei, angewidert von dem Geruch und der lauen Wärme der Küche, und ging hinaus ins Freie.

Kaum hatte sie die Tür hinter sich zugemacht, so wäre sie beinahe, noch auf der Schwelle, zu Boden gesunken; die eisige Kälte schlug ihr ins Gesicht und drang durch ihren halboffenen Mund in ihr Inneres ein; sie atmete schwer und hielt völlig benommen die Hände ausgestreckt vor sich hin, als wolle sie etwas greifen und sich daran halten.

Auf den verlassenen Straßen taumelte sie mit unsicherem Schritt, der sie gleichwohl bis auf die Landstraße trug, von einer Seite auf die andere. Dorthin aber wollte sie gelangen, dem geheimnisvollen Befehl gehorchend, den sie seit Stunden in sich vernahm. Wenn das Glück irgendwo bestand, so mußte man es draußen auf der Landstraße suchen und nicht in der Stadt, die sie für immer verließ. Nach Monaten der Angst war sie endlich glücklich, denn nun ging sie ja fort; sie würde Madame Londe und ihre schrecklichen Kunden, die ihr so viele Leiden bereitet hatten, nicht mehr sehen. Da draußen wartete jemand auf sie, jemand, der versprochen hatte, daß er warten würde. Das Dunkel war schon so tief, daß es bald halb acht sein mußte, und ihr war ja gesagt worden, um halb acht, zwischen der dritten und vierten Laterne hinter der Überführung. Sie war da.

Der Milchmann brachte sie in seinem Wagen zurück; fast wäre sie unter die Hufe seines Pferdes geraten, denn sie hatte bewegungslos auf der Straße gelegen. Madame Londe trug vor allem Sorge, sie zu Bett zu bringen und in ihrem Zimmer ein Feuerchen zu entfachen; es war das erste Mal, daß Flammen die Steinplatte vor dem Kamin beleuchteten, aber es war nicht von Belang, daß Madame Londe sich soviel Mühe gab.

Es war nicht von Belang, ob es dunkel oder hell in diesem Zimmer und ob das Herz der Menschen verhärtet oder barmherzig war. Die Welt entschwand wie ein böser Traum; es blieb von diesem Leben nichts als der Schmerz, von dem der

Körper noch immer heimgesucht war, doch dieser Schmerz selbst wurde immer dumpfer, die letzten Fesseln lockerten sich. In der äußersten Wirrnis, in der sich für diese Frau alle Dinge der Erde befanden, drang kaum noch der Klang menschlicher Worte zu ihr, keinesfalls jedoch deren Sinn. Ihre Augen waren schon ganz der Vision zugewandt, die die Toten in Ewigkeit erschauen.

Januar 1928 – Januar 1929

Das Gefühl der Fremdheit, das alle Bücher dieses großen Magiers der Literatur durchzieht, hat in Philipp Cléry wohl die überzeugendste Gestalt gefunden. Dieser schöne, reiche und überaus eitle Herr muß erkennen, daß er ein jämmerlicher Feigling ist – eine Erkenntnis, die sein Leben verändert, über die sich seine Frau lustig macht und die seine Schwägerin ausnutzt. Das abgründige Dreiecksverhältnis dieser Menschen wird vollends zum Albtraum.

Foto: Isolde Ohlbaum

Julien GREEN

Der andere Schlaf
Aus dem Französischen von Peter Handke. 120 Seiten. Leinen

Leviathan
Roman. Aus dem Französischen von Eva Rechel-Mertens. 312 Seiten. Leinen

Moira
Roman. Aus dem Französischen von Georg Goyert. 224 Seiten. Leinen

Mont-Cinère
Roman. Aus dem Französischen von Rosa Breuer-Lucka. 256 Seiten. Leinen

Von fernen Ländern
Roman. Aus dem Französischen von Helmut Kossodo. 1008 Seiten. Leinen, Fadenheftung und mit Lesebändchen versehen

Die Sterne des Südens
Roman. Aus dem Französischen von Helmut Kossodo. 848 Seiten. Leinen, Fadenheftung und mit Lesebändchen versehen

Treibgut
Roman. Aus dem Französischen von Friedrich Burschell. 264 Seiten. Leinen

bei Hanser

Julien Green im dtv

Junge Jahre
Autobiographie

Aufgewachsen zwischen zwei Kulturen, früh vom Tod seiner Mutter betroffen, mit siebzehn als Kriegsfreiwilliger schon an der Front, sucht ein ebenso sensibler wie arroganter junger Mann seinen Weg ... dtv 10940

Jugend
Autobiographie 1919 – 1930

In Amerika, dem Land seiner Väter, erhält der junge Julien Green den Schlüssel zu seinen geheimen Wünschen und Sehnsüchten. Doch das Bewußtwerden seiner homoerotischen Neigungen stürzt ihn in eine tiefe Krise. dtv 11068

Paris

In 19 Abschnitten streift Green durch die verschiedensten Viertel der Stadt, besucht Museen und Straßen, erlebt Jahreszeiten und Gesichter. dtv 10997

Leviathan

Als Gueret begreift, daß die »Liebe« der hübschen Angèle durchaus zu erlangen ist und daß zahlreiche Männer von dieser Möglichkeit Gebrauch machen, gerät er außer sich ... dtv 11131

Von fernen Ländern

Elisabeths Begegnung mit Jonathan, einem unberechenbaren Abenteurer und Frauenhelden, weckt unerfüllbare Wünsche in ihr. Aus dem verträumten Mädchen wird eine leidenschaftliche, zielstrebige junge Frau. dtv 11198

Foto: Isolde Ohlbaum

Meine Städte
Ein Reisetagebuch
1920 – 1984

Julien Greens Städte besitzen eine zusätzliche Dimension; die Einbildungskraft eines Dichters sorgt für Entdeckungen, die kein Reiseführer zu bieten hat.
dtv 11209

Der andere Schlaf

Die Erinnerungen eines Arztsohnes an seine Jugendtage in Paris, die verhaltene Geschichte einer ausklingenden Kindheit und einer Knabenliebe.
dtv 11217

Mont-Cinère

Ein Anwesen in der Nähe von Washington wird Gegenstand einer alles verzehrenden Leidenschaft: Der Geiz ergreift langsam von all seinen Bewohnern Besitz.
dtv 11234

Jakob Wassermann im dtv

Caspar Hauser oder
Die Trägheit des Herzens

Die Geschichte des rätselhaften Findlings, der im Jahre 1828 im Alter von etwa 17 Jahren aufgegriffen wurde und der kaum sprechen konnte, hat die Anteilnahme ganz Europas geweckt. dtv 10192

Laudin und die Seinen

Für den wohlsituierten und gutverheirateten Rechtsanwalt Laudin eröffnet die Begegnung mit einer berühmten Schauspielerin eine neue Welt. Wohl von keinem seiner Zeitgenossen ist die bürgerliche Institution der Ehe und damit die traditionelle Rolle der Frau so radikal kritisiert worden wie von Jakob Wassermann. dtv 10767

Der Fall Maurizius

Leonhart Maurizius sitzt seit 19 Jahren in Haft, verurteilt wegen Mordes an seiner Frau. Der Oberstaatsanwalt zweifelt keinen Moment an der Rechtmäßigkeit des Urteils. Nicht so sein sechzehnjähriger Sohn Etzel...
dtv 10839

Etzel Andergast

Der junge Mann, der wenige Jahre zuvor für die Wiederaufnahme des Mordfalls Maurizius gesorgt hatte, befindet sich in einer schweren psychischen Krise. Der Seelenarzt Joseph Kerkhoven nimmt sich seiner an. Die Beziehung zwischen den beiden Männern erfährt eine schicksalhafte Wendung. dtv 10945

Joseph Kerkhovens dritte Existenz

Nach der vergangenen Liebesaffaire seiner Frau gelingt es dem Seelenarzt nur langsam, die innere Gemeinschaft seiner Ehe wiederherzustellen. Die alten Wunden werden neu aufgerissen, als der Schriftsteller Alexander Herzog sein Patient wird. dtv 10995

Christian Wahnschaffe

Der Sohn eines schwerreichen Großindustriellen kehrt nach einer gescheiterten Liebesbeziehung dem bürgerlichen Dasein in Wohlstand den Rücken. Sein neues Leben führt ihn mit der Prostituierten Karen zusammen... dtv 11104

Das Gänsemännchen

Der junge Musiker Daniel Nothafft heiratet die in sich gekehrte Gertrud, muß aber schon bei der Hochzeit erkennen, daß seine Liebe deren lebenslustigen Schwester gilt. dtv 11240